茅盾文学奖获奖作品全集

茅盾文学奖
获奖作品全集

长恨歌

王安忆
著

人民文学出版社

图书在版编目(CIP)数据

长恨歌/王安忆著. —北京:人民文学出版社,2018(2025.12重印)
(茅盾文学奖获奖作品全集)
ISBN 978-7-02-013960-6

Ⅰ.①长… Ⅱ.①王… Ⅲ.①长篇小说—中国—当代 Ⅳ.①I247.5

中国版本图书馆 CIP 数据核字(2018)第 046621 号

选题策划 杨 柳
责任编辑 薛子俊
装帧设计 刘 远
责任印制 张 娜

出版发行 人民文学出版社
社 址 北京市朝内大街 166 号
邮政编码 100705

印 刷 三河市鑫金马印装有限公司
经 销 全国新华书店等

字 数 300 千字
开 本 890 毫米×1290 毫米 1/32
印 张 12.375 插页 2
印 数 179001—184000
版 次 2004 年 5 月北京第 1 版
印 次 2025 年 12 月第 33 次印刷

书 号 978-7-02-013960-6
定 价 38.00 元

出版说明

一九八一年三月十四日,病中的中国作家协会主席茅盾致信作协书记处:“亲爱的同志们,为了繁荣长篇小说的创作,我将我的稿费二十五万元捐献给作协,作为设立一个长篇小说文艺奖金的基金,以奖励每年最优秀的长篇小说。我自知病将不起,我衷心地祝愿我国社会主义文学事业繁荣昌盛!”

茅盾文学奖遂成为中国当代文学的最高奖项,自一九八二年起,基本为四年一届。获奖作品反映了一九七七年以后长篇小说创作发展的轨迹和取得的成就,是卷帙浩繁的当代长篇小说文库中的翘楚之作,在读者中产生了广泛的、持续的影响。

人民文学出版社曾于一九九八年起出版“茅盾文学奖获奖书系”,先后收入本社出版的获奖作品。二〇〇四年,在读者、作者、作者亲属和有关出版社的建议、推动与大力支持下,我们编辑出版了“茅盾文学奖获奖作品全集”,并一直努力保持全集的完整性,使其成为读者心目中“茅奖”获奖作品的权威版本。现在,我们又推出不同装帧的“茅盾文学奖获奖作品全集”,以满足广大读者和图书爱好者阅读、收藏的需求。

获茅盾文学奖殊荣的长篇小说层出不穷,“茅盾文学奖获奖作品全集”的规模也将不断扩大。感谢获奖作者、作者亲属和有关出版社,让我们共同努力,为当代长篇小说创作和出版做出自己的贡献,为广大读者提供更多的优秀作品。

人民文学出版社编辑部

目录

第一部

第 二 部

第 三 部

第一部

第一章

1. 弄堂

站一个制高点看上海,上海的弄堂是壮观的景象。它是这城市背景一样的东西。街道和楼房凸现在它之上,是一些点和线,而它则是中国画中称为皴法的那类笔触,是将空白填满的。当天黑下来,灯亮起来的时分,这些点和线都是有光的,在那光后面,大片大片的暗,便是上海的弄堂了。那暗看上去几乎是波涛汹涌,几乎要将那几点几线的光推着走似的。它是有体积的,而点和线却是浮在面上的,是为划分这个体积而存在的,是文章里标点一类的东西,断行断句的。那暗是像深渊一样,扔一座山下去,也悄无声息地沉了底。那暗里还像是藏着许多礁石,一不小心就会翻了船的。上海的几点几线的光,全是叫那暗托住的,一托便是几十年。这东方巴黎的璀璨,是以那暗作底铺陈开,一铺便是几十年。如今,什么都好像旧了似的,一点一点露出了真迹。晨曦一点一点亮起,灯光一点一点熄灭。先是有薄薄的雾,光是平直的光,勾出轮廓,细工笔似的。最先跳出来的是老式弄堂房顶的老虎天窗,它们在晨雾里有一种精致乖巧的模样,那木框窗扇是细雕细做的;那屋披上的瓦是细工细排的;窗台上花盆里的月季花也是细心细养的。然后晒台也出来了,有隔夜的衣衫,滞着不动的,像画上的衣衫;晒台矮墙上的水泥脱落了，露出锈红色的砖，也像是画上的，一笔一画都清晰的。再接着，山墙上的裂纹也现出了，还有点点绿苔，有触手的凉意似的。第一缕阳光是在山墙上的，这是很美的图画，几乎是绚烂的，又有些荒凉；是新鲜的，又是有年头的。这时候，弄底的水泥地还在晨雾里头，后弄要比前弄的雾更重一些。新式里弄的铁栏杆的阳台上也有了阳光，在落地的长窗上折出了反光。这是比较锐利的一笔，带有揭开帷幕，划开夜与昼的意思。雾终被阳光驱散了，什么都加重了颜色，绿苔原来是黑的，窗框的木头也是发黑的，阳台的黑铁栏杆却是生了黄锈，山墙的裂缝里倒长出绿色的草，飞在天空里的白鸽成了灰鸽。

上海的弄堂是形形种种，声色各异的。它们有时候是那样，有时候是这样，莫衷一是的模样。其实它们是万变不离其宗，形变神不变的，它们是倒过来倒过去最终说的还是那一桩事，千人千面，又万众一心的。那种石窟门弄堂是上海弄堂里最有权势之气的一种，它们带有一些深宅大院的遗传，有一副官邸的脸面，它们将森严壁垒全做在一扇门和一堵墙上。一旦开进门去，院子是浅的，客堂也是浅的，三步两步便走穿过去，一道木楼梯在了头顶。木楼梯是不打弯的，直抵楼上的闺阁，那二楼的临了街的窗户便流露出了风情。上海东区的新式里弄是放下架子的，门是镂空雕花的矮铁门，楼上有探身的窗还不够，还要做出站脚的阳台，为的是好看街市的风景。院里的夹竹桃伸出墙外来，锁不住的春色的样子。但骨子里头却还是防范的，后门的锁是德国造的弹簧锁，底楼的窗是有铁栅栏的，矮铁门上有着尖锐的角，天井是围在房中央，一副进得来出不去的样子。西区的公寓弄堂是严加防范的，房间都是成套，一扇门关死，一夫当关万夫莫开的架势，墙是隔音的墙，鸡犬声不相闻的。房子和房子是隔着宽阔地，老死不相见的。但这防范也是民主的防范，欧美风的，保护的是做人的自由，其实是想做什么就做什么，谁也拦不住的。那种棚户的杂弄倒是全面敞开的样子，牛毛毡的屋顶是漏雨的，板壁墙是不遮风的，门窗是关不严的。这种弄堂的房屋看上去是鳞次栉比，挤挤挨挨，灯光是如豆的一点一点，虽然微弱，却是稠密，一锅粥似的。它们还像是大河一般有着无数的支流，又像是大树一样，枝枝杈杈数也数不清。它们阡陌纵横，是一张大网。它们表面上是袒露的，实际上却神秘莫测，有着曲折的内心。黄昏时分，鸽群盘桓在上海的空中，寻找着各自的巢。屋脊连绵起伏，横看成岭竖成峰的样子。站在制高点上，它们全都连成一片，无边无际的，东南西北有些分不清。它们还是如水漫流，见缝就钻，看上去有些乱，实际上却是错落有致的。它们又辽阔又密实，有些像农人撒播然后丰收的麦田，还有些像原始森林，自生自灭的。它们实在是极其美丽的景象。

上海的弄堂是性感的，有一股肌肤之亲似的。它有着触手的凉和暖，是可感可知，有一些私心的。积着油垢的厨房后窗，是专供老妈子一里一外扯闲篇的；窗边的后门，是供大小姐提着书包上学堂读书，和男先生幽会的；前边大门虽是不常开，开了就是有大事情，是专为贵客走动，贴婚丧嫁娶的告示的。它总是有一点按捺不住的兴奋，跃跃然的，有点絮叨的。晒台和阳台，还有窗畔，都留着些窃窃私语，夜间的敲门声也是此起彼落。还是要站一个制高点，再找一个好角度：弄堂里横七竖八晾衣竹竿上的衣物，带有点私情的味道；花盆里栽的凤仙花、宝石花和青葱青蒜，也是私情的性质；屋顶上空着的鸽笼，是一颗空着的心；碎了和乱了的瓦片，也是心和身子的象征。那沟壑般的弄底，有的是水泥铺的，有的是石卵拼的。水泥铺的到底有些隔心隔肺，石卵路则手心手背都是肉的感觉。两种弄底的脚步声也是两种，前种是清脆响亮的，后种却是吃进去，闷在肚里的；前种说的是客套，后种是肺腑之言，两种都不是官面文章，都是每日里免不了要说的家常话。上海的后弄更是要钻进人心里去的样子，那里的路面是饰着裂纹的，阴沟是溢水的，水上浮着鱼鳞片和老菜叶的，还有灶间的油烟气的。这里是有些脏兮兮，不整洁的，最深最深的那种隐私也裸露出来的，有点不那么规矩的。因此，它便显得有些阴沉。太阳是在午后三点的时候才照进来，不一会儿就夕阳西下了。这一点阳光反给它罩上一层暧昧的色彩，墙是黄黄的，面上的粗粝都凸显起来，沙沙的一层。窗玻璃也是黄的，有着污迹，看上去有一些花的。这时候的阳光是照久了，有些压不住的疲累的，将最后一些沉底的光都迸出来照耀，那光里便有了许多沉积物似的，是黏稠滞重，也是有些不干净的。鸽群是在前边飞的，后弄里飞着的是夕照里的一些尘埃，野猫也是在这里出没的。这是深入肌肤，已经谈不上是亲是近，反有些起腻，暗底里生畏的，却是有一股蚀骨的感动。

上海弄堂的感动来自于最为日常的情景，这感动不是云水激荡的，而是一点一点累积起来。这是有烟火人气的感动。那一条条一排排的里巷，流动着一些意料之外又情理之中的东西，东西不是什么大东西，但琐琐细细，聚沙也能成塔的。那是和历史这类概念无关，连野史都难称上，只能叫作流言的那种。流言是上海弄堂的又一景观，它几乎是可视可见的，也是从后窗和后门里流露出来。前门和前阳台所流露的则要稍微严正一些，但也是流言。这些流言虽然算不上是历史，却也有着时间的形态，是循序渐进有因有果的。这些流言是贴肤贴肉的，不是故纸堆那样冷淡刻板的，虽然谬误百出，但谬误也是可感可知的谬误。在这城市的街道灯光辉煌的时候，弄堂里通常只在拐角上有一盏灯，带着最寻常的铁罩，罩上生着锈，蒙着灰尘，灯光是昏昏黄黄，下面有一些烟雾般的东西滋生和蔓延,这就是酝酿流言的时候。这是一个晦涩的时刻,有些不清不白的,却是伤人肺腑。鸽群在笼中叽叽哝哝的,好像也在说着私语。街上的光是名正言顺的,可惜刚要流进弄口,便被那暗吃掉了。那种有前客堂和左右厢房的房子里的流言是要老派一些的,带薰衣草的气味的;而带亭子间和拐角楼梯的弄堂房子的流言则是新派的,气味是樟脑丸的气味。无论老派和新派,却都是有一颗诚心的,也称得上是真情的。那全都是用手掬水,掬一捧漏一半地掬满一池,燕子衔泥衔一口掉半口地筑起一巢的,没有半点偷懒和取巧。上海的弄堂真是见不得的情景,它那背阴处的绿苔,其实全是伤口上结的疤一类的,是靠时间抚平的痛处。因它不是名正言顺,便都长在了阴处,长年见不到阳光。爬墙虎倒是正面的,却是时间的帷幕,遮着盖着什么。鸽群飞翔时,望着波涛连天的弄堂的屋瓦,心是一刺刺的疼痛。太阳是从屋顶上喷薄而出,坎坎坷坷的,光是打折的光,这是由无数细碎集合而成的壮观,是由无数耐心集合而成的巨大的力。

2. 流 言

流言总是带着阴沉之气。这阴沉气有时是东西厢房的薰衣草气味,有时是樟脑丸气味,还有时是肉砧板上的气味。它不是那种板烟和雪茄的气味,也不是六六粉和敌敌畏的气味。它不是那种阳刚凛冽的气味,而是带有些阴柔委婉的,是女人家的气味。是闺阁和厨房的混淆的气味,有点脂粉香,有点油烟味,还有点汗气的。流言还都有些云遮雾罩,影影绰绰,是哈了气的窗玻璃,也是蒙了灰尘的窗玻璃。这城市的弄堂有多少,流言就有多少,是数也数不清，说也说不完的。这些流言有一种蔓延的洇染的作用，它们会把一些正传也变成流言一般暧昧的东西，于是，什么是正传，什么是流言，便有些分不清。流言是真假难辨的，它们假中有真，真中有假，也是一个分不清。它们难免有着荒诞不经的面目，这荒诞也是女人家短见识的荒诞，带着些少见多怪，还有些幻觉的。它们在弄堂这种地方，从一扇后门传进另一扇后门，转眼间便全世界皆知了。它们就好像一种无声的电波，在城市的上空交叉穿行；它们还好像是无形的浮云，笼罩着城市，渐渐酿成一场是非的雨。这雨也不是什么倾盆的雨，而是那黄梅天里的雨，虽然不暴烈，却是连空气都湿透的。因此，这流言是不能小视的，它有着细密绵软的形态，很是纠缠的。上海每一条弄堂里，都有着这样是非的空气。西区高尚的公寓弄堂里，这空气也是高朗的，比较爽身，比较明澈，就像秋日的天，天高云淡的；再下来些的新式弄堂里，这空气便要混浊一些，也要波动一些，就像风一样，吹来吹去；更低一筹的石窟门老式弄堂里的是非空气，就又不是风了，而是回潮天里的水汽，四处可见污迹的；到了棚户的老弄，就是大雾天里的雾，不是雾开日出的雾，而是浓雾作雨的雾，弥弥漫漫，五步开外就不见人的。但无论哪一种弄堂，这空气都是渗透的，无处不在。它们可说是上海弄堂的精神性质的东西。上海的弄堂如果能够说话，说出来的就一定是流言。它们是上海弄堂的思想，昼里夜里都在传播。上海弄堂如果有梦的话，那梦，也就是流言。

流言总是鄙陋的。它有着粗俗的内心，它难免是自甘下贱的。它是阴沟里的水，被人使用过，污染过的。它是理不直气不壮，只能背地里嘁嘁喳喳的那种。它是没有责任感，不承担后果的，所以它便有些随心所欲，如水漫流。它均是经不起推敲，也没人有心去推敲的。它有些像言语的垃圾，不过，垃圾里有时也可淘出真货色的。它们是那些正经话的作了废的边角料，老黄叶片，米里边的稗子。它们往往有着不怎么正经的面目，坏事多，好事少，不干净，是个腌臜货。它们其实是用最下等的材料制造出来的，这种下等材料，连上海西区公寓里的小姐都免不了堆积了一些的。但也唯独这些下等的见不得人的材料里，会有一些真东西。这些真东西是体面后头的东西，它们是说给自己也不敢听的，于是就拿来，制作流言了。要说流言的好，便也就在这真里面了。这真却有着假的面目，是在假里作真的，虚里作实，总有些改头换面，声东击西似的。这真里是有点做人的胆子的，是不怕丢脸的胆子，放着人不做却去做鬼的胆子，唱反调的胆子。这胆子里头则有着一些哀意了。这哀意是不遂心不称愿的哀，有些气在里面的，哀是哀，心却是好高骛远的，唯因这好高骛远，才带来了失落的哀意。因此，这哀意也是粗鄙的哀意，不是唐诗宋词式的，而是街头切口的一种。这哀意便可见出了重量，它是沉底的，是哀意的积淀物，不是水面上的风花雪月。流言其实都是沉底的东西，不是千淘万洗，百炼千锤的，而是本来就有，后来也有，洗不净，炼不精的，是做人的一点韧，打断骨头连着筋，打碎牙齿咽下肚，死皮赖脸的那点韧。流言难免是虚张声势，危言耸听，魑魅魍魉一起来，它们闻风而动，随风而去，摸不到头，抓不到尾。然而，这城市里的真心，却唯有到流言里去找的。无论这城市的外表有多华美，心却是一颗粗鄙的心，那心是寄在流言里的，流言是寄在上海的弄堂里的。这东方巴黎遍布远东的神奇传说，剥开壳看，其实就是流言的芯子。就好像珍珠的芯子，其实是粗糙的沙粒，流言就是这颗沙粒一样的东西。

流言是混淆视听的，它好像要改写历史似的，并且是从小处着手。它蚕食般地一点一点咬噬着书本上的记载，还像白蚁侵蚀华厦大屋。它是没有章法，乱了套的，也不按规矩来，到哪算哪的，有点流氓地痞气的。它不讲什么长篇大论,也不讲什么小道细节,它只是横着来。它是那种偷袭的方法,从背后撩上一把,转过身却没了影,结果是冤无头,债无主。它也没有大的动作,小动作却是细细碎碎的没个停,然后敛少成多,细流汇大江。所谓“谣言蜂起”,指的就是这个,确是如蜂般嗡嗡嘤嘤的。它是有些卑鄙的,却也是勤恳的。它是连根火柴梗都要拾起来作引火柴的,见根线也拾起来穿针用的。它虽是捣乱也是认真恳切,而不是玩世不恭,就算是谣言也是悉心编造。虽是无根无凭,却是有情有义。它们是自行其是,你说你的,它说它的,什么样的有公论的事情,在它都是另一番是非。它且又不是持不同政见,它是一无政见,对政治一窍不通,它走的是旁门别道,同社会不是对立也不是同意,而是自行一个社会。它是这社会的旁枝错节般的东西,它引不起社会的警惕心,因此,它的暗中作祟往往能够得逞。它们其实是一股不可小视的力量,有点“大风始于青萍之末”的意味。它们是背离传统道德的,却不以反封建的面目,而是一味地伤风败俗,是典型的下三烂。它们又敢把皇帝拉下马,也不以共和民主的面目,而是痞子的作为,也是典型的下三烂。它们是革命和反革命都不齿的,它们被两边的力量都抛弃和忽略。它们实在是没个正经样,否则便可上升到公众舆论这一档里去明修栈道,如今却只能暗度陈仓,走的是风过耳。风过耳就风过耳,它也不在乎,它本是四海为家的,没有创业的观念。它最是没有野心,没有抱负,连头脑也没有的。它只有着作乱生事的本能,很茫然地生长和繁殖。它繁殖的速度也是惊人的,鱼撒子似的。繁殖的方式也很多样,有时环扣环,有时套连套,有时谜中谜,有时案中案。它们弥漫在城市的空中,像一群没有家的不拘形骸的浪人,其实,流言正是这城市的浪漫之一。

流言的浪漫在于它无拘无束能上能下的想象力。这想象力是龙门能跳狗洞能钻的,一无清规戒律。没有比流言更能胡编乱造,信口雌黄的了。它还有无穷的活力,怎么也扼它不死,是野火烧不尽,春风吹又生的。它是那种最卑贱的草籽,风吹到石头缝里也照样生根开花。它又是见缝就钻,连闺房那样帷幕森严的地方都能出入的。它在大小姐花绷上的绣花针上流连,还在女学生的课余读物,那些哀情小说的书页流连,书页上总是有些泪痕的。台钟滴滴答答走时声中,流言一点一点在滋生;洗胭脂的水盆里,流言一点一点在滋生。隐秘的地方往往是流言丛生的地方,隐私的空气特别利于流言的生长。上海的弄堂是很藏得住隐私的,于是流言便漫生漫长。夜里边,万家万户灭了灯,有一扇门缝里露出的一线光,那就是流言;床前月亮地里的一双绣花拖鞋,也是流言;老妈子托着梳头匣子,说是梳头去,其实是传播流言去;少奶奶们洗牌的哗哗声,是流言在作响;连冬天没有人的午后,天井里一跳一跳的麻雀,都在说着鸟语的流言。这流言里有一个"私"字,这"私"字里头是有一点难言的苦衷。这苦衷不是唐明皇对杨贵妃的那种,也不是楚霸王对虞姬的那种,它不是那种大起大落、可歌可泣、悲天恸地的苦衷,而是狗皮倒灶,牵丝攀藤,粒粒屑屑的。上海的弄堂是藏不住大苦衷的。它的苦衷都是割碎了平均分配的,分到各人名下也就没有多少的。它即便是悲,即便是恸,也是悲在肚子里,恸在肚子里,说不上戏台子去供人观赏,也编不成词曲供人唱的,那是怎么来怎么去都只有自己知道,苦来苦去只苦自己,这也就是那个"私"字的意思,其实也是真正的苦衷的意思。因此,这流言说到底是有一些痛的,尽管痛的不是地方,倒也是钻心钻肺的。这痛都是各人痛各人,没有什么共鸣,也引不起同情,是很孤单的痛。这也是流言的感动之处。流言产生的时刻,其实都是悉心做人的时刻。上海弄堂里的做人,是悉心悉意,全神贯注的做人,眼睛只盯着自己,没有旁骛的。不想创造历史,只想创造自己的,没有大志气,却用尽了实力的那种。这实力也是平均分配的实力,各人名下都有一份。

3. 闺 阁

在上海的弄堂房子里,闺阁通常是做在偏厢房或是亭子间里,总是背阴的窗,拉着花窗帘。拉开窗帘,便可看见后排房子的前客堂里,人家的先生和太太,还有人家院子里的夹竹桃。这闺阁实在是很不严密的。隔墙的亭子间里,抑或就住着一个洋行里的实习生,或者失业的大学生,甚至刚出道的舞女。那后弄堂,又是个藏污纳垢的场所。老妈子的村话,包车夫的俚语,还有那隔壁大学生的狐朋狗友一日三回地来,舞女的小姊妹也三日一回地来。夜半时分,那几扇后门的动静格外地清晰,好像马上就跳出个什么轶事来似的。就说那对面人家的前客堂里的先生太太,做的是夫妻的样子,说不准却是一对狗男女,不几日就有打上门来的,碎玻璃碎碗一片响。还怕的是弄底里有一大户人家,再有个小姐,读的中西女中一类的好学校,黑漆大门里有私家轿车进去出来,圣诞节、生日有派推的钢琴声响起来,一样的女儿家,却是两种闺阁,便由不得怨艾之心生起,欲望之心也生起。这两种心可说是闺阁生活的大忌,祸根一样的东西,本是如花蕊一样纯洁娇嫩的闺阁,却做在这等嘈杂混淆的地方,能有什么样遭际呢?

月光在花窗帘上的影,总是温存美丽的。逢到无云的夜,那月光会将屋里映得通明。这通明不是白日里那种无遮无拦的通明,而是蒙了一层纱的,婆婆娑娑的通明。墙纸上的百合花,被面上的金丝草，全都像用细笔描画过的，清楚得不能再清楚。隐隐约约地，好像有留声机的声音传来，像是唱的周璇的《四季歌》。无论是多么嘈杂混淆的地方，闺阁总还是宁静的。卫生香燃到一半，那一半已经成灰尘；自鸣钟十二响只听了六响，那一半已经入梦。梦也是无言无语的梦。在后弄的黑洞洞的窗户里，不知哪个就嵌着这样纯洁无瑕的梦，这就像尘嚣之上的一片浮云，恍惚而短命，却又不知自己的命短，还是一夜复一夜的。绣花绷上的针脚，书页上的字，都是细细密密，一行复一行，写的都是心事。心事也是无声无息的心事，被月光浸透了的，格外的醒目，又格外的含蓄，不知从何说起的样子。那月亮西去，将明未明，最黑漆漆的一刻里，梦和心事都偃息了，晨曦亮起，便雁过无痕了。这是万籁俱寂的夜晚里的一点活跃，活跃也是雅致的活跃，温柔似水的活跃。也是尘嚣上的一片云。早晨的揭开的花窗帘后面的半扇窗户，有一股等待的表情，似乎是酝酿了一夜的等待。窗玻璃是连个斑点也没有的。屋子里连个人影都没有的，却满满的都是等待。等待也是无名无由的等待，到头总是空的样子。到头总是空却也是无怨又无哀。这是骚动不安闻鸡起舞的早晨唯一的一个束手待毙。无依无靠的，无求无助的，却是满怀热望。这热望是无果的花，而其他的全是无花的果。这是上海弄堂里的一点冰清玉洁。屋顶上放着少年的鸽子，闺阁里收着女儿的心。照进窗户的阳光已是西下的阳光，唱着悼歌似的，这是最后关头的倾说。这也是热火朝天的午后里仅有的一点无可奈何。这点无可奈何是带有一些古意的，有点诗词弦管的意境，是可供吟哦的，可是有谁来听呢？它连个浮云都不是，浮云会化风化雨，它却只能化成一阵烟，风一吹就散，无影无踪。上海弄堂里的闺阁，说不好就成了海市蜃楼，流光溢彩的天上人间，却转瞬即逝。

上海弄堂里的闺阁，其实是变了种的闺阁。它是看一点用一点，极是虚心好学，却无一定之规。它是白手起家和拿来主义的。贞女传和好莱坞情话并存，阴丹士林蓝旗袍下是高跟鞋，又古又摩登。“浔阳江头夜送客，枫叶荻花秋瑟瑟”也念，“当我们年轻的时候”也唱。它也讲男女大防，也讲女性解放。出走的娜娜是她们的精神领袖，心里要的却是《西厢记》里的莺莺，折腾一阵子还是郎心似铁，终身有靠。它不能说没规矩，而是规矩太杂，虽然莫衷一是，也叫她们嫁接得很好，是杂糅的闺阁。也不能说是掺了假，心都是一颗诚心，认的都是真。终也是朝起暮归，农人种田一般经营这一份闺阁。她们是大家子小家子分不大清，正经不正经也分不清的，弄底黑漆大门里的小姐同隔壁亭子间里舞女都是她们的榜样，端庄和风情随便挑的。姆妈要她们嫁好人家，男先生策反她们闹独立，洋牧师煽动她们皈依主。橱窗里的好衣服在向她们招手，银幕上的明星在向她们招手，连载小说里的女主角在向她们招手。她们人在闺阁里坐，心却向了四面八方。脚下的路像有千万条，到底还是千条江河归大海的。她们嘴里念着洋码儿，心里记挂着旗袍的料子。要说她们的心是够野的，天下都要跑遍似的，可她们的胆却那么小，看晚场电影都要娘姨接和送。上学下学，则是结伴成阵才敢在马路上过的，还都是羞答答的。见个陌生人，头也不敢抬，听了二流子的浪声谑语，气得要掉眼泪。所以，这也是自相矛盾，自己苦自己的闺阁。

午后的闺阁，真是要多烦人有多烦人的。春夏的时候，窗是推开的，梧桐上的蝉鸣，弄口的电车声，卖甜食的梆子声，邻家留声机的歌唱声，一股脑儿地钻进来，搅扰着你的心。最恼人的是那些似有似无的琐细之声，那是说不出名目和来历，嘀里嘟噜的，这是声音里暧昧不明的一种，闪烁其词的一种，赶也赶不走，捉也捉不住的一种。那午后多半是闲来无事,一颗心里,全叫这莫名的声音灌满,是无聊倍加。秋冬时节则是阴霾连日,江南的阴霾是有分量的,重重地压着你的心。静是静的,连个叹息声都是咽回肚里去的,再化成阴霾出来的。炭盆里的火本是为了驱散那阴霾,不料却也叫阴霾压得喘不过气来,晦晦涩涩地明灭着。午后的明和暗、暖和寒全是来扰人的。醒着,扰你的耳目;睡着,扰你的梦;做女工,扰你的针线;看书,扰的是书上的字句;要是有两个人坐在一处说话,便扰着你的言语。午后是一日里正过到中途,是一日之希望接近尾声的等待,不耐和消沉相继而来,希望也是挣扎的希望。它是闺阁里的苍凉暮年,心都要老了,做人却还没开头似的。想到这,心都要绞起来了,却又不能与人说,说也说不明的。上海弄堂里的闺阁,也是看不得的。人家院里的夹竹桃,红云满天,自家窗前的,是寂寞梧桐;上海的天空都叫霓虹灯给映红了,自家屋里终是一盏孤灯,一架滴滴答答的钟,数着年华似的。年华是好年华,却是经不得数的。午后是闺阁的多事之秋,带有一股饥不择食的慌乱劲儿,还带有不顾一切的鲁莽劲儿,什么都不计较了,酿成大祸,贻误终身都无悔了,有点像飞蛾扑灯。所以,这午后是陷阱一般的,越是明丽越是危险。午后的明丽总是那么不祥,玩着什么花招似的,风是撩人的,影也是撩人的,人是没有提防的。留声机里,周璇的《四季歌》,从春数到冬,唱的都是好景致,也是蛊惑人心,什么都挑好的说。屋顶上放飞的鸽子,其实放的都是闺阁的心,飞得高高的,看那花窗帘的窗,别时容易见时难的样子,还是高处不胜寒的样子。

上海弄堂里的闺阁,是八面来风的闺阁,愁也是喧喧嚣嚣的愁。后弄里的雨,写在窗上是个水淋淋的"愁"字;后弄的雾,是个模棱两可的愁,又还都是催促,催什么,也没个所以然。它消耗着做女儿的耐心,也消耗着做人的耐心,它免不了有种箭在弦上,钗在匣中,伺机待发的情势。它真是一日比一日难挨,回头一看却又时日苦短,叫人不知怎么好的。闺阁是上海弄堂的天真,一夜之间,从嫩走到熟,却是生生灭灭,永远不息,一代换一代的。闺阁还是上海弄堂的幻觉,云开日出便灰飞烟散,却也是一幕接一幕,永无止境。

4. 鸽　子

鸽子是这城市的精灵。每天早晨,有多少鸽子从波涛连绵的屋顶飞上天空！它们是唯一的俯瞰这城市的活物,有谁看这城市有它们看得清晰和真切呢?许多无头案,它们都是证人。它们眼里,收进了多少秘密呢?它们从千家万户窗口飞掠而过,窗户里的情景一幅接一幅,连在一起。虽是日常的情景,可因为多,也能堆积一个惊心动魄。这城市的真谛,其实是为它们所领略的。它们早出晚归,长了不少见识。而且它们都有极好的记忆力,过目不忘的,否则如何能解释它们的认路本领呢?我们如何能够知道,它们是以什么来做识路的标记?它们是连这城市的犄犄角角都识辨清楚的。前边说的制高点,其实指的就是它们的视点。有什么样的制高点,是我们人类能够企及和立足的呢?像我们人类这样的两足兽,行动本不是那么自由的,心也是受到拘禁的,眼界是狭小得可怜。我们生活在同类之中,看见的都是同一件事情,没有什么新发现的。我们的心里是没什么好奇的,什么都已经了然似的,因为我们看不见特别的东西。鸽子就不同了,它们每天傍晚都满载而归。在这城市上空,有多少双这样的眼睛啊！

大街上的景色是司空见惯,日复一日的。这是带有演出性质,程式化的,虽然灿烂夺目,五色缤纷,可却是俗套。霓虹灯翻江倒海,橱窗也是千变万化,其实是俗套中的俗套。街上走的人,都是戴了假面具的人,开露天派推的人,笑是应酬的笑,言语是应酬的言语,连俗套都称不上,是俗套外面的壳子。弄堂景色才是真景色。它们和街上的景色正好相反,看上去是面目划一,这一排房屋和那一排房屋很相像,有些分不清,好像是俗套,其实里面却是花样翻新,一件件,一宗宗,各是各的路数,摸不着门槛。隔一堵墙就好比隔万重山,彼此的情节相去十万八千里。有谁能知道呢?弄堂里的无头案总是格外的多,一桩接一桩的。那流言其实也是虚张声势,认真起来又不管用了,还是两眼一抹黑。弄堂里的事又是公说公有理,婆说婆有理,没有个公断,真相不明的,流言更是搅稀泥。弄堂里的景色,表面清楚,里头乱成了一团麻,剪不断,理还乱。在那窗格子里的人,都是当事人,最为糊涂的一类,经多经久了,又是最麻木的一类,睁眼瞎一样的。明眼的是那会飞的畜生,它们穿云破雾,且无所不到,它们真是自由啊!这自由实在撩人心。大街上的景色为它们熟视无睹,它们锐利的眼光很能捕捉特别的非同寻常的事情,它们的眼光还能够去伪存真,善于捕捉意义。它们是非常感性的。它们不受陈规陋习的束缚,它们几乎是这城市里唯一的自然之子了。它们在密密匝匝的屋顶上盘旋,就好像在废墟的瓦砾堆上盘旋,有点劫后余生的味道,最后的活物似的。它们飞来飞去,其实是带有一些绝望的,那收进眼睑的形形色色,也都不免染上了悲观的色彩。

应当说,这城市里还有一样会飞的生物,那就是麻雀。可麻雀却是媚俗的,飞也飞不高的。它们一飞就飞到人家的阳台上或者天井里,啄吃着水泥裂缝里的残汤剩菜,有点同流合污的意思。它们是弄堂的常客,常客也是不受尊重的常客,被人赶来赶去,也是自轻自贱。它们是没有智慧的,是鸟里的俗流。它们看东西是比人类还要差一等的,因它们没有人类的文明帮忙,天赋又不够。它们与鸽子不能同日而语,鸽子是灵的动物,麻雀是肉的动物。它们是特别适合在弄堂里飞行的一种鸟,弄堂也是它们的家。它们是那种小肚鸡肠,嗡嗡嘤嘤,陷在流言中拔不出脚的。弄堂里的阴郁气,有它们的一份,它们增添了弄堂里的低级趣味。鸽子从来不在弄堂底流连,它们从不会停在阳台、窗畔和天井,去谄媚地接近人类。它们总是凌空而起,将这城市的屋顶踩在脚下。它们扑啦啦地飞过天空,带着不屑的神情。它们是多么傲慢,可也不是不近人情,否则它们怎么会再是路远迢迢,也要泣血而回。它们是人类真正的朋友,不是结党营私的那种,而是了解的,同情的,体恤和爱的。假如你看见过在傍晚的时分,那竹梢上的红布条子,在风中挥舞,召唤鸽群回来的景象,你便会明白这些。这是很深的默契,也是带有孩子气的默契。它们心里有多少秘密,就有多少同情;有多少同情,就有多少信用。鸽群是这城市最情意绵绵的景象,也是上海弄堂的较为明丽的景象,在屋顶给鸽子修个巢,晨送暮迎,是这城市的恋情一种,是城市心的温柔乡。

这城市里最深藏不露的罪与罚,祸与福,都瞒不过它们的眼睛。当天空有鸽群惊飞而起,盘旋不去的时候,就是罪罚祸福发生的时候。猝然望去,就像是太阳下骤然聚起的雨云,还有太阳里的斑点。在这水泥世界的沟壑裥褶里,嵌着多少不忍卒目的情和景。看不见就看不见吧,鸽群却是躲也躲不了的。它们的眼睛,全是被这情景震惊的神色,有泪流不出的样子。天空下的那一座水泥城,阡陌交错的弄堂,就像一个大深渊,有如蚁的生命在作挣扎。空气里的灰尘,歌舞般地飞着,做了天地的主人。还有琐细之声,角角落落地灌满着，也是天地的主人。忽听一阵鸽哨，清洌地掠过，裂帛似的，是这沉沉欲睡的天地间的一个清醒。这城市的屋顶上，有时还会有一个飞翔的东西，来与鸽群做伴，那就是风筝。它们往往被网状的电线扯断了线，或者撞折了翅翼，最后挂在屋脊和电线杆上，眼巴巴地望着鸽群。它们是对鸽子这样的鸟类的一个模拟，虽连麻雀那样的活物都不算，却寄了人类一颗天真的好高骛远的心。它们往往出自孩子的手，也出自浪荡子的手，浪荡子也是孩子，是上了岁数的孩子。孩子和浪荡子牵着它们，拼命地跑啊跑的，要把它们放上天空，它们总是中途夭折，最终飞上天空的寥寥无几。当有那么一个混入了鸽群，合着鸽哨一起飞翔，却是何等的快乐啊！清明时节，有许多风筝的残骸在屋顶上遭受着风吹雨打，是殉情的场面。它们渐渐化为屋顶上的泥土，养育着瘦弱的狗尾巴草。有时也有乘上云霄的挣断线的风筝，在天空里变成一个黑点，最后无影无踪，这是一个逃遁，怀着誓死的决心。对人类从一而终的只有鸽子了，它们是要给这城市安慰似的，在天空飞翔。这城市像一个干涸的海似的，楼房是礁石林立，还是搁浅的船只，多少生灵在受苦啊！它们怎么能弃之而去。鸽子是这无神论的城市里神一般的东西，却也是谁都不信的神，它们的神迹只有它们知道。人们只知道它们无论多远都能泣血而归。人们只是看见它们就有些喜欢。尤其是住在顶楼的人们，鸽子回巢总要经过他们的老虎天窗，是与它们最为亲近的时刻。这城市里虽然有着各式庙宇和教堂，可庙宇是庙宇，教堂是教堂，人还是那弄堂里的人。人是那波涛连涌的弄堂里的小不点儿，随波逐流的，鸽哨是温柔的报警之声，朝朝夕夕在天空长鸣。

现在，太阳从连绵的屋瓦上喷薄而出，金光四溅的。鸽子出巢了，翅膀白亮白亮。高楼就像海上的浮标。很多动静起来了，形成海的低啸。还有尘埃也起来了,烟雾腾腾。多么的骚动不安,有多少事端在迅速酝酿着成因和结果,已经有激越的情绪在穿行不止了。门窗都推开了,真是密密匝匝,有隔宿的陈旧的空气流出来了,交汇在一起,阳光变得混浊了,天也有些暗,尘埃的飞舞慢了下来。空气里有一种纠缠不清在生长,它抑制了激情,早晨的新鲜沉郁了,心底的冲动平息了,但事端在继续积累着成因,种瓜得瓜,种豆得豆的。太阳在空中渡着它日常的道路,移动着光和影,一切动静和尘埃都已进入常态,是日复一日,年复一年。所有的浪漫都平息了,天高云淡,鸽群也没了影。

5. 王琦瑶

王琦瑶是典型的上海弄堂的女儿。每天早上,后弄的门一响,提着花书包出来的,就是王琦瑶;下午,跟着隔壁留声机哼唱《四季歌》的,就是王琦瑶;结伴到电影院看费雯丽主演的《乱世佳人》,是一群王琦瑶;到照相馆去拍小照的,则是两个特别要好的王琦瑶。每间偏厢房或者亭子间里,几乎都坐着一个王琦瑶。王琦瑶家的前客堂里,大都有着一套半套的红木家具。堂屋里的光线有点暗沉沉,太阳在窗台上画圈圈,就是进不来。三扇镜的梳妆桌上,粉缸里粉总像是受了潮,有点黏湿的,生发膏却已经干了底。樟木箱上的铜锁锃亮的,常开常关的样子。收音机是供听评弹、越剧,还有股票行情的,波段都有些难调,丝丝拉拉地响。王琦瑶家的老妈子,有时是睡在楼梯下三角间里,只够放一张床。老妈子是连东家洗脚水都要倒,东家使唤她好像要把工钱的利息用足的。这老妈子一天到晚地忙,却还有工夫出去讲她家的坏话,还是和邻家的车夫有什么私情的。王琦瑶的父亲多半是有些惧内,被收伏得很服帖,为王琦瑶树立女性尊严的榜样。上海早晨的有轨电车里,坐的都是王琦瑶的上班的父亲,下午街上的三轮车里,坐的则是王琦瑶的去剪旗袍料的母亲。王琦瑶家的地板下面,夜夜是有老鼠出没的,为了灭鼠抱来一只猫,房间里便有了淡淡的猫臊臭的。王琦瑶往往是家中的老大,小小年纪就做了母亲的知己,和母亲套裁衣料,陪伴走亲访友,听母亲们喟叹男人的秉性,以她们的父亲作活教材的。

王琦瑶是典型的待字闺中的女儿,那些洋行里的练习生,眼睛觑来觑去的,都是王琦瑶。在伏天晒霉的日子里,王琦瑶望着母亲的垫箱,就要憧憬自己的嫁妆的。照相馆橱窗里婚纱曳地的是出嫁的最后的王琦瑶。王琦瑶总是闭花羞月的,着阴丹士林蓝的旗袍,身影袅袅,漆黑的额发掩一双会说话的眼睛。王琦瑶是追随潮流的,不落伍也不超前,是成群结队的摩登。她们追随潮流是照本宣科,不发表个人见解,也不追究所以然,全盘信托的。上海的时装潮,是靠了王琦瑶她们才得以体现的。但她们无法给予推动,推动不是她们的任务。她们没有创造发明的才能,也没有独立自由的个性,但她们是勤恳老实,忠心耿耿,亦步亦趋的。她们无怨无艾地把时代精神披挂在身上,可说是这城市的宣言一样的。这城市只要有明星诞生,无论哪一个门类的,她们都是崇拜追逐者;报纸副刊的言情小说,她们也是倾心相随的读者。她们中间出类拔萃的,会给明星和作者写信,一般只期望得个签名而已。在这时尚的社会里,她们便是社会基础。王琦瑶还无一不是感伤主义的,也是潮流化的感伤主义,手法都是学着来的。落叶在书本里藏着,死蝴蝶是收在胭脂盒,她们自己把自己引下泪来,那眼泪也是顺大流的。那感伤主义是先做后来,手到心才到,不能说它全是假,只是先后的顺序是倒错的,是做出来的真东西。这地方什么样的东西都有摹本,都有领路的人。王琦瑶的眼睑总是有些发暗,像罩着阴影,是感伤主义的阴影。她们有些可怜见的,越发的楚楚动人。她们吃饭只吃猫似的一口,走的也是猫步。她们白得透明似的,看得见淡蓝经脉。她们夏天一律的疰夏,冬天一律的睡不暖被窝,她们需要吃些滋阴补气的草药,药香弥漫。这都是风流才子们在报端和文明戏里制造的时尚,最合王琦瑶的心境,要说,这时尚也是有些知寒知暖的。

王琦瑶和王琦瑶是有小姊妹情谊的,这情谊有时可伴随她们一生。无论何时,她们到了一起,闺阁生活便扑面而来。她们彼此都是闺阁岁月的一个标记,纪念碑似的东西;还是一个见证,能挽留时光似的。她们这一生有许多东西都是更替取代的,唯有小姊妹情谊,可说是从一而终。小姊妹情谊说来也怪,它其实并不是患难与共的一种,也不是相濡以沫的一种,它无恩也无怨的,没那么多的纠缠。它又是无家无业,没什么羁绊和保障。要说是知心,女儿家又有多少私心呢?她们更多只是个做伴,做伴也不是什么要紧的做伴,不过是上学下学的路上。她们梳一样的发式,穿一样的鞋袜,像恋人那样手挽着手。街上倘若看见这样一对少女,切莫以为是一胎双胞的姐妹,那就是小姊妹情谊,王琦瑶式的。她们相偎相依,看上去不免是有些小题大做的,然而她们的表情却是那样认真,由不得叫你也认真的。她们的做伴,其实是寂寞加寂寞,无奈加无奈,彼此谁也帮不上谁的忙,因此,倒也抽去了功利心,变得很纯粹了。每个王琦瑶都有另一个王琦瑶来做伴,有时是同学,有时是邻居,还有时是在表姐妹中间产生一个。这也是她们平淡的闺阁生活中的一个社交。她们的社交实在太少,因此她们就难免全力以赴,结果将社交变成了情谊。王琦瑶们倒都是情谊中人,追求时尚的表面之下有着一些肝胆相照。小姊妹情谊是真心对真心，虽然真心也是平淡的真心。一个王琦瑶出嫁，另一个王琦瑶便来做伴娘，带着点凭吊的意思，还是送行的意思。那伴娘是甘心衬托的神情，衣服的颜色是暗一色的，款式是老一成的，脸上的脂粉也是淡一层的，什么都是偃旗息鼓的，带了一点自我牺牲的悲壮，这就是小姊妹情谊。

上海的弄堂里，每个门洞里，都有王琦瑶在读书，在绣花，在同小姊妹窃窃私语，在和父母怄气掉泪。上海的弄堂总有着一股小女儿情态，这情态的名字就叫王琦瑶。这情态是有一些优美的，它不那么高不可攀，而是平易近人，可亲可爱的。它比较谦虚，比较温暖，虽有些造作，也是努力讨好的用心，可以接受的。它是不够大方和高尚，但本也不打算谱写史诗，小情小调更可人心意，是过日子的情态。它是可以你来我往，但也不可随便轻薄的。它有点缺少见识，却是通情达理的。它有点小心眼儿，小心眼儿要比大道理有趣的。它还有点耍手腕，也是有趣的，是人间常态上稍加点装饰。它难免有些村俗，却已经过文明的淘洗。它的浮华且是有实用作底的。弄堂墙上的绰绰月影，写的是王琦瑶的名字；夹竹桃的粉红落花，写的是王琦瑶的名字；纱窗帘后头的婆娑灯光，写的是王琦瑶的名字；那时不时窜出一声的苏州腔的柔糯的沪语，念的也是王琦瑶的名字。叫卖桂花粥的梆子敲起来了，好像是给王琦瑶的夜晚数更；三层阁里吃包饭的文艺青年，在写献给王琦瑶的新诗；露水打湿了梧桐树，是王琦瑶的泪痕；出去私会的娘姨悄悄溜进了后门，王琦瑶的梦却已不知做到了什么地方。上海弄堂因有了王琦瑶的缘故，才有了情味，这情味有点像是从日常生计的间隙中迸出的，墙缝里的开黄花的草似的，是稍不留意遗漏下来的，无心插柳的意思。这情味却好像会洇染和化解，像那种苔藓类的植物,沿了墙壁蔓延滋长,风餐露饮,也是个满眼绿,又是星火燎原的意思。其间那一股挣扎与不屈,则有着无法消除的痛楚。上海弄堂因为了这情味,便有了痛楚,这痛楚的名字,也叫王琦瑶。上海弄堂里,偶尔会有一面墙上,积满了郁郁葱葱的爬山虎,爬山虎是那些垂垂老矣的情味,是情味中的长寿者。它们的长寿也是长痛不息,上面写满的是时间的字样,日积月累的光阴的残骸,压得喘不过气来的。这是长痛不息的王琦瑶。

第 二 章

6. 片 厂

四十年的故事都是从去片厂这一天开始的。前一天，吴佩珍就说好，这天要带王琦瑶去片厂玩。吴佩珍是那类粗心的女孩子。她本应当为自己的丑自卑的，但因为家境不错，有人疼爱，养成了豁朗单纯的个性，使这自卑变成了谦虚，这谦虚里是很有一些实事求是的精神的。由这谦虚出发，她就总无意地放大别人的优点，很忠实地崇拜，随时准备奉献她的热诚。王琦瑶无须提防她有妒忌之心，也无须对她有妒忌之心，相反，她还对她怀有一些同情，因为她的丑。这同情使王琦瑶变得慷慨了，自然这慷慨是只对吴佩珍一个人的。吴佩珍的粗心其实只是不在乎，王琦瑶的宽待她是心领的，于是加倍地要待她好，报恩似的。一来二去的，两人便成了最贴心的朋友。王琦瑶和吴佩珍做朋友，有点将做人的重头推给吴佩珍的意思。她的好看突出了吴佩珍的丑，她的精细突出了吴佩珍的粗疏，她的慷慨突出的是吴佩珍的受恩，使吴佩珍负了债。好在吴佩珍是压得起的，她的人生任务不如王琦瑶来得重，有一点吃老本，也有一点不计较，本是一身轻，也是为王琦瑶分担的意思。这么一分担，两头便达到平衡，友情逐日加深。

吴佩珍有个表哥是在片厂做照明工，有时来玩，就穿着钉了铜扣的黄咔叽制服,有些炫耀的样子。吴佩珍本来对他是不在意的,拉拢他全是为了王琦瑶。片厂这样的地方是女学生们心向往之的地方,它生产罗曼蒂克,一种是银幕上的,人所周知的电影;一种是银幕下的,流言蜚语似的明星轶事。前者是个假,却像真的;后者是个真,倒像是假的。片厂里的人生啊,一世当作两世做的。像吴佩珍这样吃得下睡得着的女孩子,是不大有梦想的,她又只有兄弟,没有姐妹,从小做的是男孩的游戏,对女孩子的窍门反倒不在行了。但和王琦瑶做朋友以后,她的心却变细了。她是将片厂当作一件礼物一样献给王琦瑶的。她很有心机的,将一切都安排妥了,日子也定下了,才去告诉王琦瑶。不料王琦瑶却还有些勉强,说她这一天正好有事,只能向她表哥抱歉了。吴佩珍于是就一个劲儿地向王琦瑶介绍片厂的有趣,将表哥平日里吹嘘的那些事迹都搬过来,再加上自己的想象。事情一时上有些弄反了,去片厂倒是为了照顾吴佩珍似的。等王琦瑶最终拗不过她,答应换个日子再去的时候,吴佩珍便像又受了一次恩,欢天喜地去找表哥改日子。其实这一天王琦瑶并非有事,也并非对片厂没兴趣,这只是她做人的方式,越是有吸引力的事就越要保持矜持的态度,是自我保护的意思,还是欲擒故纵的意思?反正不会是没道理。吴佩珍要学会这些,还早着呢。去找表哥的路上,她满心里都是对王琦瑶的感激,觉得她是太给自己面子了。

这表哥是她舅舅家的孩子。舅舅是个败家子,把杭州城里一爿茧行吃空卖空,就离家出走,也不知去了什么地方。她母亲平素最怕这门亲戚,上门不是要钱就是要粮,也给过几句难听话,还给过几次钉子碰,后来就渐渐不来了,断了关系。忽有一日,那表哥再上门时,便是穿着这身钉了铜扣的黄咔叽制服,还带了两盒素点心,好像发了个宣言似的。自此,他每过一两月会来一次,说些片厂里的趣事,可大家都淡淡的,只有吴佩珍上了心。她按了地址去到肇嘉浜找表哥,一片草棚子里,左一个岔,右一个岔,布下了迷魂阵。一看她就是个外来的,都把目光投过去,待她要问路时,目光又都缩了回去。等她终于找到表哥的门,表哥又不在,同他合住的也是一个青年,戴着眼镜,穿的却是做工的粗布衣服,让她进屋等。她有点窘,只站在门口,自然又招来好奇的目光。天将黑的时候,才见表哥七绕八拐地走来,手里提着一个油浸浸的纸包,想是猪头肉之类的。她回到家里,已经开晚饭了,她还得编个谎搪塞她父母,也是煞费了苦心。可她无怨无艾,洗脚时看见脚底走出的泡,也觉得很值得。这晚上,吴佩珍竟也做了个关于片厂的梦,梦见水银灯下有个盛装的女人,回眸一笑,竟是王琦瑶,不由感动得醒了。她对王琦瑶的感情,有点像一个少年对一个少女,那种没有欲念的爱情,为她做什么都肯的。她在黑漆漆的房间里睁着眼,心想:片厂是个什么地方呢?

到了那一天,去往片厂的时候,吴佩珍的兴奋要远超过王琦瑶,几乎按捺不住的。有同学问她们去哪里,吴佩珍一边说不去哪里,一边在王琦瑶的胳膊上拧一下,再就是拖着王琦瑶快走,好像那同学要追上来,分享她们的快乐似的。她一路聒噪,引得许多路人回头侧目,王琦瑶告诫几次没告诫住,最后只得停住脚步,说不去了,片厂没到,洋相倒先出够了。吴佩珍这才收敛了一些。两人上车,换车,然后就到了片厂。表哥站在门口正等她们,给她们一人一个牌挂在胸前,表示是厂里的人,便可以随处乱走了。她们挂好牌,跟了表哥往里走。先是在空地上走,四处都扔了木板旧布,还有碎砖破瓦,像一个垃圾场,也像一个工地。迎面来的人,都匆匆的,埋着头走路。表哥的步子也迈得很快,有要紧事去做似的。她们两人被甩在后头,互相拉着手,努力地加快步子。下午三四点的太阳有点人意阑珊的，风贴着地吹，吹起她们的裙摆。两人心里都有些暗淡，吴佩珍也沉默下来。三人这样走了一阵，几百步的路感觉倒有十万八千里的样子，那两个跟着的已经没有耐心。表哥放慢了脚步与她们拉扯片厂里的琐事，却有点不着边际的。这些琐事在外面听起来是真事，到了里面反倒像是传闻，不大靠得住了，两人心里又有些恍惚。然后就走进了一座仓库似的大屋，一眼望过去，都是穿了制服的做工的人走来走去，爬上爬下，大声吆喝着。类似明星的，竟一个也见不着。她们跟着表哥一阵乱走，一会儿小心头上，一会儿小心脚底，很快就迷失了方向。头上脚下都是绳索之类的东西，灯光一片明一片暗的。她们好像忘记了目的，不知来到了什么地方，只是一心一意地走路。又好像走了十万八千里，表哥站住了脚，让她们就在这边看，他要去工作了。

她们站的这块地方，是有些熙攘的，人们都忙碌着，从她们的身前身后走过。好几次她们觉得挡了别人的路，忙着让开，不料却撞到另一人的身上。而明星样的人还是一个不见。她们惴惴的，心想是来错了，吴佩珍更是愧疚有加，不敢看王琦瑶的脸色。这时，灯光亮了，好像有十几个太阳相交地升起，光芒刺眼，她们这才看见面前是半间房间的摆设。那三面墙的房间看起来是布景，可里头的东西样样都是熟透的。床上的被子是七成新的，烟灰缸里留有半截烟头的，床头柜上的手绢是用过的，揉成了一团，就像是正过着日子，却被拆去了一堵墙，揪出来示众一般。看了心里有点欢喜，还有点起腻。因她们站得远，听不见那里在说什么，只见有一个穿睡袍的女人躺在床上，躺了几种姿势，一回是侧身，一回是仰天，还有一回只躺了半个身子，另半个身子垂到地上的。她的半透明的睡袍裹着身子，床已经皱了，也是有点起腻的。灯光暗了几次，又亮了几次。最后终于躺定了，再不动了，灯光再次暗下来。

再一次亮起时，似与前几次都不同了。前几次的亮是那种敞亮，大放光明，无遮无挡的。这一次，却是一种专门的亮，那种夜半时分外面漆黑里面却光明的亮。那房间的景好像退远了一些，却更生动了一些，有点熟进心里去的意思。王琦瑶注意到那盏布景里的电灯，发出着真实的光芒，莲花状的灯罩，在三面墙上投下波纹的阴影。这就像是旧景重现，却想不起是何时何地的旧景。王琦瑶再把目光移到灯下的女人，她陡地明白这女人扮的是一个死去的人，不知是自杀还是他杀。奇怪的是，这情形并非阴森可怖，反而是起腻的熟。王琦瑶看不清这女人的长相，只看见她乱蓬蓬的一头鬈发，全堆在床脚头，因她是倒过来脚顶床头，头抵床脚地躺着，拖鞋是东一只，西一只。片厂里闹哄哄的，货码头似的，"开麦拉""OK"的叫声此起彼伏，唯有那女人是个不动弹，千年万载不醒的样子。吴佩珍先有些不耐烦，又因为有点胆大，就拉王琦瑶去别处看。

下一处地方是拍打耳光的，在一个也是三面墙的饭店，全是西装革履的，却冲进一个穷汉，进来就对那做东的打耳光。做派都有点滑稽的，耳光是打在自己手上，再贴到对方的脸上，却天衣无缝的样子。吴佩珍喜欢看这个，往复了多少遍都看不厌，直说有趣。王琦瑶却有些不耐烦，说还是方才那场景有看头，是个正经的片子，不像这，全是插科打诨，猴把戏一样的。两人又回到方才那棚里，不料人都散了，那床也挪开了，剩几个人在地上收拾东西。她们疑心走错了地方，要重新去找，却听表哥叫她们，原来，收拾东西的人里头就有表哥。他让她们等一会儿，再带她们去别处逛，今日有一个棚在做特技呢！她们只得站在一旁干等。有人问表哥她们是谁，表哥说了，又问她们在哪个学校读书，表哥说不上来，吴佩珍自己说了，那人就朝她们笑，一口白牙齿在暗中亮了一下。过后，表哥告诉她俩,这人是导演,在外国留过学的,还会编剧,今天拍的这戏,就是他自编自导的。说罢,就带上她们去看拍特技,又是烟又是火,还有鬼的。也都是底下的工人在折腾,留给演员去做的事,只一眨眼。吴佩珍又要表哥带她们去看明星,表哥却面露难色,说今天哪个棚都没拍明星的戏,说这明星的戏不是哪天都有的,也不是想排哪天就排哪天的,要随着明星的意思。吴佩珍便揭底似的说:你不是讲每天都可看见谁谁谁的?王琦瑶见表哥脸上下不来,就圆场道:下回再来吧,天也黑了,家里人要等了!表哥这就带了她们往外走,路上又遇见那导演一回,竟还记得她们,叫她们某某中学的女学生,很幽默的,两人都红了脸。

回去的电车上,两人就有些懒得说话,听那电车的当当声。电车上有些空,下班的人都到了家,过夜生活的人又还没有出门。那片场的经验有些出人意料,说不上是扫兴还是尽兴,总之都是疲乏了。吴佩珍本来对片厂没有多少准备,她的向往是因王琦瑶而生的向往,她自然是希望片厂越精彩越好,可究竟是什么样的精彩,心中却是没数的,所以她是要看王琦瑶的态度再决定她的意见。片厂给王琦瑶的感想却有些复杂。它是不如她想象中的那样神奇,可正因为它的平常,便给她一个唾手可得的印象。唾手可得的是什么?她还不知道。原先的期待是有些落空,但那期待里的紧张却释然了。从片厂回来几天,她都没什么表示,这使吴佩珍沮丧,以为王琦瑶其实是不喜欢片厂这地方,去片厂全是她多此一举。有一日,她用作忏悔一样的口气对王琦瑶说,表哥又请她们去片厂玩,她拒绝了。王琦瑶却转过脸,说:你怎么能这样不懂道理,人家是一片诚心。吴佩珍瞪大了眼睛,不相信地看着她,王琦瑶被她看得不自在,就转回头说:我的意思是不该不给人家面子,这是你们家的亲戚呀!这一回,连吴佩珍都看出王琦瑶想去又不说的意思了，她非但不觉得她作假，还有一种怜爱心中生起，心想她看上去是大人，其实还是个孩子呀！这时候，吴佩珍对王琦瑶的心情又有点像母亲，包容一切的。

从此，片厂就变成她们常去的地方。拍电影的窍门懂得了不少，知道那拍摄完全不是按着情节的顺序来的，而是一个镜头一个镜头分别拍了，最后才连成的。拍摄的现场又是要多破烂有多破烂，可是从开麦拉里摄取的画面总是整洁美妙。炙手可热的大明星她们也真见着了一二回，到了镜头面前，也是道具一般无所作为的。那电影的脚本则是随意地改变，一转眼死人变活人的。她们钻进电影的幕后，摸着了奥秘的机关，内心都有一些变化。片厂的经验确是不寻常的经验，它带有一些人生的含义。尤其在她们那个年龄，有些虚实不分，真伪不辨；又尤其是在那样的时代，电影已成为我们生活的一个重要部分。

7. 开麦拉

王琦瑶知道了，拍电影最重要最关键的一瞬，是“开麦拉”的这一瞬，之前全是准备和铺垫。之后呢？则是永远的结束。她看出这一声“开麦拉”的不同寻常的意义，几乎是接近顶点的。那导演有时让她们看镜头，镜头总是美妙，将杂乱和邋遢都滤去了。还使暗淡生辉。镜头里的世界是另一个，经过修改和制作，还有精华的意思。那导演已成为熟人，她们见他不再脸红。有几回，表哥不在片厂，她们便直接找他。他自作主张的，喊她们一个叫“珍珍”，一个叫“瑶瑶”，好像她们成了他戏里的角色似的。他背地里和片厂的人说，珍珍是个丫头相，不过是荣国府贾母身边的粗使丫头，傻大姐那样的;瑶瑶是小姐样,却是员外家的小姐,祝英台之流的。他把吴佩珍当小孩子看,喜欢逗她,开些玩笑;对王琦瑶则说有机会要让她上一回镜头,因她的眉眼有些像阮玲玉,趁着人们对阮玲玉的怀念,说不定能捧出一颗明星。也是带点玩笑的意思,却含蓄得多。王琦瑶当然也不会认真,只是有点喜欢自己和阮玲玉的相像。可是有一日,导演竟真的打电话到家里,让她去试一试镜头。王琦瑶心怦怦跳着,手心有点发凉,她不知道这是不是个机会,她想,机会难道就是这般容易得的吗?她不相信,又不敢不信,心里有些挣扎。她本是想不告诉吴佩珍,一个人悄悄地去,再悄悄地回,就算没结果,也只她自己知道,好比没发生过的一样。可临到那一天,她还是告诉了吴佩珍,要她陪自己一起去,为了壮胆子。晚上她没睡好,眼睛下有一片青晕,下巴也尖了一些。吴佩珍自然是雀跃,浮想联翩,转眼间,已经在策划为王琦瑶开记者招待会了。王琦瑶听她聒噪,便又后悔告诉了她。这一天的课,两人都没上好,心不知飞到哪里去了。终于放学,两人便踅出校门,上了电车。这时间的电车,多是些家庭主妇般的女人,手里拎着布袋,身上的旗袍是有皱痕的,腿后的丝袜也没对准缝,偏了那么一点,头发或是蓬乱,或是理发店刚出来戴了一顶盔似的,脸上表情也是木着的,万事俱不关心的样子。电车在轨道里哐哐当当地走,也是漠然的表情。她们俩却是这漠然里的一个活跃,虽然也是不做声,却是有着几百年的大事在酝酿的。下午三点钟的马路,是有疲惫感的,心里都在准备着结束和换班了。太阳是在马路西面的楼房上,黄熟的颜色。她们俩倒好像是去开始这一天的,心里有着许多等待。

导演先将她俩领进化妆室,让一个化妆师来给王琦瑶化妆。王琦瑶从镜子里看见自己的形象,觉得自己的脸是那么小,五官是那么简单,不会有奇迹发生的样子,不由颓丧起来。她由化妆师摆弄，听天由命的表情，有一段时间，她闭起眼睛不去看镜子。她感到十分的难堪，恨不得这一切早点结束；她还有些神经过敏，认为那化妆师也是恨不得早点结束，手的动作难免急躁和粗暴的。她睁开眼睛再看镜子，镜子里的自己是个尴尬的自己，眼睛鼻子都是不得已的样子。化妆室的光是充足的平均分配的光，没有抑扬顿挫，看上去都有些平铺直叙的。王琦瑶对自己没有信心了，反倒是豁出去地，睁大眼睛看那化妆师的手法，看着自己一点一点变得不是自己，成了个陌生人。这时，她倒平静下来，心情也松弛了，等那化妆师结束工作走开时，她甚至还生出几分幽默感同吴佩珍开玩笑。吴佩珍说她简直像是嫦娥下凡，她就说嫦娥也是月饼盒上的嫦娥，于是两人都笑。一笑，表情舒展了，脂粉的颜色里有了活气，便生动起来。再看那镜子里的美人，也不那么生分和隔膜了。不一会儿，导演就派人来招呼她去，吴佩珍自然尾随着。棚里灯架都支好了，那吴佩珍的表哥在一个高处朝着她笑，导演却变得很严肃，六亲不认似的，指定她坐在一个床上，是那种宁式眠床，有着高大的帐篷，架上雕着花，嵌着镜子，是乡下人的华丽。导演告诉她，她现在是一个旧式婚礼中的新娘，披着红盖头，然后有新郎官来揭盖头，一点一点露出了脸庞。导演规定她是娇羞的，妩媚的，有憧憬又有担忧的，一股脑儿交给她这些形容词，全要做在一张脸上。王琦瑶虽是点头，心却茫然，还恍恍的，不知从何着手。可此时她只是一个豁出去，反倒是很镇定，竟能注意到周围，听见有邻近棚里传出来的“开麦拉”的叫声。

接着，一块红盖头蒙上来了，眼前陡地暗了。这时，王琦瑶的心才擂鼓似的跳起来。她领悟这一时刻的来临，心生畏惧，膝盖微微地打颤。灯光齐明，眼前的暗变成了溶溶的红色，虽是有光，却是不明就里的光。王琦瑶发热似的，寒战沿了膝盖升上去，牙齿都磕碰起来。片厂里的神奇在光里聚集和等候着。有人走过来，整理她的衣服，又走开了，带来一阵风，红盖头动了一下，抚着她的脸，是这一下午的紧张里的一个温柔。她听见四周围一连串的“OK”声，是递进的节奏，有几分激越的，齐心奔向一个目标的，最终是一声“开麦拉”。王琦瑶的呼吸屏住了，透不过气来，她听见开麦拉走片的机械声，这声音盖住了一切，她完全忘记了她该做什么了。当一只手揭去红盖头的时候，她陡然一惊，往后缩了一下，导演便嚷了一声停。灯光暗下，红盖头罩上，再从头来起。

再一遍来起就有些人事皆非了。很多情景远去了，不复再现，本来也是幻觉一样的东西。王琦瑶清醒过来，寒战止住了，心跳恢复正常。红盖头里的暗适应了，能辨出活动的人影。灯光亮起，是例行公事的，一连串“OK”也是例行公事，那一声“开麦拉”虽是例行公事，也是权威性的，有一点不变的震撼。她开始依着导演的交代在脸上做准备，却不知该如何娇羞，如何妩媚，如何有憧憬又有担忧。喜怒哀乐本来也没个符号，连个照搬都没地方去搬的。红盖头揭起时，她脸上只是木着，连她天生就有的那妩媚也木住了。导演在镜头里已经觉察到自己的失误，王琦瑶的美不是那种文艺性的美，她的美是有些家常的，是在客堂间里供自己人欣赏的，是过日子的情调。她不是兴风作浪的美，是拘泥不开的美。她的美里缺少点诗意，却是忠诚老实的。她的美不是戏剧性的，而是生活化，是走在马路上有人注目，照相馆橱窗里的美。从开麦拉里看起来，便过于平淡了。导演不觉失望，他的失望还有一点为王琦瑶的意思，他想，她的美是要被埋没了。后来，为了补偿，他请一个摄影的朋友，为王琦瑶拍了一些生活照，这些生活照果真情形大异，其中一张还用在了《上海生活》的封二，以“沪上淑媛”为题名。

试镜头的经历就这样结束了，这是片厂里的小事一桩。王琦瑶从此不再去片厂了，她是想把这事淡忘，最好是没发生过。可是罩着红盖头，灯光齐明的情景却长在了心里，眼一闭就会出现的。那情景有一种莫测的悸动，是王琦瑶平静生活中的一个戏剧性的片刻。这一片刻的转瞬即逝，在王琦瑶心里留下一笔感伤的色彩。有时放学走在回家的路上，会有一点不期然的东西唤起去试镜头的那个下午的记忆。王琦瑶这年是十六岁，这事情使她有了沧桑感，她觉得自己已经不止十六岁这个岁数了。她还有点躲避吴佩珍，像有什么底细被她窥伺了去似的。放学吴佩珍约她去哪里，十有九次她找理由拒绝。吴佩珍有几次上她家找她玩，她也让娘姨说不在家推了。吴佩珍感觉到王琦瑶的回避，不由黯然神伤。但她却并不丧失信心，她觉得无论过多少日子，王琦瑶终究会回到她的身边。她的友情化成虔诚的等待，她甚至没有去交新的女朋友，因不愿让别人侵占王琦瑶的位置。她还隐约体会到王琦瑶回避的原委，似乎是与那次失败的试镜头有关，她也不再去片厂了，甚至与表哥断了来往。这次试镜头变成她们两人的伤心事，都怀有一些失败感的。后来，她们逐渐变得连话也不大讲了，碰面都有些尴尬地匆匆避开。当她们坐在课堂的两头，虽不对视，可彼此都感觉到对方的存在，有一种类似同情的气氛在她们之间滋生出来。去片厂的事情是以一声“开麦拉”告终的，这有一种电影里称作“定格”的效果，是一去不返，也是记忆永存。如今，课余的生活又回复到老样子，而老样子里面又是有一点新的被剥夺，心都是有点受伤的，伤在哪里，且不明白的。本来见风就是雨的女子学校，对这回王琦瑶试镜头的事，竟无一点声气，瞒得紧紧的。两人虽然没互相叮嘱，却不约而同地缄口不提。其实在一般女学生看来，能为导演看上去试一回，已是足够的光荣，成功则是奢望中的奢望。这也是王琦瑶她们原先的想法，可一旦走到了那一步，情形便不是旧时旧地,人也不是旧人,是付出过代价的,有些损失的。若非吴佩珍这样将心比心的旁观者,是体尝不到这番心境的。

8. 照　片

导演为拍照片的事打电话给王琦瑶,是在一个月之后了。听到导演的电话,王琦瑶的口气不自主就变得生硬起来,还有点讽刺地,问他有何贵干。导演说有一朋友叫程先生的,是个摄影师,想替她拍些照片。王琦瑶说,她是并不上相的,还是请程先生找别人吧!导演笑道:瑶瑶生气了!王琦瑶就不好意思再推了。过了一天,那程先生自己来电话约好时间和地方,到时候,王琦瑶遵程先生吩咐,带上自己的几件旗袍和裙装,按着他给的地址去了。程先生住在外滩的一幢大楼,顶上的一层,房间是重新隔过的,装修成一个照相间,拉着布幔,有一些布景,欧洲的城堡,亭台楼阁什么的。里边另有暗房和化妆室。程先生是个二十六岁的青年,戴着金丝边近视眼镜,白衬衫束在吊带西装裤里,很精干的样子。他让王琦瑶进化妆间修饰一下,自己在外面布灯。王琦瑶从化妆间的窗户看见了外滩,白带子似的一条。星期天的上午,太阳格外的好。海关大钟当当地敲着,声音在空气里散开,听起来是旷远的意境。江边的人是如豆的大小,亮晶晶地移动。王琦瑶的眼睛从窗外移回来,忽有些茫然的,不知自己来这里是为什么。她无意地抑制了自己的希望,不让这希望漫生漫长。她已是受过打击的,心里难免有点灰。她其实无意地也欣赏着自己的希望成灰,顾影自怜的。到程先生这里来,她对自己说是照顾导演的面子,为他人做嫁衣裳的,她自己是无所谓。她很无所谓地打量镜子里的自己,涂了点唇膏,也懒得换衣服,就这么走出了化妆间。

程先生已经布置好了,背景是一幅橙色的布幔,布幔前是一个花几,几上是白色的马蹄莲。他请王琦瑶站到几旁去,退几步又进几步地端详着。王琦瑶也是以无所谓的表情接受这样端详,并无窘色,曾经沧海的样子,不过也是天真的"曾经沧海",暗底里使劲,有些夸张的。程先生的眼光和导演是不同的,导演要的是性格,程先生只要美。性格是要去塑造什么,美却没有这任务。在程先生眼里,王琦瑶几乎无可挑剔,是个标准美人,每个角度都有每个角度的美。她又不是拍惯照片的那样,有着无可矫正的坏毛病。是一张白纸,想画什么图画就画什么图画。她却也不是不大方,并不扭捏的。她的大方是有试镜头的经历作底的,也是有过锻炼。因是失败的锻炼,她的大方里便有了一点谦逊和腼腆,是楚楚动人的。程先生心里很满意导演朋友的推荐。他这个照相间里记不清来过多少美人了,都是程式化的,已经完成的照片似的,他只是在复制而已。这时,他内心竟有一些儿激动,这情绪似乎传达给了王琦瑶,当灯光亮起时,她竟也生出一点无名的希望。这希望是退一步的希望,还是崛起的。程先生的照相间自然是比不上片厂,有些小儿科的,气氛是冷清的气氛,可它却也是认真的,诚实的,从小处做起,奋发的,使人愿意合作的。王琦瑶不由得收起那无所谓,流露出一些兴趣和热情。

像王琦瑶这样知道自己长得漂亮的女孩,无论有多么老实,都免不了是作态的。在这样的年龄,这作态又往往不高明,或是过火,或是错位,结果反而逊色。王琦瑶却是个不犯错误的例外。她比较聪敏,天生有几分清醒,片厂的经历又增添了见识,这就使她比较含蓄和沉着。要说作态,她也有,是不作态的作态,以抑代扬,特别适合照片的表现。程先生欲罢不能地,拍了又拍,王琦瑶也有如鱼得水之感。她有些热,眼睛亮亮的,面色姣好。她所携带的各款衣服都挨次轮过,程先生的布景也挨次轮过,她一会儿变成外国的女郎,一会儿是中国的小姐。等最后拍完,她回到化妆间换衣服时,天已正午。黄浦江闪闪发光,江面有一点一点金银斑,是飞翔的水鸟。汽车驶过江边,驶进背阴的幽暗的直街,大楼底下的直街像峡谷之间的沟渠。她从容仔细地重新穿上来时的衣服,将其余的一件件叠好,收起。她心情很明净,拍过的照片她不再去想,当它是桩没结果的事情。她拿好东西离开化妆间时,心想,这扇面朝外滩的窗倒是有意思的。这扇窗正好在楼的角上,也就是在沿江马路和狭窄的直马路的直角上,又是高处,可眼观六路的。她走出化妆间与程先生道了再见,出门到了走廊,然后按下电梯的钮。电梯悄无声息地上来,她走进去,回过身时,看见程先生站在门边,正目送她。

后来被《上海生活》选为封二的照片是她穿家常花布旗袍的一张。她坐在一具石桌边的石凳上,脸微侧,好像在与照片外的人作交谈,人家说她听的姿态。背后是一具圆窗,有花叶枝蔓的影,一看便是纸板画的景。虽是做的室外的景,光却是室内的人造的光。她那姿态也是摆出来的,就算是交谈也是供展览的交谈。这张照片其实是最寻常的照片,每个照相馆橱窗里都会有一张,是有些俗气的,漂亮也不是绝顶的漂亮。可这一张却有一点钻进人心里去的东西。照片里的王琦瑶只能用一个字形容,那就是乖。那乖似乎是可着人的心剪裁的,可着男人的心,也可着女人的心。她的五官是乖的,她的体态是乖的,她布旗袍上的花样也是最乖的那种,细细的,一小朵一小朵,要和你做朋友的。景是假,光是假,姿势是假,照片本身说到底就是一个大假,可正因为这假,其中的人倒变成个真人了。这人不是合伙一起假戏真做地欺人,而是假戏假做,老老实实,把底兜出来,坦言相告。照片上的王琦瑶,不是美,而是好看。美是凛然的东西,有拒绝的意思,还有打击的意思;好看却是温和、厚道的,还有一点善解的。她看起来真叫舒服。她看起来还真叫亲切,能叫得出名字似的。那些明星、模特儿确实光彩照人,可却是两不相干,你是你,她是她的。王琦瑶则入人肺腑。那照片的光也是仔细贴切,王琦瑶像是活的,眸子里映着人影,衣服褶子都在动似的。这照片是收在家庭照相簿里,而不是装上玻璃框挂在墙上作偶像用的。这照片倘若要去做广告,那也是做的味之素、洗衣粉一类的,而不是夜巴黎香水、浪琴坤表。这照片是实惠的情调,没有一点奢华,有一点艳丽,也是俗丽,有一点甜蜜,也是桂花粥的甜蜜。它不是醒人耳目,过目不忘的,它是看过了就不去想,再看见还会再喜欢的,看不厌却不是丢不下的。总之,它是适度,从容,有益无害的。《上海生活》选它作封里,是独具慧眼。这照片与“上海生活”这刊名是那么合适,天生一对似的,又像是“上海生活”的注脚。这可说是“上海生活”的芯子,穿衣吃饭,细水长流的,贴切得不能再贴切。

王琦瑶却不知道为什么刊登出来的是这张,许多精心设计、全神贯注的照片反而没有中选。她甚至有点模糊,记不清这一张是怎么拍下的,总之是不经意的一张。照片上的自己不是她喜欢的自己,有点乡气,还有点小家子气,和她想象中的自己大不相似的,令她失望,还有些受打击。虽然是高兴事,可情绪却低落了。她想,她难道是这样经不起检验吗?她想,一次试镜头是那样,一次拍照又是这样,都是不顺心遂意似的。那本《上海生活》被她压在枕头底下,也不想多看。她心里有说不出的沮丧,好像露了个丑。她简直不知道自己究竟是个什么样子,除了灰心,还惶惑不安。再坐到镜子面前,就好比换了个立场,是重新审度的。她想这照片简直是剥皮,要把人打散了重新来过。这“开麦拉”究竟是什么东西,里面另有一世人生吗?王琦瑶又是一番惆怅生起。《上海生活》刊登照片并没有带给她多大的快乐,有一点也是杂拌的,百感交集,还不够折磨人的。

这一回是瞒也瞒不住了,全校都知道了王琦瑶,还有别的学校的女学生跑来看王琦瑶的。王琦瑶走到哪里,都是有人伫步回眸。女学生们就是这样,就像不相信自己的眼睛,非要旁人说了才算数的。原先并不以王琦瑶为然的人,这回服气了,倒是原先肯定王琦瑶的,现在反有些不服,存心要唱对台戏的。于是就有流言兴起,说王琦瑶的表兄之类的在《上海生活》当差,走的是近水楼台。无论是艳羡的目光,还是无中生有的流言,全不在王琦瑶的心目中,因为在经验上和觉悟上,王琦瑶都要超出她们一筹,所有的议论都是无稽之谈。王琦瑶人在事中,心里有的全不是那些。《上海生活》把她变成了女校的名人,师生皆知的,可她倒有些找不到自己似的,那照片就像是硬夺走她本来的面目,再塞给个不相干的,要不要也不由她。

9.“沪上淑媛”

“沪上淑媛”这名字是贴着王琦瑶起的。她不是影剧明星,也不是名门闺秀,又不是倾国倾城的交际花,倘若也要在社会舞台上占一席之地,终须有个名目,这名目就是“沪上淑媛”。这名字是有点大同世界的味道,不存偏见,人人都有份权利的,王琦瑶则是众望所归。她旗袍上的花样,成为流行的花样;她的烫发梢的短发也成为流行的短发,她给“沪上淑媛”这名字画了一幅肖像。“沪上淑媛”是平常心里的一点虚荣，安分守己中的一点风头主义，它像一桩善举似的，给每个人都送去一点幻想。一九四五年底的上海，是花团锦簇的上海，那夜夜歌舞因了日本投降而变得名正言顺，理直气壮。其实那歌舞是不问时事的心，只由着快乐的天性。橱窗里的时装，报纸副刊的连载小说，霓虹灯，电影海报，大减价的横幅，开张志禧的花篮，都在放声歌唱，这城市高兴得不知怎么办才好。“沪上淑媛”也是欢乐乐章，是寻常女儿的歌舞，它告诉人们，上海这城市不会忘记每一个人的，每一个人都有通向荣誉的道路。上海还是创造荣誉的城市，不拘一格，想象自由。它是唯恐不够繁华，唯恐不够荣耀，它像农民种庄稼一样播种荣誉，真是繁花似锦。“沪上淑媛”这名字有着“海上升明月”的场景，海是人海，月是寻常人家月。

然而，就有照相馆来请王琦瑶拍照。是在晚上，营业结束，母亲让娘姨陪着，挟着衣服包，乘一辆三轮车，去照相馆。那照相间是要比程先生的正规，灯也多，有人专门负责照明布景，还有人帮她换衣化妆，三四个人围着王琦瑶转，有点众星捧月的意思。这时候，楼下店门关上了，是静的，门外的马路也是静的，几重静包围，照相间里气氛是有神圣感的。拉起布幔的后窗下，弄堂里有“火烛小心”的敲梆声，像是另个世界传来的。灯光照在身上，热烘烘的有点烤，自己都可看见自己眼中的光芒似的。四周都是暗，暗中的世界也是另一个。在照相馆橱窗陈列出来的照片是要华丽得多，去参加晚会的装束。但这华丽是大众化的华丽，像婚纱出租似的，心都是各自的心。这明摆着是作假的华丽，众所周知，倒也不骗人。这照相馆橱窗里的华丽也是怀了一些未圆的梦，淑媛的梦，还怀着争取，也是淑媛的争取。《上海生活》封二的王琦瑶是生活中的淑媛，那橱窗里的王琦瑶是幻想中的淑媛，两者都是真人。前者是入心的，后者是夺目的，各有各的归宿。橱窗里的王琦瑶，将那可人的乖藏进心里去，把矜持做在脸上，比世人都站得高似的。她脸上是冷冷的，心里却是热切的，想得到人们喜欢的。这是王琦瑶喜欢的自己，特别地合她口味，还给了她自信。那陈列她照片的橱窗前，她是不再经过，这也是一个矜持。那大照片标出了她的名字，题为“沪上淑媛王琦瑶”，她的名字便随风而走了。

王琦瑶却依然故我。晚上拍照睡觉迟了，第二日早上也还准时到校。学校举行恳亲会，要她上台给老校友献花，她推给了别的同学。有好奇的同学问她照相的细节，她则据实回答，不渲染卖弄，也不故作深奥。她对人对事还和从前一样，不抢先也不落后，保持中游，使那些生忌的女生也渐渐消除了成见，缓和下来。虽是一切照旧，心情其实是另一番了。过去的安守本分中是怀了一些委屈，还有些负气的，如今却是心甘情愿。王琦瑶做人做得从容多了，这从容是有成功打底的。因是有收获，所以叫她怎么退让她也是愿意。照相馆里那些众星捧月的晚上，足以照耀很多个平淡的白昼，有了那橱窗里的亮相，无声也是有声。这就是王琦瑶高出一般女生的地方，她是比人多出一颗心的，确实是淑媛里的典范。王琦瑶总是安静，以往的安静是有些不得已，如今则有希望撑腰，前后两种安静，却都是一个耐心。王琦瑶就是有耐心，她比人多出的那颗心就是耐心。耐心是百折不挠的东西，无论于得于失，都是最有用的。柔弱如王琦瑶，除了耐心还有什么可作争取的武器？无论是成是败，耐心总是没有错的，是最少牺牲的。安静也是淑媛的风采。王琦瑶什么都故我，只有一桩旧日的东西是回不来了，那就是和吴佩珍的友谊。她们如今是比陌生人还要疏远，陌生人是不必互相躲的，她们却都有些躲。有王琦瑶照片的照相馆，吴佩珍也是要绕道行的，连照片上的王琦瑶也不愿见了。各自都有着说不出来的苦恼,想起来不免伤感。

现在,想取代吴佩珍位置的同学有好几个,有的上门来邀王琦瑶一同去学校,有的课后约王琦瑶一同看电影。王琦瑶一律是不远不近,不卑不亢。几次下来,对方便也失了兴趣,只得退回去了。这一日,王琦瑶在课本里发现一封信,打开看是一张请柬,另有一纸信笺,写着一些女学生间流行的文字,表明对王琦瑶的好感,很真诚地邀请她参加生日晚会,署名是蒋丽莉三个字。蒋丽莉向来与王琦瑶没什么往来,似乎也从来没有过特别接近的朋友。她出身工厂主家庭,是班上同学中家境最好的之一。她功课一般,却喜欢在课间看小说,终把眼睛看成了近视,戴着洋瓶底厚的眼镜,那样子越发不可接近。因受小说的影响,她的作文语句就分外浓艳,是哀情小说的翻版。王琦瑶接受邀请去赴晚会,一是不忍拂蒋丽莉的好意,二也是好奇。这好奇也是一半对一半,一半是冲着蒋丽莉,另一半是对了晚会。同学们中间流传着蒋丽莉家的排场,她又从不带人去她们家,就更显得神秘了。这事要放在过去,无论怎样的好奇,王琦瑶都只能有一个做法,就是拒绝,她是不会把自己奉献给别人的热闹里面的。可如今她却不那么在意了,再说,谁知道呢?说不定到头来人家的热闹反过来奉献给她的。王琦瑶心里决定去参加晚会,就想同蒋丽莉说一声,可蒋丽莉明显在回避她,下了课便匆匆出了教室,只在桌上留一本翻开的书。那敞开的书页是在向王琦瑶也讨一封信笺,欲言又止的样子。王琦瑶有意不称她的心,她不喜欢这种文艺腔的把戏,那些写在纸上的字句总有点叫她肉麻。蒋丽莉回到课堂,面对空着的书页,现出失望的表情,王琦瑶有点心中暗喜的。一直挨到放学,蒋丽莉抢先出了教室,头不回地往前走,王琦瑶追上去,叫了她一声。她陡地涨红了脸,很窘,也很坚定,是迎受打击的样子。不料王琦瑶却说到那天,她一定去祝贺生日快乐,还谢谢她的邀请。她的脸更红了,眼睛里好像有了泪光,蒙蒙的。第二天,王琦瑶又在书本里看见一页信笺,淡蓝色,角上印花的那种,写着诗句般的文字,歌颂的是昨晚的月亮。王琦瑶不免心里有些起腻。

过了几日,生日的那晚就到了。王琦瑶准备了一对束发辫的缎带作礼物,素色旗袍外罩了格子的薄呢秋大衣,头发上箍一条红发带,画龙点睛的效果。直到八点她才离开家门,她去也是打算蜻蜓点水一到就走的。临到这一日,她心里忽觉得没了底,不知等待自己的是什么。她和蒋丽莉又不熟,倘若有吴佩珍做伴就好了。吴佩珍就像是很久以前的事,想起来不由满心惆怅。她在自己的朝北房间里等待八点钟到来,这时间弄堂里已是一片寂静,有些声响也是入夜的声响,天井里的水声,自鸣钟的报时声,无线电里播的是夜曲。这一刻的静由不得人寂寞心来,还疲惫心来,一天已到了尾声,却还有个未完成。八点钟她走出家门,弄里的一盏电灯洒下的不是亮,而是夜色。街上的灯也还不足以驱散这弄口涌出的暗,霓虹灯更是夜空里的浮云,人是灯影那样的东西。蒋丽莉的家住在背静的马路,一条宽阔的弄堂,弄堂两边是二层的楼房,有花园和汽车间,也是暗和静的,但那暗和静却是另一番声色。蒋丽莉家的窗户拉着窗帘,那窗帘上的光影似是要比别家的活跃。王琦瑶以为她是晚会迟到的一人,可却有汽车从她身后越过,停在蒋丽莉家的门前,门是开着的,要迎一宿的客似的。

她走进门去,把大衣脱下挂在门厅的衣帽架上,手里拿着手袋和礼物。客厅里人不多,且都在说自己的话。长餐桌上摆了水果点心,最中间空着放蛋糕的位置,蛋糕大约还在路上。蒋丽莉一个人坐在客厅的一角,有一句没一句地弹钢琴,穿的还是平常的衣服,脸上是漠不关心的表情,好像是别人的生日。当她看见王琦瑶,脸上有了一个灿烂的笑容。她站起身,丢下钢琴,向王琦瑶过来,拉住了她的手。王琦瑶不由心生感激,蒋丽莉是这个晚上唯一的熟悉,也是唯一的亲切,于是也握了她的手。蒋丽莉就把她往外拉,一下直拉上了楼,拉进她的房间。房间里粉红色的窗帘,粉红色的床罩,梳妆镜上也是粉红缎子的帘罩,倒把蒋丽莉衬托得更加老气和陈暗了。而蒋丽莉也好像是有心破坏,桌上床上堆的书,封面上染着墨汁且残破了的;杯子里是有褐色茶垢的;唱片是裂纹的;胡乱抛置的衣服都是黑和灰两种颜色的。王琦瑶本是要赞叹这房间,话也不好出口了。这房间就好像憋了一肚子的气,又是含了一包委屈。蒋丽莉把王琦瑶领进房间,自己在床沿坐下,眼睛看着地,半天不说话。王琦瑶不知所措,此情此景很怪,也很尴尬。楼下却忽然沸腾起来,大约是蛋糕房将蛋糕送到了,传来阵阵惊呼声,人也多起来似的。王琦瑶想劝蒋丽莉下楼去了,却发现她原来在哭,眼泪从镜片后面流了满脸。她说你怎么了,蒋丽莉,今天是你的生日,你唱主角的日子,怎么不高兴了。蒋丽莉的眼泪更汹涌了,她摇着头连连地说:你不知道,王琦瑶,你不知道。王琦瑶就说:那你告诉我,我不知道的是什么。蒋丽莉却不说,还是哭和摇头,带了些撒娇的意思。王琦瑶有一点不耐,但只得忍着,还是劝她下楼,她则越发地不肯下楼。最后王琦瑶一转身,自己下去了。走到一半,听见身后有脚步声,却见蒋丽莉一脸泪痕地也跟下来了。心里倒有点好笑,也有点嫌烦,还有一点感动,是不得已,被逼出来似的感动。她回头对蒋丽莉说,你不换衣服不化妆,至少要洗洗脸吧!这话听起来有一些亲情,也是不得已的亲情。蒋丽莉听话地去了洗手间,再出来时脸色便干净了一些。她从王琦瑶手里拿过那装缎带的小盒,说:这是给我的吧!要贴在心窝上的表情。王琦瑶不去看她,快步向客厅走去,蒋丽莉要跟她去,却叫一帮亲戚朋友围住了。

一整个晚上,蒋丽莉都是拉着王琦瑶的手,到这到那的。有人认出王琦瑶,互相传着,就像认识似的与她微笑说话。王琦瑶渐渐自如了一些,也有些愉快了,可就是抽不出她的手,好像上了锁。蒋丽莉还时不时将她的手紧握一下,似乎有什么你知我知的秘密。这陡然而起的亲密,是叫王琦瑶发窘,可她面上并不流露,也是知己的样子。她心里诧异蒋丽莉和学校里就像换了一个人,又顾不得细想,忙着应付眼前的人和事。人和事是像穿梭似的,也没个仔细的印象,都是有些花团锦簇的,很亮丽的景象。那屋角的钢琴,你去弹几下,我去弹几下,不间断地琮琤声起,也是亮丽之声。后来,客厅里有些热,打开一扇落地窗,外面是一个平台,铺着花砖,走下几阶便是花园。露台的灯开了,隐约可见花园里的丁香花枝,纷乱搅成一团的样子,花和叶都落尽了。蒋丽莉拉着王琦瑶到露台上,也不说话,只望着花园幽暗的里处。王琦瑶觉出这样子的古怪,便说身上冷要进屋,于是又进了客厅。客厅里闹哄哄的,围着一对青年男女向他们要喜糖吃,生日蛋糕已切得七零八落,残骸似的躺在枝形吊灯下面,奶油像是脏了,邋遢兮兮的。咖啡杯也是东一个西一个,留着残渣。晚会是要结束的样子,正在最后的高潮里,人都有些失态似的。一个青年跑来向王琦瑶大献殷勤,演剧般的姿态,王琦瑶却红了脸,不知如何是好。蒋丽莉顿时沉下脸,将王琦瑶拉开,叫那人讨了个没趣。然后就有人率先告别回家,接着,则是一窝蜂的告别,衣帽架前乱成一团。蒋丽莉也不理别人,只对了王琦瑶一个人致告别词,她说她把这个生日当作她们两人共同的,说罢就松开她手,揪心的表情一般转身上了楼。王琦瑶是被开释的心情,不由暗暗松了口气。衣帽架前的人已疏散了不少,还有两三个年长的客人在与蒋丽莉的母亲说话。当王琦瑶取下自己的大衣时，她母亲竟然回过头来特地向她告别，谢谢她的光临，说今天蒋丽莉特别高兴，还请她以后经常来。她将王琦瑶直送到门外，王琦瑶走出好远，还见门口一方灯光里有她的身影。

从这晚以后，王琦瑶和蒋丽莉做了朋友。她们在学校还是往常那样，交往都是私底下。她们不同于一般女学生的要好，同进同出，嘁嘁喳喳，有说不完的心里话，就像王琦瑶和吴佩珍那样的。她们不这样交往是各有原因。在王琦瑶，是不愿给人们留下厚此薄彼的印象，内心深处，则是有着对吴佩珍的顾恤，虽是她不愿承认的；而在蒋丽莉，却是为了与众不同，她凡事都要反着大家来，她做人行事的原则最简单，就这一个公式。她们俩在做朋友上的趣味又都有些不同于女学生的地方，都有些自以为不俗的，王琦瑶是因为经历，蒋丽莉则来源于小说，前者是成人味，后者是文艺腔，彼此都有些歪打正着，有些不对路，也自欺着挡过去了，结果殊途同归。她们在学校各归各，出了校门则形影不离。蒋丽莉干什么都要拖着王琦瑶，王琦瑶因有蒋丽莉母亲的请求，便不好拒绝似的。她几乎要成为蒋家的一员，到哪都跟着的。蒋丽莉的亲戚朋友很快都为她熟识，也是她的亲戚好友一般。由于她小小的名声，又由于她的懂事知礼，众人对她的热诚还胜过对蒋丽莉一筹。到后来，不是为蒋丽莉而请她，倒像是为请她捎带上蒋丽莉的。她显见得有些受宠，但她没有一点忘形，待蒋丽莉比较以前还更照顾了。

自那天的晚会之后，晚会便接踵而来。所有的晚会都像有着亲缘关系，盘根错节的。晚会上的人也都是似曾相识，天下一家的样子。他们虽有形形种种，干什么的都有，却都是见面熟。所有的晚会，又都大同小异，是有程式的，王琦瑶很快就领会了它的真谛。她晓得晚会总是一叠声的热闹，所以要用冷清去衬托它；她晓得晚会总是灯红酒绿五光十色，便要用素净去点缀它；她还晓得晚会上的人都是热心肠,千年万代的恩情说不完,于是就用平淡中的真心去对比它。她天生就知道音高弦易断,她还自知登高的实力不足,就总是以抑待扬,以少胜多。效果虽然不是显著,却是日积月累,渐渐地赢得人心。她是万紫千红中的一点芍药样的白;繁弦急管中的一曲清唱;高谈阔论里的一个无言。王琦瑶给晚会带来一点新东西,这点新东西是有创造性的,这里面有着制胜的决心,也有着认清形势的冷静。王琦瑶在晚会上,有着凡事靠自己的心情。别人都是晚会的主人,想来就来,想去就去。只有她是客人,来和去都做不得主的。她还晓得蒋丽莉可说是她在晚会上的唯一的亲人,她和她走到哪都是手拉着手。蒋丽莉本心是讨厌晚会的,可为了和王琦瑶在一起,她牺牲了自己的兴趣。她们俩成为晚会上的一对常客,晚会总看见她们的身影。有那么几次,她们缺席的时候,便到处听见询问她们,她们的名字在客厅里传来传去的。缺席不到也是以抑待扬的一部分,比较极端的那部分。

上海的夜晚是以晚会为生命的,就是上海人叫作"派推"的东西。霓虹灯、歌舞厅是不夜城的皮囊,心是晚会。晚会是在城市的深处,宁静的林阴道后面,洋房里的客厅,那种包在心里的欢喜。晚会上的灯是有些暗的,投下的影就是心里话,欧洲风的心里话,古典浪漫派的。上海的晚会又是以淑媛为生命,淑媛是晚会的心,万种风情都在无言之中,骨子里的艳。这风情和艳是四十年后想也想不起,猜也猜不透的。这风情和艳是一代王朝,光荣赫赫,那是天上王朝。上海的天空都在倾诉衷肠,风情和艳的衷肠。上海的风是撩拨,水是无色的胭脂红。王琦瑶是这风情和艳里的一点,不是万众瞩目的那点,却是心里垫底的一点。她几乎是心里的心,最最含而不露的。倘若没有王琦瑶,晚会便是空心的晚会,是浮光掠影的繁华。王琦瑶是这风情和艳里最有意的一点,是心里的那点渴望,倘若没有这,风情是无由的风情,艳也是无由的艳了。如今,这风情和艳都是有根有源,它们给上海染上那叫作情调的东西,每一景每一物都会说话似的,说的比唱的还好听。王琦瑶走进上海的夜晚,这夜晚是以弄堂深处的昏黄和照相馆布幔前的灯作背景的,这夜晚不再是照片那样断章取义,而是有头有尾,也不是静止,而是流动。这流动又不是片厂开麦拉里的流动,开麦拉里流动的是人家的故事,这夜晚流动的都是自己的,自己的得,自己的失。这得失说是自己的,却又不全是,它是上海灯光之上那一大块天空,还在星光之上的,是笼罩一整个城市,昼里变白,夜里变黑,随日月转移。这一块天空被高楼遮住,被灯光遮住,是有障眼法的,可却是雷打也不动,任凭乾坤颠倒,总是在人头顶上的一个无边无际。

10. 上海小姐

一九四六年的和平气象就像是千年万载的,传播着好消息,坏消息是为好消息作开场白的。这城市是乐观的好城市,什么都往好处看,坏事全能变好事。它还是欢情城市,没有快乐一天没法过的。河南闹水灾,各地赈灾支援,这城市捐献的也是风情和艳,那就是筹募赈款的选举上海小姐。这消息是比风还快,转眼间家喻户晓。“上海”是摩登的代名词,“上海小姐”更是摩登的代名词,上海这地方,有什么能比“小姐”更摩登的呢?这事情真是触动人心,这地方,谁不崇尚摩登啊?连时钟响的都是摩登的脚步声。这是比选举市长还众心所向的事情,市长和他们有什么关系?上海小姐却是过眼的美景,人人有份。那发布消息的报纸一小时内被抢光,加印也来不及,天上的云都要剪下来写号外的。电车当当地,也在发新闻。这是何等的艳情啊!是梦中景色,如今却要成真。都像是坐不住要跳起来的,心乒乒乓乓地擂鼓,是快三步的节奏。灯光也像是昏了头似的,晕眩闪烁。还有什么能比"上海小姐"这事情更得这城市的心?这心是像孩童一般天真,有些恬不知耻的贪欢。这是人人都要去投票,无私奉献意见的事情,选票上写着爱美的心意。

最初建议王琦瑶参加竞选的,是那拍照的程先生。程先生后来又给王琦瑶拍过两次室外的照片。这两次,王琦瑶是要老练一些,但却不动声色。她就像知道程先生的心意似的,程先生刚想到,王琦瑶便做到了。王琦瑶的美是一点一滴累积起来的美,不会减,只会加,到了最后,程先生眼里的王琦瑶是如天仙一般,举世无双的了。他是真心建议王琦瑶参加竞选"上海小姐",他简直觉得这选举就是为王琦瑶而举行的。倘若只有程先生的建议,王琦瑶还不会去报名,因她对自己不如程先生那样的有信心,再则她也不同于程先生的人在事外,她是有过得失的,得失都是心上留痕;她可不敢轻举妄动。但程先生的建议确实触动了她的心。那些接踵而至的晚会,时间长了,就有徘徊之感,不知何去何从的。程先生的建议使她心头一亮,虽然亮也是蒙昧的亮。这晚,蒋丽莉一个远房表姐的婚宴上,蒋丽莉一下子宣布了程先生的这个建议。这其实是一个很不合适的婚礼节目,带有喧宾夺主的意思,众人的目光全转到王琦瑶身上,她虽然恼怒,却也不好发作。不过,在喜庆的宴会上宣布这事给了她一个吉兆,那大红灯笼虽不是对着她来的,可洋洋喜气却是有主也没主的。那一对新人是吉兆,成双的吉日是吉兆,杯子里的酒,怀里的康乃馨,都是好兆头。马路上的灯也是流光溢彩,喜形于色,广告灯箱里的丽人倩影,更是春风满面。

王琦瑶心里对蒋丽莉也不全是怪,还有一点感激,她想,这也许是一个机缘呢?谁又能知道。于是她便顺势而走了。

蒋丽莉就好比是自己参加竞选,事未开头,就已经忙开了。连她母亲都被动员起来,说要为王琦瑶做一身旗袍,决赛的那日穿。蒋丽莉拖着她,参加一个又一个晚会,就像做巡回展出。她也不懂婉转措辞,开口就提选票的事,不管人家认不认识王琦瑶,也不管王琦瑶难堪不难堪。她的任性和专断,算是用着了地方,她的一厢情愿,也用着了地方。她做这些事情的时候,就好像"上海小姐"是她家的,王琦瑶也是她家的,她都有权一手包揽的。好在她是一片真心都写在脸上,否则,保不住是要坏事的。她是真心地以为王琦瑶美,而要向全社会推荐这美。她选择美丽的王琦瑶做她的知心,她的心事也变得美丽了。"上海小姐"这称号对她无关紧要,要紧的是王琦瑶。她想得王琦瑶的欢心,这心情是有些可怜见的。她对父母兄弟都是仇敌一般,唯独对个王琦瑶,把心里的好兜底捧出来的,好像要为她的爱找个靶子似的。这爱不仅是她自己的,还加上小说里看来的,王琦瑶真有些招架不住了。王琦瑶内心又可怜她,觉得她是有的不要,要的没有,对人对己都是无故的折磨。因此才能由着她胡来,只是见得她闹得过分了,不得不说她几句。这时候,她就成了个不知错在哪里的孩子,满脸的害怕和惶惑。心里又是不忍。有一回,王琦瑶又生气了,蒋丽莉拧着双手说了一句:王琦瑶,我不知怎样让你高兴!这句话使王琦瑶想起了吴佩珍,心里不由一阵暗淡。她想吴佩珍从不说这些起腻的话,但时时处处都是这样做的。如今她和她,虽在咫尺之间,却遥如天各一方。

事情已经沸沸扬扬,王琦瑶的小照却刚刚寄出。王琦瑶的原意是寄出小照就不管了,全当没有这回事,可是哪抵得住蒋丽莉的鼓噪,还有程先生的一日三提。程先生在报界有些熟人,选举上海小姐是这段日子报纸的热门话题,选票也由报业发放。但程先生在报界的熟人又不是太熟的,所以他带来的消息难免真假参半。王琦瑶倒还好,蒋丽莉就总是被这些消息左右。程先生有一回说某某企业的业主,号称某某大王的,其女也参加竞选,一下子便捐助给赈灾委员会一大笔款。蒋丽莉立刻就要去筹款捐助。又一回程先生说的是,某某政界要人为某某交际花竞选,专门在国际饭店召开一个盛大的酒会,社会各界名流都邀请了前去。蒋丽莉便也要去开酒会。王琦瑶的心怎能不受影响,也是七上八下,想不管也不行了。这些日子是有些激动难耐的,天天都在等待结果。这结果又是像押宝一样,有力气也使不上,只能由着天意。于是蒋丽莉就要去礼拜堂祈祷,祈祷辞是可当作抒情散文发表的。王琦瑶的不耐本是压在心里,却叫蒋丽莉张扬得满世界,那不耐便加了倍的,不由生出厌烦之心,对蒋丽莉不理不睬的。蒋丽莉只以为自己做得还不够,就更加努力,王琦瑶简直不知如何是好。她知道蒋丽莉是对她好,可这好却像是压迫,是侵犯自由,要叫人起来反抗的。这就像用好来欺人,好里面是有个权力的。这事情如今八字没一撇,却已闹得满城风雨,几乎人人皆知。王琦瑶只恨没个地方躲,可以不见人;又恨不能装聋作哑,好拒绝回答问题。好在,这时她们已经毕业,可以不去学校。倘若还是在校,众目睽睽之下,王琦瑶想都不敢想的。可即使是在家里,光是家人和亲戚,就够她应付的。所以,她又不得不经常在蒋丽莉家中,蒋丽莉再鼓噪,不过是一个,外面可就是成十成百的。后来,索性就搬过去住了。

蒋丽莉早就邀请王琦瑶与她同住,王琦瑶一直没有答应,如今搬去了,把蒋丽莉喜欢的,提前三天就在收拾房间。见她高兴,她母亲便也很积极，吩咐老妈子做这做那，好像迎接贵客。蒋丽莉家中只有母亲和一个兄弟。父亲在抗战时把工厂迁到内地，抗战胜利也还不回来，其实是在那里娶了小的，是连过年也在那边过的，每年只在两个孩子的生日回来，也算是舐犊之情吧。蒋丽莉的弟弟在读初中，读书是三天打鱼，两天晒网，逃了学也不干别的，只在家里听无线电，这无线电可以从一早听到一晚，关起了门，只三顿饭出来吃。他们家的人都有些怪，连老妈子都有怪癖的，样样事情倒着来；孩子对母亲没有一点礼数，母亲对孩子却是奉承的；过日子一分钱是要计较，一百块钱倒可以不问下落；这家的主子还都是当烦了主子，倒想着当奴仆，由着老妈子颐指气使的。王琦瑶住过去之后，几乎是义不容辞的，当起了半个主子，另半个是老妈子。第二天的菜肴，是要问她；东西放在哪里，也是她知道；老妈子每天报账，非要她记才轧得拢出入。王琦瑶来了之后，那老妈子便有了管束，夜里在下房开麻将桌取缔了；留客吃饭被禁止了；出门要请假，时间是算好的；早晨起来梳光了头发，穿整齐鞋袜，不许成天一双木屐呱哒呱哒地响。于是，渐渐地，那半个主子也叫王琦瑶正本清源地讨了回来。王琦瑶住进蒋丽莉家，还是和蒋丽莉搞了平衡。她是还蒋丽莉的好，也是还她的权力控制。这样，她们就谁也不欠谁，谁也不凌驾于谁了。就在这时候，王琦瑶接到参加初选的通知。

初选真是美女如云，沪上美色聚集一堂。大报小报的记者穿插其间，是抢新闻也是饱眼福。那眼睛是花的，新闻也加了花边。进行初选的饭店门口，三轮车和轿车穿梭似的，你来我走。小姐们带着娘姨或者小姊妹，还有家人陪伴的，裁缝和发型师也有跟随而来的。上海的小姐们就是与众不同，她们和她们的父兄一样，渴望出人头地，有着名利心，而且行动积极，不是光说不做的。她们甚至还更勇敢,更坚忍,不怕失败和打击。上海这城市的繁华起码有一半是靠了她们的名利心,倘若没有这名利心,这城市有一半以上的店铺是要倒闭的。上海的繁华其实是女性风采的,风里传来的是女用的香水味,橱窗里的陈列,女装比男装多。那法国梧桐的树影是女性化的,院子里夹竹桃丁香花,也是女性的象征。梅雨季节潮黏的风,是女人在撒小性子,叽叽哝哝的沪语,也是专供女人说体己话的。这城市本身就像是个大女人似的,羽衣霓裳,天空撒金撒银,五彩云是飞上天的女人的衣袂。

这一天,就更是不同凡响。是小姐们的节日,太阳都是为她们升起的,照着她们从千家万户走出来。花店里的花是为她们罄售一空的,为的是庆贺她们入围。最漂亮的时装穿在她们身上,最高超的化妆术体现在她们脸上,还有最摩登的发型,做在她们头上。这就像是一次女性服饰大博览,她们是模特儿。她们的容貌全是百里挑一。她们分开来看,个个可以夺魁;对比着看,一个赛一个;再要合起来,这美便是排山倒海之势。她们是这城市的精髓,灵魂一样的。平常的日子里,她们的美洇染在空气里,平均分布的,而今天是特别的日子,她们集起精华,钟灵毓秀,画下这城市最美的图画。

有了初选一幕,王琦瑶就有些安心,对各方的关怀询问有了交代,对自己也有了交代。而接下去的进入复选,却是有些意外的喜悦了。可说到了这时,王琦瑶才开始认真起来,之前,她就好像是应付蒋丽莉,还应付程先生。她的不认真,有点是为自己做一层防卫的壳,壳里藏的是自尊心。蒋丽莉和程先生的认真,来日都会打击她的自尊心,所以她只有将这不认真做得彻底,才可保住自己的不受伤。回想那时的一段日子,其实是难挨的日子。蒋丽莉和程先生的希望和努力,说到底都是要王琦瑶来负责任的,他们的成和败都不是自己的,而是王琦瑶的。他们那样的做法是有些代人做主,把自己的意愿强加于人的。王琦瑶倘若是认真,定会对他们有怨气,甚至反友为敌。也是不认真救了他们和王琦瑶的友情。现在好了,能够进入复选,连蒋丽莉和程先生都满意了。

王琦瑶和蒋丽莉重新出现在各种晚会上,每一个晚会都有些像记者招待会,问题层出不穷,王琦瑶总是有问有答。而蒋丽莉却变得格外矜持,问十句不定答一句的。程先生又给王琦瑶拍了一次照,是借人家的照相间,拍的大特写,专要人记准她的脸的。他再去托报界的熟人,竟真给登在了报纸的一角。报不是大报,却是竞选上海小姐的配文,等于做了一次广告。事情到了这步,王琦瑶心里倒有些害怕。她觉得事情太顺了,顺得像有个陷阱在前面等她,她相信物极必反的道理。这时候,王琦瑶其实是真正地起了奢望。她的心本来是高的,只是受了现实的限制,她不得不时时泼自己的冷水。她知道这世界上的东西真是太多了,越想要越不得,不如握牢自己手中的那一点,有一点是一点,说不定反会有意外的获得,所以是越不想越能得。如今这意外却到了眼前,不想也要想的地方。这是更难挨的日子。前边的难挨是在"防",这时的难挨是在"进"。在等待复选的日子里,王琦瑶竟然憔悴了。

王琦瑶住的是底层客厅旁的一间,本是书房,专门为她做了卧室。窗户对了花园,月影婆娑。有时她想,这月亮也和她自己家的月亮不同。她自己家的月亮是天井里的月亮,有厨房的烟熏火燎味的;这里的月亮却是小说的意境,花影藤风的。她夜里睡不着,就起来望着窗外,窗上蒙着纱窗帘。她听着静夜里的声音,这声音都是无名的,而不像她自己家的夜声,是有名有姓:谁家孩子哭,奶娘哄骂孩子的声;老鼠在地板下赛跑的声;抽水马桶的漏水声。这里只有一个声音有名目,像是万声之首的,那就是钟声。它凌驾于一切声息之上,那些都是它的余音,是声的最细小的笔触,是夜的出声的冥想。这夜声是有浮力的,将人托起,使之荡漾,像水似的。一个人浮游得久了,便会觉得从里到外都虚空了,叫这夜声给浸透了。这里的夜,是有侵蚀性,它侵蚀人的实感,而代之以幻觉。这里的夜色清澄见底,也不像她自家窗外的夜色,是有着杂质,混沌沌的,这里的夜色可照见人影儿,头发丝都一清二楚。伸出手,夜色从指缝里全漏尽了,筛子也筛不出个颗粒。一穹的夜色压在顶上,也不觉重,是如蝉翼一般的,也只有一件东西是有形,也是为首的,那就是月光投下的影,透明的夜色是替它作衬托,也是夜色最细小的笔触,是夜的肌肤。这夜色可在万物之间穿行,无缝不入,最终,万物皆成无形无色。这夜色是有溶解力的,它溶解了物的实体,代之以虚形,总之,这里的夜晚是有魔术的,它混淆视听,使得人物皆非。

复选的名单是登在报上的,尽管胜负未决,但也已是光辉的殊荣,人人瞩目。都知道王琦瑶住在蒋丽莉家,她家竟有点门庭若市的了。凡认识些的都要来坐坐,问题是问也问不完。王琦瑶也更成了蒋家的光荣。蒋丽莉和母亲成天替她送往迎来,准备茶点,忙得不亦乐乎,只有那弟弟闭门不出,无线电叽叽哝哝不知在说唱什么。她们这三人,一早起来就穿戴整齐,坐在客厅里,等着门铃响,好去迎客,有点严阵以待的意思。都明白事情已接近最后的关头,一点儿也忽略不得的。曾有个晚报记者来采访,回去写了篇文章,把王琦瑶和蒋丽莉描写成干姐妹的关系,于是蒋家的工商背景又使她名声增添一成。其实,蒋丽莉的母亲早已将她看成比亲女儿还亲的。亲女儿是样样事情与她作对,王琦瑶则正相反,什么都遂她的心。她甚至还写信给重庆的丈夫,逼他捐一些钱给赈灾委员会,为王琦瑶的竞选再添筹码。这母女俩平时的是非全是出于无事,如今有了这事供她们忙,且又共一个目标的,于是相安无事,甚至还有些同心协力。这时候,离复选虽还有几天,但其实大家心里都有些数了。有一些人明摆着就是给垫底的,还有一些人则明摆着要进入决赛,只不过走个过场的。而另有一些人却是在这两种人的之间,既不是垫底,也不是确定无疑的。这是尚待争取的人,王琦瑶便是其中之一。竞选的任务其实是由这类人真正承担的,她们可说是“上海小姐”的中流砥柱,是名副其实的“上海小姐”。这场竞选的戏剧实际上是由她们唱主角,一轮轮的考验都是冲着她们来,优胜劣汰也是冲着她们来。最后能冲出重围的,是上海小姐里的真金。

在登门来访的客人之中,有一个人却是王琦瑶始料未及,那就是吴佩珍。进门见是她,王琦瑶不由就慌了神,吴佩珍也有点慌,眼睛看着别处,手也没处放的。两人就这么手足无措地站了一会儿,吴佩珍才从口袋里掏出一封信,交在王琦瑶手里。王琦瑶来回看了两遍,还没看懂似的,只模糊知道那是片厂的导演写来的一张请柬。吴佩珍说,要有个回话,去还是不去。王琦瑶想也没法想的,就说去。吴佩珍也不告辞一声,转身就走。王琦瑶跟在后面,一直跟出门外。吴佩珍便放慢了脚步,两人走了并肩,走出弄堂,又走了一段,到了一个邮筒跟前。吴佩珍说:回去吧,别送了。王琦瑶说再送一段,反正是没事。两人都停了脚步,也是谁也不看谁。吴佩珍又说:我本来想把信投在这里的,结果却自己送来了。王琦瑶不说话,看着那邮筒。停了一会儿,两人都哭了。她们也不知在哭些什么,有什么可哭的,只是觉得心里有一种无法挽回的难过。上午十点钟的阳光从梧桐叶里洒在她们身上,晶片似的,还像水银,有一些落叶扫着她们的腿,在路面上嚓嚓地过去。她们的眼泪把手里的手绢都浸湿了,可还是说不出名堂,还是难过。有一种和她们纯洁无忧的闺阁生活有关的东西似乎失不再来了,她们从此都要变得复杂了。有轿车从她们身后开过,无声地,车身反射着阳光,也是水银流淌般的。她俩又哭了一会儿,吴佩珍慢慢地转过身,低头抹泪地走了。王琦瑶看着她的背影,渐渐地干了眼泪,眼睛有些酸胀,被太阳刺得睁不开,脸上的皮肤是紧的。她也慢慢转过身,向回走去。

导演请王琦瑶吃饭是在新亚酒楼,王琦瑶心想吴佩珍也会去,就没告诉蒋丽莉,怕她跟着,只说要回家看看,拿点衣物。可是吴佩珍却并不在,只有导演自己。导演见面就叫她瑶瑶,使她回想起片厂的事情,几乎是隔世的了。导演说:瑶瑶成大姑娘了!这话是兄长的亲昵,要叫人掉泪的。王琦瑶忍着,笑道:导演却是越发年轻了。导演显然没料到王琦瑶能有这样场面上的应答,倒是一怔。停了半拍,王琦瑶又问:导演召见有何贵干呢?导演嘴上说没事,心里却开始打鼓,后悔来时太没准备,王琦瑶已今非昔比了。这时,跑堂送上菜单,导演让王琦瑶点,她略略推辞便点了两样,糟鸭掌和扬州干丝,不贵也不便宜,不叫主人破费也不叫主人难堪,也是经场面的。是临窗的桌,窗玻璃都叫泼墨似的霓虹灯染了,天上放礼花一般。餐室里只亮了几盏壁灯,桌上点了蜡烛,烛光摇摇曳曳,两人的脸忽明忽暗,心里都有些恍惚,心想对方这人是谁,又为何在了一起。导演先前已经说过没事,也不便再改口,只能拉扯些闲话。王琦瑶不会真当他没事,只是不知是怎样的事。两人心里都有些不耐,嘴上还东一句西一句的,说些往事,又说些近况,后来就说到了“上海小姐”的事情上,两人忽都停了一下。

菜上来了,导演客气了几声,便埋头吃起来。一旦吃起,就好像把要说的事给忘了,只是一股劲地吃。这时,王琦瑶看见他西装袖口已经磨破,一层变两层,指甲也长了没剪,心里有些作呕,便放下筷子。等几个盘子的菜都去了大半，导演才从容起来，渐渐地放下筷子，脸上也有了光彩似的。他请王琦瑶抽烟，重新对待的方式，王琦瑶不抽，却帮导演点了烟，这动作使导演受了感动，就有些推心置腹的。他说瑶瑶，你还是求学的年龄，应当认真地读书，何必去竞选“上海小姐”？王琦瑶说我并不是有心想去竞争，不过是顺水推舟，水到渠就成，水不到就不成的。导演说：瑶瑶你是受过教育的，应当懂得女性解放的道理，抱有理想，竞选“上海小姐”其实不过是达官贵人玩弄女性，怎能顺水推舟？王琦瑶说：这我倒有不同的看法，竞选“上海小姐”恰巧是女性解放的标志，是给女性社会地位，要说达官贵人玩弄女性，就更不通了，因为也有大亨的女儿参加竞选，难道他们还会亏待自己的女儿不成？导演说：那就对了，其实为的就是这些大亨的女儿，“上海小姐”是大亨送给他们女儿和情人的生日礼物，别人都是作的陪衬，是玩弄里的玩弄。听了这话，王琦瑶却变了脸，冷笑说：我倒不这么想，在家全是女儿，出外都是小姐，有什么她是我不是的，倘若真是你说的那样，我就是想退也不能退了，偏要奉陪到底，一争高低。见她这样动气，还这样有道理，导演不由乱了方寸，不知说什么好。他支吾了些男女平等，女性独立的老生常谈，听起来像是电影里的台词，文艺腔的；他还说了些青年的希望和理想，应当以国家兴亡为己任，当今的中国还是前途莫测，受美国人欺侮，内战又将起来，也是文艺腔的，是左派电影的台词。王琦瑶便不再发言，只由着他去说。等他说了有一个段落，便站起来要告辞。导演措手不及地也站起，想再说些什么，王琦瑶却先开了口，她说：导演，其实我竞选“上海小姐”也有你的一份，如不是当初你让程先生替我拍照登在《上海生活》，也不会有后来的事情，说实在的，去竞选还是程先生的建议呢。说罢一笑，是有些嘲弄的口气。这笑容刺激了导演，他突然来了灵感，对王琦瑶说出一番话,他说:瑶瑶,不,王小姐,“上海小姐”这顶桂冠是一片浮云,它看上去夺人眼目,可是转瞬即逝,它其实是过眼的烟云,留不住的风景,竹篮打水一场空的,它迷住你的眼,可等你睁开眼睛,却什么都没有,我在片厂这多年的经历,见过的光荣,作云是倾盆的大雨,作风是十二级的,到头来只是一张透明的黑白颠倒的胶片纸,要多虚无有多虚无,这就叫作虚荣!王琦瑶没听他说完就转身走了,留下他在身后朗诵。楼下有新人的喜宴,鞭炮声声,将他的话全盖没了。

导演是负了历史使命来说服王琦瑶退出复选圈,给竞选“上海小姐”以批判和打击。电影圈是一九四六年的上海的一个进步圈,革命的力量已有纵深的趋势。关于妇女解放青年进步消灭腐朽的说教是导演书上读来的理论,后一番话则来自他的亲闻历见,含有人生的体验,这体验是至痛至爱的代价,可说是正直的肺腑之言。他看着王琦瑶走远,头也不回,她越是坚定,他越觉得她前途茫茫,可想帮也帮不上忙的。喜庆的鞭炮声是一连串的,窗玻璃上的灯光赤橙青蓝。这城市的夜晚真是有声有色啊!

11. 三 小 姐

导演的话,王琦瑶如风过耳,而与吴佩珍见面,她却有回不去的感觉。可这更使她义无反顾,为的是尽快将茫然的前途明确下来,好偿还代价似的。此时此地,代价是未明的代价,前途是未明的前途,王琦瑶的心却是平静的。她本就是个少想多做的人,不过是受了境遇的影响,生出些感时伤怀,这其实都是赘物一样无用的东西,平添负担的,王琦瑶出于上进的本能,将它们排除了出去。

通过复选,进入决赛,似乎是在意想之中,她并没有多少意外的喜悦,就好像决赛的资格不是别人给她的,而是她自己给自己的。她不再相信奇迹,只相信自己。每一个进入决赛的小姐,都是以为理所当然。这竞争一轮又一轮的,早已把侥幸的心理消除干净,余下的都是谋事在人,成事也在人。这也是上海的小姐同其他小姐的不同之处,她们是主动权在握,相信人的力量。说起来,进入决赛也已是大半个成功,是大半个名人。有上海的老店名店主动上门来给王琦瑶免费做衣服的。在发表决赛名单的同时,也公布决赛时小姐们将三次出场,第一次是旗袍装,第二次是西洋装,第三次是结婚礼服。穿上结婚礼服出场就好像小姐们都要出阁似的,于是社会上一时盛传这些小姐都已经名花有主,谁对谁也有名有姓。决赛之前的日子,蒋家闭门谢客,只程先生例外,他是她们与外界的联络。所以,她们人在家中坐,却知天下事的。

王琦瑶和蒋丽莉母女,再加上程先生,四人着重商量的,是这三次出场的服装问题。程先生认为把结婚礼服放在压轴的位置,是有真见识的。因为结婚礼服总是大同小异,照相馆橱窗里摆着的新娘照片,都像是同一个人似的,是个大俗;而结婚礼服又是最圣洁高贵,是服装之最,是个大雅,就看谁能一领结婚礼服的精髓,这次出场是带有些烈火真金的意思了。她们三人听程先生说话都听出了神,这女人的衣服穿在她们身上,心倒好像长在程先生体内,他全懂得。程先生接着说,对这结婚礼服,虽是有些无从着手,却也并非一无所措,可做的至少有两点:第一,就是利用对比,让第一次和第二次出场给第三次开辟道路,做一个烘托。结婚礼服不是白吗?就先给个姹紫嫣红;结婚礼服不是纯吗?就先给个缤纷五彩;结婚礼服不是天上仙境吗?就先给个人间冷暖,把前边的文章做足,轰轰烈烈,然后却是个空谷回声——这也就是第二点,王琦瑶要穿最简单的结婚礼服，最常见的，照相馆橱窗里的新娘的那种，是退到底的意思，其间的距离越拉开，效果就越强烈，难的是前两套服装是个什么繁荣热闹法，这就要听你们女士的意思了。这时候，她们三个哪敢有什么意见，心里只有惭愧，做女人的要领全叫一个男人得去了，很失职的。倒是王琦瑶还剩几分主见，说是受程先生启发，她决定穿一身红和一身翠，好去领出那身白。程先生一听便知她已明白自己的意思，只是在红和翠的具体颜色上有一些分歧。他说，红和翠自然是颜色的顶了，可是却要看在什么地方，王琦瑶好看是不露声色的美，要静心仔细地去品的，而红和翠却是果断的颜色，容不得人细想，人的目光反是仓促行事的；它们的浓烈也会误事，把王琦瑶的淡盖住了不说，还叫这淡化解了的，浓烈也浓烈不到极处了。倘若退一步的颜色，有些谦让的，能同王琦瑶互相照顾，你呼我应，携起手来，齐心协力的，兴许倒可达到浓烈的效果。所以，他建议红是粉红，和王琦瑶的妩媚，做成一个娇嫩的艳；绿是苹果绿，虽然有些乡气，可如是西洋的式样，也盖过了，苹果绿和王琦瑶的清新，可成就一个活泼的艳。说到此处，她们三人便只有听的份，再开不得口了。三次出场和装束就这样定了下来。

这时，社会已经风传“上海小姐”的三名位置已经全被人买下，一是某大老板的千金，二是某军政界要人的情妇，三是某交际花，名扬沪上的。虽是风传，小报上却登出了讽刺小品，说是评“上海小姐”却评出了“上海夫人”。接着又有文章调侃，把“上海夫人”这谑称解释出人皆可夫的意思。第三篇则是辟谣，说“上海小姐”的评选是投票的方式，不存在花钱买这一说。第四篇文章就专门反驳辟谣者，说它是此地无银三百两，人家说买的就是选票，国民政府的官，抗日的民族义士称号都可以买得，“上海小姐”又有什么买不得？这话其实是含沙射影，指的是重庆接收大员的受贿。几张报纸你来我往，硝烟渐起的样子，算是为决赛造了一场别致的声势，也使竞选的空气加倍地紧张起来。

程先生出入蒋家越发频繁，早来晚去的，也是临战的气氛。裁缝请进门就再没离去过，三餐一宿地侍奉，好比贵客，同时又是伙计，是有几个师傅监工的。程先生自然是为首，蒋丽莉算一个，她母亲也算一个。再有王琦瑶，鸡蛋里挑骨头，一个针脚不许错。她挑剔着这些，心里是有些委屈的，难道这就是她的人生吗？那么微乎其微的，又是角角落落的心思都用尽的样子。她明知那裁缝的活是好得没法再好的，却有意找茬地说不好，看着裁缝为难，自己的委屈非但没减少，还加了些为人家的。粉红旗袍缎子上的绣花，却是温暖着她的心，那细针密线，绣的都是她的希望，绲边绲的也是希望，看着会掉泪，即使事情不成也不怪它的。苹果绿的洋装的裙裥，则要洒脱得多，开司米的面料把光收进去，沉下去，稳住了心的。结婚礼服的白可是百感交集，有千万句话要说，终还是哑口无言，其实最是你知我知，天知地知，是善解里的善解。这些衣服，都是要与她共赴前程的，是她孤独中的伴侣。她与它们是有肌肤之亲，是心贴心。这也是有些叫人委屈的，临到头谁也帮不上忙，只撇下她自己似的。临近决赛的日子，住在人家家里是叫人委屈，报纸传播的谣言更叫人委屈，蒋家母女和程先生待她的好是委屈加委屈。这些委屈都是憋在心里，看上去依然如故，谁也看不出来，都照着自己的意思奔忙和着急，难免有些乱的，王琦瑶反倒是乱中的一个镇定。在小报的笔仗，衣料的粉红嫩绿，还有包在心里的委屈中，决赛的那一日，一分一秒地来临了。

投票的方式也是艳情手笔，有万种风流。台前一排花篮，系着各小姐的芳名，有意于哪一位，便将手中的康乃馨投进哪一位的花篮。康乃馨有红色和白色两种,摆满了前厅,一百元钱一朵,卖花得的钱,捐给河南的灾民。这城市所有的康乃馨都集中到了新仙林花园的前厅,康乃馨的舞池似的。红和白都是风情的颜色,花香更是风情。这一天的晚上,连天上的星星都变成了康乃馨,也在向人间撒播风情。这晚上的灯啊!真是了不得,都在诉说衷肠,人心荡漾得没法说。灯下的梧桐,也是有衷肠的,只是不说。车水马龙是啦啦队一样鼓动,川流不息的,不让人消停。这城市的劲头,足得了不得,不知人事不知愁的,立志将世上的快乐都享尽。新仙林门前的灯是起雾的,厅里的康乃馨也是起雾的,而且漫了出来,聚起一层云,新闻记者的闪光灯,是云里的雷电,顷刻之间,酿成一场风流雨。小姐们的轿车来了,一辆辆的,出轿车的一幕是最初的亮相。人们目不暇接的,胡乱喝着彩,掀起了第一个高潮。这时候,好像有五彩的小雨,缤纷乱舞,披了人的一身,小姐们惊鸿一瞥,倏忽而去。新仙林前人头济济,是自觉自愿的龙套演员,烘托气氛的。厅里排着长队买康乃馨,那康乃馨摘了还会长似的,怎么卖也不见少,转眼间,人人手里都有一束,厅里还是康乃馨的舞池。今天就像是康乃馨的晚会。是它们聚首的日子,盛开得格外娇艳,心花怒放的样子。这情景可真美啊!这繁华是可有四十年不散的余音,四十年的入梦。

决赛是载歌载舞的,小姐的三次出场被歌唱、舞蹈和京剧的节目隔开来,每一次出场都有声色作引子。在歌、舞、剧的热闹中间,她们的出场有偃旗息鼓,敛声屏息的意思,是要全盘抓住注意力,打不得马虎眼的。在歌、舞、剧的各自谢幕之后,便也产生了舞后、歌后和京剧皇后,每一个皇后都是为她们出场开道的,她们便是皇后的皇后。是何等的光荣在等着她们,天大地大的光荣将在此刻决定,这又是何样的时刻呢?台前的花篮渐渐地有了花,一朵两朵,三朵四朵,是真心真意,也是悉心悉意。篮里的花无意间为王琦瑶作了点缀。康乃馨的红和白,是专为衬托她的粉红和苹果绿来的,要不,这两种艳是有些分量不足,有些要飘起来,散开去的,这红和白全为它们压了底。王琦瑶在红白两色的康乃馨中间,就像是花的蕊,真是娇媚无比。她不是舞台上的焦点那样将目光收拢,她不是强取豪夺式的,而是一点一滴,收割过的麦地里拾麦穗的,是好言好语有商量的,她像是和你谈心似的,争取着你的同情。她的花篮里也有了花,这花不是如雨如瀑的,却一朵一朵没有间断,细水长流的,竟也聚起了一篮。王琦瑶不是台上最美最耀目的一个,却是最有人缘的一个,三次出场像是专为她着想,给她时间让人认识,记进心里。她一次比一次有轰动,最后一次则已收揽了夺魁的希望。

白色的婚服终于出场了,康乃馨里白色的一种退进底色,红色的一种跃然而出,跳上了她的白纱裙。王琦瑶没有做上海小姐的皇后,就先做了康乃馨的皇后。她的婚服是最简单最普通的一种,是其他婚服的争奇斗艳中一个退让。别人都是婚礼的表演,婚服的模特儿,只有她是新娘。这一次出场,是满台的堆纱叠绉,只一个有血有肉的,那就是王琦瑶。她有娇有羞,连出阁的一份怨也有的。这是最后的出场,所有的争取都到了头,希望也到了头,所有所有的用心和努力,都到了终了。这一刻的辉煌是有着伤逝之痛,能见明日的落花流水。王琦瑶穿上这婚纱真是有体己的心情,婚服和她都是带有最后的意思,有点喜,有点悲,还有点委屈。这套出场的服装,也是专为王琦瑶规定的,好像知道王琦瑶的心。穿婚服的王琦瑶有着悲剧感,低回慢转都在作着告别,这不是单纯的美人,而是情景中人。投向王琦瑶篮里的花朵带着点小雨的意思了,王琦瑶都来不及去看,她眼前一片缭乱,心里也一片缭乱,她是孤立无援,又束手待毙,想使劲也不知往何处使的,只有身上的婚服,与她相依为命。她简直是要流泪的,为不可知的命运。她想起那一次在片厂,开麦拉前的一瞬,也是这样的境地,甚至连装束也是一样,都是婚服,那天一身红,今天一身白,这预兆着什么呢?也许穿上婚服就是一场空,婚服其实是丧服!王琦瑶的心已经灰了一半,泪水蒙住眼睛。在这最后的时刻,剧场里好像下了一场康乃馨的雨,看不清谁投谁,也有投错花篮的。这是顶点,接下去便胜负有别,悲喜参半了。所有的小姐都伫立着,飞扬的沉落下来,康乃馨的雨也停了,音乐也止了,连心都是止的,是梦的将醒未醒时分。

这一刻是何等的静啊,甚至听见小街上卖桂花糖粥的敲梆声,是这奇境中的一丝人间烟火。人的心都有些往下掉,还有些沉渣泛起。有些细丝般的花的碎片在灯光里舞着,无所归向的样子,令人感伤。有隐隐的钟声,更是命运感的,良宵有尽的含义。这一刻静得没法再静了,能听见裙裾的窸窣,是压抑着的那点心声。这是这个不夜城的最静默时和最静默处,所有的静都凝聚在一点,是用力收住的那个休止,万物噤声。厅里和篮里的康乃馨都开到了最顶点,盛开得不能再盛开,也止了声息。灯是在头顶上很远的地方,笼罩全局的样子;台下是黑压压的一片,没底的深渊似的。这城市的激荡是到最极处,静止也是到最极处。好了,这静眼看也到头了,有新的骚动要起来了。心都跳到口边了,弦也要崩断了。有如雷的掌声响起,灯光又亮了一成,连台下都照亮了。皇后推了出来,有灿烂的金冠戴在了头上,令人目眩。那是压倒群芳的华贵,头发丝上都缀着金银片,天生的皇后,毋庸置疑,不可一世的美。金冠是为她定做的,非她莫属,她那个花篮也分外大似的,预先就想到的,花枝披挂在篮边,兜不住的情势。亚后却是有藏不住的妖冶,银冠也正对她合适。花篮里的花又白的多红的少,专配银冠似的。她的眼睛是有波光的，闪闪熠熠，煽动着情欲，是集万种风情为一身，是人间尤物。掌声连成了一片，灯光再亮了一成，连场子的角落都看得见，眼看就要曲终人散，然后，今夜是人家的今夜，明晨也是人家的明晨。这时，王琦瑶感觉有一只手，领她到了舞台中间，一顶花冠戴在了她的头顶。她耳边嗡嗡的，全是掌声，听不见说什么。皇后的金冠和亚后的银冠把她的眼眩花了，也看不见什么。她茫然地站着，又被领到皇后的身边。她定了定神，看见了她的花篮，篮里的康乃馨是红白各一半，也是堆起欲坠的样子，这就是她春华秋实的收获。

王琦瑶得的是第三名，俗称三小姐。这也是专为王琦瑶起的称呼。她的艳和风情都是轻描淡写的，不足以称后，却是给自家人享用，正合了三小姐这称呼。这三小姐也是少不了的，她是专为对内，后方一般的。是辉煌的外表里面，绝对不逊色的内心。可说她是真正代表大多数的，这大多数虽是默默无闻，却是这风流城市的艳情的最基本元素。马路上走着的都是三小姐。大小姐和二小姐是应酬场面的，是负责小姐们的外交事务，我们往往是见不着她们的，除非在特殊的盛大场合。她们是盛大场合的一部分。而三小姐则是日常的图景，是我们眼熟心熟的画面，她们的旗袍料看上去都是暖心的。三小姐其实最体现民意。大小姐二小姐是偶像，是我们的理想和信仰，三小姐却与我们的日常起居有关，是使我们想到婚姻、生活、家庭这类概念的人物。

第 三 章

12. 程先生

程先生学的是铁路，真心爱的是照相。他白天在一家洋行里做职员，晚上就在自家照相间里拍照或者冲洗。照相里他最爱照的是女性，他认为女性是世界上最好的图画。他对女性是有研究的，他以为女性的好时光只有十六岁至二十三岁这一段，是娇嫩和成熟两全其美的时候。做职员的工资都用在这上面了，好在，他并没有别的嗜好，也没有女朋友。他从来没有过意中人，他的意中人是在水银灯下的镜头里，都是倒置的。他的意中人还在暗房的显影液中，罩着红光，出水芙蓉样地浮上来，是纸做的。兴许是见的美人多了，这美人又都隔着他喜爱的照相镜头，不由就退居其次了，程先生几乎都没想过婚娶的事情。杭州的父母有时来信提及此事，他也看过就忘，从没往心里去过。他的性情，全都对着照相去了。他一个人在这照相间里，摸摸这，摸摸那，禁不住会喜上心来。每一件东西，与他都有话说，知疼知暖的。

在四十年代，照相还算得上是个摩登玩意，程先生自然也就是个摩登青年，不过，已是二十六岁的老青年了。在他更年轻的时候，确实是喜欢摩登玩意，沪上流行什么，他必定要去试一下。他迷过留声机，迷过打网球，也迷过好莱坞，和一切摩登青年一样，他也是见异思迁，喜新厌旧的。可当他迷上照相机之后，他便把一切抛光，矢志不渝了。他确是因摩登而为照相吸引，而一旦吸引，却不再是追求时尚的心情了。他迷上照相，可真有点像迷上意中人，忽然发现以往都是错误的贪欢，还是无谓的彷徨，多少宝贵的金钱和时光都浪费了，幸而一切发现得还早。自从迷上照相，他便不再是个追求摩登的青年，他也逐渐过了追求摩登的年龄，表面的新奇不再打动他的心，他要的是一点真爱了。他的心也不再像更年轻的时候那样游动飘移，而是觉出了一点空洞和轻浮，需要有一点东西去填满和坠住，那点东西就是真爱。现在，表面上看来，程先生还是很摩登的，梳分头，戴金丝眼镜，三件头的西装，皮鞋锃亮，英文很地道，好莱坞的明星如数家珍，可他那一颗心已不是摩登的心了。这是那些追逐他的也是很摩登的小姐们所不知道的，这也是她们所以落空的原因。

程先生其实是很有几个追逐者的，他是那种正当婚龄且罗曼蒂克的小姐以及她们父母的注目的对象，他有正当的职业和可观的薪水，还有一个很有意趣的爱好。可怜她们坐在照相机前，眉目传情，全是对了一架机器，冰冷的，毫无人情味。程先生也不是不懂得，只是没兴趣。光顾他照相间的小姐，在他眼里，都是假人，不当真的，一嗔一笑都是冲着照相机，和他无关的。他也并不是不欣赏她们的美，可这美也是与他无关。二十六岁的人，是有些刀枪不入了，不像十七八岁的少男，什么都是照单全收，哪怕日后再活生生地剥开，也无悔无怨的。二十六岁的心是已开始结壳的，是有缝的壳，到三十六岁，就连缝也没有了。谁能钻进程先生心上的缝里去呢？终于有了一个人，那就是王琦瑶。那个星期天的早晨，王琦瑶走进他的照相间，她起先是不起眼的，因为光线的缘故，还有些暗淡，但那暗淡是柔和的暗淡，兴许就是这不起眼才使程先生不设防的，有点悄然而入的意思。他先还是有点不起劲，觉得王琦瑶是马路上成群结队的女性中的一个，唤不起创作的灵感。可每当他拍完一张，却都觉得有一点新发现，是留给下一张去完成的，于是一张接一张地便没了头。直到最终，他依然还觉得有一个没完成。其实，这就是余味的意思了。程先生忽然感到了照相这东西的大遗憾，它只能留下现时现地的情景，对“余味”却无能为力。他还认识到自己对美的经验的有限，他想，原来有一种美是以散播空气的方式传达的，照相术真是有限啊！当王琦瑶离去，他忍不住开门再望她一眼，正见她进了电梯，看见她在电梯栅栏后面的身影，真是月朦胧鸟朦胧。这天下午，程先生在暗房里洗印拍好的照片，忘记了时间，海关大钟也敲不醒他了。他怀了一种初学照相时的急切，等待显影液里浮现出王琦瑶的面容，但那时的急切是冲着照相术来的，这时的急切却是对着人了。相纸上的影像由无到有，由浅至深，就好像王琦瑶在向他走来，他竟感到了心痛。

王琦瑶有点来分程先生的心了。她不仅是程先生的照相机统治下的女性，她是有一些照相镜头之外的意义的，那就也要以之外的手法去攫取了。程先生并不想要去攫取什么，他只觉得心上少了些什么，要去找回来。于是，他就总是想着要做些什么，这是带有点盲目的争取，因和果都不怎么明了的。他将王琦瑶的照片推荐给《上海生活》，不曾想真的刊登出来，他等不及地给王琦瑶打电话，报功似的。可当他看见报摊和书局里摆着这一期的《上海生活》被人拿在手里翻阅，却觉得不是滋味，好像要找的没找回，反又失去了一点。这张照片本是他最喜欢的，这时变成最不喜欢的。陈列王琦瑶照片的照相馆前，他只去过一回，而且是在夜间。人车稀少，灯光阑珊，第四场电影也散了。他在照相馆橱窗前站着，里面那人又近又远，也是有说不出的滋味。橱窗玻璃上映出他的面影，礼帽下的脸，竟是有点哀伤的。他双手抄在西裤口袋里，站在无人的明亮的马路上，感到了寂寞。在这不夜城里，要就是热闹，否则便是寂寞里的寂寞。过后，他曾有两次再给王琦瑶照相，他分明觉得这不是他想做的，可问题是，除了照相，程先生他又能做什么？这两次照相，还是没追回什么却少去什么的。其时的王琦瑶，面对的似乎并不是程先生的镜头，而是大众的眼睛：一颦一笑，都是准备再上封面或封里，是对观众打招呼的。因此，程先生觉着他的眼睛也不是自己的，而是代表大众的了。之后，程先生就再不提照相的事了。

程先生想到了约会，可却开不了口。有一次，电影票买了，电话也打通了，可等王琦瑶来接，说的却是另一件事，完全无关的。程先生虽是二十六岁，也见识了许多美女，可都是隔岸观火，其实是比十六岁少年还不如的。十六岁时至少有勇敢，如今勇敢没了，经验也没积攒，可说两手空空。这约会的念头，一直等到王琦瑶和蒋丽莉做了朋友，才最终实现。虽然一约两个，可唯有这样，程先生才开得口的。程先生有约，王琦瑶表面不露，心里是满意的。倒并不是也对程先生有好感，为的是好和蒋丽莉平衡。她和蒋丽莉交朋友，成日是在蒋丽莉的社交圈子里出入，她这方面，是一个也没有，程先生正好填了这个空白。那天，是程先生请她们看原版的美国电影。程先生先到了一步，站在国泰电影院门前等候，两个女学生远远地走来，在梧桐树叶的阳光下显得特别有情致。天空是那样明净，有几丝云彩也是无碍的，路边墙上的影，是画上的那种，若静若动的。一个先生和两个小姐约会是多么奇妙的人生场景，它有一种羞怯的庄严，郑重其事，还是满腹的心事。有一种下午是专门安排给这样的约会，它有一种佯装的暧昧，还有一种佯装的木知木觉。这样的下午是一个假天真，也是一个真有情。

蒋丽莉知道程先生，却是头一次看见，王琦瑶为他们做了介绍，然后三人一起进了电影院。他们三人的坐法是：王琦瑶和程先生坐两头，蒋丽莉坐中间。其实坐两头的往往有着干系，坐中间的那一个，虽是两头都靠，实际两边都无涉，是作隔离，还作桥梁的。王琦瑶请程先生吃橄榄，由蒋丽莉传递；有费解的台词，也由程先生翻译给蒋丽莉，再传给王琦瑶。看电影时，王琦瑶的手始终拉着蒋丽莉的手，就像联合起来孤立程先生；程先生的殷勤却一半对一半，表示一视同仁，蒋丽莉还是个障眼法。电影院里黑漆漆的，放映孔的光柱在头顶旋转移动，是个神奇世界。下午场的电影总是不满座，三三两两，有些心不在焉，好像各怀各的心事。影幕上的声音也在头顶上回荡，格外洪亮，震人耳膜。他们三人似乎感到某种威慑，有些偎在一起的样子。蒋丽莉能听见两边的呼吸声，心跳也是近在咫尺，影幕上的故事她没有看清，只做了身边这两人的传声筒。程先生伏在她腮边低语，虽是说给王琦瑶的话，却句句先入她的耳。走出电影院，来到阳光明媚的马路，再看那程先生就是变了样的。然后他们去喝咖啡，三人坐一个火车座，她俩坐一排，程先生坐对面。程先生的话还是对王琦瑶的，眼睛却是看着蒋丽莉，王琦瑶也不作答，都由蒋丽莉代言了。话也不是什么要紧的话，全是闲篇，谁答都一样。蒋丽莉渐渐有些话多，也有了些私心。程先生明明问的是她俩的事，她只回答自己的一份，王琦瑶又是个不开口，程先生被牵着走也是无奈。最终是他俩在谈心，多年的朋友似的，王琦瑶则作壁上观。程先生的心全在王琦瑶身上，可惜分不出嘴去，又不敢送出目光去。蒋丽莉的话像流水，流出来的全是小说的字句，也叫程先生不便流连目光，只得垂下眼，盯着杯中的咖啡底，底里有王琦瑶的影，也是不回答。蒋丽莉这才止了说话，眼也看着咖啡底，底里是程先生的影，垂目不语的。

从此，程先生就成了她们的晚会中人，护花神似的，紧随其后，每次都是陪到底，送回家。程先生是有些把照相荒废掉的，照相机上蒙了薄灰，暗房也生出潮气，他走进去，无端地就会生出感慨。他心里的那个真爱似乎换了血，冷的换成热的，虚的换成实的。王琦瑶就是那个热和实。程先生原先也是晚会的积极分子，晚会填补了独身一人的很多夜晚。晚会那一套东西他还没熟到腻的程度，本是可以再消受一段日子，可是陪伴王琦瑶参加晚会使腻烦的一天提前到来。去晚会是为接近王琦瑶，可王琦瑶反倒远去了。其实在晚会上，王琦瑶与他的话反是多了些，举止也亲密些的，为的是避免纠缠，可程先生倒无言以对了，说出口的都不是自己的话，大家的话似的。晚会上的一切都是公有制，笑是大家一起笑，闹是大家一起闹，聚散是大家的聚散。最没有个人自由就是晚会，最没有私心就是晚会，怀着私心来的程先生，自然是要失望了。可他还是不得不去，王琦瑶即便是个影子，他也要追随的；这影子就是被风吹散，他也要到那个散处去寻觅。晚会上，他站在一个墙角，手里一杯酒，自始至终。空气里都是王琦瑶，待他去看，却什么也看不着。这是苦闷的晚上，身边的热闹都是在嘲讽他，刺激他，他却不退缩。

晚会的程先生，在蒋丽莉的眼睛里，也成了个影子，是失魂落魄的那个影子。她想把他唤回来，就总是说东说西。程先生耳根子不得清净，苦闷是加一成的。可他生性柔和，从来不善驳人面子，只得敷衍。因敷衍的疲累，苦闷再加一成。程先生愁容满面，蒋丽莉越发地要散他的心。她不是看不见，而是不愿看程先生的憔悴为什么，她只想：程先生就算是一块坚冰，她用满肚肠的热，也能融化它。蒋丽莉读过的小说这会儿都来帮她的忙，教她温柔有情，教她言语生风，还教她分析形势，只可惜她扮错了角色，起首一句错了,全篇都错。信心是错,希望也是错的。晚会上的程先生,是由着她摆布,怎么都行的,虽是魂不守舍,但有个壳蒋丽莉也满意,壳碎了,碎的片蒋丽莉也要拾起的。蒋丽莉参加晚会,说的是为王琦瑶,其实是为程先生,她就是局外人似的,站在墙角。不是她要做局外人,是因为程先生做了,她就不得不做。程先生苦闷,她也不得不苦闷,是全心相随。可惜程先生一点看不见,满心的王琦瑶。每夜的晚会上,只有这两个人是真人,其余的,都是戴假面的。真心也只有这两颗,其余的心都是认不得真的。可惜这两颗真心走的不是一条道,越是真越是不碰头。

提议竞选"上海小姐",是程先生向王琦瑶献的一点殷勤,蒋丽莉的热烈附议,一半对王琦瑶,一半对程先生。这段日子,王琦瑶虽然难熬,倒是程先生和蒋丽莉的好时光。他们三个几乎隔日一见,见面就有说不完的话。等到王琦瑶住进蒋丽莉家,程先生开始上门来,连蒋丽莉的母亲都有几分欢喜。她家的客人是成群结伙的,热闹是连成片的,冷清也是连成片,而程先生这样的常客,是将热闹冷清打匀了来的,是温馨的色彩,虽然是客,却是家庭的气息。蒋家的男人又长期在外,一个儿子未成年且百事不晓,程先生是还能帮着拿主意的,就是不拿主意,往客厅里一坐,本身就是个掂量。竞选的日子里,程先生和蒋丽莉的痴心得到了暂时的宣泄和转移,都是愉快的心情。他们因有着共同的目标,便也有了共同的语言,王琦瑶却出于地位不同,要与他们唱些反调,是别扭曲折的心曲,不得不唱。那两个则是团结一致的,越是要讨她喜欢,越是要同她把反调唱到底。他们三人站成了两派,王琦瑶一个对付他们两个,心里晓得两个都是帮她,也是含了些娇痴和任性,还有点讨他们保证来坚定信心。所以这三人两派其实是一条心。这一条心里有着些阴差阳错的情爱,还有些将错就错的用意。

一个先生两个小姐是一九四六年最通常的恋爱团体，悲剧喜剧就都从中诞生，真理和谬误也从中诞生。马路上树阴斑斓处，一辆三轮车坐了一对小姐，后一辆坐了一个先生，就是这样的故事的起源，它将会走到哪一步，谁也猜不到。

临近决赛的日子里，王琦瑶对程先生的上门是真欢迎的。万事未决之中，程先生是一个已知数，虽是微不足道的，总也是微不足道的安心，是无着无落里的一个倚靠。倚靠的是哪一部分命运，王琦瑶也不去细想，想也想不过来。但她可能这么以为，退上一万步，最后还有个程先生；万事无成，最后也还有个程先生。总之，程先生是个垫底的。住在蒋丽莉的家，有百般的好处，也没一件是自己的。虽也是仔细地过日子，过的却是人家的日子，是在人家日子的边上过岁月。拿自己整段的岁月，去做别人岁月的边角料似的。而回到自己家中，那虽是整段的岁月，却又是看不上眼，做面子做衬里都够不上的，还抵不上人家的边角料的。但总还是不甘心。而程先生是这边角料里的一个整匹整段，是一点不甘心也甘心。在心里最委屈的时候，王琦瑶单个儿和程先生出去了一两回，是程先生陪她回家拿东西。程先生不进弄堂，找个咖啡馆候着。隔着窗玻璃看那马路上的行人，程先生对自己说：这一个小姐后面该是王琦瑶了，或者，这个先生过去，王琦瑶就过来了。咖啡在杯里凉了，他也不知道。电车当当地过去，是安宁白昼的音乐，梧桐树叶间的阳光，也会奏乐似的，是银铃般的乐声。王琦瑶走过来时，是最美的图画了，光穿透了她，她像要在空气里溶解似的，叫人全身心地想去挽留。程先生不由激动起来，有点鼻酸了。他的照相间的灰越积越厚，暗房水池残留的定影液也变了颜色，他已有多少日没有进去了啊！程先生也感到了委屈，他几乎是连后路都截断的，一味地向前，他感到了咖啡杯的凉意。这时，王琦瑶已在了眼前。

看见王琦瑶,那委屈烟消云散,取而代之的是满心的愿意。王琦瑶坐都不坐,立即要走,坐一坐便是允诺了什么似的。虽知道这是个万事万物的底,可毕竟远不是退的地步,只不过前途茫茫,稳住心即可的。再有一层,则是为了蒋丽莉。

她当然是知道蒋丽莉的心。像王琦瑶这般聪敏仔细,又没叫感情遮住眼,什么看不见呢?她甚至还能看出蒋丽莉的母亲的心。这一个无能的女人,以往大事小事都是问王琦瑶,如今则是问程先生了。上回亲戚中有人结婚请喜酒,她竟借口王琦瑶有些不舒服,要程先生陪她们母女去赴宴,这笨拙又露骨的用意是叫王琦瑶好气好笑也可怜的。逢到这种情形,王琦瑶总是自行退让,给她们方便。可她不去,程先生也不去。为了蒋丽莉母亲的面子,最后是四个人都去。一晚上,王琦瑶总是候在蒋丽莉母亲身边,左右不离的,空出程先生边上的位子让蒋丽莉去填。王琦瑶这么撮合蒋丽莉和程先生,有一点为日后脱身考虑,有一点为照顾蒋家母女的心情,也有一点看笑话的。她再明白不过,程先生的一颗心全在她的身上,这也是一点垫底的骄傲。看着蒋丽莉心甘情愿地碰壁,虽也是不忍,却还是解了一些心头委屈似的。程先生怎么也摸不透她的心,这颗心太过复杂,是境遇的复杂所造成,也将他推进复杂的境遇中。他总是身不由己地,奔了王琦瑶去,结果却落在了蒋丽莉手中,走入迷魂阵似的。程先生是个直心的人,没有左顾右盼的,对蒋丽莉只觉得她热心,蒋丽莉母亲也热心,虽是有些过头,也不生疑的,总以热心回报,不料误入了歧途。

蒋丽莉为程先生,已不知哭过了多少回了。程先生对她在意一点和忽略一点,都是回到房里流泪的理由。那房间重新收拾过了,书本是清洁整齐摞好的;茶杯天天洗;唱片呢,去旧换新,很罗曼的小夜曲;床头挂了些手绣的香包,是王琦瑶的女工;衣柜里也新添了颜色鲜亮的衣服,是程先生的眼光。这房间里有了一股欣欣向荣的气象,是温顺和婉的好脾气,还是翘首以望的心情。她写了许多不给人看的字句,日记本外面包了红绸子。她看不清形势,一半是因为爱的糊涂,另一半也是有权利心的。她对王琦瑶有权利,对王琦瑶的朋友也有了权利似的。对这权利她也是有些糊涂,不明白哪部分是名,哪部分是实,哪部分当然归她,哪部分则是有前提的公平交易。这也是从小养成的任性使然,到头总是吃亏。蒋丽莉被这感情折磨得不行的时候,便向王琦瑶倾诉衷心。是小说式的倾诉。其中那些上句不接下句,词不达意的地方,才是真感情。这真是叫王琦瑶为难,不知该说什么好。泼她的冷水不对,鼓励更不对,形势是无法分析,真相也不便告诉。她也只能随她去,什么态也不表的。可经不住蒋丽莉一个劲地追问她的意见,只能说程先生人不错,再要问,便不得已地说:人可是有点呆。蒋丽莉却说,这不叫呆,而叫不俗。王琦瑶见她执迷不悟,有时就用话来暗示,说凡事都要凭缘分,倘若没有再用心也是白用。蒋丽莉听了这话,不由喜形于色,说:这就对了,我自己常想,事情偏偏这样巧,偏巧我和你好,你又带来一个程先生,这巧其实就是缘分啊!王琦瑶一边暗中叹气,一边觉得自己已尽到责任,余下的事再与她没有干系。

决赛的日子是万事的目的地一样,到了那一日,什么都可见分晓的,所以都是一心往那里奔。奔到眼前,抬起头来,才发现事事皆非。不过这一抬头,是将几年当一瞬间说,甚至几十年当一瞬间说的。蒙在鼓里还要有一段。那天晚上,他们三人一个台上,两个台下,多日的努力和激动,都归成一个听天由命,有点悲戚,也有点感动。满台的小姐,台下两个只盯着一个看,他们由于立场和代价的关系,已难以进行比较,也难做判断。他们三个全是束手待毙的,等待命运降临。到第三轮出场,看着穿了婚服的王琦瑶,程先生的眼泪都要涌上来的。这是他朝思暮想的一幕,是唯愿不醒的梦。蒋丽莉的眼里也是含泪的,婚纱下面的不是王琦瑶,而是她自己,她却是不把它当梦,而是当未来。这一时刻,他们三人,台下台上,是泪眼相向,各是各的情怀。最后的关头,蒋丽莉情不自禁地抓住程先生的手,程先生没有拒绝也没有响应,注意力全在台上,身子都是木的,别说是手。待到宣布第三名王琦瑶时,程先生也情不自禁起来,回握一下蒋丽莉的手,然后抽回来,全身心地鼓掌。蒋丽莉也是鼓掌,心更是像擂鼓一般,脸也红了。这一个晚上,初看起来,真是如意夜晚。虽不是头等的荣耀,可位居第三似更可靠,两个有情的则都看见些曙光般的希望。这晚,王琦瑶她们在台上照相留影,接受来访,程先生和蒋丽莉在前厅等候。厅里的康乃馨到底有些枯萎了,红和白都不那么鲜明,枝叶也开始凋零,东一片,西一片的,是收场的样子。厅前的灯火,是最后的辉煌了,人意阑珊的气氛。车马稀了些,馄饨挑子却在路边悄然出现,是静夜的景致了。

第二天早上,程先生光了脸,穿了整洁的衣服,来到蒋丽莉家。那两人晨妆已毕,早就坐在了客厅。三个人的眼睛都熬了夜的,有些血丝,还有些浮肿。太阳有些潮黏,照在打蜡地板上,蜡也像要化似的。蒋丽莉的母亲亲手布置茶点,连她也换了新衣服。这有点像大年初一的那种早晨,轰轰烈烈的除夕夜过去了,满地的炮仗纸扫尽了,年节虽才开始,也带了点倦意。那喜庆之气是要照耀一整年,就有些勉为其难的意思。他们回顾昨天晚上,你一言我一语,互相补充和纠正,要使情景重现似的。昨晚的灯光和康乃馨在这样的潮天的太阳里显得不很真切,恍恍惚惚。他们就加把劲地回顾,好把它唤回来。一个上午过去了,他们的讨论还保持到餐桌上。桌上也是过年一样的菜,新换的桌布,年节用的碗碟。餐桌上的热闹却含了一些失落,一天过去了一半,可事情没新发展。午后总是倦怠的,有些提不起劲,都是歪着的。阳光里的灰尘也是黏滞的,光线是显得有些灰。坐着无话,蒋丽莉便起身到角落弹钢琴,东一句,西一句,琴声琮琤,毕竟是一点鼓舞,也是一点推动。是为找事做,程先生也走到钢琴边,倚着琴站着,问蒋丽莉会弹这还是会弹那。蒋丽莉就用钢琴回答他,都不全会,又都会一两句,因此有求必应,两人都有了些兴致。钢琴边一站一坐的两个年轻男女,是这类客厅里最贴切的情景。王琦瑶在另一角的沙发上,看着他们,忽然发现她做主角的日子过去了。昨夜的那光荣啊!真是有些沧海巫山的味道。那钢琴是刺她耳的,还刺她的心,是专挑她过不去的来。坐在钢琴前的蒋丽莉虽然姿色平平,可却很优雅,无形中与她拉开了距离,程先生也是有距离的。王琦瑶忽有些悲伤,这是大喜过后常有的心情。那大喜总是难免虚张声势,有过头的指望。王琦瑶望着落地窗外冬日的花园,丁香花枝纠成一团,解也解不开的。太阳却开始蓬勃起来,空气也爽利了,昨天的夜晚都已经按下不想了,是轻松,也是空落落。上海滩的事情就是这样,再大的热闹也是一瞬间。王琦瑶甚至想到,是该回家的日子了。这时,程先生回头说:王琦瑶,来唱一曲吧!王琦瑶不由心头火起,脸红着,却笑道:我又不是蒋丽莉那样的艺术人才,会唱什么?蒋丽莉还自顾自弹着琴,程先生则有些不放心,走过来提议:我们去看电影好吗?王琦瑶负气似的说:不去。程先生又说:我请二位小姐吃西餐。王琦瑶还是说不去,这回是将头扭过去,眼里含了泪的。程先生真是知心的体贴,可正是这体贴,碰到了王琦瑶的痛处。两人默默无语地坐着,蒋丽莉的琴声不再刺耳,是很柔和地揪心。

这天以后,王琦瑶开始和程先生约会了。她对蒋丽莉说回自己家,出了弄堂就掉了个头的。有两次,看完电影回来,夜已深了,没进门就听见蒋丽莉的琴声,在空旷的夜空下,有点自言自语的意思。这些天,蒋丽莉重新拾起钢琴课,终于找到程先生一个喜欢似的,也为了倾诉心声。王琦瑶走上楼梯时,总蹑着手脚,可还是会被蒋丽莉叫住,要告诉她心中的感受。落地窗外有着大大的满月,也在抒发着感受。蒋丽莉找定了王琦瑶做她的知心,王琦瑶是逃不脱的。她曾经提出搬回家住,蒋丽莉听都不要听,说王琦瑶回去,她也跟回去,反正是不分离。蒋丽莉的感情总是夸张,可到底不掺假,王琦瑶不能不当真的。她想她虽然没有承诺程先生什么,可毕竟是侵占了蒋丽莉的机会,她要不知道蒋丽莉的心意还好,而蒋丽莉偏是第一个要让她知道。王琦瑶的感情不是从小说里读来的,没那么多美丽的道理,可讲的是平等互利的原则,有来有往,遵义守信。她心里对蒋丽莉抱愧,行动上便对她好过从前,把她当亲姐妹一般。有一回,蒋丽莉说:程先生最近怎么不来了,那若有所失的样子,使王琦瑶只得拒绝程先生的邀请,程先生只得再上门来。蒋丽莉大喜过望,王琦瑶自知是作孽,除此又无他法,只有一个念头在安慰她的良心,就是那个不承诺。这时候的王琦瑶就靠着这个不承诺保持着平衡。不承诺是一根细钢丝,她是走钢丝的人,技巧是第一,沉着镇静也是第一。

这一天,程先生带着羞怯和紧张,向王琦瑶提出,再到他的照相间去照一次相。这请求里是有些含义的,倘若装不懂也可蒙混过去,要拒绝反倒是个挑明,水落石出了。王琦瑶要的就是个含糊,什么样的结论都为时过早。心里的企盼又开始抬头,有些好高骛远,要说也是叫程先生的一片痴心给宠出来的。程先生的痴心是集天下为一体,无底的样子,把王琦瑶的心抬高了。再去程先生的照相间,也是个礼拜日。前一天已经收拾过了,擦去了灰尘,梳妆桌上插了一束花，两朵玫瑰合一蓬满天星，另一角则立了一帧王琦瑶的小照。是那头一次来时照的，看上去，像比现在年轻好几岁，没有成熟的样子，其实不过就是前年。再看窗外，依然是前年的景色。这两年的时间，似乎只记在了王琦瑶的身上，其他均是雁过无痕。花和小照，都是欢迎的意思。尤其是那照片，竟是不由分说，不来也要来的味道，是老实人的用心，一不做，二不休的。王琦瑶总是装看不见。她略施脂粉就走出了化妆间，走到照相机前坐好，灯亮了。两个人共同地想起前年的那个礼拜日，也是这样的灯光，人却是陌路的人，是楼下那如蚁的人群中漠不相关的两个。如今，虽是前途莫测，却总有了一分两分的同心，也是世上难得。他们已有很久没有一起照相，可并不生疏，稍一练习便上了手，左一张右一张的。上午总是短促，时间在厚窗幔后面流逝，窗里总灯光恒常。两人也不觉得肚饥，没个完的。他们一边照相还一边扯着闲篇，许多趣事都是当时不觉得，过后才想起。他们先是说着两人都知道的事情，然后就各说各的，一个说一个听，渐渐就都出神，忘了照相。两人坐在布景的台阶上，一个高一个低，熄了灯，天光就从厚幔子外面透过来一些。程先生说他在长沙读铁路学校，听到日本人轰炸闸北便赶回上海，要与家人会合。一路艰辛，不料全家已经回到了杭州，再要去杭州，上海却已宁静，开始了孤岛时期，于是就留下，一留就是八年，直到遇见了王琦瑶。王琦瑶说的是她外婆，住在苏州，门前有白兰花树，会裹又紧又糯的长脚粽，还去东山烧香，庙会上有卖木头雕的茶壶茶碗，手指甲大小的，能盛一滴水，她最后一次去苏州是在认识程先生的前一年。

两个人由着气氛的驱策，说到哪算哪，天马行空似的。这真是令人忘掉时间，也忘掉责任，只顾一时痛快的。程先生接下去叙述了第一次看见王琦瑶的印象，这话就带有表白的意思，可两人都没这么看,一个坦然地说,一个坦然地听,还有些调侃的。程先生说:倘若他有个妹妹,由他挑的话,就该是王琦瑶的样。王琦瑶则说倘若他父亲有兄弟的话,也就是程先生的样,这话是有推托的意思,两个人同样都没往心里去,一个随便说,一个随便听。然后,两人站起身来,眼睛都是亮亮的,离得很近地,四目相对了一时,然后分开。程先生拉开窗幔,阳光进来了,携裹了尘埃,星星点点,纷纷扬扬在光柱里舞蹈,都有些睁不开眼的。望了窗下的江边,有靠岸的外国轮船,飘扬着五色旗。下边的人是如蚁的,活动和聚散,却也是有因有果,有始有终。那条黄浦江,茫茫地来,又茫茫地去,两头都断在天涯,仅是一个路过而已。两个倚在窗前,海关大钟传来的钟声是两下,已到了午后,这是个两心相印的时刻,这种时刻,没有功利的目的,往往一事无成。在繁忙的人世里,这似是有些奢侈,是一生辛劳奔波中的一点闲情,会贻误我们的事业,可它却终生难忘也难得。

过了一天,照片就洗印出来了。这是完全打破格局的,因是边聊天边照相,虽不是张张好,却留下一些极为难得的神采,那表情是说到一半的话和听到一半的话,那话又是肺腑之言,不与外人说的。这照片是体己的照片,不是供陈列展览的。两人看照片是在咖啡馆里,他们看一张,笑一张,当时的情景和说话都历历在目,程先生就说:看你这样子!王琦瑶则笑:怎么会这样子!然后认真地回忆,终于想起了说:原来是这样啊!每一张都是有一点情节的,是散乱不成逻辑的情节,最终成了成不了故事,也难说。王琦瑶总算一张一张看完,程先生又让她翻过来看背面,原来每一张照片的背后都题了词的。有的是旧诗词,有的是新诗词,更多的是程先生自己凭空想的。是描绘王琦瑶的形神,也是寄托自己的心声。王琦瑶心里触动,脸上又不好流露,只能有意岔开,开了一句玩笑道:

看上去倒像是蒋丽莉的做派。两人想起蒋丽莉,忽都有些不自在,沉默下来。停了一会儿,程先生问道:王琦瑶,你不会一直住在蒋丽莉家吧?这话其实是为自己的目的作试探,却触到了王琦瑶的痛处。她有些变脸,冷笑一声道:我家里也天天打电话要我回去,可蒋丽莉就是不放,说她家就是我家。她不明白,我还能不明白,我住在蒋家算什么,娘姨?还是陪小姐的丫头,一辈子不出阁的?我只不过是等一个机会,可以搬出来,又不叫蒋丽莉难堪的。程先生见王琦瑶生气,只怪自己说话不小心,也不够体谅王琦瑶,很是懊恼,又覆水难收。王琦瑶见程先生不安,也觉自己的脾气忒大了,便温和下来,两人再说些闲话,就分手了。

然而,才过几天,王琦瑶搬出蒋家的机会就来临了,只是到底事与愿违,是个大家都难堪。有一天晚上,王琦瑶又不在家,蒋丽莉为了找一本借给王琦瑶的小说,进了她的房间。小说没找到,却在她枕边看到了那一些照片,还有照片后面的题词。程先生对王琦瑶许多明显的用心都为她视而不见地忽略了,这些照片却终于拨开迷雾,使她看清了真相。这其实也是长期以来存在心底的疑虑,有了一个突破口,便水落石出。这一真相摧毁了蒋丽莉的爱情,也摧毁了她的友谊。这两种东西都是蒋丽莉掏心掏肺对待的。因是一厢情愿,那付出便是加了倍的,不料却是这样的结果。

13. 李主任

请王琦瑶出场剪彩的请柬,正是王琦瑶离开蒋家那天送到的。王琦瑶已坐上了三轮车,那老妈子将请柬送了过来。王琦瑶看见这广东女人脸上掩不住的喜色,知道自己走称了她的心。她想她何苦要去做那不相干人的眼中钉?无故地结了怨仇。蒋家母女都没有出来送她,一个借故去大学注册,一个借故头痛,这使王琦瑶的走带了点落荒而逃的意思。王琦瑶穿了一件短袖月牙白绸旗袍,一把折扇挡着初秋还有些暑意的阳光,蝉一声叠一声地叫,路上的树阴倒是秋色了。她心里茫茫然的,手里请柬也没兴致去拆。她没有告诉程先生发生的事情,这事很不好开口。她还是有点负气,故意要使自己处境凄惨,这才解恨似的。她一路出了宽阔的弄堂,院墙的丁香就像是起烟的,香雾缭绕,弄前的马路人车俱无,静得也是起烟的。王琦瑶拆开手里的信封,见是一家百货楼开张,请她去剪彩。这消息没怎么叫她兴奋,反有点叫她稀奇,她想,她这个陪衬用的三小姐,能为开业庆典增添什么彩头?想来也是一家不怎样的百货楼,请不到第一第二位,便让她到场敷衍罢了。这一日是灰心的一日,是告一段落的,事情是收场了,却还有许多善后工作。在末梢上的心情。

王琦瑶到家正是午饭的时候,她推说已经吃过,便到亭子间里看书。亭子间是灰拓拓的,那种碱水洗过后泛白的颜色,墙和地都是吃灰的。王琦瑶的心倒格外的静,一动不动,看了一下午的书。傍晚时,接了两个电话。一个是程先生,问她怎么突然回家了,他是去了蒋丽莉家才知道的。她说是家里有事,便回来了。程先生问是什么样的事,需不需要他帮忙。她笑道,也不是什么大事,不过正是个借口罢了。程先生松口气似的,停了会儿却又问,是不是因为他那日说的话不合适,才突然决定。王琦瑶就反问,那天他说哪句话不合适,她怎么不知道。程先生倒不好说了,再停了会儿,就要上门来看她。她说刚到家,有些杂事,过两天再说罢,便放了电话。第二个电话是那家百货楼来的,请三小姐那天务必到场,届时会有汽车来接,庆典过后还有一个便宴,也请三小姐赏光,过后,也会有车送回府上。那人说话口气非常恭敬，也很急切，很怕她不去的样子。听过这两个电话，王琦瑶的心熨帖了不少，有点沉到底又浮起来的意思。本打算连晚饭也推托的，这时却一并吃了，还陪母亲捅了一阵子莲心，才上楼睡觉，一觉就到天明。

剪彩那日，王琦瑶穿的是竞选决赛的第一套出场服，粉红缎旗袍，头发因为长了，也没剪烫，临时去理发店做了个略显老气的发髻。她心里也是敷衍，是对那长久的冷落的一个抗议。她想，他们怎么会记起了三小姐，连她自己都快忘了。而她这不经意的装束却自有成功之处，粉红是对她号的颜色，娇嫩新鲜，发髻是最合适她目前心情的发型，是新鲜里一点沧桑，而毕竟那十八岁的年轻是挡也挡不住的。一双皮鞋是新买的，白色的细高跟，将王琦瑶的身材拔高，玉树迎风的样子。王琦瑶从前门上的汽车，前后的窗户里，有一些眼睛在看，是一些很有洞察力的眼睛，什么都瞒不过它们。王琦瑶心里有一些悲戚，她坐进汽车，看着车窗外的街景，电车总是当当，永恒的声音。她的眼睛是漠然的表情，什么都无所谓，但这漠然是带着挑战性的，有一点豁出去的精神，要将命运奉陪到底的决心。到了地方，她眼睛里才掠过一丝惊讶，她发现这百货楼竟是这几日报纸和无线电大做广告的那家，庆典的声势也很大，几十个花篮排在了门前，她这时有点后悔来得草率了，可她很快镇定下来，还有些好笑自己的激动，再大的辉煌也还不是兜个圈子再回到原地？这时的王琦瑶是很透彻的，不过，这透彻不是说她放弃努力，刚好相反，是认清形势，知己知彼，是做努力的准备。她从粉盒里检查了一下仪容，然后下了汽车。

参加庆典的有许多要人，有一些是面熟的，显然在报上见过照片，只是时事与政治同王琦瑶隔得太远，都是纸上文章，还是天外文章，所以也是木然。剪彩仪式总是一大串的讲话，王琦瑶只静立着，等待轮到她的那一剪刀。虽然头一回经历，可电影里报刊上也见多了，到了实地反更减些意思，例行公事似的。心里又遗憾自己的装束，便盼着早散早回家。只在那动剪子的一刹那，悸动了一回。毕竟是众人瞩目，由她唱主角的一瞬，可也是倏忽之间。接下来的便宴，一大半要人走了去赴公事，留下少数，其中有一位李主任，落座时就在她身边。是军人的气派，腰背很挺，不苟言笑。周围人也都有趋奉之色，有些赔小心的，气氛总有几分紧张。倒是王琦瑶没什么顾忌，出言天真，稍稍活跃了空气。她以为李主任是此间百货楼的经理之类，便问他化妆品牌子的问题，见他脸上浮出微笑，才知道自己弄错了，收又收不回，只得低下头去吃菜。望了她羞红脸的样子，李主任又一次浮起了微笑。后来王琦瑶才知道，李主任是军政界的一位大人物，也是这间百货楼的股东。请她前来剪彩，就是李主任的建议。

李主任是在"上海小姐"的决赛上认识王琦瑶的。他本是为二小姐来捧场，结果手里的花却投在了王琦瑶的篮子里。王琦瑶唤起他的不是爱美的心情，而是怜惜之意。四十岁的男人是有怜惜心的，这怜惜心其实是对着自己来，再折射出去的。四十岁的人，哪个是心上无痕？单单是时间，就是左一道右一道的刻画。更何况是这个动荡的时日，李主任这样的风云生涯，外人只知李主任身居高位，却不知高处不胜寒。各种矛盾的焦点都在他身上，层层叠叠。最外一层有国与国间，里一层是党与党间，再一层派系与派系，芯子里，还有个人与个人的。他的一举手，一投足都是牵一发动千钧。外人只知道李主任重要，却不知道就是这重要，把他变成了个活靶子，人人瞄准。李主任是在舞台上做人，是政治的舞台，反复无常，明的暗的，台上的台下的都要防。李主任是个政治的机器，上紧了发条，每时每刻都不能松的。只有和女人在一起的时候，他才想起自己也是皮肉做的人。

女人是一点政治都没有，即便是勾心斗角，也是游戏式的，带着孩童气，是人生的娱乐。女人的诡计全是从爱出发，越是挚爱，越是诡计多端。那爱又都是恒爱，永远不变。女人还是那么不重要，给人轻松的心情，与生死沉浮无关，是人生的风景。女人也是李主任的真爱，但爱不是李主任的人生大业，连附丽都谈不上的，有点奢侈的意味。但因李主任有实力，便也谈得上奢侈了。李主任的正房妻子在老家，是父母之命，媒妁之言。另有两房妻室，一房在北平，一房在上海。而与其厮混过的女人就不计其数了。李主任是懂得女人的美的，竞选"上海小姐"，他还是评委之一。在他这样的年龄，不再是用眼睛去审视女人，而是以心情去体察的。当他年轻的时候，他也迷过明眸皓齿的美人，有一句话叫作"秀色可餐"，他要的就是这个"可餐"，是感官的满足。可随着年纪的增长，也随了感官需求的日益满足，他的要求开始变了。他要一种贴心的感受。他走过许多地方，见过各地的女人，北平女人的美是实打实的，可却太满，没有回味的余地；上海女人的美有余味，却又虚了，有点云里雾里，也是贴不住。由于时尚的风气，两地的女人都走向潮流化，有点千人一面，即使有变，也是万变不离其宗，终是落入窠臼。入目的没有，入心的更没有。这些年，看上去他对女人的心似乎是淡了，其实却是更严格，是有点真心难求的苦衷。

王琦瑶却打动了李主任的心了。他本是最不喜欢粉红这颜色，觉得女人气太重，把娇媚全做在脸上，是露骨的风情。可王琦瑶穿上的粉红却化腐朽为神奇，是焕然一新的面目。那粉红依然是娇媚做在脸上，却是坦白，率真，老实的风情。旗袍上的绣花给人一针一线的感觉，仔细认真的表情。他发现他是错怪了这颜色，这颜色是天然的女人气，风要吹，水要流的，怪就怪街上那些女人们穿坏了它，裁缝也是帮凶，做坏了它。这原来是何等赏心悦目啊！但李主任是女人看多了，眼睛难免缭乱，判断反倒谨慎和犹疑。虽然把花投在了王琦瑶的篮里，却也并非忘不了，加上百事缠身，女人也缠身，更腾不出空去牵记王琦瑶。是在百货楼开业，请他参加庆典，他随意问了声，谁来剪彩？回说还没定，也许请某女士。某女士是位电影明星，也是投其所好，因是与李主任有一段的。李主任听了则说，不如请那三小姐呢！于是王琦瑶便被请了来，坐在了他的身边。那粉红缎旗袍在近处看是温柔如水，解人心意，新做的发型是年轻装老成，懂事和乖觉的。等到她问他化妆品牌子，他是由衷地微笑起来，非但不见怪，还正中他下怀，他要的就是这个，世外人间。再见她知错不语的样子，不由得怜从中来，暗暗做了决定。

在女人的事情上，李主任总是当机立断，不拖延，也不迂回，直接切入正题的。是权力使然，也是人生苦短。晚宴之后，他说用他的车送王小姐回家。王琦瑶不知该怎么回答，却见众人像开道似的闪开，簇拥着他们往门外走。王琦瑶看见人们恭敬奉承的目光，虽知是狐假虎威，心里也是有点得意的，还对那李主任有了些认识。上车时，是李主任亲自为她开门和关门，便有一种懵懂的惊喜生起。李主任上了车坐在她身边，身材虽不高大，可那威严的姿态，却有一股令人敬畏的气势。李主任是权力的象征，是不由分说，说一不二的意志，唯有服从和听命。李主任一路都没说话，车窗是拉了窗帘，有灯光映在帘上，一闪一闪的。王琦瑶不由猜想：李主任在想什么呢？这半天，直到此时，王琦瑶才生出些类似希望的好奇，她想：这一天将怎样结束呢？车在马路上滑行，白纱帘上的灯光是成串的。这个不夜城真是谜一样的，不到时候不揭晓。什么才是时候呢？谁也不知道。王琦瑶心里是惴惴的，还是听天由命的。她似乎觉得有什么事情已经为她决定好了，想也是白想。这便是李主任，而不是程先生了。李主任是决定一切的，而程先生则是要由别人替他决定的。汽车到王琦瑶家，李主任才侧过头说，明晚我请王小姐便饭，不知王小姐肯不肯赏光。虽是客套的谦词，因是李主任说的，便是有权力的谦词，是由你决定，又是不由你决定。王琦瑶慌慌地点了头，李主任又说明晚七点来接，伸手替她开了车门。

王琦瑶站在自家大门前，望了那汽车一溜烟地驶出弄堂，做梦一般。那李主任是头一回看见，他对自己却像有千年万载的把握似的，他究竟是谁呢？王琦瑶的世界非常小，是个女人的世界，是衣料和脂粉堆砌的，有光荣也是衣锦脂粉的光荣，是大世界上空的浮云一般的东西。程先生虽然是个男人，可由于温存的天性，也由于要投合王琦瑶，结果也成了个女人，是王琦瑶这小世界的一个俘虏。李主任却是大世界的人。那大世界是王琦瑶不可了解的，但她知道这小世界是由那大世界主宰的，那大世界是基础一样，是立足之本。她慢慢地推门进屋，楼下客堂暗着，有饭菜的油腻气，灶间倒亮了灯，是几个串门的娘姨在嘁嘁喳喳，说些东家的坏话。她上楼到了自己屋里，一时睡不着，就坐着看窗外。窗外是对面人家的窗户，一臂之遥的，虽然遮了窗帘，里头的生计也是一目了然的，没有什么意外之笔。王琦瑶想着明天的晚上，有着些莫名的憧憬。昨天的事情都已经过去很久了，想也想不起来的样子。她计划着明天穿的衣服和鞋子，还有发型。她敏感到李主任对她有意，却不知道是什么样的有意，便也不知该往何处用心。但她心里总有一条顺其自然的信念，是可以以不变应万变。她知凡事不可强求，自有定数的天理，她也知做人要努力的道理。因此，做什么都需留三分余地，供自己回转身心。而那要做的七分，且是悉心悉意，毫不马虎的。

第二天,王琦瑶还是原先的发型,换一件白色滚白边的旗袍,一半家常,一半出客的样子。妆却是化重了一些,正红的胭脂和唇膏,不致叫那素色扫兴的意思,臂上挽一件米黄的开司米羊毛衫,不是为穿是为配色。汽车还是停在前弄,那司机下车叩的门,不轻不重的两下,受过规矩的模样。王琦瑶走过天井去时有些慌张,那李主任虽是昨晚才见,这时却不知何人何故,事情总有些突如其来。她坐进汽车,迎面看见李主任的微笑,老朋友似的了。虽还是不多话,但毕竟一次熟似一次,是略为亲切的气氛。车走在中途,李主任低头看看她膝上的手提包,指一指上面的珠子说:这是什么?王琦瑶老实回答说,是珠子。李主任便恍悟道:哦,是这样!王琦瑶才知是逗她玩,便也一报还一报地点了李主任手上的戒指说:这是什么?李主任不说话,拿过她的手,把那戒指套在了她的指头上。王琦瑶又慌了,想这玩笑开得有点过头,话收不回,手也抽不回。幸好,那戒指空落落的套不住,李主任只得拿回去,说,明天去买一个。说话时车已到了地方,是公园饭店。门口的人都像是认识他的,说道:李主任来了!便往里请。进了电梯,一直上到十一层,早有人迎候着,领进单间的雅座,靠了窗的,窗下是一片灯海。

李主任并不问王琦瑶爱吃什么,可点的菜全是王琦瑶的喜爱,是精通女人口味的。等待上菜时,他则随便问王琦瑶芳龄多少,读过什么书,父亲在哪里谋事。王琦瑶一一回答,心想这倒像查户口,就也反问他同样的问题。本也不指望他回答,只是和他淘气,不料他却也认真回答了一二,还问王琦瑶有什么感想。王琦瑶倒不知所措了,低下头去喝茶。李主任注意她片刻,然后问:愿不愿继续读书?王琦瑶抬头说:无所谓,我不想做女博士,蒋丽莉那样的。李主任就问蒋丽莉是谁。王琦瑶说是个同学,你不认识的。李主任说:不认识才要问呢。王琦瑶不得已说了一些,全是琐琐碎碎,东一句西一句的,自己也说不下去,就说:和你说你也不懂的。李主任却握住了她的手,说:如要天天说,我不就懂了?王琦瑶的心跳到了喉咙口,脸红极了,眼睛里都有了泪,是窘出来的。李主任松开手,轻轻说了句:真是个孩子。王琦瑶不由抬起了眼睛,李主任正看窗外,窗外是有雾的夜空,这是这城市的制高点了。后来,菜来了,王琦瑶渐渐平静下来,回想方才的一幕,有些笑自己大惊小怪,想她毕竟是有过阅历,还有程先生事情的锻炼,怎么也不至于是这样,便重整旗鼓似的,找些话与李主任说。她那故作的老练,其实也是孩子气的。李主任也不揭穿,一句句地回答。她问他每天看多少公文,还写多少公文,后又想起,那公文都该是秘书写的,他只签个字便可,便问他一天签署多少公文。李主任拿过她的手提包,打开来取出口红,在她手背上打个印,说,这就是他签署的一份重要公文。

第三天,李主任又约王琦瑶吃饭,不过约的是午饭。饭后带她去老凤祥银楼买了一枚戒指,是实践前日的承诺。买完戒指就送她回了家。望了一溜烟而去的汽车,王琦瑶是有点怅惘的。李主任说来就来,说去就去,来去都不由己,只由他的。明知这样,还要去期待什么,且又是没有信心的期待,彻底的被动。以后的几天里,李主任都没有消息,此人就像没有过似的,可那枚嵌宝石戒指却是千真万确,天天在手上的。王琦瑶不是想他,他也不是由人想的,王琦瑶却是被他攫住了,他说怎么就怎么,他说不怎么就不怎么。这些日子里,王琦瑶成天地不出门,程先生也拒绝见的。倒不是有心回避,只是想一个人清净。清净的时候,是有李主任的面影浮起,是模糊的面影,低着头用眼里的余光看过去的。王琦瑶也不是爱他,李主任本不是接受人的爱,他接受人的命运。他将人的命运拿过去,一一给予不同的负责。王琦瑶要的就是这个负责。这几日,家里人待王琦瑶都是有几分小心的,想问又不好问。李主任的汽车牌号在上海滩都是有名的,几次进出弄堂,早已引起议论纷纷。王琦瑶的闭门不出也是为了这个。上海弄堂里的父母都是开明的父母,尤其是像王琦瑶这样的女儿,是由不得也由她,虽没出阁,也是半个客了。每天总是好菜好饭地招待,还得受些气的。做母亲的从早就站到窗口,望那汽车,又是盼又是怕,电话铃也是又盼又怕。全家人都是数着天数度日的,只是谁也不对谁说。王琦瑶有几日赌气想给程先生打电话,可拿起电话又放下了,觉得这气没法赌。赌气这种小孩子家家的事,怎么能拿来去对李主任呢?和李主任赌气,输的一定是自己。王琦瑶晓得自己除了听命,没有任何可做的。于是也就平静下来,是无奈,也是迎接挑战。她除了相信顺其自然,还相信船到桥头自会直,却是要有耐心。这是茫然加茫然的等待。等到等不到是一个茫然,等到的是什么又是一个茫然。可除了等,还能做什么?

李主任又一次出现,是一个月之后。王琦瑶已经心灰意懒,不存此念。李主任让司机来接王琦瑶,司机在楼下客堂等着,王琦瑶在亭子间里匆匆理妆,换了件旗袍就下来了。旗袍是新做的一件,略大了一些,也来不及讲究了。前一日刚剪了头发,也没烫,只用火剪卷了一下梢。人是瘦了一轮,眼睛显大了,陷进去,有些怨恨的。就这么来到四川路上的酒楼,也是雅座,里面坐了李主任。李主任握了王琦瑶的手,王琦瑶的泪便下来了,有说不出的委屈。李主任将她拉到身边坐下,拥着她,两人都不说话,彼此却有一些了解的。李主任此一番去了又来,似也受了些折磨,鬓边的白发也有了些。不过,这折磨不是那折磨,那只是一颗心里磨来擦去,这却是千斤顶似的重压在上,每一周转都会导致粉身碎骨的险和凶。两人都是要求安慰的,王琦瑶求的是一股脑儿,终身受益的安慰;李主任则只求一点。各人的要求不一样,能量也不一样,李主任要的那一点,正好是王琦瑶的全部;王琦瑶的一股脑儿,也恰巧是李主任的一点。因此,也是天契地合。

王琦瑶偎在李主任的怀里,心是落了地的,很踏实的感觉。李主任钢铁的意志这时也化做了水。他想的是,女人这东西,是纷乱喧嚣的尘世里唯有的清音。王琦瑶却什么都不想,有了李主任就有了一切似的。两人相拥了一会儿,李主任推开她一些,托起她下巴注视她的脸,那脸越发像个孩子,神态也是托付和依赖,孩子似的不争气。李主任虽见过许多女人,各路的都有,各种情形的也有,但在他这样的人事坎坷的中年,遇到如此不明就里全心信托的女人,所唤起的似苦似甜的心情,都有着异常的征服力。李主任再次把王琦瑶拥进怀里,问她这些日子在家里做什么。王琦瑶说在家数手指头。问她数手指头做什么。王琦瑶就说:看你去几日才回来呀!李主任把她又搂得紧一些,心里感叹:看她是个孩子,可女人会的她都会。停了一会儿,王琦瑶也问他这些日子做什么。李主任说:签公文呀!两人都笑了。王琦瑶想他居然还记得那一日的玩笑,可见心里也是存个她的。

四川路上的夜晚是要平凡和实惠得多,灯光是有一处照一处,过日子的灯光。那酒楼的饭也是家常的,虽是油烟气重了些,却很入口。玻璃窗上蒙了人的哈气,有点模糊。窗里倒显得暖暖融融的,滋生着一些同情。李主任松开王琦瑶,让她坐回位子上,说他已派人去租下一套公寓,就给王琦瑶住。他会经常去看她,假如她觉得寂寞,可以有时让母亲陪她,当然,他也会替她请个小大姐。她要愿意,可以去读大学,不读也不要紧,反正不做女博士。说到此处,两人又微笑,想起上一回的情景。王琦瑶听他说完,本已是严丝密缝,挑不出错的,可总也不好一口就答应。想了想说,要回去问问父母。这女学生气的话,又叫李主任笑了,伸过手抚摸下她的头,说:我就是你的父母。这话却把王琦瑶的泪说下来了,不知从何而起的一股辛酸,一下子溢满了胸口。李主任沉默着,却是比王琦瑶还懂得她这辛酸是从哪里来。这一类的眼泪,他不知见过有多少,虽都是一挥而去,可光是沉淀下来的,也有一层底了,略有波澜也会泛起。当年他年轻气盛,什么都可在手里握成齑粉。经历变了,他明白再怎么的不可一世,人都是握在一个巨手中,随时可成齑粉,这只巨手就叫命运。因此,王琦瑶的眼泪就像也是为他流的,触动他的心。王琦瑶哭了一阵不哭了,擦干了眼泪,眼圈红红的,瞳仁却是清澈见底,能映出人影来。神情反是轻松些,也坚决些,好像完成了一个告别的仪式,从此就开始新的阶段,轻装上阵了。她问,什么时候能住过去呢?李主任倒有些意外,本以为她还须再缱绻一番,不料竟是干脆的。他迟疑说,任何时候。王琦瑶就说,明天呢?这一来李主任就被动了,因那房子只是说说的,并未真的租好,只能说还得等几天,这才缓住了王琦瑶。

以后的几天,李主任几乎天天同她一起,吃饭或者看京剧。李主任虽是南方人,却因在北平待过,就迷上了京剧,家乡的越剧却是不能听,一听就起腻,电影也是要起腻。京剧里最迷的是旦角戏,而且只迷男旦,不迷坤旦。他以为男旦是比女人还女人。因是男的才懂得女人的好,而女人自己却是看不懂女人,坤旦演的是女人的形,男旦演的却是女人的神。这也是身在此山中不识真面目,也是局外人清的道理。他讨厌电影,尤其是好莱坞电影,也是讨厌其中的女人,这是自以为女人的女人,张扬的全是女人的浅薄,哪有京剧里的男旦领会得深啊!有时他想,他倘若是个男旦,会塑造出世上最美的女人。女人的美决不是女人自己觉得的那一点,恰恰是她不觉得,甚至会以为是丑的那一点。男旦所表现的女人,其实又不是女人,而是对女人的理想,他的动与静,颦与笑,都是对女人的解释,是像教科书一样,可供学习的。李主任的喜欢京剧,也是由喜欢女人出发的;而他的喜欢女人,则又是像京剧一样,是一桩审美活动。王琦瑶是好莱坞培养大的一代人,听到京剧的锣鼓点子就头痛的。可如今也学会约束自己的喜恶,陪着李主任看京剧,渐渐也看出一些乐趣,有几句评语还很是地方,似能和李主任对上话来的样子。一周之后,李主任便带王琦瑶去看了房子。

房子是在静安寺,百乐门斜对面一条僻静的马路上的短弄里,有并排几幢公寓式楼房,名叫爱丽丝公寓。李主任租的是底楼,很大的客厅,两个朝南的房间,可作卧室和书房,另有朝北的一间给娘姨住。细细的柚木地板打着棕色蜡,发出幽光。家具是花梨木的,欧洲的式样。窗帘挂好了,还有些桌布,沙发巾,花瓶什么的小物件空着,等着王琦瑶闲来无事地去侍弄,给她留一份持家的快乐似的。衣柜也是空的,让她一件一件去填满,同时也填满时间。首饰盒空着,是要填李主任的钱的。王琦瑶走进去时,只觉得这个公寓的大和空。在里面走动,便感到自己的小和飘,无着无落似的。她有些不相信是真的,可不是真的又能是假的?因是底楼,又拉着纱帘,再加上阴天,公寓里暗沉沉的,有些看不清,待到开了灯,却是夜晚的光景了。王琦瑶走到卧室,见里面放了一张双人床,上方悬了一盏灯,这情景就好像似曾相识,心里忽就有了一股陈年老事的感觉,是往下掉的。她转过身就去别的房间看,却去不了。李主任就在她身后,将她抱住,拥着她往床边走。她略略挣了几下,便倒在了床上。屋里是黑的,只有窗外传进的鸟叫,才告诉她这是个白昼的下午。李主任将她的头发揉乱,脸上的脂粉也乱了,然后开始解她的衣扣。她静静地由着他解,还配合地脱出衣袖。她想,这一刻迟早会来临。她已经十九岁了,这一刻可说是正当其时。她觉得这一刻谁都不如李主任有权利,交给谁也不如交给李主任理所当然。这是不假思索,毋庸置疑的归宿。她很清醒地嗅到了新刷屋顶的石灰气味,有些刺鼻的凉意。在那最后的时刻真正来临之前,她还来得及有一点点惋惜,她想她婚服倒是穿了两次,一次在片场,二次在决赛的舞台,可真正该穿婚服了,却没有穿。

第 四 章

14. 爱丽丝公寓

爱丽丝公寓是在闹中取静的一角,没有多少人知道它。它在马路的顶端上,似乎就要结束了,走进去却洞开一个天地。那里的窗帘总是低垂着,鸦雀无声。里头的人从来不出来,连老妈子都不和人啰唆的。一到夜晚,铁门拉上,只留一扇小门,还有一盏电灯,更不知何时何处,何人的世界。“爱丽丝”这名字不知是什么人起的,怀着什么样的用心。“爱丽丝”这三个字听起来,是一个美人,再加一段情。它在我们凡俗的世界,真是一个奇境,与我们虽然比邻,却是相隔天涯,谁也看不见谁的。我们不知道在那些低垂的窗幔后面,是一些什么样的故事。这些故事在这城市的上空,就像是美丽的谣言,不怕不知道,只怕吓一跳。那都是女人的历险故事,爱情作舟筏的,她游到多远,“爱丽丝”就在多远。爱丽丝公寓是这闹市中的一个最静,这静不是处子的无风无波的静,而是望夫石一般的,凝冻的静。那是用闲置的青春和独守的更岁作代价的人间仙境,但这仙境却是一日等于百年,绝非凡人可望。不甘于平凡,好做奇思异想的女人,谁不想做“爱丽丝”?这城市的马路上,到处走着磕磕碰碰的“爱丽丝”。这城市自由真不少,机会却不多,最终能走进这公寓的,可说是“爱丽丝”的精英。

假如能揭开“爱丽丝”的屋顶，旖旎的景色便出现在了眼前。这是个绫罗和流苏织成的世界，天鹅绒也是材料一种，即便是木器，也流淌着绸缎柔亮的光芒。这世界里堆纱叠绉，什么都是曳地遮天，是分外的柔软亮滑，澡盆前的绣花的脚垫，沙发上是绣花的蒲团，床上是绣花的帐幔，桌边是绣花的桌围。这世界是绣花针缝起，千针万线；线是五色缤纷，一个红里也要分出上百种不同。这又是花的世界，灯罩上是花，衣柜边雕着花，落地窗是槟榔玻璃的花，墙纸上是漫洒的花，瓶里插着花，手帕里夹一朵白兰花，茉莉花是飘在茶盅里，香水是紫罗兰香型，胭脂是玫瑰色，指甲油是凤仙花的红，衣裳是雏菊的苦清气。这等的娇艳只有爱丽丝公寓才有，这等的风情也只有爱丽丝公寓才有，这是把娇艳风情做到了头，女人也做到了头。这是女人国的景象，女人的天下。在这钢筋水泥的城市里，哪里能有这等的温馨和柔软，“爱丽丝”就有。“爱丽丝”的灯光也是蒙纱的，将什么都照得绰绰约约，富于梦幻，又是柔上加柔。什么都是无骨，手可在里头穿行，握起来，是一捧水，指缝间可渗漏的。“爱丽丝”还有一个特点，就是镜子多，迎门是镜子，关上门还是镜子。床前有一面，橱里边有一面，浴间里是梳头的镜子，梳妆台上是化妆的镜子，粉盒里的小镜子是补妆用的，枕头边还有一面，是照墙上的影子玩的。所以，“爱丽丝”的人都是成双的，影也是成双的影，欢喜是成对，寂寞也是成对。什么都是有两个，一个实，一个虚；一个真，一个假。留声机的歌声都是带双音的，唱针磨平了头，走着双道。梦是醒的影子，暗是亮的影子，都是一半对一半的。

“爱丽丝”是女人的心，丝丝缕缕，又细又多，墙上壁上，窗上幔上，都挂着的。地上床上，桌上椅上，都铺着的。针线里藏着，梳妆盒里收着，不穿的衣服里掖着，积攒的金银片里搁着。“爱丽丝”原来是这样的巢，栖一颗女人的心，这心是鸟儿一样，尽往高处飞，飞也飞不倦，又不怕危险的。“爱丽丝”是那高枝上的巢，专栖高飞的自由的心，飞到这里，就像找到了本来的家。“爱丽丝”的女人都不是父母生父母养，是自由的精灵，天地间的钟灵毓秀。她们是上天直接播撒到这城市来的种子，随风飘扬，飘到哪算哪，自生自灭。“爱丽丝”是枝蔓丛生的女儿心，见风就长，见土就扎根。这是有些野的，任性任情，没有规矩，不成方圆，好赖都能活，死了也无悔的。这颗心啊，因为是太洒脱了，便有些不知往哪里去，茫茫然的，是彷徨的心。鸟从天上落到地下，其实全是因为彷徨。彷徨消耗了它们的体力和信心，还有希望。飞得越高就越危险。

“爱丽丝”的静其实是在表面，骚动是压在心里的。那厚窗幔后面传出的电话铃便是透露。铃声在宽阔的客厅回荡，在绫罗绸缎里穿行，被揉搓得格外柔软，都有些喑哑了，是殷切之声。只有听见电话铃声，才可领会到“爱丽丝”的悸动不安，像那静河里的暗流似的。电话是爱丽丝公寓少不了的。它是动脉一样的组成部分，注入以生命的活力。我们不必去追究是谁打来的电话，谁打来的都一样，都是召唤和呼应，是使“爱丽丝”活起来的声音。那铃声是在深夜里也会响起的，从寂寞中穿心而过的样子，是最悸动的声音，过后还会有很长一段的不平静。门铃也是一种动静。这是果决的，不像电话铃那样缠绵，萦绕不绝。它是独断专行，我行我素，是静河里最强劲的暗流，主宰河的走向，甚至带有源头的性质。我们也不必去追究是谁按的门铃，总是那有权力有承诺的人。这两种铃声在爱丽丝公寓漫行，就好像主人在漫行，是哪个角落都去得了。如花如锦如梦如幻的“爱丽丝”，就好像托在这铃声之上，悬浮在这铃声之上，是由它串起的珠子。

“爱丽丝”也有热闹的时间，是由那铃声作先行官的。“爱丽丝”的热闹也是厚窗幔捂着,实在捂不住迸出来的那一点,就已叫人目眩,忘也忘不了。这是“爱丽丝”的节日,这节日不是跟着日历排,而是自有定规。这节日有时是长达数月,有时只一夜良宵,平时都把笑和闹积攒着,到这一天来用。眼泪也是积攒到这一日来抛洒。老妈子平时是闲养着,专到这一日来用,一个不够,还要到燕云楼定菜请厨子。这可真是喜上眉梢的日子,大红灯笼都要挂起的,红蜡烛也要点起的。过年的新衣穿上身,鸳鸯被一针一线缝起来。“爱丽丝”的热闹还总是你一日,我一日,她一日,攒起来一年也有三百六十天;“爱丽丝”的热闹还总是你一轮,我一轮,她一轮,总也不断头,岁岁年年的形势,许多人合成的好年景。斜对面的百乐门也是热闹,是铺陈开来;“爱丽丝”的热闹是包心的。百乐门的热闹是脸上的,背地里不知是什么样的暗街陋巷;“爱丽丝”的热闹虽不多,却是心口一致,表里如一。百乐门的热闹是流水,一去不回头的;“爱丽丝”的热闹却是河岸,等着人来的。百乐门的歌舞夜夜达旦,其实是虚张的声势,朝不保夕;“爱丽丝”是个定心丸,昼夜循序,按部就班。

这城市不知有多少“爱丽丝”这样的公寓,它们是这城市的世外桃源,公寓里的生涯总有着隐秘感,有多少不为人知。我们再也猜不出在那灰白的水泥墙后面,有一个美轮美奂的世界。这世界嵌在这城市的一些个零星角落,从总体看,是蚁穴似的,贝壳一般薄脆的壁;那美也是萤火虫似的,一昼一夜的寿命,一星一点的光芒,可就是这些,已是那些自由的精灵,拼尽全力的照耀。这城市还有着许多看不见的自由精灵的残骸,它们做了爬墙虎的肥料,所有的爬墙虎,都是哀悼她们的挽联。这样的公寓里,寄存了她们人生里最大的快乐,是由寂寞作养料的。她们的做女人的心意,全是在“爱丽丝”这样的公寓里实现的。这心意看上去是不起眼的,零零碎碎,都是那主宰命运的大理想的边角料,连边角料也称不上的琐屑,可却是饱含着心血,是终身的希冀。"爱丽丝"这样的公寓,其实还是这心意的墓穴一类的地方,它是将它们锁起独享。它们是因自由而来,这里却是自由的尽头。这是心也甘情也愿的囚禁,自己禁自己的。爬墙虎还是她们残存了的一点渴望,是缘壁的自由,墙缝里透出去的。所以,爱丽丝公寓还是牺牲,献给自由女神的祭礼,也是献给自己的,那就是"爱丽丝"。

这样的公寓还有一个别称,就叫作"交际花公寓"。"交际花"是唯有这城市才有的生涯,它在良娼之间,也在妻妾之间,它其实是最不拘形式,不重名只重实。它也是最大的自由,是城市里逐水草而生的游牧生涯,公寓是像营帐一样的避风雨,求饱暖。她们将它绣成了织锦帐。她们个个都是美,还是高贵,那美和高贵也是别具一格,另有标准。她们是彻底的女人,不为妻不为母,她们是美了还要美,说她们是花一点不为过。她们的花容月貌是这城市财富一样的东西,是我们的骄傲。感谢栽培她们的人,他们真是为人类的美色着想。她们的漫长一生都只为了一个短促的花季,百年一次的盛开。这盛开真美啊!她们是美的使者,这美真是光荣,这光荣再是浮云,也是五彩的云霞,笼罩了天地。那天地不是她们的,她们宁愿做浮云,虽然一转眼,也是腾起在高处,有过一时的俯瞰。虚浮就虚浮,短暂就短暂,哪怕过后做他百年的爬墙虎。

15. 爱丽丝的告别

王琦瑶住进爱丽丝公寓是一九四八年的春天。这是局势分外紧张的一年,内战烽起,前途未决。但"爱丽丝"的世界总是温柔富贵乡,绵绵无尽的情势。这也是十九岁的王琦瑶安身立命的春天,终于有了自己的家。她搬进这里住的事,除了家里,谁也不知道。程先生找她,家里人推说去苏州外婆家了,问什么时候回来,回答说不定。程先生甚至去了一次苏州。白兰花开的季节,满城的花香,每一扇白兰花树下的门里,似乎都有着王琦瑶的身影,结果又都不是。那木头刻的指甲大小的茶壶茶盅也有的卖,用那茶壶茶盅玩过家家的女孩都是小时候的王琦瑶,长大就不见了的。蛋硌路上都印着王琦瑶的脚印儿,却怎么也追不上,飘忽而去的样子。程先生去的时候是茫然,回来更加茫然。乘在回上海的夜车上,窗外漆黑的一片,心里也漆黑一片。程先生禁不住落下泪来,他自己也不知道自己为什么这样伤感,像是没有道理,可伤感却是不可抗拒。从苏州回来后,他再也不去找王琦瑶,心像死了似的。照相机也是不碰,彻底地忘了。他一早一晚地进出家门,总是视而不见地从那照相间穿过,径直进了卧室,或者出了家门。那一切都是不堪入目的。这一年,他已是二十九岁了,孤身一人。他不想成家的事,也没什么事业心,照相这点嗜好,也算是过去了。他真是一无所有的样子,还是万念俱灰的样子。他戴着礼帽,手里还拿了一根斯迪克,走在上海的马路上,好像是一幅欧洲古典风景。那绝望一半是真,另一半是表演,表演给自己看,也给人家看。这表演欲里还蕴含着一些做人的兴趣和希望的。

当程先生找王琦瑶的时候,也有一个人在找程先生,那就是蒋丽莉。蒋丽莉找程先生也是遭受挫折的,可她却不服输。她先到程先生供职的洋行去,那里的人说程先生早就不来上班,据说去了另一家洋行。她就到另一家洋行去问,另一家洋行则从来没听见过程先生的名字,她只能再回到原先那家洋行去打听程先生的住处。被问的人两次见这小姐问程先生,又是急不可耐的样子,便有意隐了不说,怕给程先生招麻烦,自己也要担责任。蒋丽莉这时就想去找王琦瑶了。她明知道是不合情理,可她是不管这些的。然而,此时此刻,竟连王琦瑶也不见了。蒋丽莉也想过这两人会不会在了一处,但细想过便觉不会,程先生那方面没有结婚的消息,王琦瑶这边也没有。最后,她是通过吴佩珍,从那导演的途径,得到了程先生的地址。去找吴佩珍的时候,两人都避开王琦瑶不提,但心里却全是王琦瑶。她们虽然同学多年,可很少有接触,现在,彼此是由王琦瑶曲曲折折地联系起来。这王琦瑶是她们各人心里的一个伤痕似的纪念。蒋丽莉去找程先生的那股劲头,什么也阻挡不了,终于得了他地址的那一天,她便去了他家。

电梯将她送上了顶楼,程先生的门关着,按了几声铃也没回应。程先生还没回家,她便在门口等着。楼梯口的窗户是临黄浦江的,已是薄暮时分,江水是暗红色的,有轮船的汽笛传来。蒋丽莉倚在楼梯栏杆站着,心里也是渺茫。程先生什么时候回来呢?她已经有多久没有见他了呀!最后一次见是什么样的情景?那第一次见他又是什么样的情景?思绪涌上心来,百感交集。晚霞在天边结起了红云,一朵一朵,迅速地变深变黑,有鸽子在飞,一点一点的,不知飞往了哪里。楼里的顶灯亮了,程先生还没有回来。蒋丽莉的腿也站酸了,还觉着了寒意,却不觉一点饿。电梯总是在下边升降,再不上来的。那升降的声音虽是静静的,却格外地清晰入耳。有一阵子特别频繁,是下班回家的时分,可还是不上顶楼。蒋丽莉干脆在楼梯上铺块手绢坐下来等。她不相信程先生会不回来,她也不相信她会找不到程先生。窗外是有光的夜空,也有雾。这楼里满是肃穆的空气,门都是威严紧闭,没有人间冷暖的。偶尔有谁家的门启开一回,传出点人声和饭菜的香气,才找回一些生活的信心似的。蒋丽莉感觉到身下大理石沁出的凉气,她双手抱着胳膊,有点蜷缩的,干脆把时间都忘了。然后她就听见电梯一直升上了顶楼。程先生走出电梯,她几乎没有认出来,也是不相信自己的眼睛。他本来就瘦削,这时几乎形销骨立,剩个衣服架子,挂了礼帽和西装,再拄着斯迪克。她也不去追究程先生这般憔悴是因何人,只觉得一阵鼻酸。她叫一声"程先生",就落泪了。程先生却是有点蒙了,半天回不过神来,等渐渐明白,看清了眼前的人,不由得往事回到眼前。

程先生和蒋丽莉别后重逢,各人都怀着一段遭际,伤心落意的,见面便分外亲切。虽然不是相知相爱的人,却是茫茫人海中的两个相熟,有一些共同的往事和共同的旧人。他们两人的见面,是把中断的故事再续了起来,却各是各的一段,支离破碎,因此也是感慨丛生,悲喜交加。程先生开了门,打开灯,引蒋丽莉进了房间。蒋丽莉是头一回来到这里,无比地惊奇。照相间虽然荒芜了,却也是另一个世界。她走过去,摸摸这个,摸摸那个,摸了满手的灰。程先生在一边看着,忽也有些唤回,走去揭开灯具上罩的布,灰尘像一场小雨似的。他说:蒋丽莉,你坐好,我给你照张相吧!蒋丽莉便坐下,沾了一旗袍的灰。灯亮的一刹那,程先生竟一阵恍惚,以为眼前这人是王琦瑶,再一定睛,才见是蒋丽莉。她端坐着,双手搁在膝上,脸上是紧张和幸福的表情。她的全身心都是在程先生目光的笼罩里,不敢动不敢笑的。她真希望这一刹那是永远。可是程先生手里的快门响了,灯灭了。她还怔着,却听程先生在同她说话,问她有没有见到王琦瑶。蒋丽莉热腾腾的心凉了一凉,她生硬着口气说:程先生,我还没吃饭呢!程先生愣着,不明白她吃不吃饭于自己有什么责任。蒋丽莉又说:我下午就来这里,等到你至今。程先生便有些羞愧地低下了头,那样子是像大男孩的。蒋丽莉不由柔和了语气,说:程先生,陪我吃晚饭怎么样?程先生就说好,两人一前一后出了房门。

出了楼,见那灯和星光在江面相映成辉,车和人都是活跃的,心里便也有些沸腾。程先生兴致盎然地说:蒋丽莉,我要带你去一个有趣的地方吃饭。蒋丽莉说:无论你带我去哪里,我总是服从。程先生便在前边带路,脚步飞快,蒋丽莉几乎小跑着才能跟上。程先生走着走着,脚步又沉缓起来,好像想起了什么。蒋丽莉问他话,他也没在意。就这样,来到一个小小的饭馆。走上窄窄的木楼梯,是普通人家的沿街的二楼,好像不专为饭馆陈设的。临窗的餐桌刚撤下,他们便坐上了。楼下是嘈杂的小马路,水果摊前的灯光和馄饨铺的油烟气混淆着,扑面而来。程先生也不问蒋丽莉爱吃什么,兀自点了糟鸭蹼、干丝等几个菜,然后就对了窗外出神。停了一会儿,说,有回同王琦瑶在这里吃饭,忽然想吃橘子,就用一根绳子系了手绢和钱吊下去,让摊主包了几个橘子,再又吊上来。程先生很久不提王琦瑶的名字,是躲避,也是自伐,要痛上加痛似的。今天见了蒋丽莉,是不由得要提起,一提起就放不下了。他也不为蒋丽莉的感情着想,甚至有些借着这感情任性胡来,本能里是知道无论自己说什么,蒋丽莉都只有听的份。

蒋丽莉虽说知道程先生和王琦瑶的往来,可这样听程先生正面描绘还是头一遭,她有些气,有些急,还有些委屈,便伏在桌子上哭了起来。程先生这才收住了话,不知所措地望了蒋丽莉,一个字的劝慰也没有的。蒋丽莉哭了一阵,不哭了,摘下眼镜擦了眼泪,强笑道:程先生,我等你这大半天,难道是为了来听你说王琦瑶的吗?程先生就低了头,望着桌面的缝出神。蒋丽莉又说:难道不说王琦瑶别的话一句也没有吗?程先生就惭愧地笑笑。蒋丽莉扭头对了窗外。水果摊上不是橘子,而是黄金瓜,很灿烂的颜色,赌气也想像王琦瑶那样买个瓜,又觉得重蹈旧辙没什么意思。桌上的菜也是王琦瑶爱吃的,那人是叫王琦瑶收了心去的。可无论怎么样,王琦瑶是无影无踪,千呼万唤没回应的,是人还怕个影子吗?蒋丽莉振作了一些,她讽刺地一笑,说:你程先生再牵记王琦瑶,王琦瑶却并不牵记你,你的心可不是白费了?这话说到了程先生的痛处,可他毕竟是个男人,没叫眼泪流下来,只是把头垂到了桌面上。蒋丽莉又有点心疼,就换了口气说:其实,我也在找王琦瑶,可是没消息,她家的人,全是封口瓶子的嘴,半点真情也探不出来。程先生抬起头,很可怜地说:你再去问一次呢?兴许多问问就能问出,你是她的好朋友。蒋丽莉听见"好朋友"这话便心头火起,她大了声说:朋友值几个钱?我现在可再不信朋友的话了,全是骗人,越是朋友越栽得厉害。这话也是说到要害处的,程先生不敢出声,只听着。蒋丽莉出了气,渐渐平静下来,停了会儿,又说:其实我倒是不怕去问的,心里也是很好奇,看她家的人神秘兮兮的样子,说出来只怕吓人一跳。听她这么一说,程先生倒不敢求她去问了。

其实,王琦瑶住进李主任为她租的爱丽丝公寓,可算是上海滩的一件大事,又是在这样的局势之下,也是乱世里的一件平安事吧!只不过程先生是另一个社会的人,又由于灰心,竟是有些隔世起来。蒋丽莉呢,则因为寻找程先生,凡事都搁置一旁,不闻不问。待到静下心来,稍留些神,不用问,消息自己就来了。消息的来源,不是别人,正是蒋丽莉的母亲。她说:你那同学,在我们家住过一阵的,在做女寓公了呢!据说还是李主任的人。蒋丽莉就问哪个李主任,她母亲其实也搞不清李主任是谁,不过鹦鹉学舌而已,只说是个大人物,无人不晓的。蒋丽莉心里暗暗一惊,心想王琦瑶怎么走了这一条路,这才想起她家人吞吞吐吐的神情,正是合了这事实。母亲又说:这样出身的女孩子,不见世面还好,见过世面的就只有走这条路了。这话虽是有成见的,也有些小气量,但还是有几分道理。可蒋丽莉不要听,一甩手走了。

王琦瑶是伤了她的心,她也正期望王琦瑶早日有归宿,好把程先生让给她,但这消息依然叫她难过,心里还存了一丝不信。她想:王琦瑶是受过教育的,平时言谈里也很有主见,怎么会走这样的路,是自我的毁灭啊!然后她就着手去做进一步的调查,想证明消息的不确实。而事情则越来越确凿无疑,连王琦瑶住的哪一幢公寓都肯定的。蒋丽莉还是不信,她想:耳听为虚,眼见为实,我何不自己走一趟,找到那王琦瑶,倘若真是这样,程先生也好死心了。这时她才想起程先生。这事本是程先生所托,如今却成她自己的事一样了。程先生将会如何地伤心!这念头刺痛了她。她痴痴地想了半天,觉得了自己的可怜。从小到大,都是别人为她做的多,唯有两个人是反过来,是她为他们做的多,这就是王琦瑶和程先生,偏偏是这两个人,是最不顾忌她,当她可有可无。

爱丽丝公寓这地方,蒋丽莉听说过,没到过,心里觉得是个奇异的世界,去那里有点像探险,不知会有什么样的遭际。再加是个阴霾很重的下午,乌云压顶的,心情沉郁得厉害。她乘了一辆三轮车,觉着那三轮车夫的眼光都是特别的。车从百乐门前走过时,已有了异常的气氛。车停在路口,她付钱下车,然后走进了弄堂的铁门,背后也是有眼睛的。那弄内悄无声息,窗户都是紧闭,窗内拉着帘子,有一幅帘子上是漫撒的春花,有些天真的乡气。蒋丽莉似乎嗅见了王琦瑶的气息,她想:王琦瑶真是在这里的啊!她有些胆怯地按了电铃,不知是盼还是怕那开门的人就是王琦瑶。天就像要挤出水来的样子,阴得不能再阴。门开了一道缝,露出一张脸,看不清眉目的,问她找谁,说的是浙江口音。她说找王琦瑶,是她的同学,姓蒋。门重又关上,只一小会儿便开了,让她进去。客厅里很暗,打蜡地板反着棕色的光,客厅那头的房门开着,有一块亮光,光里站着王琦瑶,穿了曳地的晨衣,头发留长,电烫成波浪,人就像高大了一圈。她们俩都背着光,彼此看不清脸,只看见身形,是熟又是生。王琦瑶说:你好,蒋丽莉。蒋丽莉说:你好,王琦瑶。她们说过这话便走拢过来,到了客厅中间的沙发前,这时,那浙江娘姨端来了茶,两人便坐下。王琦瑶又说:蒋丽莉,你母亲好不好?还有你兄弟好不好?蒋丽莉一一回答了好。窗帘上透进些微天光,映在王琦瑶的脸上。她比以前丰腴了,气色也鲜润了些,晨衣是粉红的,底边绣了大朵的花,沙发布和灯罩也是大花的。蒋丽莉眼前出现王琦瑶昔日旗袍上的小碎花,想那花也随了主人堂皇起来的。

她们面对面坐着,有些没话说。由于物人皆非,连往事也难再提,甚至都好像想不起的。停了一会儿,蒋丽莉说:是程先生托我来看你的。王琦瑶淡淡一笑,说:程先生在忙些什么呢?还是成天地照相,洗印?那照相间里有没有添新设备?记得有几盏灯是烧坏了,准备再买的。蒋丽莉说:他早已不碰那些东西了,别说是照相的灯,只怕连一般的电灯都快拉不亮了。王琦瑶又笑了,说:这个程先生啊!好像程先生是个顽皮的小孩。然后她对蒋丽莉说:你呢,什么时候戴博士帽呢?这时,连蒋丽莉都成了小孩。王琦瑶活跃起来。接着说:写了什么新诗没有?蒋丽莉沉下了脸,想她有点欺人,却不知是仗着什么,便反诘道:王琦瑶,你呢?是不是很好?王琦瑶微微一昂下巴,说:不错。这表情是过去不曾有过的,带着慷慨凛然之气,做了烈士似的。王琦瑶说:我知道你心里在想什么,我还知道你母亲心里在想什么,你母亲一定会想你父亲在重庆的那个家,是拿我去作比的。蒋丽莉,你不要怪我说这样的话,我要不把这话全说出来,我们大约就没别的话可讲,在你的位置当然是不好说,是要照顾我的面子,那么就让我来说。蒋丽莉的脸红一阵白一阵,无地自容的样子,心里却不得不承认王琦瑶的聪敏过人,可谓一针见血。王琦瑶接着说:对不起我要做这样的比喻,怎么比喻呢?你母亲是在面子上做人,做给人家看的,所谓“体面”,大概就是这个意思;而重庆的那位却是在芯子里做人,见不得人的,却是实惠。你母亲和重庆那人各得一半天下,谁也不多,谁也不少。至于谁是哪一半,倒是不由自己说了算,也是有个命的。蒋丽莉此时此刻脸不红心也不跳,虽是拿她父母做例子,却是像上课似的,全是处世为人的道理。这道理还不是那些言情小说上的粉饰过的做梦般的道理,是要直率得多,也真实得多。王琦瑶也像是在说别人的事似的,不动心不动气。她又说:要说自然是面子和芯子两全为好,也就是圆满的意思了,可人的条件都是有定数,倘若定数只能面也凑合,里也凑合,还不如丢下一边,要个满满的半边,也是不圆满里的圆满;再说,还有句老话叫作月满则亏,水满则溢呢!缺一半,另一半反可更牢靠更安全还说不定呢!蒋丽莉听了王琦瑶这一席话,心想方才被她看成小孩并不吃亏,这些道理是可与做她母亲的人去平齐的。

正像王琦瑶说的,把这话说出来,别的话便也好说了。这是最大的忌讳,摆出来也不过如此的,更何况枝枝节节的难堪。两人都轻松下来,蒋丽莉问了些李主任的情况,王琦瑶也都不瞒她,还告诉了些事情的经过,再就带她参观房间。进卧室时,王琦瑶抢行一步,将床上的什么塞进了床头柜里,脸上掠过一片红晕,使蒋丽莉想起她不再是姑娘了,两人间好像有了一条分界线,有些隔河相望了。看毕,王琦瑶又吩咐那浙江娘姨去买蟹粉小笼作点心,一边吃一边告诉蒋丽莉左邻右舍的闲事,许多上海滩上盛传的流言竟在此得到证实,也做了细节上的更正。这时,天倒有些亮起来,晴了一半。两人又好像回到了过去的时光,却是将嫌隙搁下不谈,只说些好的。因此那程先生便再不提了,没这人似的,倒是李主任说得多些。王琦瑶拿来李主任的板烟斗给蒋丽莉看,大小各异的,装在一个金属盒里。王琦瑶拿起一个在嘴上,做那抽烟的姿态,很孩子气的。蒋丽莉起身告辞,王琦瑶却怎么也不让走,非留她吃晚饭,嘱那娘姨做这做那。主仆都有些兴奋,想来蒋丽莉是这里的头一个客人。吃晚饭时,王琦瑶对蒋丽莉说了一句动感情的话,她说:总是我在你家吃饭,今天终于可以请你在我家吃饭了。这话使蒋丽莉也有些触动,她头一回体谅到王琦瑶住在她家的心情,这本是她从来没想过的。窗外全黑了,客厅里开了灯,亮堂堂的,留声机上放了一张梅兰芳的唱片,咿咿呀呀不知在唱什么,似歌似泣。灯下的杯盘都是安宁的样子,饭菜可口,还有一些温过的花雕酒,冒着轻烟。

蒋丽莉不知该如何去对程先生说,她不免也为程先生着想,生怕他经受不住这打击。她还是为自己着想,倘若他真的垮到底,心都死绝,她又希望何在呢?这时候,她是可怜程先生也可怜自己,可怜他们两个都是被动,由不得自己做主。这天她决定去和程先生谈,约他在公园里见面。她老远就看见程先生的身影,茕茕孑立的样子。想到自己带给他的竟是那样的消息,不由得感到了抱歉。她还没下车,程先生便迎了过来,然后两人一起进了公园。走在甬道上,一时都无语,程先生想问不敢问,蒋丽莉想说又不好说。两人沿了甬道走了一圈,到了湖边,租了船,一头一尾坐着,荡到了湖心。虽是面对面,中间却隔了个王琦瑶,夺去了注意力。划了一会儿桨,蒋丽莉说:程先生还记得吗?前一回来这里划船,是我们三个人。说这话是为了渐入正题,让程先生有个准备。程先生好像预感到前边有什么祸事等着他,不由红了脸,避开话题,要蒋丽莉去看岸边的一株垂柳,说是可以入画的。若在平时,这正是对蒋丽莉心思的话题,可今天却是有另外的任务。她没有搭程先生的腔,重起头道:我妈昨天还说,王琦瑶不来,程先生也不来了。程先生强笑了一声,想打岔却找不出话来,便垂下眼去看水面。蒋丽莉虽是不忍,但想长痛不如短熬,就一鼓作气说道:我妈还告诉我有关王琦瑶的一些流言。程先生险些儿丢了手中的桨,苍白着脸说:流言是不可信的,上海这地方,什么样的流言没有啊!蒋丽莉被他抢白了一通,又好气又好笑,禁不住嘲讽说:我还没说是哪一种流言呢,你就不相信。程先生的眼睛在镜片后闪了一闪,早忘了划桨,船兀自打着转。蒋丽莉倒难以启口了,可话已说到这个地步,要不说怕是再没机会了,便平淡了口气,一五一十将她听到看到的都告诉了程先生。程先生手里划动了桨,一下一下,不说也不哭,变成个牵线人似的。他把船划到岸边,用桨够住岸边一块石头,把缆绳绕住,然后上了岸,也不管船上还有一个蒋丽莉。等蒋丽莉手慌脚忙地爬上岸去,还替他拿着斯迪克,他已进了一片小树林子,面对了一棵树站着。她走近去,本想埋怨他,却见他在流泪。

程先生!蒋丽莉轻轻地唤他,他不是不答应而是听不见。蒋丽莉又轻轻地扯他衣袖,他也不是不理睬,而是不觉得。蒋丽莉不由得叹了一声道:你这么难过,叫我怎么办呢?程先生这才回头望了她一眼,无限惨淡地说了声:还不如死了好呢!蒋丽莉潸然泪下,心想她这人原来还抵不上一死的,心里正过不去,不料程先生却将她搂住,头抵着她的头。她便不由自主地抱住了程先生,嗅到了他衣领上的生发水气味,很清淡的。她心里升起了希望,虽然是从程先生的绝望里硬挤出来的一线,那也是希望。

以后的日子里,程先生再不提王琦瑶了,蒋丽莉也不提。他们俩每星期都有约会,或是吃饭,或是看电影。那吃饭和看电影的地方都是另选的,不是过去三个人常去的,也不是程先生单独与王琦瑶同去的。就好像在躲王琦瑶,越想躲越躲不了,每一回见面,两人都会无端地生出紧张,生怕做错了什么似的。那王琦瑶在彼此的心里都占了大地方,留给他们自己相知相交的只有些缝隙了,打擦边球似的。不过,虽然只是缝隙里的情义,却是真情义,没有欺骗和作假的,有就有,没有就没有。蒋丽莉对程先生自然是没话说,程先生对蒋丽莉至少是没有反感,还有些感激。感激她对自己,也感激她对王琦瑶,是兄妹朋友的感情,也是起作用的感情。有一段,他们的往来还相当密切,几乎天天见面,甚至两人还共同出席一些亲朋好友的宴席和聚会,俨然一对情侣,婚娶之事就在眼前的形势。这段日子,是心底平静,不说大的憧憬,却有些小计划的。程先生是蒋家的座上客,连那木头样的少爷,见面也有几句客套的。蒋丽莉过二十岁生日的时候,父亲从内地回来,郑重地见了面,彼此都留下了好印象。程先生虽然没有正式提出求婚,可言语间已不把自己当外人的。蒋丽莉的母亲开始着手为蒋丽莉设计结婚的仪式,还有喜宴上穿的旗袍,同时也想起自己出阁的情景,又是喜又是悲。

在这热腾腾的气氛中,蒋丽莉的心却有点凉。程先生分明在与她接近,她倒觉得是远了。她得到程先生的感情越是多就越是不满足。蒋丽莉不免是得寸进尺。她天性里就是有占有欲和权利心的,先前的宽忍不过是形势所迫,不得已为之。这也是此一时彼一时的人之常情,但在蒋丽莉身上则表现得尤为极端,退也是到底,进也是到底,没有中间道路的。这时候,她对程先生的态度几近苛求,稍一个走神都是不可以,且又将王琦瑶看得过重,凡事都往这上面联想。开始,是心里想,嘴上还是不提,设个禁区,也是留有余地,可后来情形就有些变了。这日,两人走在马路上,是去先施公司为友人买礼券。正说着话,程先生却有点对不上茬,分明是心不在焉。顺了他的目光看去,前边有一架三轮车,车上大包小包中间坐了个披斗篷的年轻女人。蒋丽莉先还有些不明白,再仔细看去,才恍然若悟,也停了说话。她不说话,程先生倒像醒了,问她说到一半怎么不说了,蒋丽莉冷笑:我以为前边那人就是王琦瑶,就忘了话是说到哪里了。程先生冷不防被她点穿了心思,笑也不是,恼也不是,只好不作声。这是自那日划船以来头一回提王琦瑶的名字,把彼此的隐衷都抖搂出来的意思,有些撕破脸的。蒋丽莉见程先生不说话,便当他是承认,还是不服气,一下子火了起来,买东西的心思全没了,当下叫住一辆三轮车,上去就走,把程先生丢在了马路上。程先生虽是难堪可也无奈,谁让自己不留心呢?他自个儿去先施公司买了礼券,又去采芝斋为蒋丽莉买了点松仁糖,便乘电车去了蒋丽莉家。蒋丽莉本来在客厅,见他来了,转身上楼进了房间,还把门反锁了。程先生又不便大声,只得压低了声音,里边就是不开门,待他认了输准备走开,却听那门锁嗒的一声开了。推开门,见蒋丽莉站在门前,眼睛哭成个桃了。于是百般地劝慰,直到天近黄昏,才将她劝慰过来。

事情有过第一次,就有第二次,渐渐地,蒋丽莉是有些把王琦瑶挂在嘴边,动辄便来。有时说得准,有时却是出错的,而不论对错,程先生总是一概吃下去,赔不是。次数多了,程先生自己也有些糊涂,真以为自己是非王琦瑶莫属的了。王琦瑶本是要靠时间去抹平,哪经得住这么翻来覆去的提醒,真成了刻骨铭心。程先生经历了割心割肺的疼痛,渐渐也习惯了没有王琦瑶的日子,虽然也是没有奈何。如今,蒋丽莉却告诉他,他原来可以用心存放王琦瑶的。王琦瑶又好像回来了,朝夕相伴的,还免去了早先的牵肠挂肚,是更自由的念想。他开始喜欢独处,一个人的时候,就是和王琦瑶在一起的时候。他重新又摆弄起照相机,却热衷于拍些风景啊,静物啊,建筑什么的,没有人物,是给王琦瑶留着空的。于是,就将蒋丽莉忽略了,见面的次数稀疏下来。开始,蒋丽莉赌气也不约他,好容易来了电话或者来了人,还爱理不理的。甚至干脆拒绝。有点欲擒故纵,也有点动真气。可后来,程先生干脆没消息了,蒋丽莉不由着了慌,开始给程先生打电话。听筒里传来程先生的声音,一颗心是放定了,气却又上来了。虽是见了面,终是不欢而散,彼此都是扫兴。几次下来,程先生竟也婉拒她的约请了。这样,事情就退到最初的状态,两个人的认真和努力都付之东流似的,有徒劳的感觉。蒋丽莉是不甘心的,也是不相信。程先生的婉拒反倒激励了她,使她一而再,再而三地打电话过去。她又一次退到底,变得谦卑起来,怎么都可以,只要与他见面。程先生却是有点怕了,躲着她的。这"怕"倒不是专对蒋丽莉的,而对了男女之情来的。程先生的两次恋爱都是折磨人的,付出去的全是真心,真心和真心是有不同,有的是爱,有的是情义,可用心都是良苦,然而收回的是什么呢?因此,他开始从根本上怀疑有没有什么两情相悦。他想男女之情真是种瓜不得瓜,种豆不得豆。不得是磨人,得也是磨人。

蒋丽莉打电话过去就没人接了,去程先生新供职的公司打听,却说他请长假回了老家,什么时候返沪尚不可知。蒋丽莉又去他那外滩的顶楼的居所,想找找有没有留下字条一类的线索。她已有那寓所的一把钥匙,倒是不常用的,因总是程先生上她家的多。电梯无声地上了顶楼,穹顶下有一股荒凉的气息扑面而来,像是没有人烟的气息,很多灰尘在空气中飞舞着。她将钥匙插入锁孔,开门进去。屋里是黑的,拉着窗帘,从缝隙间漏进光线,灰尘便在那里飞舞。她站了一会儿,适应了眼前的暗,才渐渐走动起来。地板是蒙灰的,照相机上是蒙灰的,桌上椅上都是蒙灰的,灯上罩了布,左一架,右一架,也是蒙灰的。她在中间的空地上走了几步,想象着灯光亮起的情景。她心里有说不出的空,无着无落的,一颗心便无底地往下掉。那些做布景用的台阶几凳照原样放着,有一副冷清的表情。蒋丽莉看着它们,只觉着心里的空。蒋丽莉走进化妆间,开了梳妆桌上的灯,桌上是收拾过的,干干净净,只是有灰。她看见了镜里的自己,是这顶楼公寓里的唯一的活物,却也是抽了心去,只剩下躯壳。她关上灯再去暗房,暗房倒是有亮的,不知哪来的光。铅丝上,夹了一条旧底片,迎光一看,是无人的景物,左一张右一张,也是放空的心似的。蒋丽莉丢下不看,走了出来。然后就来到程先生的卧房,卧房里只一张床,一具衣柜,还有一个衣帽架,上面挂了件夹上衣,没穿走的,一碰也是扬灰。房间也是收拾过的,一丝不乱,面无表情的样子,好像无话可说。蒋丽莉几乎能听见灰尘从天花板降落的声气。她晓得程先生这一走是千呼万唤不回头了,她这一回是真的失去他了。

蒋丽莉同程先生一波三折,从始到终的时候,王琦瑶只有一件事可做,那就是等李主任来。李主任将她安置在爱丽丝公寓之后,曾与她共同生活过半个月。像李主任这样的忙人,时间都是一日当两日过的,所以也可算是一个蜜月了。然后,李主任便是来也匆匆,去也匆匆,有时是过一夜,有时只是半天。王琦瑶从不追问李主任从哪来,又到哪去,政局和公务是她不懂也没兴趣的。李主任的私事,她又不便过问,过问也是没趣。李主任就是喜欢她这浑然不觉不闻不问,里面是有女人的自知之明,也有着女人的可怜,便又增添了爱惜,只是苦于无术分身,无法多陪她。这段日子,李主任是像箭在弦上,又像千钧一发,他夜里熟睡着也会挺身而起,要去发命或者受命。梦魇屡屡发作,便挣扎着叫喊。逢到这时,王琦瑶就拥住他,不停地抚慰,直到他大汗淋漓地醒来,翻身将王琦瑶抱在怀里,身心的紧张都得到些缓解。还有的夜晚他睡不着,一个人悄悄地起来,坐在客厅里,轻轻放一张梅兰芳的唱片。在王琦瑶面前,李主任还须撑持着,藏住心里的疲累,而对了梅兰芳的声音,他却是彻底地解除武装,软弱下来。李主任的内心,只有留声机里的梅兰芳知道,他知道了也不会去说。王琦瑶有时候一觉睡到天亮,身边没了人,赶紧出房门,却见李主任一个人在沙发上熟睡,烟斗里的烟丝全成了灰,唱针在唱盘上空转,一圈又一圈。

李主任每一次走,都不说回来的日期,王琦瑶便也无心一天天地数日子,日历都不翻的。光阴连成一条线地过去,无所谓是昼还是夜。她吃饭睡觉都只为一个目的,等李主任回来。王琦瑶认识了李主任,才知道这世界是有多大,距离有多远,可以走上十几日也不回来的;王琦瑶跟了李主任,也才知道这世界有多隔绝,那电车的当当声都像是遥远地方传来,漠不相关的;王琦瑶等着李主任,知道了什么是聚,什么是散,以及聚散的无常。她有时候想,天下雨李主任会来;雨天里则想,天出太阳李主任就来。她还扔铜板占卦,这一面是李主任来,那一面则是不来,她又看瓶里的花苞,花开了李主任就来。她不数日子,却数墙上的光影,多少次从这面墙移到那面墙。她想:“光阴”这个词其实该是“光影”啊!她又想:谁说时间是看不见的呢?分明历历在目。她等李主任是寂寞,又是填寂寞,寂寞套寂寞的,真是里里外外的寂寞。她不想去娘家,怕家里人问这问那,更不想让他们来,也是怕问这问那,连电话都懒得打,几乎断了来往。蒋丽莉来过那一次以后,还来过两次,一同出去看电影,后来也不来了。没有人来,她也不出去。她不出去,也不让娘姨出去,去买菜是给她掐着时间,要让她也尝尝寂寞的滋味,这其实是寂寞加寂寞的。还是灶火冷清,王琦瑶就像是不吃饭的,一天至多吃一顿,吃什么也是不知道的。她有时也听梅兰芳的唱片，努力想听出李主任听的意思，好和李主任作约会似的，更是无从抓挠，越听离得越远。她想，她和李主任的缘，大约就是等人的缘，从开始起，就是等，接下来，还是等，等的日子比不等的多，以等为主的。她不知道，爱丽丝公寓，那一套套的房间里，盛的全是各色各样的等。

李主任回来的时候，王琦瑶难免是要流泪，虽然什么也不说，李主任也知道她委屈。知道她委屈，要走的时候还得走。李主任不觉有身不由己之感，这心情一旦生出，就不是此时此地，一人一物，而是多少年多少事的浓缩。不知从什么时候开始，李主任当头的一个“敢”字，变成了一个“难”。他是因为“敢”，才涉足世事的核心，越往深处越无回旋之地，如今是举步维艰。世人以为他有权，其实他是连对自己的权利都没有的。李主任可怜王琦瑶，也可怜自己，因可怜自己，更可怜王琦瑶，不知道该怎么待她好。越这样，王琦瑶越恋他。事到如今，两人是真有些夫妻的恩爱了。这恩爱也是从等里面生出来的，是苦多乐少的恩爱，还是得过且过的恩爱，有一日是一日。王琦瑶不知道时局的动荡不安，她只知道李主任来去无定，把她的心搞得动荡不安。她还知道，李主任每一次来都要比上一次更憔悴，苍老几岁的样子，她就有洞中一日，世上千年的心情。她只能担心，却帮不上一点忙。李主任的世界是云水激荡的世界，而她，云是行云，水是流水，除了等，又还能做什么？她除了送一个“等”给李主任，又还能送什么？李主任的世界啊，她是望也望不着，别说去够了。她听着他的汽车在弄口发动，片刻间无声无息。

有一回李主任来，缱绻之后，正色道，对谁也别承认她与李主任的关系，反正这房子是以王琦瑶名义顶下的，他每一回来去都无人知无人晓，虽说上海传言很盛，但传言只是传言，毕竟不作数的。

王琦瑶躺在枕上听他这一席话,觉得他是要摆脱干系的,便冷笑一声道,她自知攀不上李家,也从未有过做李家什么人的奢望,因此也从未对别人承认过什么,像他今天这一番叮嘱,其实是大可不必。李主任知道她是有误解,又不便说明,只苦笑一声说:本以为王琦瑶不会闹小心眼儿,结果却也会的。王琦瑶听出了他话里的苦衷,再看他焦愁的面容,头发几乎白了一半的,不由一阵后悔的辛酸,她强笑道:和你开玩笑的。李主任抱住她,不觉有些动情,说道,他这一生,是如履薄冰,如临深渊的一生,怕是自身难保,能不牵连她们这些人就算是最好,她们这些人是最最无辜的了。他说着这话,眼睛都有些要湿的样子。这是他的肺腑之言,轻易不吐,这会儿是吐给王琦瑶,也是吐给自己。王琦瑶听在耳里却惊在心里,想这话越说越不善,要去打断他,却哽住喉头,眼泪流了下来。

这一个夜晚事后想来是不同寻常,天格外地黑,格外地静,桂花糖的梆子,一记没敲,百乐门的歌舞声也偃息着。屋里静得呀,连那娘姨在自己房间的梦哭声都一清二楚。他们两人几乎通宵未眠。先是说话,后是躺着想心事,各想各的,但都是伤感。李主任听见王琦瑶的隐泣,装着听不见,不是不想劝,而是没法劝,他说什么都是无法兑现的,不如不说。王琦瑶听见李主任起床,在客厅里走动,也装着不知道,李主任是通天的人,倘若他都是过不去,又有谁能帮得上他。所以,这一夜是极其孤独的夜晚,两个人在一处,却谁也安慰不了谁,由着各自难过。两人都是有预感的,李主任的预感有凭有据,王琦瑶却是一笔糊涂账。她朦胧觉着,有什么事情即将来临,却又不敢多想,对自己说:天亮就会好了。她心里盼着天亮,不知不觉地睡着,梦见自己要去苏州外婆家,还没去就被推醒了。屋里一片漆黑,李主任的脸却是清晰的,俯视着她,将一个西班牙雕花的桃花心木盒放在她枕边,又抽出她的手,把一枚钥匙按在她手心,说要走了,汽车已在门外。王琦瑶不由搂住他脖子大哭起来,从未有过的失态。她像个孩子一般要赖着不让他走,心想他这一走又不知什么时候才能来了,她又要日等夜等,寝食不安,数着墙上的光影度日,墙上的光影是要它快时它慢,要它慢时它快,毫不解人意,梧桐树也不解人意,秋风未起就已落叶满地。王琦瑶不知哭了有多少时间,李主任解开她的胳膊,走出了公寓,她还在哭。这一个夜晚,是从眼泪里浸泡过去的。最后,晨曦照进了房间,有一点亮了,王琦瑶也哭累了。

王琦瑶这一回等李主任回来,不是坐在公寓里等的。她坐不下来,非要出去走动着才行。她穿戴整齐了,叫一辆三轮车,说一个地方,让那车夫去。她坐在三轮车上,望着街景,那街景是与她隔着心的,她兀自从中间穿过,回头的兴致也没有。橱窗里的鞋帽告诉她,时代又前进了一步。这前进也与她无关,时代是人家的时代。电影院在上演新片,新的男欢女爱,在她则是上一代的故事了。咖啡馆里面对面坐的年轻男女也是上一代的故事,她已是过来人了。阳光从树叶间洒下,是如碎银一般的,除了照她的眼,叫她目眩,也是没有意义。她看着马路上的人,心中不平地想,这么多的人里面,为什么偏偏没有李主任!她让车夫拉她到一处地方,然后便下车去。她对自己说,是要来买东西,却不知该买什么。她有时候是空手而回,有时候则买了乱七八糟不明所以的一大堆。乘在三轮车上,心里的茫然总好一些,因是在向前走,走一点近一点,虽然不知是要去哪里。两边的街景向后退去,时间也在退去,毕竟有点声色。

王琦瑶出去逛街的日子,爱丽丝公寓里有几户相继离去,留下几套空房。王琦瑶并不知晓,只觉得这里越发地静,静得发空。她放着梅兰芳的唱片,声音很响,要把房间填满,不料却是起回声的,一个梅兰芳呼,一个梅兰芳应,更显得大和空。有一回她推开窗户,想看看天,却看见楼上的阳台栏杆停满了麻雀,心里别的一跳,知那主人已经离去。再看左右,又有几户窗门紧闭,不露声色,窗台上铺着落叶,也是人去楼空的意思。“爱丽丝”已是一片凋零了,她心里也是凋零。她安慰自己,只要李主任回来,就一切都好,可是李主任什么时候回来呢?她出去得更勤了,有时一日里会出去三回,早一回,午一回,晚一回。她还总嫌车夫踏得太慢,要他骑得风样的快,和汽车赛跑似的。她匆匆地去,匆匆地回,要事在身的样子。车走在马路,她的眼睛则四下搜索,好像要把李主任从人群中挖出来。她心里焦灼,嘴上都起了干皮。李主任这回走,她是算了日子的,已有整整半个月过去了。这半个月是比半辈子还长,她的耐心已到了头,一分钟也挨不下去了。这一日,她刚出门,李主任就来了,也是满脸的焦灼,问娘姨王琦瑶去哪里了。娘姨说去买东西。又问去多长时间回来。娘姨说不定规,或许短,或许长,又问李主任中午饭怎么吃。李主任说他中午前就得走,是抽空回来看看的。他走进卧房,卧房里拉着窗帘,有王琦瑶的气息,他又去洗澡间刮脸,也是王琦瑶的气息,处处是她触及过的痕迹,洗脸池上的水迹,发刷上的几根断发。他刮了脸,在客厅里坐着等,王琦瑶却是不来。他也坐不住了,来回地踱步,抬头看墙上的钟。他这一趟来,本是个随意,可一旦来到,王琦瑶又不在,就变得非见不可了。他从来没有这般地想见王琦瑶,难忍的渴望。到了最后一分钟,王琦瑶还是不回来,他心里竟是绝望的了。他一边穿外衣,一边还期待王琦瑶在最后一秒钟里出现,可是没有。他走出爱丽丝公寓,怀着悲凉的心情,想,什么时候才能看见她呢?

仅只十分钟之后,他就看见了王琦瑶。在他的汽车里,从车窗的纱帘背后,看见一辆三轮车飞快地驶着,几乎与他的汽车平行,车上坐着王琦瑶。她穿一件秋大衣,头发有些叫风吹乱。她手里紧捏着羊皮手袋,眼睛直视前方,紧张地追寻着什么。三轮车与汽车并齐走了一段,还是落后了。王琦瑶退出了眼睑。这不期而遇非但没有安慰李主任,反使他伤感加倍。这真是乱世中的一景,也是苍茫人生的一景。他想,他们两个其实是天涯同命人,虽是一个明白,一个不明白,可明白与不明白都是无可奈何,都是随风而去。他们两人都是无依无托,自己靠自己的,两个孤魂。这时刻,他们就像深秋天气里的两片落叶,被风卷着,偶尔碰着一下,又各分东西。汽车在车水马龙中穿行,焦躁地按着喇叭,时间已有点迟,都为了等王琦瑶的。这是一九四八年的深秋,这城市将发生大的变故,可它什么都不知道,兀自灯红酒绿,电影院放着好莱坞的新片,歌舞厅里也唱着新歌,新红起的舞女挂上了头牌。王琦瑶也什么都不知道,她一心一意地等李主任,等来的却是失之交臂。

这天晚上,爱丽丝公寓又来了一个人,是吴佩珍。她穿一件黑大衣,烫了发,唇上涂了口红,是少妇的样子,比过去好看了,也成熟了。她进来时,王琦瑶竟有些不敢认,等认出了,便有些吃惊,心想吴佩珍其实是有几分姿色的,过去却藏而不露,也是过谦了吧!吴佩珍似乎为自己的形象不好意思,很不自在的,红了脸说:我结婚了。王琦瑶的心被敲击了一下,嘴里说:恭喜。眼睛却是怔怔的,自己坐了下来,也没给吴佩珍让座。这时,娘姨送茶来,说声:小姐请用茶。王琦瑶厉声道:分明是太太,却叫人家小姐,耳朵听不见,眼睛也看不见吗?那娘姨被她劈脸一顿训斥,丈二不摸头脑,但晓得她心情不好,便也不作计较,转身走了。吴佩珍却尴尬了,她本就不笨,新近做了人妻,又心领许多原委,人情世故都深了一层。她听出王琦瑶这番脾气的来由,怪自己不该进门便说此事,就像是专为炫耀而来。其实,这又有什么可炫耀的呢?她收起些忸怩，身子坐正，抬起脸，对着王琦瑶说，她这次冒昧地上门，是来向她告别的。她本来不准备打搅她，可临到要走，总觉得不见她一面就走不了，这一走，不知什么时候才能见面，王琦瑶是她最好的朋友，也是唯一的，她对于王琦瑶也许情形不同，可王琦瑶对于她确实如此，上海这地方叫她留恋的，除了父母家人，就是王琦瑶了，和王琦瑶做朋友的那一段，是她最快乐，最无忧虑的时光。这话原是有些夸张，但此时此地，却是吴佩珍的最真实。在这一个忧患的年头，忧患就像是空气，无处不在，无论是知道和不知道，都感到忧心忡忡，前途茫然，而过去的每一分钟都是好时光。

王琦瑶听着吴佩珍的话，心里恍恍惚惚，抓不住要领。这一天发生的事情真是太多了，太杂了，乱成一团麻了。等李主任，李主任不来；不等他，他却来了；回到家，他倒走了，闹得她头都痛。这时候，吴佩珍竟在了面前，先说结婚，后又说要走。她的思路渐渐理出一个头绪，问道：你去哪里？吴佩珍被她打断了话，停一下才回答是去香港，跟她的婆家一起走。她婆家也是个中等产业的企业主，决定把家业全都搬到香港，船票已买好，正是明天。王琦瑶笑了一笑，说：吴佩珍，看不出来，我们三个人中间，倒是你最有福啊！吴佩珍有些糊涂地，问：哪三个人？王琦瑶就说：你，我，还有蒋丽莉。听到她提蒋丽莉的名字，吴佩珍就有些别扭，转过脸去。在她心底里，总觉得是蒋丽莉夺去了王琦瑶的友谊。她虽然已经长大，做了人家的太太，却还有着一些女学生的意气，寄存着女学生的恩怨，到老都不会忘的。王琦瑶没注意吴佩珍的心思，继续说：我和蒋丽莉都不如你啊！蒋丽莉大约要做老小姐了，我是妻不妻，妾不妾，只有你，嫁得如意郎君，有享不尽的荣华富贵。吴佩珍被她说得低下了头，一声不吭的。王琦瑶说着说着便兴奋起来，眼睛放着光，手指甲在沙发布上划过来划过去，眼看就要折断的样子。吴佩珍握住她的手,说:你跟我一起去香港吧!王琦瑶愣住了,把正说着的话也忘了,等明白过来,便笑了,说:我去算什么?做仆,还是做妾?倘若一样做妾,还是在上海好,一动不如一静。吴佩珍说:你再不要妾不妾的,你知道我对你的心,我从来把你看作比我好。王琦瑶身上一颤,软了下来。她扭过脸去对了墙壁望了一会儿,再回过来时,眼睛里全是泪了,她说:谢谢你,吴佩珍,我不能走,我要留在这里等他,我要走了,他倒回来了,那怎么办?他要回来,见我不在,一定会怪我。

第二日,吴佩珍走的时间里,王琦瑶就好像能听见轮船离岸的汽笛声。和吴佩珍在一起的情景出现在眼前,一幕接一幕。那时候的她们就像是白绢似的,后来就渐渐写上了字,字又连成了句,成了历史。没有字的日子是轻盈自由的日子,想怎么就怎么,没有一点要负的责任,忧愁也是不负责任的忧愁。她和吴佩珍的关系是彼此没有责任的关系,全凭的是友情。与蒋丽莉便不同了,是有些利益的,当然,利益也不是不好的利益。她和吴佩珍的关系是有些类似萍水的关系,至清而无鱼,和蒋丽莉却是莲藕和泥塘。吴佩珍的走,是将王琦瑶这段无字的历史剪下带走的,剩下的全是有字,有些混乱不成章节,是过于认真写,笔墨太重,反不那么流畅自然了。

王琦瑶还是等李主任,自从那次与李主任失之交臂之后,她再不敢出去了。自从看见邻居空关的门窗后,她也再不敢开窗,终日拉着窗帘,倒可避免去看墙上的光影。那公寓里,白天也须开着灯,昼和夜连成一串,钟是停摆的,有没有时间无所谓。唯一有点声气的是留声机,放着梅兰芳的唱段,咿咿哦哦,百折千回。王琦瑶终日只穿一件曳地的晨衣,松松地系着腰带,她像是着戏装的梅兰芳,演的是楚霸王的虞姬。她想,时间这东西,你当它没有就没有。她现在反倒安下心来,有时听那梅兰芳唱段也能听进深处,听见一点心声一样的东西,这正是李主任要听的东西。那就是一个女人的极其温婉的争取,绵里藏针的,这争取是向着男人来的,也是向着这世界来的,只有男人才看得懂,女人自己是不自觉的,做了再说,而这却是男女之间称得上知音的一点东西。公寓里毕静,梅兰芳的曲声是衬托这静的。这静是一九四八年的上海的奇观。在这城市许多水泥筑成的蚁穴一样的格子里,盛着和撑持着这静。这静其实都是那大动里的止,就好像光投下的影,是相辅相成,休戚相关的。王琦瑶几乎忘记了外面的世界,连报纸也不看,广播也不听。这些日子,报纸上的新闻格外地多而纷乱:淮海战役拉开帷幕;黄金价格暴涨;股市大落;枪毙王孝和;沪甬线的江亚轮爆炸起火,二千六百八十五人沉冤海底;一架北平至上海的飞机坠毁,罹难者名单上有位名叫张秉良的成年男性,其实就是化名的李主任。

第二部

第 一 章

1. 邬 桥

邬桥这种地方，是专门供作避乱的。六月的栀子花一开，铺天盖地地香，是起雾一般的。水是长流水，不停地分出岔去，又不停地接上头，是在人家檐下过的。檐上是黑的瓦棱，排得很齐，线描出来似的。水上是桥，一弯又一弯，也是线描的。这种小镇在江南不计其数，也是供怀旧用的。动乱过去，旧事也缅怀尽了，整顿整顿，再出发去开天辟地。这类小镇，全是图画中的水墨画，只两种颜色，一是白，无色之色；一是黑，万色之总。是隐，也是概括。是将万事万物包揽起来，给一个名称；或是将万物万事偃息下来，做一个休止。它是有些佛理的，讲的是空和净，但这空和净却是用最细密的笔触去描画的，这就像西画的原理了。这些细密笔触就是那些最最日常的景致：柴米油盐，吃饭穿衣。所以这空又是用实来作底，净则是以繁琐作底。它是用操劳作成的悠闲。对那些闹市中沉浮、心怀创伤的人，无疑是个疗治和休养。这类地方还好像通灵，混沌中生出觉悟，无知达到有知。人都是道人，无悲无喜，无怨无艾，顺了天地自然作循环往复，讲的是无为而为。这地方都是哲学书，没有字句的，叫域外人去填的。早上，晨曦从四面八方照进邬桥，像光的雨似的，却是纵横交错，炊烟也来凑风景，把晨曦的光线打乱。那树上叶上的露水此时也化了烟,湿腾腾地起来。邬桥被光和烟烘托着,云雾缠绕,就好像有音乐之声起来。

桥这东西是这地方最多见也最富含义的,它有佛里面彼岸和引渡的意思,所以是江南水乡的大德,是这地方的灵魂。邬桥真是有德行的。桥下的水每日价地流,浊去清来;天上的云,也是每日价地行,呼风唤雨。那桥是弯弯的拱门,桥下走船,桥上走人。屋里长长的檐,路人躲雨又遮太阳。邬桥吃的米,是一颗颗碾去壳,筛去糠,淘水箩里淘干净。邬桥用的柴,也是一根根斫细斫碎,晒干晒透,一根根烧净;烧不净的留作木炭,冬天烧脚炉和手炉。邬桥的石板路上,印着成串的赤脚板;邬桥的水边上,杵衣声此起彼伏,连成一片。邬桥的岁月,是点点滴滴,仔仔细细度着的,不偷懒,不浪费,也不贪求,挣一点花一点,再攒一点留给后人。邬桥的路,桥,房舍,舍里的腌菜坛,地下的酒钵,都是这么一日一日、一代一代攒起的。邬桥的炊烟是这柴米生涯的明证,它们在同一时刻升起,饭香和干菜香,还有米酒香便弥漫开来。这是种瓜得瓜、种豆得豆的良辰美景,是人生中的大善之景。邬桥的破晓鸡啼也是柴米生涯的明证,由一只公鸡起首,然后同声合唱,春华秋实的一天又开始了。这都是带有永恒意味的明证,任凭流水三千,世道变化,它自岿然不动,几乎是人和岁月的真理。邬桥的一切都是最初意味的,所有的繁华似锦,万花筒似的景象都是从这里引发伸延出去,再是抽身退步,一落千丈,最终也还是落到邬桥的生计里,是万物万事的底,这就是它的大德所在。邬桥可说是大千宇宙的核,什么都灭了,它也灭不了,因它是时间的本质,一切物质的最原初。它是那种计时的沙漏,沙料像细烟一样流下,这就是时间的肉眼可见的形态,其中也隐含着岸和渡的意思。

所以有邬桥这类地方,全是水做成的缘。江南的水道简直就像树上的枝,枝上的杈,杈上的叶,叶上的经络,一生十,十生百,数也数不过来。水道交错,围起来的那地方,就叫作邬桥。它不是大海上的岛,岛是与世隔绝,天生没有尘缘,它却是尘缘里的净地。海是苍茫无岸,混沌成一体,水道却是为人作引导的。海是个无望,是个宿命,高高在上。水道则是无望里的出路,宿命里的一个眼前道理,是平易近人。邬桥这类水乡要比海岛来得明达通透一些,俗一些,苟且一些,因此,便现世一些。它是我们可作用于人生的宗教,讲究些俗世的快乐,这快乐是俗世里最最底处的快乐,离奢华远着呢!这快乐不是用歌舞管弦渲染的,而是从生生息息里迸发出来。由于水道的隔离和引导,邬桥这类地方便可与尘世和佛境保持着若即若离的关系,有反有正的,以反作正,或者以正作反。这是一个奇迹,专为了抑制这世界的虚荣,也为了减轻这世界的绝望。它是中介一样的,维系世界的平衡。这奇迹在我们的人生中,会定期或不定期地出现一两回,为了调整我们。它有着偃旗息鼓的表面,心里却有一股热闹劲的。就好比在那烟雾缭绕的幕帐底下,是鸡鸣狗吠,种瓜种豆。邬桥多么解人心意啊!它解开人们心中各种各样的疙瘩,行动和不行动都有理由,幸和不幸,都有解释。它其实就是两个字:活着。

凡来到邬桥的外乡人,都有一副凄惶的表情。他们伤心落意,身不由己。他们来到这地方,还不知这地方名什叫谁,一个劲儿地混叫。在他们眼里,这类地方都是荒郊野地,没有受过驯化的饮食男女。他们或者闭门不出,或者趾高气扬,一步三摇。他们或是骄,或是馁,全都是浮躁浅薄。他们要认识邬桥的不简单,还须有一段相当的时间,到那时候,他们感激都来不及。起初的日子里,邬桥容忍着他们的心浮气躁,他们只当是邬桥的木讷,其实那是真正的宽度,大人不把小人怪的。外乡人是邬桥的一景,无论何年何月,邬桥的街上总要走着一个两个。外面的世界终年在进行角力似的,败下阵来的人,便来到邬桥这样的地方。邬桥人看外乡人,不惊也不怪,再自然不过的。他们貌似看不懂,其实是最懂。外乡人的衣服是羽衣霓裳,天边晚霞那样的东西,衣裳里的心是晚霞迅速收集起来的那个光点,刹那间便沉落,漆黑一团的。外乡人乘着船来到这里,好像到了世界的边边上,那世界使他们又恨又爱,得不到又舍不下,万般地为难。他们个个被离别之苦遮住了眼睛,任凭那水道九曲十八弯,不知前边是什么等着他们。

邬桥是我们母体的母体,因与我们隔了一层亲缘,所以便看它们陌生了。由于血统混杂了一层,我们又与它面貌相异,比生人还要生。其实我们都是从它那里来的,邬桥的桥都是外婆桥。这便是这里外乡人不断头的原因。外乡人七拐八绕的,总能找到一个这样的地方。每一个外乡人,都有一个邬桥。它是我们先祖中最近的一辈,是我们凡人唾手可及的。它不是清明时分那高高飘扬的幡旗,堂皇严正,它却是米磨成粉,揉成面,用青草染了做成的青团,无言无语,祭的是饱暖。它是做得多、说得少的亲缘。过年的腊肉香里,就有着它的召唤;手炉脚炉的暖热里,也有着召唤。荷锄种稻,撒网捕鱼,全是召唤。过桥行船,走路跨坎,是召唤的召唤。这召唤几乎是手心手背,身里身外,推也推不掉,躲也躲不掉。熨在热水中的酒壶里有,炖在灶上的熟荸荠里有,六月的栀子花里有,十月的桂花香里也有。那是绵绵缠缠,层层叠叠,围着外乡人,不认亲也认亲。

水道成网的江南,邬桥这样的地方更是星罗棋布,云层上才数得清。它们是树上枝上的鸟巢,栖着多少失魂落魄的人。失魂落魄的人,来了又走,走了又来,像日长夜消的潮汐。从他们的来去,便可窥见外面世界的繁闹与动荡,还可窥见外面人心的繁闹与动荡。邬桥是疗病养伤的好地方,外乡人却无一不是好了伤疤忘了痛的。这也怪邬桥的哲学不彻底,它总是留有余地,不失敦厚的风度。还怪邬桥的哲学不武断,它总是以商量的口气。外乡人的病也是不断根的病,入了膏肓的,无论怎么,都是治表不治里。可这些不说,邬桥总是个歇脚和安慰。那乌篷船每年要载来多少断肠和伤心,船下流的都是伤心泪。在那烟雨迷蒙的日子,邬桥一点一点近了,先是细细的柳丝,垂直的千条万条,拉了几重婆娑珠帘。桥洞像门一样,一进又一进。然后,穿过柳丝垂帘,看见了水边的房屋,插入水中的石基上长了绿藓苔,绒绒的。临水的窗户撑开着,伸出晾了红衣绿衣的竹竿,还有荸荠形的盖篮。沿水的回廊,立着百年不朽的大廊柱,也是生绿苔的。廊下是各色店铺,酒店的菜牌子挂了一长排,也是百年不朽。这过来的一路上,会碰到一条两条娶亲的大船,篷上贴着喜字,结着红绿绸缎。箱笼摞起来,新娘嘤嘤地哭,哭的是喜泪。两岸的油菜花黄着,秧苗绿着,粉蝶儿白着,好一副姹紫嫣红。最后,邬桥就到了。

2. 外婆

邬桥是王琦瑶外婆的娘家。外婆租一条船,上午从苏州走,下午就到了邬桥。王琦瑶穿一件蓝哔叽骆驼毛夹袍,一条开司米围巾包住了头,袖着手坐在船篷里。外婆与她对面坐,捧一个黄铜手炉,抽着香烟。外婆年轻时也是美人,倾倒苏州城的。送亲的船到苏州,走上岸的情形可算是苏杭一景。走的也是这条水路,却是细雨纷纷的清明时节,景物朦胧,心里也朦胧。几十年过去,一切明白如话,心是见底的心了。外婆看着眼前的王琦瑶,好像能看见四十年以后。她想这孩子的头没有开好,开头错了,再拗过来,就难了。她还想,王琦瑶没开好头的缘故全在于一点,就是长得忒好了。这也是长得好的坏处。长得好其实是骗人的,又骗的不是别人,正是自己。长得好,自己要不知道还好,几年一过,便蒙混过去了。可偏偏是在上海那地方,都是争着抢着告诉你,唯恐你不知道的。所以,不仅是自己骗自己,还是齐打伙地骗你,让你以为花好月好,长聚不散。帮着你一起做梦,人事皆非了,梦还做不醒。王琦瑶本还可以再做几年梦的。这是外婆怜惜王琦瑶的地方,外婆想,她这梦破得太早了些,还没做够呢,可哪里又是个够呢?事情到了这一步,就只得照这一步说,早点梦醒未必是坏事,趁了还有几年青春,再开个头。不过,这开头到底不比那开头了,什么都是经过一遍,留下了痕迹,怎么打散了重来,终究是个继续。

撑船的老大是昆山人,会唱几句昆山调,这昆山调此时此刻听来,倒是增添凄凉的。日头也是苍白,照和不照一样,都是添凄凉的。外婆的铜手炉是一片凄凉中的一个暖热,只是炭气熏人,微微的头痛。外婆想这孩子一时三刻是回不过神来的,她好比从天上掉到地上,先要糊涂一阵才清楚的。外婆没去过上海,那地方,光是听说,就够受用的。是纷纷攘攘的世界,什么都向人招手。人心最经不起撩拨,一拨就动,这一动便不敢说了,没有个到好就收的。这孩子的心已经撩起了,别看如今是死了一般地止住的,疼过了,痛过了,就又抬头了。这就是上海那地方的危险,也是罪孽。可好的时候想却是如花似锦,天上人间,一日等于二十年。外婆有些想不出那般的好是哪般的好,她见的最繁闹的景色便是白兰花、栀子花一齐开,真是个香雪海啊!凤仙花的红是那冰清玉洁中的一点凡心。外婆晓得曾经沧海难为水的道理,她知道这孩子难了,此时此刻还不是最难,以后是一步难似一步。

手炉的烟，香烟的烟，还有船老大的昆山调，搅成一团，昏昏沉沉，催人入睡。外婆心里为王琦瑶设想的前途千条万条，最终一条是去当尼姑，强把一颗心按到底，至少活个平安无事。可莫说是王琦瑶，就是外婆也为她心不甘的。其实说起来，外婆要比王琦瑶更懂做人的快活。王琦瑶的快活是实一半，虚一半，做人一半，华服美食堆砌另一半。外婆则是个全部。外婆喜欢女人的美，那是什么样的花都比不上，有时看着镜子里的自己，心里不由想：她投胎真是投得好，投得个女人身。外婆还喜欢女人的幽静，不必像男人，闹哄哄地闯世界，闯得个刀枪相向，你死我活。男人肩上的担子太沉，又是家又是业，弄得不好，便是家破业败，真是钢丝绳上走路，又艰又险。女人是无事一身轻，随着有福同享、有难同当便成了。外婆又喜欢女人的生儿育女，那苦和痛都是一时，身上掉下的血肉，却是心连心的亲，做男人的哪里会懂得？外婆望着王琦瑶，想这孩子还没享到女人的真正好处呢！这些真好处看上去平常，却从里及外，自始至终，有名有实，是真快活。也是要用平常心去领会的，可这孩子的平常心已经没了，是走了样的心，只能领会走了样的快活。

有几只水鸟跟了船走，呱呱地叫几声，又飞去了。外婆问王琦瑶冷不冷，她摇头；问饿不饿，她也摇头。外婆晓得她如今只比木头人多口气，魂不知去了哪里，也不知游多久才回来。回来也是惨淡，人不是旧人，景不是旧景，往哪里安置？这时，船靠了一个无名小镇，外婆嘱那老大上岸买些酒，在炭火里温着，又从舱里向岸上买些茶叶蛋和豆腐干，下酒吃。外婆给王琦瑶也倒上半杯，说不喝也暖暖手。又指点王琦瑶看那岸上的人车房屋，说是缩小的邬桥的样子。王琦瑶的眼睛只看到船靠的石壁上，厚厚的绿苔藓，水一拍一拍地打着。

王琦瑶望着蒙了烟雾的外婆的脸,想她多么衰老,又陌生,想亲也亲不起来。她想"老"这东西真是可怕,逃也逃不了,逼着你来的。走在九曲十八绕的水道中,她万念俱灰里只有这一个"老"字刺激着她。这天是老,水是老,石头上的绿苔也是年纪,昆山籍的船老大看不出年纪,是时间的化石。她的心掉在了时间的深渊里,无底地坠落,没有可以攀附的地方。外婆的手炉是陈年八股,外婆鞋上的花样是陈年八股,外婆喝的是陈年的善酿,茶叶蛋豆腐干都是百年老汤熬出来的。这船是行千里路,那车是走万里道,都是时间垒起的铜墙铁壁,打也打不破的。水鸟唱的是几百年一个调,地里是几百度的春种秋收。什么叫地老天荒?这就是。它是叫人从心底里起畏的,没几个人能顶得住。它叫人想起萤火虫一类的短命鬼,一霎即灭的。这是以百年为计数单位,人是论代的,鱼撒子一样弥漫开来。乘在这船上,人就更成了过客,终其一生也是暂时。船真是个老东西,打开天辟地就开始了航行,专门载送过客。外婆说的那邬桥,也是个老东西,外婆生前就在的,你说是个什么年纪了?

桥一顶一顶地从船上过去,好像进了一扇一扇的门。门里还是个地老天荒,却是锁住的。要不是王琦瑶的心木着,她就要哭了,一半是悲哀一半是感动。这一日,邬桥的画面是铅灰色的线描,树叶都掉光了,枝条是细密的,水面也有细密的波纹。绿苔是用笔尖点出来,点了有上百上千年。房屋的板壁,旧纹理加新纹理,乱成一团,有着几千年的纠葛。那炊烟和木杵声,是上古时代的笔触,年经月久,已有些不起眼。洗衣女人的围兜和包头上,土法印染着鱼和莲的花样,图案形的,是铅灰色画面中一个最醒目,虽也是年经月久,却是有点不灭的新意,哪个岁月都用得着似的,不像别的,都是活着的化石。它是那种修成正果的不老的东西,穿过时间的隧道,永远是个现在。是扶摇在时间的河流里,所有的东西都沉底了,而它却不会。什么是仙,它们就是。有了它们,这世界就更老了,像是几万年的炼丹炉一样。

那桥洞过也过不完,把人引到这老世界的心里去。炊烟一层浓似一层,木杵声也一阵紧似一阵,全在做欢迎状的。外婆的眼睛里有了活跃的光芒,她熄了香烟,指着舱外对王琦瑶说这是什么,那是什么,王琦瑶却置若罔闻。她的心不知去了哪里,她的心是打散了的,溅得四面八方,哪一日再重新聚拢来,也不免是少了这一块,缺了那一片的。船老大的昆山调停了,问外婆哪里哪里,外婆回答这里那里的。船在水道里周折着,是回了家的样子。后来,外婆说到了,那船就丁当地下锚,又摇荡了一会儿,稳在了岸边。外婆引了王琦瑶往舱外走,舱外原来有好太阳,照得王琦瑶眯缝起眼。外婆扶了船老大上了岸,捧着手炉站了一时,告诉王琦瑶当年嫁去苏州那一日的热闹劲:临河的窗都推开着,伸了头望;箱笼先上船,然后是花轿;栀子花全开了,雪白雪白的,唯有她是一身红;树上的叶子全绿了,水也是碧碧蓝,惟有她是一身红;房上的瓦是黑,水里的桥墩是黑,还是唯有她一身红。这红是亘古不变的世界的一转瞬,也是衬托那亘古的,是逝去再来,循回不已,为那亘古添砖加瓦,是设色那样的技法。

3. 阿 二

王琦瑶在邬桥,是住舅外公的家。舅外公开了个酱园店,酱豆腐干是出了名的。每天有豆腐店的伙计来送老豆腐。豆腐店老板家有两个儿子,阿大已娶亲生子,阿二在昆山读书,本想再去上海或者南京考师范,后因时局动荡,暑假后就耽搁了下来。阿二的装扮是旧时的摩登,戴眼镜,梳分头,学生装的领子外头围一条驼色围巾。他对邬桥的女人看都不看一眼,和男人也不打拢,一个人躲在房里看书。有时被阿爹差遣去送豆腐,便满脸的怨艾,郁沉沉的。在有月亮的夜晚,就可见到他孤孑一身的影子。阿二其实是邬桥的一景,说是不贴,其实贴得很,是邬桥的孤独者。邬桥的每一段都会有孤独者来出场,这一段便轮到阿二了。这场景是邬桥水上的泡沫,水是长流水,泡沫却今日非明日。阿二是白净的面皮,五官很纤秀,说话轻轻,走路也轻轻。倘若他不是那么好的一种男孩子,家里人就不免要嫌他,邬桥人也要把他作笑料了,就像通常邬桥舞台上的孤独者一样。而现在的情形就有些不同,大家都有点宠他。家里人心甘情愿地养他,还有几家想让他做女婿的。大约也是时代的不同,时代变得可爱了,那孤独者的形象便也可人心意了,是按着人的恻隐之心一笔一笔刻画的。但这喜欢却是一厢情愿,阿二心里不知有多少讨厌邬桥,这讨厌甚至挂在了脸上,使他更具有时代的特征。他自觉着是见过世界的,就把邬桥看作是世界的边角料,被遗弃的。要依了他的心,是要走出去的,可他的身子却太弱,经不起那大世界的动荡,到了还是退回邬桥。于是,他觉着自己也成了那世界裁剩的边角料,裁又没裁好,身子裁在这里,心却裁在了那里。

所以,阿二内心是很分裂的。有一种传说是说人的影子是人的灵魂,阿二自称是没有影子的人。月光好的夜晚,阿二看着石板桥上自己的影子,心里是拒绝的,想:这是我吗?分明是个别人。有一天,阿二走过酱园店,看见王琦瑶坐在里头,心里忽有种触电般的相通感觉,他惊奇地想:这才是我的影子呢!从这日起,上酱园店送豆腐的事就由他包下了。从豆腐房到酱园店,要经过三座桥,每过一座,他就觉着高兴了一点儿。可阿二却不把高兴露出来,为了藏住,他还分外地绷紧了脸。他把豆腐放下,转身就走。走在回去的桥上,每过一座,心里就忧郁一点儿,可那忧郁也含了些高兴的,走着走着,脚下会不自禁地一跃。他觉着,王琦瑶也是从那正经的世界上裁下的,却是错裁的,上面留着那世界的精华。她是怎么才来到了这个地方的啊!阿二感激得都要流泪了。有了她,邬桥这地方就有些见天日,不会被埋没了;有了她,邬桥这地方还和大世界有了些藕断丝连的关系。她给邬桥带来什么样的改变呀!阿二也听到了有关王琦瑶的传说,这传说再离谱也不叫阿二意外,相反,更合乎阿二的想象。王琦瑶的传说是海上繁华梦的景象,虽然繁华是旧繁华,梦是旧梦,可那余光照耀,也足够半个世纪用的。阿二的心,活跃了起来。

王琦瑶很快注意到这个送豆腐的少年,他的白皙文弱和学生装束,很像那种旧照片上的人物。她隔了板壁墙,听见他在后天井里和舅外公说话,声音是细细柔柔的,就像鸟语。有一回,她去买针线,正与他迎面,就见他红了脸,转上了一顶桥,逃跑似的走了。她心里觉着有趣,更注意他了。她发现他似乎有夜游的毛病,夜深人静时在街上行走,月光下的身影有着处子般的宁馨美好,当他有时轻盈地一跃,也是处子的快乐。这天,她见他挑了豆腐从店堂里穿出来,走过后厢房时,就在身后叫他“阿二”,等阿二回过头来,却闪进身去,偷偷地看他激动又惶惑的眼神。这是王琦瑶来到邬桥后头一次有淘气的闲心,是阿二唤起来的。阿二先是寻找,后是怀疑听错,却又不甘心,对了空中叫道:谁人喊我?王琦瑶就捂了嘴笑。也是头一回笑,由阿二引出的。下一天在街上碰见阿二,她就去堵阿二的路,说:阿二眼睛这么大啊,看都看不见人。一边看阿二窘,脸红到脖颈,颈上的蓝筋一跳一跳,眼睛看了地,手却没处放。她这才好好地问:阿二去做什么?阿二嗫嚅说是去收豆腐账,给她看手里的账本。王琦瑶拿过来看上边的小楷字,问:是阿二的字吗?阿二说有是有不是。王琦瑶就要他指哪是哪不是。阿二慢慢地定了神,指给她看,有几行特别娟秀细小的。王琦瑶其实并不懂,却装懂地说:阿二的字不错。阿二的脸渐渐不红了,说:阿姐是讲反话。王琦瑶正色道,我们学校的国文教员都未必能写这样的蝇头小楷。阿二就说:上海的教育是重科学,重实用,写字本是闲里功夫,可有可无的。王琦瑶听他这话里有些见识的,怪自己小瞧了他,又接着问他别的问题,阿二都一一回答,像个听话的学生。然后,王琦瑶邀他时常来玩,才与他分了手。

下一日,来送豆腐的,又换了原先那伙计。阿二是晚上来的,脚上穿着刷了鞋粉的雪白的球鞋,围巾围着,手里夹了一些书本。他是正式来做客的样子,还给舅外公家的小孩带了些水果糖。他对王琦瑶说,带几本小说让阿姐解闷,邬桥这地方也没有电影院,晚上是很寂寞的。那书是杂七杂八的,有《拍案惊奇》,有《施公案》,有张恨水的《夜深沉》,还有几本杂志,《小说月报》《万象》什么的。她想,阿二也是倾其所有了。到底是邬桥地方的民风淳朴,要是在上海,这样的少年早就学得浮滑了,那些少年是何等的风流倜傥啊!王琦瑶心里生出了感慨,再看阿二,更觉怜惜。阿二的脸在灯下越发显得白皙,头发很黑地搭在前额。王琦瑶就说:阿二什么时候接新娘子呢?阿二脸又红了,说自己才不过十八岁。王琦瑶说:你家阿大二十岁已经有儿有女了嘛!阿二就说:那是邬桥人。王琦瑶听他这话已把自己排除在邬桥之外,便注意到阿二的自恃,暗自留心照顾阿二的心情,却又觉得有趣,说:要不要阿姐替阿二介绍一个上海小姐呢?阿二低了头说:阿姐拿我开玩笑!声音里有些委屈。王琦瑶不敢再逗他,赶紧说:阿二的年纪正是做事业的年纪，有什么打算呢？阿二便告诉她本要去南京读师范，被时局耽搁了。谈到时局，王琦瑶便黯然了，有一会儿没说话。细心的阿二知她是有触动的，却不好挑明，只能做笼统的开导，说些时局总要安定，人生也是有沉有浮，否极泰来的大道理。王琦瑶来到偏僻转折的邬桥，天地生死几茫茫的，人都是不足道，何况是心呢？可这时候，人和心都有点被唤回的意思。

阿二的人和心也都被唤回了。王琦瑶就像是一面镜子，对了她，阿二才知道自己的人是如何，心是如何。他隔天就要去她那里坐坐，谈东谈西，不一会儿，月亮就到了那头。有时，天不那么冷，他们就在街上走走。街边就是水道，停了船，船舱里漏出点光，两边人家的板壁缝里也漏出点光，丝丝缕缕地落在水面上，能照见水的流动来。两个人的心里都很安宁，也很明净。阿二说：阿姐，上海的月亮也是这一个吗？王琦瑶说：看起来就像是两个，其实还是一个。阿二说：其实就是两个，一个是月亮，一个是月亮的影。王琦瑶就笑了：原来阿二是个诗人呢！她想到了蒋丽莉，那就像是上一辈子的人了。她想同是诗的才情，蒋丽莉是做作，阿二却是天然。阿二忽然就腼腆起来，说：阿姐才是诗人呢！王琦瑶忍住笑问：你倒说说看，我怎么会是诗人？我是旧诗新诗一句也记不得的。阿二却认真起来，说：诗其实才不在于那几行字呢！有些人，以为把字句截短了一行一行地竖排着，就是诗；还有些人，以为拣那指心明腑、抒情言志的文字连起来就是诗，诗都快成装腔作势的代名词了。王琦瑶在心里说：阿二指的不就是蒋丽莉吗？阿二接着说：诗其实就是一幅图画，比如，“汉家秦地月，流影照明妃”，可不是一幅画？“千呼万唤始出来，犹抱琵琶半遮面”，又是一幅画；“玉容寂寞泪阑干，梨花一枝春带雨”，还不是一幅画？“桃之夭夭，灼灼其华”，这幅画又如何？王琦瑶听得出神，本是对诗没兴趣的，这会儿却叫阿二给训导出了一些诗情。阿二说着说着便止了口,她带了几分着急地追问:怎么不说了?阿二说:我已经证明了呀!证明什么?王琦瑶问。阿二说,证明阿姐是个诗人。王琦瑶先不懂,然后忽然明白了,不觉红了脸。

4. 阿二的心

阿二的心,连他自己都不懂的。他不晓得他怎么高兴了没几日,又难过起来。这难过比先前的更甚,有点咬心的。先前的难过,是茫茫然一片,如今却是水落石出的。先前的难过,是不知道要什么,只知道不要什么的难过,如今却是知道要什么,还知道要不到的难过。他不懂他为什么知道是不能得,却偏要去向往,简直是搬起石头砸自己的脚。这个他口口声声地叫"阿姐"的上海女人,就像是天边的落霞,转眼就会过去,然后无影无踪。她其实是一个传奇,阿二想在上面添写几行吗?不等他落笔,她又要去创造新的传奇。她和邬桥真是个奇怪的对照,邬桥有多么明白,她就有多么莫测;邬桥是个通达,她就是个云遮雾罩。阿二这样的年纪,宁可要个谜,也不要真理的。邬桥就是个真理。得了真理,人生便到头了,还有什么可望的?这也是邬桥所以叫阿二消沉的缘故,也是王琦瑶所以激发阿二的缘故。阿二现在每天都要去酱园店的后厢房,对了王琦瑶坐着,看她做针线,与她说话。可是越是与她接近,她却越是远似的。越是远,阿二就越要追,结果便越追越远,都要看不清这人了。

阿二有时会想起那个谈诗的月亮夜,他引用的那些诗句,一句一句响起在耳边,王琦瑶反倒清晰了一些。其时其境,这些诗句都是不假思索，脱口而出。句句不像是古人所作，而是他阿二触景生情的即兴之句。可他渐渐记起这些诗的出处，心里忽有些不安了。“汉家秦地月，流影照明妃”是李白写王昭君。昭君出塞，离家千里，真是有些应了王琦瑶眼下的境地，也是故乡的月，照异地的人。后两句有“一上玉关道，天涯去不归”，难道是预兆王琦瑶在异乡久留不归吗？阿二有些兴奋，可却觉得不顶像，因为王琦瑶虽是离家，却没有去国，与昭君有根本的不同。阿二再一想，便有些恍悟，王琦瑶虽未去国，却是换了大朝代，可说是旧日的月照今天的人，时间不能倒流，自然是“天涯去不归”了。这一想，便觉得十分贴切了。并且，那旧时的海上明月里立了王琦瑶婷婷的身影，有一股难言的凄婉，是要扎进阿二心里去的。接下来引用的诗句则是一首比一首不祥：“千呼万唤始出来，犹抱琵琶半遮面”出处是白居易的《琵琶行》，诗中那琵琶女且是天涯沦落之人，良辰美景一去不复回了。那一句“玉容寂寞泪阑干，梨花一枝春带雨”却是《长恨歌》中，杨贵妃玉殒香消，魂魄在了仙山的情景。阿二不由生出悲戚来，他想他想起的美人图，全是不幸的美人图，正应了红颜薄命的说法。只有《诗经》上那“桃之夭夭，灼灼其华”是喜庆的图画，然而，在那一系列的惨淡画面之后，那桃花灿烂的景象却有了一股不祥的灾祸之气。阿二的心暗淡下来，他想，难道这真是预兆吗？他看见了那上海女人身上缭绕的不幸的气息。可这气息多么美啊，是沉鱼落雁之势，阿二无限地向往。

阿二对王琦瑶的向往里，并不光有爱，还有着膜拜在其中。王琦瑶不是一个人，而是化开来，弥漫和洋溢在空气里的一个灵样的东西。这是一个迷离的境界，乱了心智的，它是腾在邬桥的空中，海市蜃楼一般。阿二有时觉着，连他自己都化了的，变成烟雨那样的东西。邬桥这地方，其实是多有幻觉的，它实在太静，夜也太长，幻觉便产生了。那密集又曲折的水道间,挤挨着的屋檐下,石板路上,都是幻觉产生的地方。王琦瑶就是个幻觉成真。她走在邬桥的街上,身上披着那繁华锦绣的光影,几乎能听见歌舞的余音尾随而来。阿二想:这上海女人就是为了引诱他来的。前景有多不妙,引诱就有多强烈,阿二几乎怀了牺牲的精神。他膜拜的真是一个不幸的宗教,不是为了永生,而是为了短暂,是追逐过眼的烟云,瞬间的快乐。阿二的心是中了邪的心。

王琦瑶只把阿二的心当成少年之爱来领会,虽然把阿二看简单了,却也救了阿二。因为只有从这爱里,才可着手去接近王琦瑶,其余都是扑朔迷离。只有这点爱,是清晰的,有人间面目,是王琦瑶和阿二交流的桥梁。阿二的爱是纯洁的爱,没有要求,只要允许他爱,就足够了。王琦瑶上街买菜,阿二替她挎着篮子;太阳好的天气,王琦瑶把水端在屋外洗头,阿二提了水壶替她冲洗发上的肥皂沫;王琦瑶剥豆,阿二捧着碗接豆;王琦瑶做针线,阿二也要抢来那针穿线。王琦瑶看他眼睛对在鼻梁上穿针的模样,心里生出喜欢。这喜欢也很简单,由衷生起,不加考虑的。她情不自禁地伸出手摸摸阿二的头,发是柔顺和凉滑的。她还去刮他架了眼镜的鼻子,鼻子也是凉凉的,小狗似的。这时,阿二便兴奋得眼睛都湿润了。她对阿二说:跟我到上海去不去?阿二说:去!她又说:阿二怎么养阿姐呢?阿二说:做工。她笑了,又怔了怔,说:阿二做工的钱,光够阿姐买梳头油的。阿二也怔了怔,说:阿姐小看了我。王琦瑶就揪揪他的薄耳朵,说:和你开玩笑,究竟也不知能不能回上海呢。阿二正色道:我撑船送阿姐去上海!王琦瑶笑道:阿二的船能到上海?阿二说:百川归海,怎么到不了?王琦瑶便不说话了。

阿二迷蒙的心里有了些昏晦的光,使他辨别出一些形势,当然,也是昏晦的形势。他对自己说:我应该怎么办?阿二觉得是应当行动的时候了。冬天过去了,迎春花都开了,疏朗的枝条缀着些不明不暗的黄色,也像阿二的心。阿二想:他已经等待了一个冬天了,邬桥的冬天又是何等的漫长。阿二走在河边,看那船也是待发的样子,心里的光又亮了一些。这时,他真感激邬桥的水啊!有了这水,阿二才知道该怎么去行动。现在,阿二是迎了那光走去的,前途被昏晦的光照耀着。阿二变得勇敢了,全因为那光的照耀,所有的勇敢其实都是昏晦的勇敢。阿二不再天天去找王琦瑶,可王琦瑶反倒变得切实了,王琦瑶好像化进了他的行动里。阿二心中突兀而起一股悲恸之情,就像在做着一个重大的诀别,但这悲恸里是有些欢喜的,因他感到,这诀别其实不是诀别,而是相聚。他心里唱着歌,是那种童贞的悲喜交加的歌,在月夜里的邬桥走来走去。这时候如果有人看见他,就会被他的目光感动,那是什么样的温柔目光啊!那里的决心和信念,全是温柔如水。

王琦瑶正在惊异阿二的不来,却听见了他的敲门声。阿二的白球鞋是新洗的,刷了鞋粉,阿二的围巾也是新洗的,熨平了。阿二的眼睛在镜片后头,一闪一闪地发光。阿二说:阿姐,我看你来了。王琦瑶说:阿二也不来了,是不是忘记阿姐了?阿二说:我忘记谁也不会忘记你。王琦瑶说:娶了媳妇,连娘都要忘记,何况是非亲非故的我呢?阿二说:说不忘就是不忘,只怕有一日,在上海的大马路上,迎面遇见,都认不出我阿二了。王琦瑶就笑:认出怎样,认不出又怎样?阿二有些悲伤地垂了垂眼睛,小声道:是啊,我凭什么叫人永记不忘呢?王琦瑶正要哄他,他却退出门去,说了声:阿姐再见!转身走了。他的球鞋踩在石板路上,声息全无,一下子融入邬桥的夜色,再也看不见了。王琦瑶还有些话要对他说,想追上去,又想明天再说吧,便关上了门。邬桥的夜晚,真是要多静有多静,不一会儿,就听见沙沙的下露水声。第二日,王琦瑶等阿二来,没等到;第三天,又不来;再过一日,便听那送豆腐的伙计说,阿二走了,去南京考师范了。王琦瑶想起阿二来的那个晚上,每一句话都是有意思的。她把阿二的话又细细地想了一遍,在心里认定阿二去的不是南京,而是上海。她还觉着:阿二去上海不为别的,正是为她。阿二是到上海等她呢!可是上海是个人海,她即便是回了上海,阿二能找着她吗?

5. 上　海

上海的心是被阿二勾起的,那不夜的夜晚就又出现在王琦瑶的眼前,却是多么久远的景象了啊!早晨,她对着镜子梳头,从镜子里看见了上海,不过,那上海已是有些憔悴,眼角有了细纹的。她走在河边,也从河里看见了上海的倒影,这上海是褪了色的。她撕去一张日历,就觉着上海又长了年纪。上海真是不能想,想起就是心痛。那里的日日夜夜,都是情义无限。邬桥天上的云,都是上海的形状,变化无端,晴雨无定,且美轮美奂。上海真是不可思议,它的辉煌叫人一生难忘,什么都过去了,化泥化灰,化成爬墙虎,那辉煌的光却在照耀。这照耀辐射广大,穿透一切。从来没有它,倒也无所谓;曾经有过,便再也放不下了。

王琦瑶眼前还出现阿二乘船去上海的景象,是乘风而去的。她想,阿二真是勇敢啊,竟把戏言当真了。可那戏言果真是戏言吗?难道不能说是预言?她想:连邬桥的阿二都去得上海,她上海生上海长的王琦瑶,又何故非要远离着,将一颗心劈成两半,长相思不能忘呢?上海真是叫人相思,怎么样的折腾和打击都灭不了,稍一和缓便又抬头。它简直像情人对情人,化成石头也是一座望夫石,望断天涯路的。阿二一走便音信全无,送豆腐的伙计也说没有信来。王琦瑶更断定阿二是去了上海。茫茫人海中,哪里是阿二的立足之地呢?她不由感叹阿二的鲁莽,可是阿二的传奇毕竟是开了头。什么时候才能见到阿二呢?王琦瑶有些怅惘。她推开窗户,看水边的月亮地,看到的也是上海的影子,却是浅淡了许多,在很遥远的折射的光之下。

邬桥并不是完全与上海隔绝,也是有一点消息的。那龙虎牌万金油的广告画是从上海来的,美人图的月份牌也是上海的产物,百货铺里有上海的双妹牌花露水、老刀牌香烟,上海的申曲,邬桥人也会哼唱。无心还好,一旦有意,这些零碎物件便都成了撩拨。王琦瑶的心,哪还经得起撩拨啊!她如今走到哪里都听见了上海的呼唤和回应。她这一颗上海的心,其实是有仇有怨,受了伤的。因此,这撩拨也是揭创口,刀绞一般地痛。可那仇和怨是有光有色,痛是甘愿受的。震动和惊吓过去,如今回想,什么都是应该,合情合理。这恩怨苦乐都是洗礼。她已经感觉到了上海的气息,与阿二感觉的不同,阿二感觉的都是不明就里,王琦瑶却是有名有实。栀子花传播的是上海的夹竹桃的气味,水鸟飞舞也是上海楼顶鸽群的身姿,邬桥的星是上海的灯,邬桥的水波是上海夜市的流光溢彩。她听着周璇的《四季歌》,一季一季地吟叹,分明是要她回家的意思。别人口口声声地称她上海嬢嬢,也是把她当外乡人,催促,也是把她当外乡人,催促她还乡的。她的旗袍穿旧了,要换新的。她的鞋走了样,也要换新。她的手脚裂口,羊毛衫蛀了洞,她这人有些千疮百孔的,不想回家也得回家了。

阿二还是没有信,传奇的开头总是偃声屏息,无声无闻。王琦瑶再不怀疑阿二是去了上海。有个阿二在上海,上海似乎暖心了些,还有些不甘心。现在,王琦瑶还没走,邬桥却已在向她挥手告别,一草一木,一砖一石,虽在眼前,却已成了记忆,雾蒙蒙,水蒙蒙的。邬桥的柳丝也是梦中情景,日婆娑,月婆娑。王琦瑶也注意到船了。船在桥洞下走过,很欢快的样子,穿过一个桥洞又一个桥洞,老大也是唱昆山调的。转眼间一冬一春过去,莲蓬又要结子了。王琦瑶乘上回苏州的船,两岸的房屋化成石壁,上面有千年万年的水迹和苔藓,邬桥变成长卷画一般的,渐渐拉开。碾米的水碓声凌空而起,是万声之首。邬桥的真实和虚空,邬桥的情和理,灵和肉,全在这水碓声中,它是亘古的声音。昆山调也是亘古的声音,老大是亘古的人。

王琦瑶从邬桥走出来了,那画卷收在水岸之间,视野开阔了,水鸟高飞起来,变成一个个黑点。岸上传来轰麻雀的铜锣声,铿铿锵锵,敲着得胜令的点子。红日高照,水面亮得像镜子,照的不是人,而是天。天上没有云,也是个大镜子,照着碧水荡漾。有无数船只乘风行驶,万舸争流的情景,你说心能不鼓荡吗!

没见苏州,已嗅到白兰花的香。苏州是上海的回忆,上海要就是不忆,一忆就忆到苏州。上海人要是梦回,就是回苏州。甜糯的苏州话,是给上海诉说爱的,连恨都能说成爱,点石成金似的。上海的园子,是从苏州搬过来的,藏一点闲情逸致。苏州是上海的旧情难忘。船到苏州,回上海的路便只剩一半了。

从苏州到上海的一段,王琦瑶是坐火车,船是嫌慢了,风也不顺帆的。车是夜车,窗外漆漆黑,有零星的灯掠过,萤火虫似的。王琦瑶的心此刻是静止了的,什么声音也没有,风声都息了。窗外的黑,就像厚帷幕一般,上海就在那幕后,等待开幕的一刻。窗外的黑还是隧道,尽头就是上海。当上海最初的灯光,闸北污水厂的灯光,出现在黑夜里头,王琦瑶忽然间热泪盈眶。灯光越来越稠密,就像扑灯的蛾子,扑向窗口。火车自是不理,还是朝前,轰隆声响盖满天地。往事像化了冻的春水,漫过了河堤,说不想它,它还是来了,可毕竟大河东去,再不复返。车窗上映出的全是旧人影,一个叠一个。王琦瑶不由得泪流满面。这时,汽笛响了,如裂帛一般。一排雪亮的灯照射窗前,那旧的影像刹那间消遁,火车进站了。

第 二 章

6. 平 安 里

上海这城市最少也有一百条平安里。一说起平安里,眼前就会出现那种曲折深长、藏污纳垢的弄堂。它们有时是可走穿,来到另一条马路上;还有时它们会和邻弄相通,连成一片。真是有些像网的,外地人一旦走进这种弄堂,必定迷失方向,不知会把你带到哪里。这样的平安里,别人看,是一片迷乱,而它们自己却是清醒的,各自守着各自的心,过着有些挣扎的日月。当夜幕降临,有时连月亮也升起的时候,平安里呈现出清洁宁静的面目,是工笔画一类的,将那粗疏的生计描画得细腻了。那平安里其实是有点内秀的,只是看不出来。在那开始朽烂的砖木格子里,也会盛着一些谈不上如锦如绣,却还是月影花影的回忆和向往。"小心火烛"的摇铃声声,是平安里的一点小心呵护,有些温爱的。平安里的一日生计,是在喧嚣之中拉开帷幕;粪车的轱辘声,涮马桶声,几十个煤球炉子在弄堂里升烟,隔夜洗的衣衫也晾出来了,竹竿交错,好像在烟幕中升旗。这些声色难免有些夸张,带着点负气和炫耀,气势很大的,将东升的日头都遮暗了。这里有一些老住户,与平安里同龄,他们是平安里的见证人一样,用富于历史感的眼睛,审视着那些后来的住户。其中有一部分是你来我往,呈现出川流不息的景象。他们的行迹藏头露尾,有些神秘,在平安里的上空散布着疑云。

王琦瑶住进平安里三十九号三楼。前边几任房客都在晒台上留下各种花草,大多枯败,也有一两盆无名的,却还长出了新叶。前几任的房客还在灶间里留下各自的瓶瓶罐罐,里面生了霉,积水里游着小虫,却又有半瓶新鲜的花生油。房门后的墙上留着一些手迹,有大人的,记着事:正月初十备寿礼。也不知是谁的寿礼。也有小孩的,是发泄私愤,写着"王根生吃屎"。都是些零星的岁月,不成篇章,却这里那里的,俯拾皆是。还是一层摞一层,糊鞋靠一样,扎扎实实,针锥都吃不进去。王琦瑶安置下自己的几件东西,别的都乱摊着,先把几幅窗帘装上,拉起,开亮了电灯。那房间就变了面目,虽是接在人家的茬上,到底也是换新的。那电灯没有罩子,光便满房间的,不是明亮,而是样样东西都扒了皮,裸着了。窗外是五月的天,风是和暖的,夹了油烟和泔水的气味,这其实才是上海芯子里的气味,嗅久了便浑然不觉,身心都浸透了。再晚些,桂花糖粥的香味也飘上来了,都是旧相识。窗帘也是旧窗帘,遮着熟知的夜晚。这熟知里却是有点隔,要悉心去连上,续上,有些拼接的痕迹。王琦瑶很感激窗帘上的大花朵,易时易地都是盛开,忠心陪伴的样子。它还有留影留照的意思,是好时光的遗痕,再是流逝,依然绚烂。地板和木窗框散发出木头的霉烂的暖意,有老鼠小心翼翼的脚步,从心上踩过似的,也是关照。然后,"小心火烛"的铃声便响起了。

王琦瑶到护士教习所学了三个月,得了一张注射执照,便在平安里弄口挂了牌子。这种牌子,几乎每三个弄口就有一块,是形形色色的王琦瑶的营生。她们早晨起来收拾干净房间,穿一身干净衣服,然后便点起酒精灯,煮一盒注射针头。阳光从前边人家的屋顶上照进窗口,在地板上划下一方一方的。她们熄了酒精灯,打开一本闲书,等着有人上门来打针。来人一般是上午一拨,下午一拨,也有晚上的一个两个。还有来请上门去打针的,那样的话,她们便提一个草包,装着针盒、药棉,白布帽和口罩,俨然一个护士的样子,去了。王琦瑶总是穿一件素色的旗袍,在五十年代的上海街头,这样的旗袍正日渐少去,所剩无多的几件,难免带有缅怀的表情,是上个时代的遗迹,陈旧和摩登集一身的。王琦瑶穿着旗袍,走过一两条马路,去给病家打针。她会有旧境重现的心情,不过人都是换了角色的。有一日,她去集雅公寓,走进暗沉沉的客厅,打蜡地板映着她的鞋袜。她被这家的佣人引进卧房,床上一个年轻女人,盖一条绿绸薄被,她觉得这女人就是自己的化身。打完针,装好东西,走出那公寓,心却好像留在了那里。她几乎能听见那女人对佣人发嗔的声音,是怪她买来的虾又小又不新鲜,明知道先生要来家吃晚饭的。她有时望着酒精灯蓝色的火苗,会望见斑斓的景象,里面有一个小世界,小世界里的歌舞永恒不止,是天上的歌舞。她偶尔去看一场电影,晚上八点的那一场。马路上静静的,路面有灯的反光,电影院前厅那静里的沸腾,有着时光倒流的意思。她看的多是老电影,周璇的《马路天使》,白杨的《十字街头》,这也是旧相识,最不相关的故事也是肺腑之言。她订了一份晚报,黄昏时间是看报度过的,报上的每一个字她都读到,懂一半,不懂一半,半懂不懂之间,晚饭的时间便到了,炉子上的水也开了。

晚上来打针的,总有点不速之客的味道,听见楼梯响,她便猜:是谁来了。她有些活跃,话也多几句。倘若打针的是孩子,她便格外地要哄他高兴。她重新点上酒精灯消毒针头,问东问西,打完针,病家要走时,她就有些不舍。那一阵骚动与声响还会留下余音,她忘了收拾,锅里的水干了底才醒来。这种夜晚,打破了千篇一律的生活，虽然是个没结果，可毕竟制造了一点起伏不定，使人生出期待。那期待是茫茫然的，方向都不明，有什么未知在酝酿和发展，终于会有果实似的。她有一次夜半被叫醒。人们早已入睡，那叫声便显得格外惊动，带着些危急和恐怖。王琦瑶的心擂鼓似的怦怦响着，她睡衣外面披上件夹袄便下楼去开门，见是两个乡下人，抬了一个担架，躺着垂危的病人，说是请王医师救命。王琦瑶知道他们弄错了，将护士当作医师了。她指点他们去最近处的医院，再回楼上，却怎么也睡不着了。这城市的夜晚总有着出其不意，每一点动静都不寻常。弄口路灯下，写着注射护士王琦瑶的牌子，带着点翘首以待。静夜里有汽车驶过，风扫落叶的声音，夜晚便流动起来，有了一股暗中的活跃。

上门打针的人川流不息，今天去了明天来，常有新人出现。这时，王琦瑶便暗自打量，猜那人的家庭和职业，再用些闲话去套，套出的几句实情，竟也能八九不离十。要逢到那些做奶妈的带孩子来，不问也要告诉你东家的底细。哪个奶妈不是碎嘴？又不是对东家有仇有恨，要把一肚子苦水倒给你的样子？还有一些是固定出现的病人，这些其实都算不上病人，打的是胎盘液之类的营养针，一周一次或一周两次。日子长了，有几个不打针时也来，坐坐，说说闲话，张家长李家短。这样，王琦瑶虽然不出门，也知天下事了。这些杂碎虽说是人家的，可也把王琦瑶的日子填个半满。一早一晚，有时甚至会是忙碌的，眼和耳都有些不够用。平安里的闹，是会传染的，而且无缝不钻，渐渐地，就有些将王琦瑶的清静给打破了。楼梯上的脚步纷沓起来，门开门关频繁起来，时常有人在后弄仰头叫王琦瑶的名字，一声声的。尤其是在那种悠闲的下午，这叫声便传远，有一股殷切的味道。夹竹桃也开了。平安里也是有几棵夹竹桃的，栽在晒台上碎砖围起来的一掬泥土中，开出绚烂的花朵。白昼里虽不会有奇遇,可却是悉心积累起许多细枝末节,最后也要酿成个什么。

王琦瑶和人相熟起来。人们知道她是个年轻的寡妇,自然就有热心说媒的人上门。王琦瑶见过其中的一个,是个做教师的,说是三十岁,却已歇顶。两人在电影院里见面,看一场农民翻身的电影,是王琦瑶最不要看的那种,硬撑到底的。其中有静默的间隙,便听见那教书的局促的呼吸声,带了一股胸腔里的啸音,是哮喘的症状。王琦瑶从此便对说媒的人婉言谢绝,她知道再介绍谁也跳不出教书先生这个窠臼。她不怪别人,只怪自己命运不济。她望着平安里油烟弥漫的上空,心里想,还会有什么好事情来临呢?人们有说她骄傲,也有说她守节,什么闲话她都作耳边风,什么开导的话她也作耳边风。虽是相熟,却还是隔的,这也是正常。平安里的相熟中不知有多少隔,浑水里不知有多少大鱼。平安里的相熟都是不求甚解,浮皮潦草,表面上闹,底下还是寂寞,这寂寞是人不知,己也不知。日子就糊里糊涂地过下去。王琦瑶是糊涂一半,清楚一半,糊涂的那半供过,清楚的一半是供想。白天忙着应付各样的人和事,到了夜晚,关了灯,月光一下子跳到窗帘上,把那大朵大朵的花推近眼前,不想也要想。平安里的夜晚其实也是有许多想头的,只不过没有王琦瑶窗帘上的大花朵,映显不出来罢了。许多想头都是沉在心底,沉渣一般。全是叫生计熬炼的,挤干汁,沥干水,凝结成块,怎么样的激荡也泛不起来。王琦瑶还没到这一步,她的想头还有些枝叶花朵,在平安里黯淡的夜里,闪出些光亮来。

7. 熟　客

常来的人中间，有一个人称严家师母的，更是常来一些。她也是住平安里，弄底的，独门独户的一幢。她三十六七岁的年纪，最大的儿子倒有十九岁了，在同济读建筑。她家先生一九四九年前是一爿灯泡厂的厂主，公私合营后做了副厂长，照严家师母的话，就是摆摆样子的。严家师母在平常的日子也描眉毛，抹口红，穿翠绿色的短夹袄，下面是舍味呢的西装裤。她在弄堂里走过，人们便都停了说话，将目光转向她。她则昂然不理会，进出如入无人之境。她家的儿女也不与邻人家的孩子嬉戏玩耍，严先生更是汽车进，汽车出，多年来，连他的面目都没看真切过。严家的娘姨是不让随便出来的，又换得勤，所以就连她家娘姨，也像是骄傲的，与人们并不相识。严家师母每逢星期一和四，到王琦瑶这里打一种进口的防止感冒的营养针。她第一眼见王琦瑶，心中便暗暗惊讶，她想，这女人定是有些来历。王琦瑶一举一动，一衣一食，都在告诉她隐情，这隐情是繁华场上的。她只这一眼就把王琦瑶视作了可亲可近。严家师母在平安里始终感到委屈，住在这里全为了房价便宜，因严先生是克勤克俭的人。为此她没少发牢骚，严先生枕头上也立下千般愿，万般誓，不料公私合营，产业都归了国家，能保住一处私房就是天恩地恩，花园洋房终成泡影。严家师母在平安里总是鹤立鸡群，看别人都是下人一般，没一个可与她平起平坐。现在，三十九号住进一个王琦瑶，不由她又惊又喜，还使她有同病相怜之感。也不管王琦瑶同意不同意，便做起她的座上客。

严家师母总是在下午两点钟以后来王琦瑶处，手里拿一把檀香扇,再加身上的脂粉,人未见香先到。下午来打针多是在三四点钟,这一小时总空着,只她们俩,面对面地坐。夏天午间的困盹还没完全过去,禁不住哈欠连哈欠的。她们强打精神,自己都不知说的什么。弄口梧桐树上的蝉一迭声叫,传进来是嗡嗡的,也是不清楚。王琦瑶舀来自己做的乌梅汤给客人喝,一杯喝下去也不知喝的什么。等那哈欠过去,人渐渐醒了,胸中那股潮热劲平息下去,便有了些好的心情。一般总是严家师母说,王琦瑶听,说的和听的都入神。严家师母对了王琦瑶像有几百年的心里话,竹筒倒豆子似的,从娘家说到婆家,其实都是说给自己听的。王琦瑶呢?耳朵里听进的严家的事,落到心里便成了自己的事,是听自己的心声。也有时候,严家师母要问起王琦瑶的事,王琦瑶只照一般回答的话说,明知道她未必信,也只能叫她自己去猜,猜对了也别出口。严家师母虽是能猜出几分,却偏要开口问,像是检验王琦瑶的诚心似的。王琦瑶不是不诚心,只是不能说。两人有些兜圈子,你追我躲,心里就种下了芥蒂。好在女人和女人是不怕种下芥蒂的,女人间的友谊其实是用芥蒂结成的,越是有芥蒂,友情越是深。她们两人有时是不欢而散,可下一日又聚在了一处,比上一日更知心。

这一日,严家师母要与王琦瑶做媒,王琦瑶笑着说不要。严家师母问这又是为什么。王琦瑶并不说理由,只把那一日同教书先生看电影的情景描绘给她。她听了便是笑,笑过后则正色道:我要介绍给你的,一不教书,二不败顶,三不哮喘,说到此处,两人就又忍不住地笑,笑断肠子了。笑完后,严家师母就不提做媒的事,王琦瑶自然更不提,是心照不宣,也是顺水推舟。两人都是聪敏人,又还年轻,没叫时间磨钝了心,一点就通的。虽然相差有近十岁的年纪,可一个浅了几岁,另一个深了几岁,正好走在了一起。像她们这样半路上的朋友,各有各的隐衷,别看严家师母竹筒倒豆子,内中也有自己未必知道的保留，彼此并不知根知底，能有一些同情便可以了。所以尽管严家师母有些不满足的地方，可也担待下来，做了真心相待的朋友。

严家师母就是时间多，虽有严先生，却是早出晚归；有三个孩子，大的大了，小的丢给奶妈；再有些工商界的太太们的交际，毕竟不能天天去。于是，王琦瑶家便成了好去处，天天都要点个卯的，有时竟连饭也在这里陪王琦瑶吃。王琦瑶要去炒两个菜，她则死命拦着不放，说是有啥吃啥。她们常常是吃泡饭，黄泥螺下饭。王琦瑶这种简单的近于苦行的日子，有着淡泊和安宁，使人想起闺阁的生活，那已是多么遥远的了。当她们正说着闲话，会有来打针的人，严家师母就帮着端椅子，收钱接药，递这递那。来人竟把装扮艳丽的她看成是王琦瑶的妹妹，严家师母便兴奋得红了脸，好像孩子得到了大人的夸奖。事后，她必得鼓动王琦瑶烫头发做衣服，怀着点自我牺牲的精神。她说着做女人的道理，有关青春的短暂和美丽。想到青春，王琦瑶不由哀从中来。她看见她二十五岁的年纪在苍白的晨曦和昏黄的暮色里流淌，她是挽也挽不住，抽刀断水水更流的。严家师母的装束是常换常新，紧跟时尚，也只能拉住青春的尾巴。她的有些装束使王琦瑶触目惊心，却有点感动。她的光艳照人里有一些天真，也有一些沧桑，杂糅在一起，是哀绝的美。经不住严家师母言行并教的策动，王琦瑶真就去烫了头发。

走进理发店，那洗发水和头油的气味，夹着头发的焦煳味，扑鼻而来，真是熟得不能再熟。一个女人正烘着头发，一手拿本连环画看，另一手伸给理发师修剪的样子，也是熟进心里去的。洗头，修剪，卷发，电烫，烘干，定型，一系列的程序是不思量，自难忘。王琦瑶觉得昨天还刚来过的，周围都是熟面孔。最后，一切就绪，镜子里的王琦瑶也是昨天的，中间那三年的岁月是一剪子剪下，不知弃往何处。她在镜子里看见站在身后的严家师母瞠目结舌的表情,几乎是后悔怂恿她来烫发的。理发师正整理她的鬓发,手指触在脸颊,是最悉心的呵护。她微微侧过脸,躲着吹风机的热风,这略带娇憨的姿态也是昨天的。

严家师母真心地说:我真没想到你是这么好看的。王琦瑶也真心地说:我到你的年纪一定是不如你。这话虽是恭维,却还是触到了严家师母的痛处,到底是年纪不饶人的。话刚出口,王琦瑶就觉着不妥,两人都沉默下来。因对严家师母抱歉,王琦瑶便挽住她的臂弯,两人一起沿了茂名路向前走。走了几步,严家师母忽然笑了一声说:你晓得我最拥护共产党是哪一条?王琦瑶觉得这问题来得突兀,不知该作何答。严家师母接着说:那就是共产党不让讨小老婆。王琦瑶明知不是说她,心里还是咯噔一下,挽着臂弯的手也松了松。严家师母只顾自己说下去:倘若不是共产党反对,我们严先生早就讨了小的。王琦瑶说:这也是你多心,严先生真要讨早就讨了,还拖到这时候?严家师母摇了摇头,说道:王琦瑶你不知道,本就是差一点的事情,人都已经找好了,仙乐斯的一个舞女,后来说要解放,有人劝他去香港,又有人要他留上海,乱了一阵,才把这事搁下了。王琦瑶想她怎么忽然谈起这种私事,难道就因为方才那句关于年龄的话?两人又默默地走了一段,王琦瑶缓缓地劝慰说:其实再怎么样,也还是结发夫妻最恩深义长。严家师母笑了,点着头道:是啊,有恩有义是不错,可你知道恩和义是什么吗?恩和义就是受苦受罪,情和爱才是快活;恩和义是共患难的,情和爱是同享福的,你说你要哪样?王琦瑶不得不承认她的话有几分道理,并且惊讶养尊处优的严家师母竟也有着不失惨痛的人生经验。严家师母转回脸对了王琦瑶说:还是情和爱好啊,只要尝过味道没有肯放手的,你说我们做女人是为谁做?还不是为男人!这一回王琦瑶不同意了,负气似的说:我偏是为自己做的。严家师母拍了拍她挽在臂弯里的手背,说:那就更吃力了。为了男人做,还就是最省心。王琦瑶沉默不语了。她们这两个女人走在秋日的斑驳阳光下,人成了透明的玻璃人似的,彼此都能看进对方心里一些。

自从烫了头发,王琦瑶又有了些做人的兴趣了,从箱底翻出旧日的好衣服,稍做修改便是新。她也开始化妆,修眉毛的钳子、眉笔、粉扑都还在,一件件找出来摆开。她在镜子前流连的时间多了些,镜子里的人是老朋友,也是新认识,能与她说话的。严家师母看见她的变化,暗中加了把劲追赶。王琦瑶显见得比她懂打扮,也是仗着年轻有自信,样样方面都是往里收,留有余地,不像严家师母是向外扩张,非做到十二分不可。一个是含而不露,一个是虚张声势;一个是从容不迫,一个是剑拔弩张。严家师母不使劲还好,越使劲越失分寸,总是过火。王琦瑶当然觉察出严家师母的用力,更上了几分心。像她这样的聪敏,不上心就是合适,再要上心便是格外好了,由不得严家师母不服气。有几次,她甚至是忍了泪的,回到家中无由地向娘姨发脾气,还把新做的头梳乱,自己报复自己的。但脾气发过了,还是重整旗鼓,再与王琦瑶较量。这几日,严家师母到王琦瑶家,不是为别的,专是挑战而来的。她越这样,王琦瑶越不让她,每天都给她个出奇制胜,并且轻而易举,不留痕迹。严家师母话里面就有几分酸意了,说王琦瑶真是可惜了,这般的浓妆淡抹也相宜却无人赏识。王琦瑶知道她是发急,嘴里说的未必是心里想的,听了也当没听见,只是下一回再用些心,更上一层楼,叫她望尘莫及。这两个人勾心斗角的,其实不必硬往一起凑,不合则散罢了。可越是不合却越要聚,就像是把敌人当朋友,一天都不能不见。

有一日,严家师母穿了新做的织锦缎镶绲边的短夹袄来到王琦瑶处,王琦瑶正给人推静脉针,穿一件医生样的白长衫,戴了大口罩,只露一双眼睛在外,专心致志的表情。严家师母还没见白长衫里面穿的什么,就觉着输了,再也支撑不住似的,身心都软了下来。等王琦瑶注射完毕,打发走病人,再回头看严家师母,却见她向隅而泣。王琦瑶这一惊不得了,赶紧过去扶住她肩,还没出声问,严家师母先开口了,说,严先生早晨起来不知什么事不顺心了,问他什么都不做声的,想想做人真是没有意思,说罢眼泪又流了下来。王琦瑶就劝她不必这样小心眼,夫妻之间总是好一时坏一时,不能当真,严家师母当是比她更懂这些的。严家师母擦着眼泪又说,如今也不知怎么的,花多少力气也得不到严先生的一个笑脸。王琦瑶再劝道,干脆把他扔一旁,倒是他来讨你的笑脸了。严家师母不由破涕而笑。王琦瑶继续哄她,拉她到梳妆镜前,帮她梳头理妆,顺便教给她些修饰的窍门。两人其实是用话里面的话交谈,最终达到和解。

严家师母快把王琦瑶的门槛踩平了,王琦瑶却还没去过严家一次。严家师母不知邀请了多少回,王琦瑶总是推说有人上门打针,不肯去。有一回,严家师母半气半笑地说了句:你怕严先生吃了你啊!她把脖颈都羞红了,可还是拒绝。这一天,严家师母如此动容,王琦瑶总觉自己有错,至少是太计较,不厚道,便待她百般的迎合。过去是严家师母硬赖在她这里吃饭,今天却是她极力挽留,还将压箱底的衣服翻出来,请严家师母批评。严家师母这才渐渐回复过来。下午时,仗着是受过委屈、占着理的,又一次逼王琦瑶去她家玩,王琦瑶略一迟疑,点头答应了。她们俩说去就去,起身关了门窗,就下了楼。是两点钟的时分,隔壁小学校传来课间操的音乐,弄堂里少见的没人,宁静着,光线在地面流淌。她们一径往弄底走去,路上都没说话,很郑重的样子。绕到后门,严家师母叫了声"张妈",那门便开了,王琦瑶随严家师母走了进去。

眼前有一时的黑暗,稍停一会儿,便微亮起来。走过一条走廊,一边是临弄堂的窗,挂了一排扣纱窗帘,通向客餐厅。厅里有一张椭圆的橡木大西餐桌,四周一圈皮椅,上方垂一盏枝形吊灯,仿古的,做成蜡烛状的灯泡。周遭的窗上依然是扣纱窗帘,还有一层平绒带流苏的厚窗幔则束起着。厅里也是暗,打蜡地板发出幽然的光芒。穿过客餐厅,走上楼梯,亮了一些。楼梯很窄,上了棕色的油漆,也发着暗光,拐弯处的窗户上照例挂着扣纱窗帘。严家师母推开二楼的房门,王琦瑶不由怔了一下。这房间分成里外两进,中间半挽了天鹅绒的幔子,流苏垂地,半掩了一张大床,床上铺了绿色的缎床罩,打着褶皱,也是垂地。一盏绿罩子的灯低低地悬在上方。外一进是一个花团锦簇的房间,房中一张圆桌铺的是绣花的桌布;几张扶手椅上是绣花的坐垫和靠枕,窗下有一张长沙发,那种欧洲样式的,云纹流线型的背和脚,橘红和墨绿图案的布面。圆桌上方的灯是粉红玻璃灯罩。桌上丢了一把修指甲的小剪子,还有几张棉纸,上面有指甲油的印子。窗户上的窗幔半系半垂,后面总是扣纱窗帘。倘若不是亲眼所见,决不会相信平安里会有这样一个富丽世界。严家师母拉王琦瑶坐下,张妈送上了茶,茶碗是那种金丝边的细瓷碗,茶是绿茶,又漂了几朵菊花。光从窗帘的纱眼里筛进来,极细极细的亮,也能照亮一切的。外面开始嘈杂,声音也是筛细了的。王琦瑶心里迷蒙着,不知身在何处。严家师母从里面大橱取出一段绛红色的衣料,在她身上比画着,说要送她做一件秋大衣,还拉她到大橱的穿衣镜前照着。她从镜子里看见床头柜上有一个烟斗,心里忽然跳出"爱丽丝"三个字,这里的一切和"爱丽丝"多么相像啊。她其实早就知道会在这里遇见什么,又勾起什么,所以,她不敢来。

8. 牌　友

此后,除了严家师母到王琦瑶这里来,有时候王琦瑶也会去严家。有人来打针,楼下的邻居便会告诉去弄底那一家找。不久,严家第二个孩子出疹子。这孩子已经读小学三年级,早已过了出疹子的年龄,那疹子是越晚出声势越大,所以高烧几日不退,浑身都红肿着。这严家师母也不知怎么,从没有出过疹子,所以怕传染,不能接触小孩,只得请了王琦瑶来照顾。要打针的人,索性就直接进到严家门里了。严先生从早到晚不在家,又是个好脾气,也不计较的。于是,她俩就像在严先生卧室开了诊所似的,圆桌上成日价点一盏酒精灯,煮着针盒。孩子睡在三楼,专门辟出一个房间作病室。王琦瑶过一个钟头上去看一回,或打针或送药,其余时间便和严家师母坐着说闲话。午饭和下午的点心都是张妈送上楼来。说是孩子出疹子,倒像是她们俩过年,其乐融融的。

这些天,也有些亲朋好友来看孩子的,并不进孩子房间,只带些水果点心之类的,在楼下客厅坐一会儿就走。其中有一个常来的,是严家师母表舅的儿子,算是表弟的,都跟了孩子叫他毛毛娘舅。毛毛娘舅在北京读的大学,毕业后分他去甘肃,他自然不去,回到上海家中,吃父亲的定息。父亲是个旧厂主,企业比严先生要大上几倍,公私合营后就办了退休手续,带两个太太三个儿女住西区一幢花园洋房。毛毛娘舅是二太太生的,却是唯一的男孩,既是几方娇宠在一身,又须眼观六路,耳听八方地做人,从小就是个极乖顺的男孩,长大了也是。虽是闲散在家,也不讨嫌,大妈二妈,姐姐妹妹的事,他都当自己的事去跑腿奔忙。无论是去医院还是去理发店,或者买衣料做衣服,要他陪他就陪,还积极地出主意做参谋。亲友间有不可少又不耐烦的应酬,也由他全包了,探望严家,便是其中的一桩。

毛毛娘舅来的那天,因为中午孩子又发了场高烧,请了医生来看,配药打针,忙到下午一点多才吃饭。听张妈说毛毛娘舅来了,就请他上楼来坐,反正不是外人,又是年幼的亲戚。毛毛娘舅坐在一边,她们俩吃着饭,酒精灯还点着。外边是阴天,屋里便显得很温暖。饭后,张妈上来撤了碗碟,毛毛娘舅便坐上桌来,三个人一起闲聊。毛毛娘舅和王琦瑶虽是初次见面,但有严家师母左右周旋,谁都不会冷落着。这起居的房间又自有一股稔熟亲近的气氛,能使人消除生疏之感。说笑了一阵,毛毛娘舅就问有没有扑克牌,严家师母笑道:这里可没有你的对手。又向王琦瑶介绍,毛毛娘舅会打桥牌,每个星期天到国际俱乐部去打牌的。王琦瑶便赶忙地摇手,连说不打牌,不打牌。毛毛娘舅就笑了起来,说,谁说打牌啦?哪里有三个人打桥牌的。严家师母说:不打牌你又要什么牌呢?一边就站起来,拉开抽屉找牌。毛毛娘舅说:天下又不只桥牌一种,有的是玩法呢!他接过牌来,在手里很熟练地洗着,然后说:其实桥牌也不难学的,非但不难,还很有趣。说着,就把牌四张一叠地发着,"叫牌""打牌"地讲起来。严家师母说:看看,这不是得寸进尺,慢慢地就陪他玩起来了。王琦瑶笑着说:把他累死也教不会我们,到头还只他一个人在玩。毛毛娘舅说:桥牌真有这么可怕吗?又不是火坑陷阱。说罢只得把牌收起,哗哗地洗出各种花样,像一把扇子,或像一座桥,把王琦瑶看花了眼。严家师母说:你看他这手功夫,可以去大世界变戏法了。毛毛娘舅说:我不会变戏法,倒会算命,我给表姐算一个吧。严家师母说:你给我算命又不是本事,什么是你不知道的?要能给王琦瑶算出一二分,才可服人。毛毛娘舅说和王琦瑶初次见面,就妄言人家过去将来的,未免太失礼了。严家师母就说:露馅了吧,什么失礼,借口罢了,真金不怕火来炼,你还是没功夫。毛毛娘舅一听这话,倒非算不可了。王琦瑶要推托,经不住严家师母的激将,说什么:你放心,保他算你不出!就只好由他算。毛毛娘舅又洗了一遍牌,在桌上发了一排,再发一排,来回地发,就像通关似的。发到末了,还剩几张,再一字排开,让王琦瑶亲手翻一张。王琦瑶刚翻过,就听铃响,那孩子在叫人了,赶紧抽身上楼。趁她上楼,毛毛娘舅压低了声问他表姐:表姐快告诉我,王小姐有否婚嫁。严家师母几乎笑出声来,数落道:我说你是骗人,你还不服。然后压低了声说:告诉你吧,这事是连我也不知道的。

这天下午,时间不知不觉地过去,转眼已到晚饭时候,严先生的汽车在后门揿喇叭了。三个人却还意犹未尽,便约定好毛毛娘舅过一日再来,严家师母说到那日让张妈去王家沙买蟹粉小笼请客。隔了一天,毛毛娘舅果然来了,也是那个时间,这回她们已吃过饭,用缝被针捅莲心。酒精灯灭着,有一些气味散发开来,清爽凛冽的感觉。三个人你一言我一语地闲话,前一日的高兴劲却接不上似的,有些冷场。等莲心捅完,就更没事情做了。毛毛娘舅又提议打牌,她们懒得反对,便同意下来。那日找出来的牌还没有收好,就扔在沙发上,毛毛娘舅说要教她们打“杜勒克”,所有牌中最简单的一种,一边讲解一边就发起牌来。这两个人是连理牌都不会的,他只得一个个地帮着理,理完之后才发现已将两位的牌全看过了,只得收起来重新洗过再发。免不了要说些取笑的话,气氛就活跃了。打这样的牌,又是同这么两个人,毛毛娘舅十分心里用一分就够了。严家师母一边打牌一边缅怀麻将的乐趣,也只用了三分心。只有王琦瑶是十分心都用上了,眼睛只看在牌上,每一次出牌都掂量过的,只是无奈得牌不如人意,总是小牌多于大牌,所以每每反是输,而那两位却一人一副地赢,便十分感慨地说:看来成败自有定数,不能强夺天意的。毛毛娘舅说:王小姐原来还是个天命论者。王琦瑶刚要开口回答,严家师母却抢过去说:天命不天命我不懂,可我倒是相信定数,否则有许多事情都解释不来的。比如我们严先生老家有个人,是个摆渡的,有一天晚上,人都睡下了,却有人喊着渡河,他只得起来撑过船去,把那人摆过河,那人上了岸往他手里塞了个什么,硬硬的,就匆匆地走了;严先生他家乡人张开手一看,原来是块金条,他用这金条买了一批粮食,想不到第二年就是荒年,这批粮食卖了好价钱;发了财,也不摆渡了,到了上海,正碰上发行橡皮公司股票,统统买成股票,不想三个月后橡皮公司就破产倒闭,一分不剩,只得回乡下去再摆渡;后来才知道,那给他金条的摆渡客,实是个强盗,犯了杀头罪,那天是连夜出逃。说的和听的都忘了打牌,不知该谁出牌,只得和了再从头打。

毛毛娘舅说:这也是偶然。王琦瑶不同意道:我看恰恰是必然。严家师母又打断她说:我不管什么偶然必然,我只知道什么都不会平白无故临到头上,总是有道理,这道理又不是别的好商量的道理,而是铁打的定规。王琦瑶也说:命里只有七分,那么多得的三分就是祸了。我外婆说过苏州阊门有一个青楼女子,品貌都是一般;有一日来了一个扬州盐商,富比王侯的,一眼看中她,为她赎了身,进门不久太太就病故,立刻扶正,第二年生下儿子,本是高兴事,不料那孩子三个月就露出了呆相,原来是个聋哑儿,再过三个月,那女子便得了不吃不喝的病,一命呜呼;人们都说是福把她的寿给折了,因她本是个福浅之人。严家师母点头感慨不已。毛毛娘舅则道:你说的是月满则亏,水满则溢的道理。王琦瑶就说:月满则亏,水满则溢。说到底也是个定数的事,总是指一定的分寸,但这分寸是因人各异。毛毛娘舅不再反驳,三人接着打牌。打了一阵,毛毛娘舅也有故事要讲了。他说的是他父亲的一位老友,十年前亡故,死的那一刻,墙上的电钟停了,因那钟很古旧,又是很高的墙上,说是要修,却也一天推一天的,竟拖了十年,到了半年前,老友的太太生了不治之症,也死了,就在她闭眼的时分,那钟竟走动起来,一直走到如今再没停过。故事说完,三人都静默着,太阳西移了,屋里暗了些,透过纱帘,却可看见对面的窗扇被太阳照得晃眼。心里有些生畏,又不知畏惧什么。这时张妈走上来,说莲心汤已煮好,什么时候去买蟹粉小笼。严家师母这才醒过来,赶紧说,现在就去,又嘱咐买好后坐三轮车回来,免得乘公共汽车挤漏了汤水。张妈应了下去,王琦瑶看看时间该给孩子打针,便点了酒精灯煮针,那蓝火苗一摇一曳的,房间里顿时有了暮色。

这个下午虽没有上一个的热闹高兴,却是有些令人感动的。张妈买回的小笼包子还烫着嘴,汤水也饱满。又新沏了一道茶,“杜勒克”且从头来起。一晃眼一下午又过去了。严家师母说:如今天短了,刚开始就结束,干脆,明天毛毛娘舅上午就来,中午在这里吃饭,我让张妈烧个八珍鸭,是张妈的拿手菜,过年才烧的。毛毛娘舅说:还是几年前,母亲在表姐这里吃过,回去就让烧饭的李大过来学,虽是正传,也不如真经啊!严家师母说:是啊,说起来已有四五年了,那时亲戚走动得还勤,现在都疏远下来,难得见一面,前天你来,我倒吓一跳,忽然间冒出个大人了。又转向王琦瑶说:你不知道他小时的样子,西装短裤,白色的长筒袜,梳着分头,像个小伴童,婚礼上专门牵新娘的礼服的。毛毛娘舅说:难道长大就讨嫌了?严家师母不由神情黯淡了一下,说:人是不讨嫌,只是这一身衣服,左看右看不入眼。毛毛娘舅穿的是一身蓝咔叽人民装,熨得很平整;脚下的皮鞋略有些尖头,擦得锃亮;头发是学生头,稍长些,梳向一边,露出白净的额头。那考究是不露声色的,还是急流勇退的摩登。王琦瑶去想他穿西装的样子,竟有些怦然心动。严家师母感慨了一会儿,三个人便散了。

再一日来,天下起了小雨,寒气逼人的,都添了衣服。午饭时,临时又添了一个暖锅,炭火烧旺了,汤始终滚着,菠菜碧绿,粉丝雪白。偶尔的,飞出几点火星,噼噼啪啪地响几声。半遮了窗户,开一盏罩子灯,真有说不出的暖和亲近。这是将里里外外的温馨都收拾在这一处,这一刻;是从长逝不回头中揽住的这一情,这一景;是你安慰我,我安慰你。窗户上的雨点声,是在说着天气的心里话,暖锅里的滚汤说的是炭火的心里话,墨绿的窗幔里,粉红的灯下,不出声都是知心话。王琦瑶吃鱼吃出一根仙人刺,用筷子搛着,往下一抛,仙人刺竟站住了,严家师母便问许了什么心愿,王琦瑶笑而不答。严家师母再追问,就说没有心愿。严家师母不信,毛毛娘舅也不信。王琦瑶说:不相信就不相信,反正是没有。严家师母就说:你瞒我,还能瞒他,毛毛娘舅可是会算命的。毛毛娘舅说,我不仅会算命,还会测字,不信就给一个字。王琦瑶不给,严家师母说,我帮她给。四周看看,看到窗外正下雨的天,随口说:就给个天字吧!毛毛娘舅用筷子蘸了汤,在桌上写个"天",然后把那两横中的人字头向上一推,说:有了,王小姐命有贵夫。严家师母拍起手来,王琦瑶说:这字是严家师母给的字,贵夫也是她的贵夫,要我给,我偏给个"地"字。毛毛娘舅说:"地"字就"地"字。也用筷头蘸了汁水写了个"地",然后从中一分,在"也"字左边加个"人"字旁,说:是个"他",也是个贵夫。王琦瑶用筷头点着"地"字的那一边说:你看,这不是入土了吗?本是顺嘴而出的话,心里却别的一跳,脸上的笑也勉强了。那两人也觉不吉祥,又见王琦瑶神色有异，便不敢再说下去。严家师母起身喊来张妈给暖锅添水加炭，毛毛娘舅趁机恭维张妈的八珍鸭，换过话题。等那暖锅再次滚起，火星四溅，王琦瑶才慢慢恢复过来。

喝了一会儿汤，王琦瑶缓缓地说：这世上要说心愿，真不知有多少，苏州有个庙，庙里有个水池，丢一个铜板发一个心愿，据我外婆说，庙里的和尚全是吃这池底的铜板，可见心愿有多少，可是，如愿的又有几个呢？这话题本已经避过不谈，不料王琦瑶反倒又提起了，他们两个不知该接不该接，怔着。暖锅里的汤又干了一些，突突地，想滚又滚不起来的样子。王琦瑶笑了一下，是笑自己的没趣，再接着喝汤。窗上的天又暗了一成，压低了声似的，好叫人吐露心曲。停了一会儿，毛毛娘舅说起一种扑克牌的玩法，叫作“吹牛皮”。“吹牛皮”的打法是：出牌的人将牌覆在桌上，然后报牌，报的牌可能是假也可能是真，倘若同意他是真，那么便过去，有不同意的就翻牌，翻出是真，翻牌的吃进，翻出是假，出牌的吃进，翻牌的则可出牌。毛毛娘舅说：这牌虽然是叫“吹牛皮”，可往往却是不吹牛皮的人赢。王琦瑶和严家师母都看着他，不知其中是什么道理。毛毛娘舅继续说：不吹牛皮的人也许牌要脱手得慢一些，杂牌零牌只能一张一张地出去，但只要他不吹牛皮，这牌总是在出，而不会吃进，对了，还有一点，他不吹牛皮，但也不要去翻人家的牌，翻人家的牌也是有吃牌的危险；让别人去吹牛，去翻牌，吃来吃去地僵持不下，他这边则一张牌一张牌地出了手。她们两个还是看着他，停了一会儿，王琦瑶若有所悟道：你说的是打牌，其实是指的做人，对吗？毛毛娘舅只是笑，严家师母就说：倘若是指做人，那未免过于消极，不如麻将来得周全：天时地利，再加上用心思，缺哪样都不行，那十三只牌的搭配是很有讲究的，既是给人机会，也是限定人的机会，等到一切都成功，却还要留一只空缺，等着牌来和；这真叫万事俱备，只欠东风；这才是做人的道理。说起麻将，严家师母就来精神，她脑子里出现许多精彩的和局，带有千钧一发之势的，还有柳暗花明又一村的，是多么令人激动啊！她对毛毛娘舅说：要说牌，什么都抵不上麻将，那种西洋的纸牌，没什么意思，比如你教我们的“杜勒克”，就是比牌大，谁大谁凶；你方才说的“吹牛皮”，也是把小牌吹大牌，谁大谁凶，小孩子打架似的，又像是小孩子做算术，麻将才不是呢！它没有什么大牌小牌，大和小全看你做牌，是看局面的，这就是做人了；人和人是怎么比大小的？是凭年纪大小？还是比力气大小？都不是，凭什么呢？还要我说吗？你们都是聪敏人。严家师母有些忿懑似的，带了一股气。暖锅的汤干了，还硬要喝。毛毛娘舅不服气，申辩说那纸牌里的技巧千变万化，并不是那么绝对，有相对的地方，比如“吹牛皮”，方才只是简单地说，其实有更深的道理，有时明明知道报牌是假，可也同意了，为的是也跟着把小牌当作大牌地打出去，大家其实心里都明白都在吹牛，可为了小牌出手，也都不说。严家师母鄙夷地撇撇嘴道：这才是不讲理呢！麻将可没有一点不讲理的地方。毛毛娘舅就有些不悦，说：如此高明的麻将，怎么不设一个国际比赛？王琦瑶见这表姐弟俩竟有些真动气，又觉得好笑，又觉得没趣，打圆场说：明后天，我请严家师母、毛毛娘舅吃晚饭好不好？我虽然不会做八珍鸭，家常菜也还能烧几个，不知你们给不给面子。

过了一天，王琦瑶下午就从严家回来，准备晚饭。这时，严家孩子的麻疹也出完了，烧退了，身上的红点也退了，开始楼上楼下地淘气起来。王琦瑶事先买好一只鸡，片下鸡脯肉留着热炒，然后半只炖汤，半只白斩，再做一个盐水虾，剥几个皮蛋，红烧烤麸，算四个冷盘。热菜是鸡片，葱烤鲫鱼，芹菜豆腐干，蛏子炒蛋。老实本分，又清爽可口的菜，没有一点要盖过严家师母的意思，也没有一点怠慢的意思。傍晚,那两人一起来了,毛毛娘舅因是头次上门,还带了些水果作礼物。听见楼梯上脚步声响,王琦瑶心里生出些欢腾。这是她头一次在这里请客,严师母便饭的那几回当然不能算。她将客人迎进房间,桌上早已换了新台布,放了一盘自家炒的瓜子,她觉得有点像过节。因为忙,还因为兴奋,她微微红了脸,脸上蒙一层薄汗。她拉上窗帘,打开电灯,窗帘上的大花朵一下子跳进来。王琦瑶眼里有些含泪的,要他们坐下,再端来茶水,就回到厨房去。她眼里的泪滴了下来,多少日的清锅冷灶,今天终于热气腾腾,活过来似的。煤炉上炖着鸡汤,她另点了只火油炉炒菜,油锅哔剥响着,也是活过来的声音。房间里传来客人说话声,这热闹虽然不是鼎沸之状,却是贴了心的。

菜上桌,又温了半瓶黄酒,屋里便暖和起来。这两人都是赞不绝口的,每一个菜都像知道他们的心思,很熨帖,很细致,平淡中见真情。这样的菜,是在家常与待客之间,既不见外又有礼貌,特别适合他们这样天天见的常客。严师母不由叹息一声道:可惜是三缺一啊!那两个都笑了。严师母不理会他们的好笑,四面环顾一下,说:其实就是打麻将,又有谁知道呢?拉上窗帘,桌上铺块毯子,谁能知道呢?她被自己的想象激动起来,说她藏着一副麻将,上等的骨牌,像玉似的。什么时候打一回吧!王琦瑶说她不会,毛毛娘舅也说不会。严师母起劲地说:这有什么不会的,简单得很,比"桥牌""杜勒克"都容易。毛毛娘舅说:怎么可能呢?"桥牌"什么的不都是小孩子们做算术吗?严师母也笑了,不搭理他,还是自顾自地说麻将的规则,人坐四面,东西南北,这才发现,终是三缺一,又泄了气,说这才叫作天不时地不利人不和呢。那两个见她这般沮丧,就说着打趣的话。严师母也不回嘴,由他们奚落,半天才说道:我真是为你们抱委屈,连麻将都不曾打过。说罢,自己也笑了起来。笑过之后，毛毛娘舅说：既然这样地想，大家商量一下，怎样来成全表姐，我可以找个朋友来的。王琦瑶说：严师母要不嫌弃，就在我这里好了，就是地方小了些。严师母说：地方小不要紧，又不是开生日舞会。又问毛毛娘舅他要找的人是否可靠。毛毛娘舅说：只要他来，就是可靠。她们一时没听懂，再一想便懂了。事情看来十有九成了，严师母反倒不安起来，千叮嘱万叮嘱不能叫严先生知道，严先生最是小心谨慎，人民政府禁止的事，他绝对不肯做，那一副麻将都是瞒了他藏下来的。这两人便道：只要你自己不说。

说妥了打麻将的事，酒菜也吃得差不多了，一个盛了半碗饭，王琦瑶再端上汤，都有些饱过头了，身上发懒，话也少了。王琦瑶撤去饭桌，热水擦过桌子，再摆上瓜子，添了热茶，将毛毛娘舅带来的水果削了皮切成片，装在碟里。三个人的思绪都有些涣散，不知想什么，说的话东一句西一句，也接不上茬。隔壁人家的收音机里放着沪剧，一句一句像说话一样，诉着悲苦。这悲苦是没米没盐的苦处，不像越剧是旷男怨女的苦处，也不像京剧的无限江山的悲凉。严师母说，王琦瑶这地方是要比她家闹，可心里倒静了，她家正好反过来，外面静心里闹。王琦瑶笑着说：看来在哪里都跑不掉一静一闹。毛毛娘舅注意地看她一眼，再环顾一下房间。房间有一股娟秀之气，却似乎隐含着某些伤痛。旧床罩上的绣花和荷叶边，流连着些梦的影子，窗帘上的烂漫也是梦的影子。那一具核桃心木的五斗橱是纪念碑的性质，纪念什么，只有它自己知道。沙发上的旧靠枕也是哀婉的表情，那被哀婉的则手掬不住水地东流而去。这温馨里的伤痛是有些叫人断肠的。毛毛娘舅没听见王琦瑶在叫他，递给他一碗酒酿圆子，圆子搓得珍珠米大小，酒酿是自家做的，一粒稗子也没有。

约定的这天，七点钟，严师母先来，抱婴儿似的抱一个毯子卷，里面是一副麻将，果真是白玉一般凉滑，不知被手多少遍地抚弄过，能听见嘀嘟的响。再过些时，毛毛娘舅带了位朋友来了。因是生人，王琦瑶和严师母有些拘束，又是为那样的目的而来，更不好说话。只有毛毛娘舅与他说笑，那人一开口竟是一口流利的普通话，令她们吃了一惊。毛毛娘舅介绍他叫萨沙，听起来像女孩的名字，他长得也有几分像女孩子：白净的面孔，尖下巴，戴一副浅色边的学生眼镜，细瘦的身体，头发有些发黄，眼睛则有些发蓝，二十岁出头的年纪。她们心里狐疑，不知他是个什么来历，谁也不提打牌的事，那两个也像忘了来意似的，尽是说些无关的事情，她们也只得跟着敷衍。话说到一半，那萨沙忽然煞住话头，很柔媚地笑了一下，说：现在开始好不好？这么突如其来，又直截了当，倒把她俩怔了一下，尤其是严师母，就像抓赌的已经在敲门了似的，红了脸，张口结舌的。萨沙将桌上的毯子打开铺好，把麻将扑地一合，牌便悄无声息地尽倒在桌上。于是，四个人东南西北地坐下了。说是不会，可一上桌全都会的，从那洗牌摸牌的手势便可看出。那牌在手间发出圆润的轻响，严师母眼泪都要涌上来的样子，过去的时光似乎倒流，唯一的陌生是那萨沙，是严师母牌友中的新人。

或是由于萨沙的缘故，或是由于紧张，麻将似乎并没有带来预期的快乐。说话都是压低了声，平时聊天打扑克的活跃这时也没了。一个个神情严肃，不像是玩牌，倒像是尽什么义务。毛毛娘舅不得不在严师母她们和萨沙之间周旋，好使双方稔熟起来，不觉也累了。反是萨沙这个生人，并不觉得有什么拘束，还有几句玩笑话，和这晚的压抑沉闷唱着反调。要不是他的普通话给她们官腔的感觉，心生隔膜，气氛便可好得多。他的玩笑也使她们不惯，其中有目空一切的味道，还有理所当然的味道，叫人不由得自谦自卑。但因他的礼貌和斯文,还不致使人反感。虽然他是这样文弱年轻又知礼,却给这里带来一股凌驾于一切的空气,好像他才是真正的主人。王琦瑶看见,毛毛娘舅有些奉迎萨沙,这叫她十分不悦,为毛毛娘舅委屈。她心里盼着这场麻将早点结束,各自回家了事。她本来准备有水果羹作夜宵的,如今也没兴致了。而严师母一旦真的坐到麻将桌前,畏惧便上心头。她始终心跳着,一会儿担心有人上楼来打针,一会儿生怕严先生找她,神不守舍,从头至尾就没和过一副,兴致也淡了。毛毛娘舅本就是陪太子读书,可有可无,见大家不起劲,自然也是盼着早散。只有萨沙有热情,大都是他和,别人家的筹码都到了他面前。到头来,萨沙不是毛毛娘舅找来陪她们打牌,而是那三个人陪萨沙打牌。终于东南西北风地打完十六圈,严师母说再不回去,严先生要发火了。毛毛娘舅也顺水推舟地说要回去。王琦瑶嘴上留客,心里却松了口气。萨沙意犹未尽,说才开始怎么就结束了?这时,隔壁无线电正好报时,报了十一点。大家都不相信地说:怎么这样晚了?严师母感叹道:打麻将是最不知道时间的了。这时,她却有些依依不舍的。他们和来时一样分两批走,严师母先走。过一会儿,毛毛娘舅和萨沙再告辞。弄堂里已经一片寂静,他俩自行车的钢条声,嗞啦啦地从很远处传来。

下一回毛毛娘舅来,严师母和王琦瑶就责怪他请了萨沙这位牌友,显见得与他们不是一路人,能靠得住吗?且又无话可说的。毛毛娘舅说这个萨沙是他的桥牌搭子,很要好的。他的父亲是个大干部,从延安派往苏联学习,和一个苏联女人结了婚,生下他,你看,"萨沙"这名字不就是苏联孩子的名字?后来,他父亲牺牲了,母亲回了苏联,他从小在上海的祖母家生活,因为身体不好,没有考大学,一直待在家里。听了萨沙的来历,那两位心里更加害怕,毛毛娘舅却笑了,也不与她们解释,只说尽管放心。到了下一回,他还是把萨沙带来,尽管有戒心,可经不起一回生二回熟。萨沙又是那么有趣,见多识广,虽然是另一路的见识,也是叫人开眼界的。他的普通话则是另一路的生动,消除偏见之后,也是日见有趣。他性情随和,虽然是占了优势的,毕竟是真心想搞好关系。他的牌也打得不错,还有一些风度。总之,作为一个牌友,萨沙当之无愧。

9. 下 午 茶

后来,萨沙不仅晚上来打牌,下午不打牌的时候,他也会跟了毛毛娘舅一起来玩。这时,他们聚集的地点,已从严家移到王琦瑶处。一是因为有人上门打针,二也是因为王琦瑶处更随意一些,严家的排场毕竟叫人受拘束,连严师母自己,似乎都是喜欢王琦瑶处胜过自己家的。现在,他们也有些少不了萨沙似的,有一段时间不来,就要问起。四个人都到齐,即使不打麻将,也有许多事好做。桌上那盏酒精灯,成日价点着,一苗蓝火,像个小精灵在舞蹈。每一回来,王琦瑶总备好点心,糕饼汤圆,虽简单,却可口可心的样子。也有时是严家师母叫张妈去乔家栅、王家沙买了送来。毛毛娘舅则专门负责茶叶和咖啡。渐渐地就成了习惯,本是为聚而吃点心,现在是为点心而聚的。萨沙总是空手而来,饱腹而去,人们都以为自然,并不计较。可是有一天,别人都来了,他还不来,只当他临时有事,不会再来,便就喝茶吃点心聊天,开始觉着有些冷清,渐渐也就忘了。时间依旧不知不觉过去,天色已黑。正想着散的时候,忽听楼梯上噔噔的脚步声响,萨沙气喘喘地一头撞进,满头大汗的样子。他手里拿着一个大报纸包,放在桌上,一层层地打开,里面是一个大圆面包,散发出热气和香味,边缘是酥脆的焦黄,显然是刚出炉。萨沙不等气喘定便解释说,这是他请一个苏联朋友烘烤的面包,正宗的苏联面包,本以为能赶上下午茶,没料到做面包竟那么复杂,直到这时才出烤箱。这时的萨沙,像大孩子似的,又天真又真诚。大家都受了感动,从此与萨沙更亲近,下午茶也成定规,一周至少要有两回。

到了说好的这一日,王琦瑶总要把房间整理一遍,将女人家的东西收好,桌上放一些平日就买下的零食,山楂片芒果干之类的。她还特地去买了一套茶具,镶金边带盖带托的茶碗,这时也一边一个地安置好。点心是前一回就说好由谁负责,因是在她这里,总是由她准备的多,虽是增加开销的,她也情愿。毛毛娘舅买茶叶咖啡,可有几次却是带了桂圆红枣还有莲心来的。王琦瑶体会到他的用心,惊讶也感激他的细致和善解。萨沙自从带过一次苏联面包之后,就没什么新的创举了。严师母让张妈去买了几回点心,因觉得周折麻烦,便疏懒下来。但她也感到都由王琦瑶一人负担不妥,就提出一个凑份子的方案。王琦瑶却坚辞不受,说本来有趣的事,这样一来,公事公办似的,就没意思了,要不,大家往后都别来了。她这样一说,严师母也不好再坚持。这时,毛毛娘舅出了个主意,他说,往后打麻将不应空算筹码,要有些输赢,输的拿出来,充入公账,就作点心的开销,这样,打牌还有些刺激,也更有意思了。严师母和萨沙都赞成,王琦瑶见大家都说好,反对不免扫兴,也拂了毛毛娘舅的好意,便同意了。从此,打一次麻将,总有一两块钱的收益,全交给王琦瑶操办茶点。王琦瑶不敢含糊,专门用个本子记账,每一笔进出都写明日期、数目和用途,详细而清楚。虽然谁也不看的,为的是自己心里有数。这样一来,别人便都撒手不管,全由王琦瑶一个人操办。她动足脑筋,努力翻新花样,总能给大家一个出其不意。有时实在想不出了,就和毛毛娘舅商量。后来,干脆每一回都要请教毛毛娘舅。毛毛娘舅也不推辞,不仅出点子,还出力气,买这买那的。那严师母和萨沙只管带了一张嘴来,说话和吃喝。

在萨沙带来苏联面包之后,他带来了那个做面包的苏联女人。她穿一件方格呢大衣,脚下是翻毛矮靴,头发梳在脑后,挽一个髻,蓝眼白肤,简直像从电影银幕走下来的女主角。她那么高大和光艳,王琦瑶的房间立时显得又小又暗淡。萨沙在她身边,被她搂着肩膀,就像她的儿子。萨沙看她的目光,媚得像猫眼,她看萨沙,则带着些痴迷,萨沙帮她脱下大衣,露出被毛衣裹紧的胸脯,两座小山似的。两人挨着坐下,这时便看见她脸上粗大的毛孔和脖子上的鸡皮疙瘩。她说着生硬的普通话,发音和表达都很古怪,引得他们好笑。每当她将大家逗笑,萨沙的眼睛就在每个人的脸上扫一遍,很得意的样子。无论王琦瑶还是严师母,她都叫"姑娘",每叫一次,这两人就要红一阵脸,再笑一阵。她胃口很好,在茶里放糖,一碗接一碗。桂花赤豆粥,也是一碗接一碗。桌上的芝麻糖和金橘饼,则是一块接一块。脸上的毛孔渐渐红了,眼睛也亮了起来,话也多了,做着许多可笑的表情。他们越笑,她越来劲,显见得是人来疯,最后竟跳了一段舞,在桌椅间碰撞着。他们乐不可支,笑弯了腰。萨沙拍着手为她打拍子,她舞到萨沙跟前,便与他拥抱,热烈得如入无人之境。他们便偏过了头,吃吃地笑。闹到天黑,她还不想走,赖在椅子上,吃那碟子里芝麻糖的碎屑,舔着手指头,眼睛里流露出贪馋的粗鲁的光。后来是被萨沙硬拉走的。两人搂抱着下楼,苏联女人的笑声满弄堂都能听见。这时,房间里有些狼藉的,桌椅都乱了,台布上到处是茶渍和糖渍。剩下这三个人也都笑累了,懒在沙发上不想动。屋子里暗下去,也忘了开灯,任它暗去。

这样的下午茶的节目,也不可多得,大部分是平静度过。下午的太阳一点一点过去,光线柔和下来,话都说尽了,只是将眼睛看来看去,还有些未尽的意思。散了之后,王琦瑶也无心烧晚饭,将剩下的东西,无论是甜还是咸,胡乱热一热就打发了。这种热闹过了之后的夜晚,人有着说不出的散淡与无聊,做什么都提不起劲,都觉得没有意思。人来过又走了的房间里,显得格外空廓和静,掉一根针都能听见的样子。于是,千头万绪涌上心头。这真是愁烦的夜晚,总是难眠,月光都是搅人的。王琦瑶甚至盼着有人来打针,将酒精灯点起,有一些声色似的。她找一些针线来做,等找出来了又没了兴致,毛线团滚到沙发底下也不知道。她看晚报,看几遍都不了解说的什么。她对了镜子刷头发,也不知镜里的人是谁。心里的念头都是没头没尾不成章不成句。她拿一个分币在桌上掷着,却说不准要的是哪一面,卜的是哪一桩事情。她也用扑克牌通五关,通了还是没通也是不懂。窗外面弄堂里,"小心火烛"的巡夜声又响起了,梆子换了摇铃。那铃声凛冽得多了,在夜晚的平安里,一音独响。这一般寂寥,是要挨到下一次的下午茶。下午茶有多热闹,夜晚就有多难耐,非要将这热闹抵消掉似的,甚至抵消掉还不算,再要找回来一些,才罢休的。为消除寂寥,她又去看第四场电影。第四场电影是这城市残留的一点夜生活了,是这不夜城还未冥灭的一点芯。第四场电影已经坐不满了,余着一半座位,也是寂寥。回来的路上是人意阑珊加寂寥。这不夜城如今到处写着"夜"字,梧桐树影是夜色,候车的人满脸都是夜色,电车进场当当地敲着夜声,路灯霓虹灯全是夜的眼。不过,这城市再是夜,也有一些萌动的挣扎的光,河的暗流似的。全身心去注意,才可觉察出来。

现在,下午茶的前一日,毛毛娘舅还须来一次,和王琦瑶商量怎么安排茶点，商量好了，就由毛毛娘舅去采买东西。有时商量晚了，到了吃饭时间，王琦瑶便不让走，又去叫来弄底的严师母，三个人一起吃顿便饭。后来，到了这一日，严师母自己就来了，萨沙也参加进来。于是，下午茶之前又多了顿聚餐，麻将的赌注就高上去了一些，而且，这麻将还不打不行了似的。别人倒无所谓，只萨沙有些躲的，两回只来一回，另一回就说有推不掉的事。谁也不说，可心里却明白。王琦瑶还发现，毛毛娘舅有意地让萨沙吃牌，还有意地出冲，有和也不和的。王琦瑶知道他是要多出钱，又怕别人不接受，就用这个输的方式。想到这些，一边鄙夷萨沙，一边赞赏毛毛娘舅。有一回，她晓得毛毛娘舅早在听和，也推断出他听的是哪一张牌，正巧手里有一张，便往桌上"啪"地一放，还看他一眼。毛毛娘舅犹豫了一下，吃进了，果然和了，还是副大牌。王琦瑶见自己猜对了牌，又见他领自己的情，比自己和牌还兴奋。不料那萨沙却将她的牌翻下一看，说：你怎么拆对子给他牌，是有意放冲吧！王琦瑶赶紧把牌抹了，说她半路想做清一色，这一对就不想要了。心里却说，你不知吃了人家多少放冲的牌，倒不说。严师母则有些不高兴，说：打牌就要按规矩来，不许有私心的。听她这么说，王琦瑶便窘了，再次申辩没有放冲这回事，自己也正后悔拆对呢！接下去，大家就有些沉默，都藏着些气的，勉强打完四圈，便散了。下一次，毛毛娘舅来商量茶点时，王琦瑶心里还是上天的事，见了他就说：萨沙这个人是男人，倒比女人还心胸窄小。毛毛娘舅就说：萨沙也可怜，没工作，又爱玩，拿了些烈属抚恤金，不够他打台球的。王琦瑶还是气，说我不是为钱，是为公平，本来我就说不用设公账，也不是多么大的花销，后来是为了好玩才做出这出钱入账的规矩。毛毛娘舅笑了，说：怎么这样大的气，我代萨沙向你道歉。王琦瑶说：我不光是为萨沙。毛毛娘舅就说：我也代我表姐道歉。王琦瑶听了这话,眼圈倒有些红了,想这毛毛娘舅真是心细如发,什么都明白。想说什么又没说,这时,严师母倒上楼来了。她一进门,往椅上一坐,开口就说,萨沙这个人真是不上路!也是声讨的样子。王琦瑶和毛毛娘舅不由相视一眼,都笑了。

这天讨论下午茶,毛毛娘舅提出新建议:到国际俱乐部喝咖啡,由他做东。王琦瑶知道他是为了缓和矛盾,心里想他用心虽然良苦,但天下哪有不散的筵席?第二天上午,王琦瑶抽空去理发店吹了头发,中午饭提早吃了,洗过碗,就化妆更衣。她很淡地描了眉,敷一层薄粉,也不用胭脂,只涂了些口红。她本想穿旗袍,外罩秋大衣,又觉得过于隆重了,还好像故意去比严师母。所以就穿了薄呢西裤,上面是毛葛面的夹袄,都是浅灰的,只在颈上系一条花绸围巾,很收敛的花色。刚停当,就听见张妈叫她的声音,说三轮车已在严家门口,让她去上车。她拿着手提包便下了楼,弄底果然停了辆三轮车,严师母正往外走。她穿一件黑的薄呢大衣,很见身份的装束,妆也化得恰到好处。王琦瑶走过去也上了车,车子慢慢地出了平安里。太阳很红,梧桐叶疏落了,天空便显得高朗。王琦瑶忽有些恍惚,觉得身边这人不是严师母,而是蒋丽莉。蒋丽莉这名字从心头一掠而过,就冥灭了。她觉着脸有些干,像要脱皮似的,嘴唇也干。太阳晃着眼,眼皮是重的,睡肿了的感觉。三轮车从街面骑过,橱窗一帧一帧拉洋片似的过去。电车在轨道上缓缓地转过弯,又当当地向前。

毛毛娘舅和萨沙一起等在国际俱乐部门前。萨沙也是主人的样子,见面就说和毛毛娘舅一起做东。然后,他们在前边带路,引进了大厅。地板光可鉴人,落地窗外是深秋枯黄的草坪,花坛里还有菊花盛开着,有一种苍劲的鲜艳。厅内有低低的圆桌,铺了白桌布,四边是沙发椅。刚落座,就有白西装红领带的侍应生过来问要什么。萨沙擅自做主地点了好几样。毛毛娘舅并不插话,只赞许地笑。两个人都是胸有成竹的样子,到头总归是毛毛娘舅付账。王琦瑶心里说:萨沙的刁滑原是让这些人给宠出来的。一边把眼睛掉过去,看墙上莲花状的壁灯。热水汀烧得很热,有些红头涨脸的,很后悔没有穿单薄些,外套秋大衣,可穿可脱的。不知自己为什么没有想到,也是因为许久不来这样的地方,倒成个乡巴佬了。咖啡和蛋糕上来了,细白瓷的杯盘,勺子和叉是银的,咖啡壶也是银的。有人走过看见毛毛娘舅和萨沙,便同他们打招呼。毛毛娘舅向他介绍严师母和王琦瑶。那人就对严师母说:严先生近来还好吗?原来也是认识的,只是拐了个弯。他们几个嘘寒问暖地说着,王琦瑶则是个局外人了。她把脸又掉过去看墙边一盆万年青,已结了红果。这时候,厅里的桌椅都坐满人了,侍应生穿行着,上空弥漫着咖啡的香气,是热腾腾的景象。王琦瑶是这热腾腾中的冷清,穿着不合时宜的衣服,且又插不进嘴。她有些嘲笑自己,为什么要来这个地方,自找没意思。

那过路人干脆拉过一把沙发椅坐下不走了。自己挥手召侍应生来要了一份咖啡糕点,几个人像有说不完的话似的。毛毛娘舅侧过身,悄声对王琦瑶说,这人也是同他们一起打桥牌的,牌打得不怎么样,因此也没有固定的桥牌搭子,却特别爱好,谁肯同他打,他愿意请客的,今天,他又有请客的意思了。王琦瑶知道毛毛娘舅是在照顾她,不叫她受冷落,可却更叫她觉得是局外人了。这时,那人向这边转过来,问他们赏不赏脸,去红房子吃大餐。严师母和萨沙已经答应了,毛毛娘舅则征询地看着王琦瑶。王琦瑶欠了欠身,说,今天有几个预约打针的,她必得晚饭前回去,恕不奉陪了。严师母说:今天你有什么预约?我怎么不知道,不许走的。萨沙也嚷着不让走,说要走大家都走。毛毛娘舅虽不劝她,却问那几个预约的人家中有没有电话,通知晚一些时间再来。王琦瑶知道他是给自己台阶下,也是挽留的意思,就说等会儿再说吧。大家以为她是答应了,不料过一会儿她却起身告辞了,态度很坚决,谁也留不住。严师母真的生气了,说她不给面子。王琦瑶嘴里说抱歉的话,心里却想:严师母的意思其实是说她不识抬举。

毛毛娘舅送她出去,外面的天已有了暮色,风也料峭,幸好有浑身的热顶着,还不觉怎么冷。毛毛娘舅低着头,一句话也不说,她便找些话来问,问俱乐部有些什么好玩的,花销大不大,诸如此类的问题。穿过甬道,到了大门口,她说:毛毛娘舅你进去,外面这样的冷。毛毛娘舅却像没听见似的,突然说了一句:我本来是为大家高兴。他没再说下去,可王琦瑶全懂了,不由心里一动,想这人是什么都收进眼里的。这时,有一辆三轮车过来,她叫住了,头也不回地上了车。

10. 围炉夜话

天冷了,王琦瑶和毛毛娘舅商量在房间里装个烟囱炉取暖,大家来打牌喝茶,也不必缩手缩脚了。毛毛娘舅很同意,说着就要去买炉子和铅皮管,王琦瑶拿钱给他,他怎么也不要,说明明是大家受益,怎能让她一个人破费。第二天,毛毛娘舅就带了一个工人来了。那工人骑着黄鱼车,车上装着东西,毛毛娘舅指示他炉子安在什么位置,怎样通出烟囱,又朝哪个方向出烟,不到半天便完工了。因管子接得严密,一丝烟都不漏的,火还上得特别快,中午饭就在炉子上烧的。房间里暖和起来,飘着饭菜的香。王琦瑶又在炉膛里埋了块山芋,不一会儿,山芋也香了。下午来喝茶时,点心也不要了，围着炉子烤那山芋吃，都成了孩子似的。还抢着加煤球，人多手杂的，险些儿弄灭了，赶紧再添劈柴，火才又旺了起来。渐渐地天黑下来，屋里暗了，炉火映着人的脸，都有些变形，做梦似的，还像幻觉。似乎是为了同这炉子作对照，第二天就下起了雪，不是江南惯常的雨夹雪，而是真正的干雪，在窗台屋顶积起厚厚一层，连平安里都变得纯洁起来。

这是一九五七年的冬天，外面的世界正在发生大事情，和这炉边的小天地无关。这小天地是在世界的边角上，或者缝隙里，互相都被遗忘，倒也是安全。窗外飘着雪，屋里有一炉火，是什么样的良宵美景啊！他们都很会动脑筋，在这炉子上做出许多文章。烤朝鲜鱼干，烤年糕片，坐一个开水锅涮羊肉，下面条。他们上午就来，来了就坐到炉子旁，边闲谈边吃喝。午饭，点心，晚饭都是连成一片的。雪天的太阳，有和没有也一样，没有了时辰似的。那时间也是连成一气的。等窗外一片漆黑，他们才迟疑不决地起身回家。这时气温已在零下，地上结着冰，他们打着寒噤，脚下滑着，像一个半梦半醒的人。

围炉而坐，还滋生出一股类似亲情的气氛。他们像一家人似的。王琦瑶和严师母织毛线，毛毛娘舅和萨沙就为她们拿着毛线团，负责放线。她们一人一把汤匙在炉上做蛋饺，他们则把做好的蛋饺一圈圈排在盆里，排出花朵和宝塔的样子。他们说话也有些随便，开着玩笑。他们开玩笑的对象总是萨沙；把那苏联女人作材料，问他是不是永久性地吃苏联面包了。萨沙便说：苏联面包还可以，苏联的洋葱土豆却吃不消。大家听出他话中隐晦的意思，又是笑又是骂。萨沙厚着脸说，诸位若有兴趣，他可以提供苏联面包，但是要搭洋葱土豆。他们又骂他，他就委屈地说：这是资产阶级向无产阶级发起进攻。王琦瑶不平了，问：谁是资产阶级？要说无产,她是第一个无产,全靠两只手吃饭。萨沙便说:那你不帮我倒帮他们,我和你是一伙的呀!严师母说:产业都给了你们无产阶级,如今我们才是真正的无产,你们却是有产!王琦瑶说:我任凭有产无产也不帮你萨沙的,我们是吃中国饭,你是吃苏联面包,才是真正两路的人。严师母和毛毛娘舅都拍手称对,萨沙便做出可怜的样子,说他们联合起来欺他没爹没妈。听他这一说,别人还真惭愧起来,纷纷抚慰他。他却一把拉住王琦瑶的手,涎着脸说:让我叫你一声妈吧!王琦瑶甩开手,唾他一口道:你是拿亲爹亲妈都来取笑的。大家便笑,见他无所谓的样子,也就趁着开玩笑一味地追问。萨沙说:这有什么奇怪的,一句话,天要下雨娘要嫁。大家更是开怀。笑归笑,心里不免要把萨沙看轻,想他可算得上半个瘪三的。

萨沙见他们乐不可支,心里也是好笑,他暗暗说:看你们这些资产阶级,社会的渣滓,浑身散发出樟脑丸的陈旧气,过着苟且偷生的生活!可他确也喜欢他们,一是他们可提供他吃的,简直是变化无穷,层出不尽的吃的花样。萨沙有一张好嘴,大约也是肺结核的后遗症之一。他特别爱吃,没个够的时候,因为吃得多,便练出了品位。他是能吃出王琦瑶这里的好处的。他喜欢他们,二是他们可帮他消磨时光。正和他的没有钱相反,他的时间真是多得吓人,早上睁开眼就在想着如何打发时间。他们是一群和他时间一样多的人,且还挺有趣,有着另一路的见识,大可充实他的社会经验。萨沙是个重视经验的人,经验可帮助他去了解这个世界,在这世界里弄潮的。因为他们这两样无可取代的好处,萨沙便也愿意付出些代价。其实他也不把他们当真,趁着势胡来,什么样的浑话都敢出口。这些浑话里且有着些真货色,一股脑儿夹带出去,叫他们不收下也收下。什么叫作混,这就叫作混。一日复一日地厮混着,真中有假,假中有真的。知道的装不知道,不知道的装知道。太阳从东到西,再从西到东,月亮也是这样。这城市的夜和昼就是这么来去着。

有一日,大家又逗萨沙,要给萨沙介绍女朋友。萨沙谁也不要,只要严家女儿。严师母说她女儿还小得很,他就说情愿等,等白了头也不悔的。严师母说这样你就要叫我丈母娘了。萨沙说:有严师母做丈母娘很光荣。大家简直笑得不行,砂锅里的汤烧溢了,嗞嗞响着,汤里的蛋饺肉丸上下翻滚,也是乐开花的样子。萨沙忽而正色道:我倒是想给一个人做个介绍。大家问谁,萨沙说:就是他。将手指向毛毛娘舅。那两个就笑着问介绍的又是谁,心里却有些忐忑,想这人什么话都可说出口。萨沙笑而不答,她们就逼着,萨沙说:你们会骂我。在场的都有些心跳,脸上也有些绷起,却依然笑着,还是催问。萨沙说:你们保证不骂我?这时候,人们心里都有些明白,三个人脸上都有些异样,笑也勉强了。王琦瑶说:当然是要骂的,狗嘴里还能吐出象牙呀!萨沙说:这样说,王小姐已经知道我说的是谁了,要不怎么说一定要骂呢?王琦瑶不想一下子被他套住,窘得脸唰地红了,笑也挂不住了,带着几分真地说:你哪一句话不是找骂?萨沙还是涎着脸:要是说出来不骂呢?王琦瑶就有些气急交加,手里的瓷勺重重一放,那勺柄竟在砂锅沿上断了,气氛陡地紧张起来。这一日,无论萨沙再说了多少自轻自贱的话,毛毛娘舅再是及时及境地应和,却也缓不回来了。勉强坐到傍晚,屋里还没暗,便散了。外面正在化雪,叫人踩得东一摊西一摊,淌着污浊的泥水。天已经晴了,出奇地明亮着,彼此能看见脸上的毛孔似的。王琦瑶将大家送到楼下,互相说着再见的话。那热烈中都是存了心的,显出些虚张声势。

过后的一日,严师母私下和毛毛娘舅说,王琦瑶也忒没意思了,萨沙明明是开玩笑,有什么了不得的事,发这样的火,弄得大家都下不来台。毛毛娘舅息事宁人地说,王琦瑶也并没有发火,失手打碎了汤勺,也是常有的事。严师母说:我又不是指她弄断勺子的事,我是觉着,萨沙开玩笑是无意,她倒是有心。说罢,还往她表弟脸上看了一眼。毛毛娘舅有些不自然,笑着说:我看是表姐你多心,什么事情也没有的。严师母哼了一声:其实你心里都是知道的,你是聪敏人,我也不多说,我只告诉你一声,如今大家闲来无事,在一起做伴玩玩,伴也是玩的伴,切不可有别的心。毛毛娘舅笑道:表姐你说我能有什么心?严师母又哼了一声:你保证你没有别的心,却不能保证旁人没有。听她这话似是不肯放过王琦瑶的意思,又不便为她作辩解,就只有不作声。严师母见他沉默不语,以为是听进了她的劝告,便缓和下来,说道:你在表姐我这里玩,要出了事情我怎么向你爹爹姆妈交代。毛毛娘舅说:我这样一个大人,能出什么样的事情。严师母就点了他的额角说:等出了事就来不及了。两人说罢就下楼去王琦瑶处,到了那里,见萨沙早来了,在烤火,一双白瘦的手,在炉上烙饼似的翻着。王琦瑶在一边灌开水,两人没事人一样,有一句没一句地搭讪。阳光照进来,房间便有些灰的,有无数尘屑在飞舞。严师母和毛毛娘舅也围炉坐下,将那日的不快尽数忘记,开始新的一日。

临近过年,王琦瑶在炉边用一盘小磨磨糯米粉。她前一夜就将糯米泡上,这时米粒就胀得很鼓。萨沙自告奋勇往磨眼里舀米,半勺水半勺米的。毛毛娘舅摇磨,王琦瑶则用石臼舂芝麻,严师母什么也不做,只在嘴里发指令。房间里洋溢着芝麻的香气,恨不能立刻就进嘴的。这时,萨沙体味到一种精雕细作的人生的快乐。这种人生是螺蛳壳里的,还是井底之蛙式的。它不看远,只看近,把时间掰开揉碎了过的,是可以把短暂的人生延长。萨沙有些感动,甚至变得有些严肃,很虚心地请教为什么要水浸了糯米磨粉的道理,还请教做黑洋酥的方法。她们便一一解释给他听,他一下子成了个乖孩子,人们把他以往的淘气都原谅了。她们向他约定过年时做种种好东西给他吃,糖年糕、炸春卷、核桃仁、松子糖,一件件,一宗宗,如数家珍一般。萨沙想:这真是一个吃的世界啊,每天忙着做忙着吃就不够的。他不禁感叹地念道:谁知盘中餐,粒粒皆辛苦!严师母哧一声笑了,说这还只是辛苦的一半呢,还有身上衣的另一半,只怕你萨沙听也没有听说过。一说起衣服,那话就更没得完了。王琦瑶和严师母一人一件地说,眼前像有羽衣霓裳在飞舞。萨沙听得忘了手里的事情,那磨就一圈圈地空转,摇磨的毛毛娘舅也是出了神的。那穿是针针线线、丝丝缕缕织成的世界,多少的心细如发,才可连成周身的美轮美奂。严师母无限感慨地说:要说做人,最是体现在穿衣上的,它是做人的兴趣和精神,是最要紧的。萨沙就问:那么吃呢?严师母摇了一下头,说:吃是做人的里子,虽也是重要,却不是像面子那样,支撑起全局,作宣言一般,让人信服和器重的,当然,里子有它实惠的一面,是做人做给自己看,可是,假如完全不为别人看的做人,又有多少味道呢?说到这里,严师母不觉有些伤感,声音低了下来。方才还是热烈的劳动场面,这时也沉寂了,磨和石臼发出空洞的声响。芝麻的香气浓得腻人了,乳白的米浆也是腻人的颜色。墙壁和地板上沾着黑色的煤屑,空气污浊而且干燥,炉子里的火在日光下看来黯淡而苍白。一切都有着不洁之感。这不洁索性是一片泥淖倒也好了,而它不是那么脏到底的,而是斑斑点点的污迹,就像黄梅天里的霉。

不过,天黑却将这些遮住了。暮色流进窗户,像是温暖和稀薄的液体,一切都蒙上了一层膜。物体、空间、声音和气息,全变得隔膜、模糊,不很确定。唯有那炉膛里的火,陡地鲜明起来,热烈起来，激励人的身心。这是火炉边最温情脉脉的时刻，所有的欲望全化为一个相偎相依的需求，别的都不去管它了。哪怕天塌地陷，又能怎么样呢？昨天的事不想了，明天的事也不想了，想又有什么用呢？他们剥着糖炒栗子的壳，炒栗子的香也是深入肺腑。他们说着最最闲来无事的闲话，每一个字都是从心底里吐出来，带着肚腹间的暖意。他们在炉上放了铁锅，炒夏天晒干的西瓜子，掺着几颗大白果。白果的苦香，有一种穿透力，从许多种有名或无名的气息中脱颖而出，带着点醒世的意思，也不去管它。他们全都不计前嫌，好得像一个人似的，弄不懂为什么要彼此生隙，好都好不过来了。他们简直是柔情蜜意，互相体谅得要命，这真是善解的时刻，除了善解又能做什么呢？外面的冷和黑，都是在给这屋内加温加光的，雪还是不要化的好，要是化尽了，这炉火便也差不多到时候了。他们还是说话，轻言慢语，说的什么，都是说过就忘，这才是心声呢！无痕无迹，却绵绵不尽。他们说的不外乎是炒栗子的甜糯，瓜子的香，白果的苦是一笔带过。他们还说糯米圆子的细滑，酒酿的醇厚，还有酒酿汤里的嫩鸡蛋。好了，天已黑到底了，再黑下去便要亮起来；知心话儿也说到底了，再说下去难免又要隔起来。他们嘴里说着走、走的，就是不走，挪不动脚步似的。他们一边说明天见，一边心里不愿意今夜结束，明天再好，也是个未知未到。今夜就在眼前，抓一把则在手中。给时间做个漏真是对得没法再对，时间真是不漏也漏，转眼间不走也要走。

他们的白天都是打发过去的，夜晚是悉心过的。他们围了炉子猜谜语，讲故事，很多谜语是猜不出谜底的，很多故事没头没尾。王琦瑶说，他们这就像除夕夜的守岁，可他们天天守，夜夜守，也守不住这年月日的。毛毛娘舅说，他们是将夜当成昼的，可任凭他们如何唱反调，总还是日东月西。严师母说他们还像守灵，不过那死去的人是上几辈的高祖,丧事当喜事的。萨沙说他们像西伯利亚的狩猎者,到头却是一场空。他们各形容各的,总之都是爱这样的夜晚,有许多吃食在炉上发出细碎的声音和细碎的香味,将那世界的缝隙都填满的。这世界的整块砖和整块石头,全是叫这些细碎的填充物给砌牢的。他们在炉边还做着一些简单的游戏,用一根鞋底线系起来挑棚棚。那线棚棚在他们手里传递着,变着花样,最后不是打结便是散了。他们还用头发打一个结,再解开,有的解开,有的折断,还有的越解结越紧。他们有一个九连环,轮流着分来分去,最终也是纠成一团或是撒了一地。他们还有个七巧板,拼过来,拼过去,再怎么千变万化,也跳不出方框。他们动足脑筋,多少小机巧和小聪敏在此生出,又湮灭。这些小东西都是给大东西做肥料的,很多大东西是吃着小东西的尸骸成长的。可别小看这些细碎的小东西,它们哪怕是这世界上的灰尘,太阳一出来,也是有歌有舞的。

第 三 章

11. 康 明 逊

在这些混沌的夜晚里,人心都是明一半,晦一半的。毛毛娘舅,也就是康明逊,是王琦瑶心里的那一半明,也是那一半晦,虽是不敢想,却还是要去想。有一次,只有他们俩时,王琦瑶便问:康明逊何日婚娶呢?康明逊笑道:有谁家女儿肯嫁我这样无业的游民?王琦瑶也笑道:这才是得了便宜又卖乖呢!康明逊这样的人品、家底和门第,谁家女儿娶不到?康明逊就说:那么王小姐替我介绍一个。王琦瑶说:与你相配的人家,可不是我辈能够结识的。康明逊便也学了她先前的口气道:这才是得了便宜又卖乖呢!像王小姐这样的仪态举止,一看就是出自上流的社会,倒不是我辈可攀比的了。王琦瑶说:你这不是嘲笑我们小家小户的女儿吗?康明逊说:受嘲笑的分明不是你而是我。两人这么一句去一句来地斗嘴,康明逊虽然有问必有答,王琦瑶却没有听出她想要的意思,倒有人来了。再有一次,也是只他们俩在,康明逊问了同样的问题:王小姐佳期何时呢?王琦瑶也学着上回康明逊的口气:谁能娶我这样的。但不待她说出"这样的"是怎样的话来,却突然地缄了口。康明逊再要问,竟看见她眼里的泪了,赶紧地问:有什么不对,千万包涵,不知者不为罪的。王琦瑶摇头不语,停了一会儿,才又说了一遍:

有谁能要我这样的呢？康明逊就说：你这样的又怎样呢？王琦瑶反问：你说怎样呢？康明逊说：锦上添花。她说：你又嘲笑我。康明逊说：分明是你嘲笑我。这回，是康明逊挑起的问话，王琦瑶等着他追问到底，不料却没有问到她想要答的意思。

王琦瑶和康明逊的问与答，就像是捉迷藏。捉的只是一门心思去捉，藏的却有两重心，又是怕捉，又是怕不来捉，于是又要逃又要招惹的。有时大家都在的时候，他们的问与答便像双关语的游戏，面上一层意思，里头一层意思。这是在人多的地方捉迷藏，之间要有默契，特别的了解，才可一捉一藏地周旋。渐渐地，他们有了一些两人才知的用语，很平常的，在他们却另有一番意思，是指鹿为马的。他们能心领神会，还能于无声处听真言。别人都蒙在鼓里，他们自己也不挑明，说了也当没说。那回萨沙开玩笑要给康明逊介绍女朋友，着实把他俩唬了一跳，不怪王琦瑶要着急，把那瓷汤勺的柄也敲断了。过后严师母同她表弟的一番话，也叫康明逊慌神，说的话里到处是漏洞。不过显见得是虚惊一场，后来什么事也没有，再没有人提了。倒是王琦瑶自己向康明逊提了一回，问萨沙要给他介绍的女朋友到底是谁。康明逊说：我怎么知道，要问应当去问萨沙。她说：萨沙一定是有所指，你心里当然清楚。康明逊说：既是这样想知道，当时为什么不让萨沙说，千方百计堵住他的嘴？王琦瑶又急了，说她并没有堵萨沙的嘴，萨沙嘴里吐的什么，与她又有何干？康明逊便说：与你无干，又追着问他干吗？王琦瑶一听这话，就好像揭开了伤疤，又痛又羞，脸都红了，憋了一会儿才说：反正你们是一伙，天下乌鸦一般黑的。康明逊说：要分敌我的话，萨沙才是另一伙，是吃苏联面包的。王琦瑶只好笑了，两人就算和解了。其实是兜了个圈子，又回到原地，因为方才兜远了，回到原地时便觉着近了一步似的，是个错觉。

错觉也有错觉的好处,那是架虚的一格。而这架虚的一格上兴许却能搭上一格实的,虽是还要退下来,但因有了那实的一格,也不是退到底,不过是两格并一格,或者三格并一格,也就是进两步退一步的意思吧!这就像是舞步里的快三步,进进退退,退退进进,也能从池子的这边舞到那边,即使再舞回来,也有些人事皆非似的。一支舞曲奏完,心里便蓄了些活跃和满足。与康明逊捉迷藏,王琦瑶有一些是错觉,也有一些是有意将对当错,将错就错。她明知是错,还是按着错的来,倒叫康明逊没办法了。有时候,王琦瑶将她与康明逊叫作我们,严师母和萨沙叫成他们,虽然也是混着叫的,不定是特别的意思,康明逊心里也会一跳,不知这样是好是坏。有一回,他说:王琦瑶,你怎把我表姐算作萨沙的人了,她又不吃苏联面包。王琦瑶笑道:他们不是丈母娘和女婿吗?怎么不是一家人?大家都笑。王琦瑶这么解释,康明逊也不知是称心还是不称心。这时候,他们俩又有些像三岔口了,又要摸着对方,又怕被对方摸着,推来挡去地暗中对付,也是用错觉做文章。这文章有些连篇累牍,重复冗长。事后,两个人一处时,王琦瑶还得再回一回:你为什么问我把你表姐推给萨沙?康明逊再进一步问:你问我这个做什么?有些纠缠不清,还啰里啰唆。把个问题连环套似的,一个一个接起来。还像那种武术里的推手,一推一让,看似循环往复,其实用的是内功,还是有输赢胜负,强弱高低的。

其实,他俩积极筹备下午茶什么的,是有些以公济私,为了做这种双关语和三岔口的游戏,这还像浑水摸鱼,在一下午或者一晚上的废话中间,确实会有那么一两句有实质性意义的话,就看你怎么去听了。不过,即便是有实质性意义,那话也滑得很,捉也捉不住,所以说是“浑水摸鱼”嘛。他们两人话里来话里去,说的其实只是一件事。这件事他们都知道,却都要装不知道;但只能自己装不知道,不许对方也装不知道;他们既要提醒对方知道,又要对方承认自己的不知道。听起来就像绕口令,还像进了迷魂阵,只有当事人才搞得清楚。因为是这样的当事人,头脑都是清楚,想糊涂也糊涂不了。他们了解形势,目标明确,要什么不要什么,心里都有一本明白账。在这方面,他们是旗鼓相当,针尖对麦芒,这场游戏对双方的智能都是挑战。他们难免会沉迷游戏的技巧部分,自我欣赏和互相欣赏。但这沉迷只是一瞬,很快就会醒来,想起各自的目的。在这场貌似无聊,还不无轻薄的游戏之下,其实却埋着两人的苦衷。这苦衷不仅是因为自己,还为了对方,是含了些善解和同情的,只是自己的利益要紧,就有些顾不过来了。

康明逊其实早已知道王琦瑶是谁了,只是口封得紧。第一次看见她,他便觉得面熟,却想不起来在哪里见过。又见她过着这种寒素的避世的生活,心里难免疑惑。后来再去她家,房间里那几件家具,更流露出些来历似的。他虽然年轻,却是在时代的衔接口度过,深知这城市的内情。许多人的历史是在一夜之间中断,然后碎个七零八落,四处皆是。平安里这种地方,是城市的沟缝,藏着一些断枝碎节的人生。他好像看见王琦瑶身后有绰约的光与色,海市蜃楼一般,而眼前的她,却几乎是庵堂青灯的景象。有一回,打麻将时,灯从上照下来,脸上罩了些暗影,她的眼睛在暗影里亮着,有一些幽深的意思,忽然她一扬眉,笑了,将面前的牌推倒。这一笑使他想起一个人来,那就是三十年代的电影明星阮玲玉。可是,王琦瑶当然不会是阮玲玉,王琦瑶究竟是谁呢?其实他已经接触到谜底的边缘了,可却滑了过去。还有一次,他走过一家照相馆,见橱窗里有一张披婚纱的新娘照,他心里一亮。这照片有一种似曾相识的样子,使他想起很久以前也是在这里的一张照片。倘若这时他能想起王琦瑶,大约便可解开疑团,可他却没有,于是又一次从谜底的边缘滑过去。和王琦瑶接触越多,这个疑团就越是频繁地来打扰。他在王琦瑶的素淡里,看见了极艳,这艳洇染了她四周的空气,云烟氤氲,他还在王琦瑶的素淡里看见了风情,也是洇染在空气中。她到底是谁呢?这城市里似乎只有一点昔日的情怀了,那就是有轨电车的当当声。康明逊听见这声音,便伤感满怀。王琦瑶是那情怀的一点影,绰约不定,时隐时现。康明逊在心里发狠:一定要找出她的过去,可是到哪里去找呢?

最终却是得来全不费工夫。一天,在家和大妈二妈聊天,说起十年前上海的盛况一幕,那就是竞选上海小姐,他母亲竟还记得那几位小姐的芳名,第三位就叫王琦瑶。他这才如梦初醒。他想起那酷似阮玲玉的眉眼,照相馆里似曾相识的照片,还想起旧刊物《上海生活》上的"沪上淑媛",以及后来的做了某要人外室的风闻,这所有的记忆连贯起来,王琦瑶的历史便出现在了眼前。这历史真是有说不尽的奇情哀艳。现在,王琦瑶从谜团中走出来了,凸现在眼前,音容笑貌,栩栩如生。这是一个新的王琦瑶,也是一个旧的王琦瑶。他好像不认识她了,又好像太认识她了。他怀了一股失而复得般的激动和欢喜。他想,这城市已是另一座了,路名都是新路名。那建筑和灯光还在,却只是个壳子,里头是换了心的。昔日,风吹过来,都是罗曼蒂克,法国梧桐也是使者。如今风是风,树是树,全还了原形。他觉着他,人跟了年头走,心却留在了上个时代,成了个空心人。王琦瑶是上个时代的一件遗物,她把他的心带回来了。

他连着几天没有去王琦瑶处,严师母来电话约,他都说家里有事推掉了。他想:该对王琦瑶说什么呢?后来,他决定什么也不说,一如既往。因此,当他再看见王琦瑶时,就和什么也没发生过的一样。王琦瑶问他怎么几天不来,他说有事。王琦瑶就说什么有事，一定有了新去处，比这里更有趣的。他笑笑没说话，把带来的东西放到了桌上。他带来的是老大昌的奶油蛋糕，王琦瑶便去拿碟子。刚给人打过针，王琦瑶手上带着酒精的气味。她穿一件家常的毛线对襟衫，里面是一身布的夹旗袍，脚下是双搭袢布鞋，忙进忙出地准备着茶点。他忽然间想起初与王琦瑶相识，在表姐家吃暖锅，胡乱测字玩。王琦瑶说了个“地”字，康明逊指了右边的“也”说是个“他”，她则指了左边的“土”说，“岂不是入土了。”她那脱口而出然后油然哀起的样子，这时又一次出现眼前，却是有根有由的了。他心里生出怜悯，又生出惋惜，怜悯和惋惜是为王琦瑶，也是为自己。这时，康明逊被一股忧伤笼罩着，他话不多，有些走神，还有些所答非所问。他望着窗外对面人家窗台上的裂纹与水迹，想这世界真是残破得厉害，什么都是不完整的，不是这里缺一块，就是那里缺一块。这缺又不是月有圆缺的那个缺，那个缺是圆缺因循，循环往复。而这缺，却是一缺再缺，缺缺相承，最后是一座废墟。也许那个缺是大缺，这个则是小缺，放远了眼光看，缺到头就会满起来，可惜像人生那么短促的时间，倘若不幸是生在一个缺口上，那是无望看到满起来的日子的。

康明逊是二房所生的孩子，却是他家唯一的男孩，是家庭的正宗代表，所以他不得不在大房与二房之间来回周旋。一些较为正式的场合，由他和大妈跟了父亲出席；另一些比较亲密的社交，则是和二妈跟了父亲参加。大妈是个厉害人，正房本就是占着理的，还占着委屈，十分理加上三分委屈，大妈便有了十三分的权利，二妈却是倒欠了三分的。父亲是个老派人，宠归宠，爱归爱，却不越规矩半步，上下长幼，主次尊卑，各得其份。康明逊是康家的正传，他从小就是在大妈房里比在二妈房里多。他和两个同父异母的姐妹打得火热，比同胞还同胞，无意中他还有些讨好她们，好像怕受到她们的排斥。他隐隐地觉出，大妈的爱是需争取，二妈的爱则不要也在，没有也有。所以，他对大妈便悉心得多，而对二妈怎么也可以，甚至有时故意冷淡二妈好叫大妈欢喜。他的一颗小小的心里，其实全是倚强凌弱，也是适者生存的道理。有一回，他和两个姐妹玩捉迷藏，他循声上了三楼二妈的房间，推门而进，一眼看见垂地的床罩在波动，分明是藏了人的。他悄悄地走过去，这时却见靠里的床沿上，背着身坐着二妈，低了头，肩膀抽搐着。他不由站住了，床底下嗖地蹿出妹妹，一阵风地从他身边跑过，并且发出尖锐的快乐的叫声。他没有去追，施了定身术似的，站在原地。是个阴天，房间里的柚木家具发出幽暗的光，打蜡地板也是幽暗的光。二妈脸朝着窗口，有暗淡的光流淌进来，勾出她的背影。她头发蓬乱着，就像一个鸟巢，肩膀特别窄小，而且单薄。她觉察出后面有人，一边抽泣一边转过身体，不等她看见，他拔腿跑出了房间。他的心怦怦跳着，怜悯和嫌恶的情绪攫住了他，使他有说不出的难过。他以更大声的快乐尖叫来克服这难过，这天他是有些过分了，招来大妈的呵斥。大妈呵斥他的时候，便看见二妈乱蓬蓬的头从三楼楼梯上探下来。这时，他心里生出对二妈的说不出的恨意。这恨意为消除痛楚而生的，这痛楚有多深，这恨就有多大。随了成年，他应付这复杂环境渐渐熟练，可说得心应手，那痛楚和恨意便也消除，积留在心里的只是一些烟尘般的印象。可就是这些烟尘般的印象，却是能够决定某种事情。

康明逊知道，王琦瑶再美丽，再迎合他的旧情，再拾回他遗落的心，到头来，终究是个泡影。他有多少沉醉，就有多少清醒。有些事是绝对不行的，不行就是不行，可他又舍不得放下，是想在这“行”里走到头，然后收场。难度在于要在“行”里拓开疆场，多走几步，他能做些什么呢？王琦瑶是比他二妈聪敏一百倍，也坚定一百倍，使他处处遇到难题。可王琦瑶的聪敏和坚定却更激起他的怜惜，他深知聪敏和坚定全来自孤立无援的处境，是自我的保护和争取，其实是更绝望的。康明逊自己不会承认，他同弱者有一种息息相通，这最表现在他的善解上。那一种委曲求全，迂回战术，是他不懂都懂的。他和王琦瑶其实都是挤在犄角里求人生的人，都是有着周转不过来的苦处，本是可以携起手来，无奈利益是相背的，想帮忙也帮不上。但那同情的力量却又很大，引动的是康明逊最隐秘的心思，这心思有些是在童年那个阴霾下午里种下的。康明逊已经看见痛苦的影子了，不过眼前还有着没过时的快乐，等他去攫取。康明逊再是个有远见的人，到底是活在现时现地。又是这样一个现时现地，没多少快乐和希望。因没有希望，便也不举目前瞻，于是那痛苦的影子也忽略掉了，剩下的全是眼前的快乐。

康明逊到王琦瑶处来得频繁了，有时候事先并没有说好，他也会突然地来，说是正好路过。因王琦瑶没想到他会来，往往没怎么修饰，头发随便地用手绢扎起，衣服是更旧的，房间里也有些乱。王琦瑶不由面露窘态，手足无措，拾起这样放下那样。此情此景却更能引动康明逊的恻隐之心。所以，他就故意地突然撞来，制造一个措手不及。那样的场景里，总有着一些意外之笔，也是神来之笔。有一回他是在午饭时来的，王琦瑶一个人吃泡饭，一碟海瓜子下饭，碗边已聚起一小堆海瓜子的壳。这情形有一股感人的意味，是因陋就简，什么都不浪费的生计，细水长流的。还有一回来，王琦瑶正在洗头，衣领窝着，头发上满着泡沫。她的脸倒悬着，埋在脸盆里，可康明逊还是看见她裸着的耳朵与后颈红了。这一刻里，王琦瑶变成了一个没经过世面的孩子，她从脸盆里传出的声音几乎是带着哭音的。后来她洗完了，匆匆擦过的头发还在往下滴水，将衣服的肩背全洇湿了，看上去真是一副可怜相。渐渐地，王琦瑶晓得他会不期而至,便时时地准备着,但这准备是不能叫他看出来的准备,否则难免会被他看轻。她穿的还是家常的衣服,却不露邋遢相的。她房间还是有些乱,也是不露邋遢相的。吃饭照例要吃,也照例是个“简”字,却不是因陋而简的“简”,而是去芜存精的意思了。至于洗头之类的内务,她就安排在康明逊决不可能来的时间里,极早或是极晚。这么一来,康明逊的不期而至便得不到预期的效果了,不免遗憾。但他体察到王琦瑶自我捍卫的用心,深感抱歉。

王琦瑶的伪装,是为康明逊拉起一道帷幕,知他是想擅自入内。王琦瑶为康明逊拉起帷幕,正是为了日后向他揭开。这有点像旧式婚礼中,新娘蒙着红盖头,由新郎当众揭开的意思。这时候,王琦瑶对他格外矜持,反倒比先前生疏了。两人坐着说不了几句话,太阳已经偏西了。他们说话都有些反复掂量,生怕有什么破绽。过去他们是没话找话,现在却有话也不说,打埋伏似的。他们处在僵持的状态,身心都不敢懈怠地紧张,却又不离开,几乎日日在一起,看着日头从这面墙到那面墙。两人心里都是半明半暗,对现在对将来没一点数的。要说希望还是王琦瑶有一点,却无法行动,因她的行动是与牺牲画等号的,行动就是献出。康明逊没什么希望,却随时可以出击,怕就怕出击的结果是吃不了兜着走。他们嘴上什么也不说,心里都苦笑着,好像在说着各自的难处,请求对方让步。可是谁能够让谁呢?人都只有一生,谁是该为谁垫底的呢?

炉子拆掉了,地板上留下了炉座的印子,窗玻璃上的烟囱孔用纸糊着,好像是冬天留下的残垣。春日的阳光总是明媚,也总是徒然的样子。他们脸上作着笑,却是苦水往肚里流。他们的笑是有些哀恳的,做着另一种保证,都不是对方所要的。他们都很坚持,坚持是因为都不留后路,虽是谅解,可也无奈。他们都是利益中人,可利益心也是心,有哀有乐的。

这一天晚上,吃过晚饭了,又一前一后来了两个推静脉针的病人,将他们刚送走,又听楼梯上脚步响了。王琦瑶想:难道有第三个来了吗?可都挤在一起了。然而,楼梯口上来的竟是康明逊。这是他头一次在晚上单独到王琦瑶处,并且突如其来,两人都有些尴尬。王琦瑶心跳着,请他坐下,给他倒茶,又拿来糖果瓜子招待。她忙进忙出,有点脚不沾地的。康明逊说他是到朋友家去,朋友家却铁将军把门,只得回家,不料忘带钥匙了,今晚他家人除他父亲都去看越剧,连娘姨也带去了,他不好意思叫他父亲开门,只得到她这里来坐坐,等一会儿戏散场就回去。他絮絮叨叨地说着,王琦瑶只听对了一半,问他今晚去看什么戏,哪一个戏院。康明逊便再从头解释一遍,还不如前一遍来得清楚。王琦瑶更有些糊涂,却做出懂的样子,可不过一会儿又很担心地问,戏是几点开场,会不会迟到了。事情变得夹缠不清,康明逊索性不再解释。王琦瑶本是没话找话,见他不答,也不问了,两人就沉默下来。房间里显得分外地静,隔壁人家的动静都能听见。桌上酒精灯还燃着,一会儿便烧干了,自己灭了,空气中顿时充满浓郁的酒精味,有些呛鼻的。这时候,楼梯又一次响起脚步声,王琦瑶想:这是谁呢?这真是个不平凡的夜晚,像是要发生什么事情。来人是里弄小组长,收弄堂费的,连房门也没进就又走了。屋里的两个人听着楼梯一级一级响下去,中间还踏空了一级,不由都惊了一下,互相望了一眼,笑了。刹那间,便有了一个什么默契,而气氛却更加紧张,竟有点箭在弦上的味道。王琦瑶端起康明逊喝干的茶杯到厨房添水,她从后窗看见远处中苏友好大厦尖顶上的一颗红星,跳出在夜色之上。她带着些祈祷的心情,想:有什么样的事情来临呢?她端了添满水的茶杯再进房间，见那康明逊也是木登登地坐着，脸对了窗，不知在想什么。王琦瑶把茶杯放在他面前，然后退回自己的位子上坐着，她晓得今天是挨不过去的，就算挨过今天也终有一天是挨不过去。康明逊一直面朝着窗，因窗上是拉了窗帘，就有点面壁的意思，这姿势确实是有话要说，只是不知从何开口。他们静默的时间是有点过长了，这也是有话要说的证明，还是不知从何开口。

康明逊终于出口的一句话是：我没有办法。王琦瑶笑了一下，问：什么事情没有办法？康明逊说：我什么事情也没有办法。王琦瑶又笑了一下，到底什么事情没有办法？王琦瑶的笑其实是哭，她坚持了这样久等来的却是这么一句话。这时她倒平静下来，心里安宁，无风无浪。她是有些恶作剧的，非要他把那件事情的名目说出来，虽然这名目已与她无关，但无关也要是有名有目的无关。看他受窘，她便想：等了这么久，总要有一点补偿吧！她笑着说：你没办法做，也没办法说吗？康明逊不敢回头，只将耳后对着王琦瑶。这回是轮到王琦瑶看他的脖颈一点点地红出来。她又追了一句：其实你说出来也无妨，我又不会要你如何的。说到此处，王琦瑶的声音就有些哽咽，她含着泪，却还笑着，催问道：你说啊！你怎么不说？康明逊转过脸，求饶似的看着她，说：你让我说什么呢？王琦瑶倒叫他说怔了，一时想不起问他的究竟是什么，气更不打一处来，一急，眼泪就流了下来。康明逊心软了，多年前的那个阴霾午后又回到眼前，二妈背着他的身影就好像朝他转了过来，让他看见了泪脸。他说：王琦瑶，我会对你好的。这话虽是难有什么保证，却是肺腑之言，可再是肺腑之言，也无甚前景可望。康明逊也流下了眼泪。王琦瑶虽是哭着，也看在眼里，晓得他是真难过，心中就平和了一些，渐渐地收了泪。抬眼望望四周，一盏电灯在屋里似乎不是投下亮，而是投下暗，影比光多。她以往一个人时不觉得，今晚有了两个人却觉出了凄凉和孤独。她带着满脸泪痕地笑着:其实有什么说不出口的呢?像我这样的女人,太平就是福,哪里还敢心存奢望?可你当老天能帮你蒙混过关,混得了今天能混过明天吗?跑了和尚还跑不了庙呢!康明逊说:照你的话,我又算怎样的男人呢?自己亲生母亲都得叫二妈,夹缝中求生存,样样要靠自己,就更不敢有奢望了。听了这话,王琦瑶不觉长叹一声道:不是我说,你们男人,人生一世所求太多,倘若丢了芝麻拾西瓜,还说得过去,只怕是丢了西瓜拾芝麻。康明逊也叹了一声:男人的有所求,还不是因为女人对男人有所求?这女人光晓得求男人,男人却不知该去求谁,说起来男人其实是最不由己的。王琦瑶便说:谁求你什么了?康明逊说:你当然没求什么了。说罢便沉默下来。停了一会儿,王琦瑶说:我也有求你的,我求的是你的心。康明逊垂头道:我怕我是心有余而力不足。他这话是交底的,有言在先,画地为界。王琦瑶不由冷笑一声道:你放心!

这是揭开帷幕的晚上,帷幕后头的景象虽不尽如人意,毕竟是新天地。它是进一步,又是退而求其次;是说好再做,也是做了再说;是目标明确,也是走到哪算哪!他们俩都有些自欺欺人,避难就易,因为坚持不下去,彼此便达成妥协。他们这两个男女,一样的孤独,无聊,没前途,相互间不乏吸引,还有着一些真实的同情,是为着长远的利益而隔开,其实不妨抓住眼前的欢爱。虚无就虚无,过眼就过眼,人生本就是攒在手里的水似的,总是流逝,没什么千秋万载的一说。想开了,什么不能呢?王琦瑶的希望扑空了,反倒有一阵轻松,万事皆休之中,康明逊的那点爱,则成了一个劫后余生。康明逊从王琦瑶处出来,在静夜的马路上骑着自行车,平白地得了王琦瑶的爱,是负了债似的,心头重得很。这一个晚上的到来,虽是经过长久准备的,却还是猝不及防,有许多事先没想好的情形,可如今再怎么说也晚了,该发生的都发生了。

百般缱绻的时候,王琦瑶问康明逊,是怎么知道她身份的,康明逊则反问她怎么知道他知道。王琦瑶晓得他很会纠缠,就坦言道:那一日,大家坐着喝茶,他突然说起一九四六年的竞选上海小姐,别人听不出什么,她可一听就懂。他既然能将那情景说得这般详细,怎会不知道三小姐是谁。王琦瑶又说:这时她就晓得他们是鸳梦难圆了。康明逊拥着她说:这不是圆了吗?王琦瑶就冷笑:圆的也是野鸳鸯。康明逊自知理亏,松开她,翻身向里。王琦瑶就从背后偎着他,柔声说:生气啦!康明逊先不说话,停了一会儿,却说起他的二妈。他说他从小是在大妈跟前长大,见了二妈反倒不好意思,尤其不能单独和她在一处,在一处就想走。他想起这点心里就发痛,什么叫作难过,就是二妈教给他的。最后,他说道:他同二妈二十几年里说的话都不及同王琦瑶的一夕。王琦瑶将他的头抱在怀里,抚摸着他的头发,心里满是怜惜,她对他不仅是爱,还是体恤。康明逊说:我知道谁也比不上你,可我还是没办法!这个"没办法"要比前一个更添了凄凉。做人都有过不去的坎,可他没想到他的坎设在了这里,真是没办法。王琦瑶安慰他,她总是和他好,好到他娶亲结婚这一日,她就来做伴娘,从此与他永不见面。康明逊说:你这才是要我死,一边是合欢,一边是分离。到了这时,他们打趣的话都成了辛酸的话,说着说着就要掉泪的。

他俩虽做得形不留影,动不留踪,早来暮归避着人的耳目,但瞒得过别人,还瞒得过严师母吗?她早就留出一份心了,没什么的时候已经在猜,等有了些什么,那便不猜也知道了。严师母暗叫不好,她怪自己无意中做了牵线搭桥的角色。她还怪康明逊不听她的提醒,自找苦吃。她最怪的是王琦瑶,明知不行,却偏要行。她想:康明逊不知你是谁,你也不知道你是谁吗?在严师母眼里,王琦瑶不是个做舞女出身的,也是当年的交际花,世道变了,不得不规避起来。严师母原是想和她做个怀旧的朋友,可她却怀着觊觎之心,严师母便有上当被利用的感觉,自然不高兴。她不再去王琦瑶处,借口有事,甚至牺牲了打牌的快乐,那两人心里有点明白,嘴上却不好说。萨沙倒还是照来不误,不知是真不明白,还是假不明白,夹在他们中间,是他们的妨碍,也是障眼法。王琦瑶有一回问康明逊,严师母会不会去告诉他家他们俩的事。康明逊让她放心,说无论怎么他终是个不承认,他们也无奈。王琦瑶听了这话,有一阵沉默,然后说:你要对我也不承认,就连我也无奈了。康明逊就说:我承认不承认,总是个无奈。王琦瑶听了这话,想负气也负不下去。康明逊安慰她说,无论何时何地,心里总是有她的。王琦瑶便苦笑,她也不是个影子,装在心里就能活的。这话虽也是不痛快,却不是负气了,而是真难过。这就是他们始料不及的,本是想抓住眼前的快乐,不想这快乐是掺一半难过的。他们没想到眼前的快乐其实是要以将来作抵押,将来又是要过去来作抵,人生真是连成一串的锁链,想独取一环谈何容易。

难过得紧了,本来不抱希望的会生出希望,本来不让步的也会让步,都是妥协。两人暗底里都在等待一个奇迹,好为他们解困。这一日,康明逊回到家,发现全家人都对他冷着脸,二妈则带着泪痕,鼻沟发红,嘴唇青紫,是他最不要看见的样子。父亲关着门,吃晚饭也没出来。他心里疑惑,再看见客厅桌上放着一盒蛋糕,知道来过客人了,向佣人陈妈打听,才知来的是严师母。那盒蛋糕没人去碰,放在那里,是代人受过的样子。第二天,他没敢出门,各个房里串着应酬,也没讨来笑脸,依然都冷着,爱理不理。父亲还是关门。二妈哭是不哭,却叹气。第三天,他出门去到王琦瑶处,将这情形说了。王琦瑶吃惊之余,竟意外地有一些欣喜。她想,干脆事情闹开,窗户纸捅破,倒会有料想不到的结局,像他们这种旧式人家,都是爱惜面子的,生米煮成熟饭,不定就睁眼闭眼,当它是个亏也吃下去了。康明逊也有轻松之感,却是另一番期待。他想,倘若父亲动了大怒,不要他这个儿子,更甚的是,连家都不让回,也就罢了。这一天,两人都生出些细微的指望,渺渺然的,内心有些共同的激动。他们比平日更相亲相爱,萨沙恰巧又没来打搅。两人偎在沙发上,裹着一床羊毛毯,看着窗帘上的光影由明到暗。他们手拉着手,并不说话,窗下的弄堂嘈杂着,是代他们发言,麻雀啁啾,也是代他们发言。这些细细琐琐的声音,是长恨长爱的碎枝末节,分在各人头上,也须竭尽全力的。房间里黑下来,他们也不开灯,四下里影影绰绰,时间和空间都虚掉了,只有这两具身体是贴肤的温暖和实在。

康明逊的期待落空了。这天回到家,进门就觉出和解的气氛。虽然已晚过十一点,谁也不问他为什么,从哪里来。父亲的房门虚掩着,漏出一点亮,他走过时看见父亲坐在鸭绒被里看一份报纸,脸色很平静。姐妹的房间里传出留声机的声音,唱的是那种新歌曲,有点铿锵的,却也是平静的气象。大妈问他饿不饿,要不要吃点心。他其实不饿,却不敢拂大妈的好意,便点了头。他吃红枣莲心粥时,大妈和二妈坐在一边织毛线,谈论着一出新上演的越剧,问他想不想看。他就说,倘若大妈二妈想看,他就去买票。她们则说,倘若他有空就去买,没空便算了。一连三天都是平静度过,他开头还等着他们来问,后来便不等了,他想他们不会问了。他们一定是商量好了,决定"不知道",一切都和过去一样,什么都没发生过,连那盒蛋糕也无影无踪。康明逊不知是喜是悲,他足有整整一周没去王琦瑶那里。他陪两个母亲看越剧,陪两个姐妹看香港电影,又陪父亲去浴德池洗澡。父子俩洗完澡,裹着浴巾躺在睡榻上喝茶说话,好像一对忘年交。他又回到了小时候,那时父亲是壮年,自己只是个小男孩。他忽有点鼻酸,扭过头去,不敢看父亲颈项上叠起的赘肉。

王琦瑶在家里日日等他,开始还有些着急,后来急过头反心定了,想这事情闹得越不可收场,就越有转机,由他们闹去吧!中间严师母倒来过一次,像是探口风的意思,王琦瑶并不露出什么,一如既往地待她。严师母却憋不住了,问她康明逊怎么没来。王琦瑶笑笑说:严师母不来,把个牌局给拆了,所以康明逊也不来了,只有萨沙还记着我,常来些。正说着,楼梯上脚步响了,萨沙上来了,好像专门来印证她的话似的。王琦瑶就撇下严师母,和萨沙有说有笑,其实是在撒气,也是撒怨。她含着一包泪地想:他到底还来不来呢?

康明逊再来王琦瑶处,已是分手后第八天了。两人都憔悴了不少,王琦瑶只觉得一颗心沉了一沉,因本来也是浮着的,这时反觉得踏实了。这一回来,两人也是不说话,却是各坐一隅,都躲着眼睛,互相不敢看脸,生怕对方嘲笑似的。坐了一下午,天黑了,王琦瑶站起来拉开了灯,然后问:吃饭吗?房间亮着,两人都有些不认识的,还有些客气。康明逊说:我回去吃吧。却又不走。王琦瑶便不再问他,兀自到厨房去烧晚饭。康明逊一个人在房间里,这边走走,那边看看。对面窗户的灯也亮了,看得见里面活动的人,来去很频繁的样子,邻家的房门一会儿开一会儿关,乒乓地响。然后,厨房里传来油锅炸响的声音,是一种温和的轰然。接着,香味起来了。他心里安定下来,甚至还觉出几分快乐。王琦瑶端着饭菜进来了,一汤一菜,另有一碟黄泥螺下饭。两人坐下吃饭,再没有提这八天内的任何事情,这八天是没有过的八天。吃饭时,他们开始说话,说这日的天气,服装的新款式,马路上的见闻。饭后,两人就在一张《新民晚报》上找电影看。王琦瑶指着一个新上映的香港电影说,是不是去看这个。康明逊一看正是日前陪姐姐妹妹去看过的那个,心里难免一动,嘴上当然是说好。两人就收拾收拾准备出门,走到门口,手已经拉住门把了,王琦瑶又停下,一个转身将脸贴进他的怀里,两人默默不语地抱着,不知有多少时间过去。灯已拉灭,是人家的灯照着窗帘,屋里也有了光,薄膜似的铺在地板上。

从此,他们不再去想将来的事,将来本就是渺茫了,再怎么架得住眼前这一点一滴的侵蚀,使那实的更实,空的更空。因是没有将来,他们反而更珍惜眼前,一分钟掰开八瓣过的,短昼当作长夜过,斗转星移就是一轮回。这真是长有长的好处,短有短的好处。长虽然尽情尽兴,倒难免挥霍浪费;短是局促了,却可去芜存精,以少胜多。他们也不再想夫妻名分的事,夫妻名分说到底是为了别人,他们却都是为自己。他们爱的是自己,怨的是自己,别人是插不进嘴去的。是真正的两个人的世界,小虽小了些,孤单是孤单了些,可却是自由。爱是自由,怨是自由,别人主宰不了。这也是大有大的好处,小有小的好处。大固然周转得开,但却难免掺进旁骛和杂念,会产生假象,不如小来得纯和真。

他们两人在桌边坐着,看着酒精灯蓝色的火苗,安宁中有一些欣喜,也有些忧伤。有时有大人抱着孩子来打针,孩子趴在王琦瑶膝上,由那大人按着手脚,康明逊则举着一个玩具,对那孩子的哭脸哄着,赔着笑。这情景可笑到揪心,是角角落落里的温爱,将别人丢弃的收拾起重来。还有时他们一起择马兰头,那一小棵一小棵的,永远也择不完的样子。他们将老叶放一堆,嫩叶放一堆,这情景琐碎到也是揪心,是零零碎碎的温爱,都不成个器,倒是不掺假,他们本是以利益为重的人生,却因这段感情与利益相背,而有机会偷闲,温习了爱的功课。日子一天一天过去,不知道“将来”什么时候才来,似乎是近一步就远一步,永远到不了的。是因为那时间实在是太长太长,没有个头的。倘若不是后来的那件事发生,他们几乎以为日子会一径这么下去,把那将来推,推,推来推去,直推进眼不见心不烦的幽冥之中。后来的那件事,其实不是别的,正是将来的信号。这件事就是,王琦瑶怀孕了。

起初,他们不敢相信是真的,后来,确信无疑了,便陷入一筹莫展。他们不敢在家中商量这事情,生怕隔墙有耳,就跑到公园,又怕人认出,便戴了口罩。两人疑神疑鬼,只觉着险象环生。又到了冬天,公园里花木凋零,湖边上结着薄冰,草地枯黄,太阳在云后苍白地照着。他们想不出一点办法,围着草坪走了一圈又一圈。干冷的天气,脸上的皮肤都是收紧的,头发也在往下掉屑,心里都有到头的感觉。他们一出公园门,就分手各走各的,扮做两个陌路人。喧嚣的市声浮在他们的头顶,好像做雨的云层。他们各自走着,转眼间谁也看不见谁了。

下一日,他们还须再商量,就去一个更远的公园。依然草木凋零,游人稀疏,麻雀在枯草地上作并脚的跳远,太阳移着淡薄的影子,告诉他们时间流淌,刻不容缓。他们焦急得心都碎了,却还是一个没办法。然后,就有无端的口角发生。王琦瑶本就是害喜,身上有一百个不舒服,再加上心里有事,又是一百个不顺气,就变得急躁易怒。康明逊自己也是满腹的心事,因要顾忌王琦瑶,还须忍着,说一些言不由衷的宽慰话,其实是更不自由的。待到忍无可忍,便发作起来。他们站在公园的水泥甬道上,开始是压着声音你一句,我一句,后来就渐渐忘乎所以,提高了音量。但他们再怎么高声大气,在这冬天的空廓天空之下,也是和耳语没有两样,一出口便叫风吹散了,像扬起的沙粒一般。有一些鸟类在天上飞过。

他们真是绝望,但又不是绝望到底,而是暗怀苟且之心。他们这两颗心其实都是奋力向上的,石头缝里都要求生存。别看他们一筹莫展,互相折磨,那正是因为不服输,所以要挣扎。他们两人都瘦了一圈,气色发黑,王琦瑶的脸上起了疙瘩。最初的焦急过去了,接下来的是一个倦怠的时期。两人不再去公园,也不再商量,王琦瑶抱着热水袋坐在被窝里,康明逊则在沙发上,裹一条羊毛毯。两人这么孵蛋似的孵着,好像能把那个危险孵化掉。等阳光照到沙发的那面墙上,康明逊便用双手在墙上做出许多剪影,有鹅,有狗,有兔子,有老鼠,王琦瑶在那头的床上看着。等阳光从墙上移走,皮影戏结束,房间里也有了暮色。

这一段日子,是康明逊烧饭,他从未碰过锅灶,可一出手就不平凡,连他自己也有些吃惊。他全神贯注于烹调技术,倒将那烦恼事情搁在了一边。他腰里系着王琦瑶的花围裙,手上戴着袖套,头发有些乱,额上有些油汗,眼睛里闪着兴奋的光芒,将饭菜端到王琦瑶的床边。王琦瑶吃着吃着饮泣起来,眼泪滴到碗里。康明逊手足无措地站在一边,好像是一个伙计,过了一会儿,也滴下泪来。事情是不能再拖了,必须有个决断。王琦瑶说她明天就去医院检查手术,康明逊就说要陪她一同去。王琦瑶却不同意,说她反正是逃不了的,何苦再赔上一个;她这一生也就是如此,康明逊却还有着未尽的责任。她抚摸着他的头发,含泪微笑道:留得青山在,不怕没柴烧嘛!这时候,王琦瑶发现自己真是很爱这个男人的,为他做什么都肯。康明逊说,人家要问起这孩子的来历怎么说呢?王琦瑶想这却是个问题,她就算不说,别人也会猜。她同康明逊再不露行迹,也是常来常往,跑不掉的嫌疑。别人想不到,严师母还能想不到?她忽然心头一亮,想起了一个人,这个人就是萨沙。

12. 萨 沙

萨沙是革命的混血儿，是共产国际的产儿。他是这城市的新主人，可萨沙的心其实是没有归宿的。他自己也搞不清自己是谁，到哪边都是外国人。这城市里有许多混血儿，他们的出生都来自一种偶然性很强的遭际，就好像是一个意外事故的结果。他们混血的脸上，流露出动荡漂泊的命运，还有聚散无常的命运。他们语言混杂，看上去都有怪癖，大约是两种血缘冲突的表现，还是两套起居方式混淆的表现。他们行为乖张，违背常理，小时看了好玩，大了可就不以为然。他们显得怪模怪样的，走在人群里，也是一副独行客的面目，招来好奇的目光，是看西洋景的目光。他们在这城市是寄居的人，总是临时的观点，可这一临时或许就是一生。他们很少做长远打算，人生都是零零落落，没有积累的。积累也不知积累什么，什么都是人家的，什么都不归他。有一些混血儿神秘地消失，杳无音讯。也有一些扎下根不走了，说着一口本地方言，甚至掌握了黑道上的切口，出没于街头巷尾，给这城市添上诡秘的一笔。

萨沙表面上骄傲，以革命的正传自居，其实是为抵挡内心的软弱虚空，自己壮自己的胆。他是连爹妈也没有的，又没个生存之计，成日价像个没头苍蝇似的乱投奔。脸上的笑都是用来逢迎的，好叫人收留他。可又不甘心，就再使点坏，将便宜找回来。反正他没什么道德观念，哪一路的做人原则也没有，什么都按着需要来，有时也是能给人方便的。

王琦瑶想到他是再合适不过的，对别人下不了手的，对他却可以。对别人过不去的,对他也可以。他好像生来就是为派这种用场的。她对康明逊说,有办法了。康明逊问她有什么办法。她不说,只叫他别管了,一切由她处理。康明逊有些不安,隐隐地有些明白,几乎不敢再问,可又不能不问。幸好王琦瑶死活不说,只让他近段时间不要来了。这天临走前他照例与王琦瑶相拥一阵,他将王琦瑶抱在怀里,忽然心痛欲裂。他久久不能放手,怀里的肉体与他骨血相连,怎么都扯不断的。他的眼泪没了,全干了,声音也哑了,一句话说不出。最后,他终于走出门去,推起自行车,推了几下没推动,才发现忘了开锁。他骑上车,摇摇晃晃地骑在马路上,眼前白晃晃的一片,云里雾里似的。他好一会儿才意识到自己是逆向地行车,车灯照着他的眼。他体会到人将死未死的情景,那就是身体还活着,魂已经飞走了。以后的几天里,他总是在平安里附近走动,好像在等着什么,自己也不清楚的。平安里总是嘈杂,人进人出,车来车往。他问自己:王琦瑶是住在里面吗?回答也是犹豫不决的。弄口王琦瑶的打针招牌他是头一回注意到,却不明白那上面的名字与自己有什么关系。已是临近过年,人们都在置办年货,马路上更添几分熙攘,与他也是隔岸的火似的,无干无系。一连几天过去,他早一趟晚一趟地从平安里过,竟一次也没看见王琦瑶,甚至也没见严师母家的人,进来出去的都是些未曾谋面的陌生人。这王琦瑶就像是沧海一粟,一松手便没了影。他心里空落落地往回走,说是第二天不来,第二天还是来了。直到有一天,下午三点时分,他在平安里对面,看见萨沙手里提着一包东西,脚步匆匆地走进弄口。他在附近几家商店穿行着,眼睛却看着弄口。天渐渐黑了,路灯亮了,萨沙没有出来。他有些倦了,便骑上车,慢慢地走开了。从此,他不再来了。

萨沙将王琦瑶当作许多喜欢他的女人中的一个。他知道自己有一张美丽的脸,是女人都喜欢。女人对他的喜欢总是掺杂着一点母亲对儿子的心情,爱怜交加的。久而久之,萨沙就变得更加温柔乖觉,就好像可着她们的心思长成的。萨沙对女人,则是当作衣食父母那么来喜欢的。他喜欢女人的慷慨和诚实,还喜欢女人的简单和轻信,她们总是有一得就有一还的。女人又是那么一种虚无的东西,将温情看得无比的重,简直不可思议。萨沙别的没有,可说是个真正的无产阶级,可温情他有的是,要多少有多少。萨沙对自己的苏联母亲,记忆早已模糊,也没有姐妹,他对女人的所有经验,都来自这些略微年长的、爱他胜过爱自己、向他索取温情、又赐以仁慈的女人。他在她们怀里就像一只小猫,温柔得不能再温柔。也有不耐烦的时候,那都是被她们的爱给惹的,他便是抓挠几下,也是温柔的。

萨沙在女人堆里可说是鱼水自如,可萨沙毕竟是个男人,心胸是广大的,欲望很多,虽不一定能争取到手,看一眼也是好的,男人的世界在向他招手。然而,萨沙在这个世界里却缩手缩脚地伸展不开,他的漂亮脸蛋没什么用处,国际主义后代的招牌也只是唬人的。他对男人是敬畏参半,有着不可克服的紧张。他敏感到人们看不起他,对谁也构不成威胁,心里难免又嫉又恨。女人对他既是安慰又安慰不了,她们甚至会唤起他的自惭形秽。他想,他是因为不行才和她们厮混的。所以,萨沙内心其实又是恨女人的,她们像镜子,照出了他的无能。有时,他就会伺机报复一下,当然,还是温柔的,引不起一点警惕。不过,萨沙对王琦瑶的心情略有不同,说这不同,其实也不是对王琦瑶来的,而是冲着康明逊。他毫不怀疑王琦瑶会喜欢自己,却是因为康明逊而使形势变了。凭他的聪敏小心,早已看出他俩的纠葛,他说不上有什么气恼,反觉得兴奋。他觉着他是与康明逊对峙,得到了平等的快感。

要说萨沙可怜,他自己却不知道。见王琦瑶待他亲热,康明逊又不上门了,便以为是战胜了他,虚荣心很是满足。那王琦瑶因是争取来的,有一点胜利果实的意思,则又分外看得重一些。见王琦瑶懒懒的乏力,没有胃口,又去求人做了回苏联面包。他还学会了搓棉球,消毒针头,给王琦瑶打着下手。王琦瑶不觉动了恻隐之心,问自己是否太缺德,可是紧接着就想到康明逊。康明逊出现在眼前,总是那系着围裙,戴了袖套,头上出了油汗,曲意奉承的样子,心便像被什么打击了一下。她晓得没有回头路可走,不行也得行。那头一回搂着萨沙睡时,她抚摸着萨沙,那皮肤薄得几乎透明,肋骨是细软的,不由心想:他还是个孩子呢!他拱着她的胸口熟睡着,她轻轻地拨着他的头发看,看那头发从根到梢竟不是一种颜色,鸟羽似的,便要笑一笑,一笑,眼泪倒落下来了。他平时戴眼镜不注意,脱下眼镜才看见了扇子般的长睫毛,覆在眼睑下,鼻翼是很精致的,轻微地抽动着。王琦瑶觉着害他是多么不应该,可她也是万般无奈,便在心里求他原谅。再想他到底没父没母,没个约束,又是革命后代的身份,再大个麻烦,也能吃下的,心里才平和一点。不过,萨沙也有使她觉着可怕的地方,她没有想到孩子般的萨沙,竟这么懂得女人,动作准确熟练,她几乎都有些难以自持了。王琦瑶和男人的经验虽不算少,但李主任已是久远的事情,总是来去匆忙,加上那时年轻害羞,顾不上体验的,并没留下多少印象;康明逊反是还要她教;只有这个萨沙,给了她做女人的快乐,可这快乐却是叫她恨的。这样的时候,她对萨沙的愧疚烟消云散,取而代之一股报复的痛快,她想:萨沙你只配得这种回报。

当她把怀孕的事情告诉萨沙时,萨沙眼睛里掠过疑虑的神情。然后,他开始提问,问题都很内行,就像一个妇产科专家。问题还有些设置圈套,逼王琦瑶露马脚似的。王琦瑶知道他是一百个不相信,可话里却是滴水不漏,叫他一百个没奈何。她暗暗惊讶萨沙的镇定,康明逊是不能与之同日而语,看来,由他来承担这事是对了。萨沙问过之后,心里虽还是不相信,可也没再说什么。两人依然吃饭说话,甚至还上床睡了。事后,萨沙趴在王琦瑶肚子上,用耳朵贴着。王琦瑶问他做什么,他笑嘻嘻地说:问它叫什么名字。王琦瑶就说:它不会告诉你的。两人话里有话,都是没法说出来的。王琦瑶只觉着萨沙下手比平日都狠,她的快乐也加了倍,更觉着他所做应得,心中很是解气。过后的两天里,萨沙都没提这事,这事就好像没有似的,王琦瑶忍不住问怎么办,他就说急什么呢?王琦瑶心里着急又不好说,只得忍着,依然与他周旋,却拿定主意咬住他不放。因有了恨意,事情反而变得简单了。她甚至还和萨沙开玩笑说,把孩子生下来。然后一同去苏联吃面包。萨沙也开玩笑,说不晓得他要不要吃苏联面包,说不定只吃大饼油条呢。王琦瑶到底心里发虚,不敢把这种玩笑开下去,只得中途撤回,心里的怨恨则有增无减,决心也更坚定了。又过了两天,萨沙来到王琦瑶处,吃完午饭,坐在那里剔牙。太阳从窗户照进来,照着他的脸,连皮肤下的毛细血管都历历可见。他剔了一会儿牙,然后说明天带王琦瑶去医院。王琦瑶问是哪一家,说是在徐家汇,他特别找了个医生,苏联留学的。多日来的石头落了地,王琦瑶长出一口气,竟觉着一阵晕眩。

去医院是乘公共汽车。萨沙好像是有意的,放过两辆车不上,偏要上那最挤的一辆。王琦瑶本是不常出门,更少乘车,也不会抢先,尽是让着人家,等她上了车,车门是在她背上关拢的,脚后跟也夹痛了。而萨沙早已挤到深处,没了人影。她站在门口,进不得退不得,上车下车的人都推她,还埋怨她。等到了徐家汇,下了车来,她已头发蓬乱,纽扣挤掉了一颗,鞋也踩黑了。她眼泪在眼眶里打转，嘴唇颤抖着。萨沙最后一个从车上下来，问她怎么了，她咬咬牙，把眼泪咽回肚里，说没怎么，就跟了萨沙往前走。无论他走多么快，都抢先一步，那姿态是说：看你还能怎样！萨沙原是要继续捣蛋，这时也不得不老实了。两人终于走到医院，挂了红十字招牌的大门赫赫然在了眼前。萨沙带了她七拐八绕地走，去找他认识的医生。那医生是在住院部的，刚查完病房，坐在办公室休息。萨沙先进去与他说了一会儿，然后招手让王琦瑶进去。王琦瑶一看，那医生竟是个男的，先就窘红了脸。医生问了几个问题，就让她去小便然后检查。她出了办公室去找厕所，找了几圈没找到，又不敢问，做贼似的。后来总算找到了，厕所里又有工务员在清扫。等人扫完，她走进去，关上门，一股来苏水的气味刺鼻而来，不由得一阵搅胃。她对着马桶呕吐起来，吐的全是酸水，刚擦过的马桶又叫她弄脏了。她又急又怕，眼泪就流了出来。这一流泪却引动了满腹的委屈，她几乎要号啕起来，用手绢堵着嘴，哽咽得弯下腰来，只得伏在厕所的后窗台上。后窗外是一片连绵起伏的屋顶，有谁家在瓦上铺了席子晒米。太阳照着屋顶，也照着生了虫的米粒。有鸽群飞起，盘旋在天空，一亮一亮的，令人眼花。王琦瑶止了抽噎，眼泪还在静静地流。鸽群在屋顶上打着转，忽高忽低，忽远忽近。屋顶像海洋，它们像是海鸟。王琦瑶直起腰，用手帕擦干眼泪，走出厕所，径直下了楼去。

直到下午两点，萨沙才回到王琦瑶处，见她正给人打针，还有一个等着的。桌上点了酒精灯，蓝火苗舔着针盒。床上的被褥全揭下来，堆在窗台上晒太阳。地板是新拖过的，家具也擦过了。王琦瑶换了身衣服，蓝底白点的罩衣，头发也重新梳过，整齐地梳向脑后，用橡皮筋扎住，就像换了个人似的。她见萨沙进来，便问他有没有吃过饭，要不要喝水。因有外人在，萨沙也不便发作，只得等着,却不知道王琦瑶究竟是要做什么。那打针的一走,他就跳了起来,脸上却带了笑的,问她是不是不喜欢那医生,只见了一面就跑了,连招呼都没打。王琦瑶说她去了厕所再找不到那间办公室,所以才走的。萨沙就说都怪他不好,说应当陪在她身边,给她做向导。王琦瑶则说是怪她太笨,总是不认路。萨沙说不认路倒不要紧,只怕要认错人。王琦瑶便不说了,只笑笑。停了一会儿,又问萨沙要不要吃饭,萨沙一扭身说不吃,脖子上的蓝筋鼓出来,一缕一缕的。他这样子使王琦瑶又一次想到,他还是个孩子,她想她和康明逊要比他年长四五岁,却在欺他。她走过去,站在萨沙身后,伸手抚摸他的头发,又看他鸟羽似的发丝,很轻柔地摩挲着她的掌心。两人都不说话,停了一会儿,萨沙脸不看她地问道:你到底要我怎么办?这话里是有着钻心的委屈,还有些哀告的意思。王琦瑶想她再委屈,其实也没萨沙委屈。可她是没办法,而萨沙却有办法。她的手停在萨沙的头发里,奇怪这头发的颜色是从哪里来。她说:萨沙,你知道有一句俗话叫作“一日夫妻百日恩”吗?萨沙不响。她又说:萨沙你难道不愿意帮帮我?萨沙没说话,站起来走出房间,将房门轻轻带上,下楼了。

萨沙的心真的疼痛了,他不知是发生了什么,事情竟是这么一团糟。切莫以为萨沙这种混血儿没有心肝,他们的心也是知冷知暖知好歹的。他知道王琦瑶欺他,心里有恨,又有可怜。他有气没地方出,心里憋得难受。他在马路上走着,没有地方去,街上的人都比他快乐,不像他。眼前老有着王琦瑶的面影,浮肿的,有孕斑,还有泪痕。萨沙知道这泪痕里全是算计他的坏主意,却还是可怜她。他眼里含了一包泪,压抑得要命。后来他走累了,肚子咕咕叫着,又饥又渴的。他买了一块蛋糕一瓶汽水,因汽水要退瓶,便只能站在柜台前吃。一边吃一边听有人叫他“外国人”,心里就有些莫名的得意,稍微高兴了一点。他喝完汽水退还了瓶,决定到他的苏联女友处去。他乘了几站电车,听着电车铃响,心情明快了许多。天气格外的好,四点钟了,阳光还很热烈。他走进女友住的大楼,正是打蜡的日子,楼里充斥了蜡的气味。女友的公寓里刚打完蜡,家具都推在墙边,椅子翻在桌上,地板光可鉴人。女友见萨沙来,高兴得一下子将他抱起,一直抱到房间的中央才放下,然后退后几步,说要好好看看萨沙。萨沙站在一大片光亮的地板上,人显得格外小,有点像玩偶。女友让他站着别动,自己则围着他跳起舞,哼着她们国家的歌曲。萨沙被她转得有些头晕,还有些不耐烦,就笑着叫她停下,自己走到沙发上去躺下,忽觉着身心疲惫,眼都睁不开了。他闭着眼睛,感觉到有阳光照在脸上,也是有些疲累的暖意。还感觉到她的摸索的手指,他顾不上回应她,转瞬间沉入了睡乡。等他醒来,房间里已黑了,走廊里亮着灯,厨房里传来红菜汤的洋葱味,油腻腻的香。女友和她丈夫在说话,声音压得很轻,怕吵了他。房间里的家具都复了原位,地板发着暗光。萨沙鼻子一酸,大颗的泪珠从眼角流了下来。

第二天,萨沙到王琦瑶处去,两人都平静了下来。萨沙说,他可以再找一个女医生。王琦瑶说男医生就男医生吧,到了这个地步,还管医生是男是女吗?两人就都笑了,还有些辛酸。再约定好日子,又一次去那医院。这一回去是叫了三轮车,萨沙坐一辆,王琦瑶坐一辆。还是那位医生,不过是在门诊部里了。他好像已经忘了王琦瑶,将先前的问题再问一遍,就让她去小便。王琦瑶出了门诊室,见萨沙跟在身后,便笑着说:你真怕我不认路啊!萨沙也笑了,却并不回门诊室,而是站在门口等。门前来往的都是女人,怀孕或不怀孕的。大约是因王琦瑶的关系,他觉着这一个个的女人,都有着没奈何的难处,又是百般地不能说,不由得心情忧郁。

过了一会儿,王琦瑶回来了,自己进了门诊室,一会儿又出来,说是去化验间,再让他等着。王琦瑶匆匆消失在走廊尽头,已是决心接受一切的样子。事情很顺利地进行,手术的日子也最后定下了。走出医院,天已正午,王琦瑶提议在外面吃午饭,萨沙也同意,两人对徐家汇这地方都不熟,漫无目标地走了一阵,看见了徐家汇天主教堂的尖顶矗立在蓝天之下,心里便有一阵肃穆。再走了一阵,终于看见一个饭店,推门进去了。

一坐下,萨沙就说由他请客。王琦瑶说怎么是他请呢?当然是她请了。萨沙看她一眼,问为什么是她请,明明他请才对。王琦瑶暗暗一惊,差点儿露出破绽,是有些大意了。就不再与他争,心想萨沙也不定拿得出钱,等会儿再说吧。两人点了菜,说了会儿闲话,萨沙忽然冒出一句:做这种手术痛不痛?王琦瑶怔了怔,说她也并不知道,想来总不会比生孩子难。萨沙就又问:那么比拔牙齿呢?王琦瑶笑了,说怎么好比呢?她体会到萨沙的担忧,心中有几分感动,也有几分感激,却不好流露,只得嘲笑着:这又不是一颗牙齿。这时,菜来了,两人就开始吃饭。萨沙说:我吃来吃去,觉着最好吃的还是王琦瑶烧的菜。王琦瑶笑他嘴甜,萨沙却很正经,说他绝不是恭维,王琦瑶的菜好吃,绝不是因了珍奇异味,而是因了它的家常,它是那种居家过日子的菜,每日三餐,怎样循环往复都吃不厌的。王琦瑶就说:谁家的菜不是居家过日子的菜,还能是打家劫舍的菜?萨沙道:王琦瑶,你这"打家劫舍"几个字说得太对了,说出来怕你不相信,像我这样的人,从来就是过着打家劫舍似的生活。王琦瑶说:我当然不相信。萨沙不理她,兀自说下去:我是个没有家的人,你看我从早到晚地奔来忙去,有几百个要去的地方似的,其实就是因为没有家,我总是心不定,哪里都坐不长,坐在哪里都是火燎屁股,一会儿就站起要走的。王琦瑶说:不是有奶奶的家吗？萨沙有些凄凉地摇了一下头，没回答。王琦瑶心里同情，却没法安慰，两人沉默了一时。吃完饭，要结账了，王琦瑶做出理所当然的样子，掏出钱来，不料萨沙勃然大怒，说王琦瑶你这不是小看我吗？萨沙虽然不发财，可也不至于请女人的钱都没有。王琦瑶窘得脸都红了，嗫嚅了半天才说出一句：这本是我的事情。这话说得相当危险，眼睛里全是认账的表情。萨沙按住她拿钱的手，脸上忽有种温柔，他轻声说：这是男人的事情。王琦瑶没再与他争。等叫来招待付了钱，两人出了酒楼，一路没说话，都在往肚里吞着眼泪。

临到手术这天，忽又有事。萨沙的姨母从苏联来访问，要他去北京见面。萨沙说等他回来再去手术，反正没几天的。王琦瑶却说不要紧，他尽管去，她自己到医院好了，又不是什么开膛破腹的大手术，就好比是拔一颗牙齿，她开了句玩笑。萨沙不依，无论她怎么说行也是不行。后来王琦瑶骗他，说让她母亲陪她去。他虽是不信王琦瑶会让母亲陪去，可见她执意要去，也只有装作相信了。走之前，他硬是给王琦瑶十块钱，让她买营养品。王琦瑶先是收下，然后悄悄塞进他口袋二十元。听他下了楼梯，脚步声在后门口响起，又渐渐远去。有一阵子发呆，坐在那里，什么也不想。暮色漫进窗户，像烟一般罩住了王琦瑶。

这一个夜晚非常安静，好像又回到以前，没有萨沙，没有康明逊，也没有严师母的时候。她又听见平安里的细碎的声响：松动地板上的走路声，房门的关闭声，大人教训孩子的呵斥声，甚至谁家水开了，那潽出来的“噗”一声。她还看见对面人家晒台上栽在盆里的夹竹桃，披着清冷的月光，旁边是一盆泥栽的葱，也是披月光的，好像能看见栽它的手，小心翼翼的样子。水落管子的动静却气势磅礴，轰然而下，砰然落地，要为平安里说话似的，是屈服里的不屈。平安里的天空虽然狭窄曲折，也是高远的，阴霾消散的时候，就将平安里的房屋衬出一幅剪纸。那星和月有些被遮挡，可也不要紧，那光是挡不住的，那温凉冷暖也挡不住。这就好了，四季总是照常，生计也是照常。王琦瑶打开一包桂圆，剥着壳。没有人来打针，是个无病无灾的晚上。摇铃的老头来了，喊着"火烛小心"在狭弄里穿行，是叫人好自为之的声音，含着过来人的经验。剥好的桂圆蓄起了一碗，壳也有一堆，窗帘上的大花朵虽然褪了色，却还是清晰可见的。老鼠开始行动了，窸窸窣窣地响，还有蟑螂也开始爬行，背着人的眼睛。它们是静夜的主人，和人交接班的。许多小虫都在动作，麻雀正朝着这边飞行。

第二天是个阴雨的天气，潮湿而温暖。王琦瑶打了一把伞出门，锁门时，她看了一眼房间，心想能回得来吃午饭吗？然后就下了楼，雨是淅淅沥沥的，在阴沟里激起一点涟漪。她在弄口叫了部三轮车，车篷上虽然垂了油布帘，车垫还是湿漉漉的，这才觉出了凉意。有很细小的雨从帘外打进来，溅在她的脸上。她从帘缝里看见梧桐树的枯枝，从灰蒙蒙的天空划过，她想起了康明逊，她肚里这孩子的爸爸。她这时想到肚里的麻烦还是一个孩子，但这孩子马上就要没有了。王琦瑶背上出了一层冷汗，心也跳得快起来。她忽然之间有些糊涂，想这孩子为什么就要没了？她的脸完全被雨水溅湿了，雨点打在车篷上，噼噼啪啪地响，耳朵都给震聋似的。王琦瑶想，她其实什么都没有。连这个小孩子也要没有了，真正是一场空呢！有眼泪流了下来，她自己并不觉得，只觉得前所未有的紧张，膝盖都颤抖了，有一件大事将在须臾之间决定下来。她眼里盯着油布帘上的一个小洞，将破未破的，还网着丝线，透进了光。她想这破洞是什么意思呢？她又看见了灰白的天空，从车篷与布帘的连接处，那么苍茫的一条。她想起她三十岁的年龄，想她三十年来一无所有,后三十年能有什么指望呢?她这颗心算是灰到底了,灰到底倒仿佛看见了一点亮处。车停了,靠在医院大门旁的马路边。王琦瑶看见进出的人群,忽有一股如临深渊的心情。她坐在车帘后头,打着寒战,手心里全是汗。雨下得紧了,行人都打着伞。那车夫揭起了车帘,奇怪地看她一眼,这一个无声的催促是逼她做决定的。她头脑里昏昏然的,车夫的脸在很远的地方看她,淌着雨水和汗水,她听见自己的声音在说:忘了件东西,拉我回去。帘子垂下了,三轮车掉了个头,再向前驶去,是背风的方向,不再有雨水溅她的脸。她神志清明起来,在心里说,萨沙你说得对,一个人来是无论如何不行的。

她回到家,推开房门,房间里一切如故,时间只有上午九点。她在桌边坐下,划一根火柴,点起了酒精灯,放上针盒,不一时就听见水沸的声音。她又看钟,是九点十分,倘若这时去医院,也来得及。她忙了那许多日子,不就为了这一次吗?如不是她任性这时候怕已经完事大吉,正坐在回家的车中。她听着钟走的嘀嗒,想再晚就真来不及了。她将酒精灯吹灭,酒精气味顿时弥漫开来,正在这时,却有人敲门,来推静脉针的。她只得打开针盒,替他注射,却心急火燎的,恨不能立刻完事好去医院。越是急越找不着静脉,那人白挨了几下,连连地叫痛。她按下性子,终于找着了静脉,一针见血的刹那间,她的心定了一定,药水一点一点进入静脉,她的情绪也和缓下来。最后那人按着手臂上的棉球走了,她收拾着用脏的药棉和针头,那一阵急躁过去了,剩下的是说不出的疲惫和懒惰。她听天由命,抱着凡事无所谓的态度,她反正是没办法,就没办法到底也罢了。已是烧午饭的时间,她走进厨房,看见昨晚上就炖好的鸡汤,冷了,积起油膜。她捅开炉子,放上砂锅,然后就去淘米,一边看着玻璃窗上的雨,她想她总算赖住萨沙了,不生是他的,生也是他的,萨沙要帮忙就帮到底吧!她嗅到了鸡汤的滋补的香气,这香气给了她些抓挠着的希冀。这希冀是将眼下度过再说,船到桥头自会直的,是退到底,又是豁出去的。

萨沙此时正坐在北上的火车里,一支接一支地吸烟。这姨母是他从未见过的,甚至只在几天前刚听说。连母亲都是个陌生人,更何况是姨母。他所以去见姨母,是为了同她商量去苏联的事情。他决定去苏联是因为对眼下生活的厌倦,希望有个新开头。他想混血儿有这点好,就是有逃脱的去处。这逃脱你要说是放逐也可以,总之是不想见就不见,想走就走。

13. 还有一个程先生

与程先生故人重见,是在淮海中路的旧货行。这一年副食品供应逐渐紧张起来,每月的定粮虽是不减,却显得不够。政府增发了许多票证,什么东西都有了限量的。黑市悄然而起,价格是翻几倍的。市面上的空气很恐慌,有点朝不保夕的样子。王琦瑶怀着身孕,喂一张嘴,养两个人,不得不光顾黑市。靠给人打针的收入只够维持正常开销,黑市里的两只鸡都买不来的。当时李主任离开之际,留给她的那盒子里,是有一些金条,这些年都锁得好好的,一点没动过,作不备之需。如今似乎到了动它们的时候,夜深人静,王琦瑶从五斗橱的抽屉里取出它来,放在桌上。电灯照着它,桃花心木上的西班牙风的图案流露出追忆繁华的表情,摸上去,是温凉漠然的触觉,隔了有十万八千年的岁月似的。王琦瑶对了它静静地坐了会儿,还是一动没动地放回了原处。她觉着依然没到动它的时候,她实在说不准有多少过不去的时刻在前面等着呢!

她不如找几件穿不着的衣服送去旧货行卖了,放着也是喂蟑螂。于是就去搬衣箱,打开箱盖,满箱的衣服便在了眼前,一时竟有些目眩。她定了定神,首先看见的是那一件粉红缎的旗袍。她拿在手里,绸缎如水似的滑爽,一松手便流走了,积了一堆。王琦瑶不敢多看,她眼睛里的衣服不是衣服,而是时间的蝉蜕,一层又一层。她胡乱拿了几件皮毛衣服,就合上了箱盖。后来,翻箱底就有些例行公事的意思,常开常关的,进出旧货行,也是例行公事,熟门熟路起来。这一日,她接到东西售出的通知,就到旧货行去领钱,正往外走,却听有人叫她,回头一看,竟是程先生。

王琦瑶有一时的恍惚,觉着岁月倒流,是程先生鬓上的白发唤醒了她。她说:程先生,怎么会是你?程先生也说:王琦瑶,我以为是在做梦呢!两人眼睛里都有些泪光,许多事情涌上心头,且来不及整理,乱麻似的一团。王琦瑶见他们正是站在照相器材的柜台边,不由笑了,说:程先生还照相吗?程先生也笑了。想到照相,那乱麻一团的往昔,就好像抽出了一个头似的。王琦瑶又问那照相间是否依然如故。程先生说:原来你还记得。这时他看见了王琦瑶怀着身孕,脸是有些浮肿,那旧日的身影就好像隔了一层膜。他想刚才喊她的时候,觉着她一丝未变,宛如旧景重现,如今面对面的,却仿佛依稀了。时间这东西啊,真是不能定睛看的。他不由问王琦瑶:有多少年没见面了?掐指一算,竟有十二年了。再想到那分手的源头,都有些缄默。时近中午,旧货行拥挤起来,推来搡去的,站也站不稳,王琦瑶就说出去说话吧。两人出了旧货行,站在马路上,人群更是熙攘,他们一直让到一根电线杆子底下,才算站定,却不知该说什么,一起昂头看电线杆子上张贴的各种启事。太阳已是春天的气息,他俩都还穿着棉袄,背上像顶着盆火似的。站了一时,程先生就提出送王琦瑶回家,说她先生要等她吃饭。王琦瑶说,她才没人等呢!回去倒是该回去了,程太太一定要等急的。程先生脸红了,说程太太纯属子虚乌有,他孑然一身,这辈子大约不会有程太太了。王琦瑶便说:那就可惜了,女人犯了什么错,何至于没福分到这一步?两人都有些活跃,你一言我一语的,眼看着太阳就到了头顶,彼此都听见饥肠辘辘的。程先生说去吃饭,两人走了几个饭馆,都是客满,第二轮的客人都等齐了,肚子倒更觉着饿,刻不容缓的样子。最后,王琦瑶说还是到她那里下面吃罢了,程先生却说那就不如去他那里,昨天杭州有人来,带给他腊肉和鸡蛋。于是就去乘电车。中午时分,电车很空,两人并排坐着,看那街景从窗前拉洋片似的拉过,阳光一闪一闪,心里没什么牵挂的,由那电车开到哪是哪。

程先生住的大楼果然如故,只是旧了些,外墙上的水迹加深了颜色,楼里似也暗了。玻璃窗好像蒙了十二年的灰没擦,透进的光都是蒙灰的。电梯也是旧了,铁栅栏生锈的,上下哐啷作响,激起回声。王琦瑶随了程先生走出电梯,等他摸钥匙开门,看见了穹顶上的蜘蛛网,悬着巨大的半张,想这也是十二年里织成的。程先生开了门,她走进去,先是眼睛一暗,然后便看见了那个布幔围起的小世界。这世界就好像藏在时间的芯子里似的,竟一点没有变化。地板反射着棕色的蜡光,灯架伫立,照相机也伫立,木板台阶上铺着地毯,后面有纸板做的门窗,又古老又稚气的样子。程先生一头扎进厨房忙碌起来,传出了刀砧的声音。不一会儿,饭香也传出了,夹着腊肉的香气。王琦瑶也不去帮他,一个人在照相间走来走去。她慢慢走到后面,化妆间依然在,镜子却模糊了,映出的人有些绰约,看不清年纪的。她去推梳妆桌旁的窗子,风将她的头发吹乱了。太阳已经偏午,夹弄里的暗有些过来,她看见底下的行人,如蚁的大小和忙碌。她走出化妆间,又去推暗房的门,手摸着开关，一开，红灯亮了，聚着一点，其余都是黑，含着个心事般的，又还是万变不离其宗的那个“宗”字。王琦瑶不知道，那大世界如许多的惊变，都是被这小世界的不变衬托起的。她立了一会儿，关上灯掩了门再往里走，这一间却是厨房了，煤气灶边有张小圆桌，桌上已放好两副碗筷。饭还焖在火上，另一个火上炖着蛋羹。

程先生烧的是腊肉菜饭，再有一大碗蛋羹。两人面对面坐着，端着菜饭碗，却有点饿过头了，胃里满满的。一碗饭下去，才觉出了空，就一碗接一碗地吃下去，没底似的，不知不觉竟将一只中号钢精锅的饭都吃完，蛋羹也见了底，不由都笑了。想十二年才见一面，没说多少话，却是闷头吃饭。又想过去曾在一起吃过许多次饭，加起来大约也没这一顿吃得多。两人笑过之后又有些不好意思，王琦瑶见程先生看她，便说：你别看我，你是一个人，我是两个人，也不过同你吃的一样。说到这话，两人都一怔，不知该怎么接下去。停了一会儿，王琦瑶勉强一笑，说：我知道你早就想问我，可是你问我我也不知道如何告诉你，反正，我现在怎样是全部在你眼前，也就没什么可问的了。程先生听她这话说得泼辣世故，却又隐着无奈和辛酸，便有沧海桑田的心情。但既是把话说开，两人倒都坦然了。他们撇开过去不提，说些眼下的状况。程先生说他在一个公司机关做财务的工作，薪水供他一个人吃喝用度，可说绰绰有余，只是近些日子觉出了紧，但比起那些有家口的同事，就算是好上加好的了。王琦瑶告诉他，打针的收入本就勉强，如今就难免要时常光顾旧货行了。程先生不禁为她发愁，说卖旧衣服总不是个长久之计，卖完的那一天怎么办？王琦瑶笑了，反问他，什么是长久之计？什么又是个长久？看程先生回答不上来，又和缓口气说：只要把眼前过去，就是个长久之计。程先生便问眼前的日子如何。王琦瑶细细告诉他一日三餐怎么安排，一盐一酱都不遗漏的。程先生也告诉王琦瑶他的勤俭之道,一根火柴也发出三分光的。两人说着说着,又说回到吃的上面,是有千言万语要说的题目,说到兴趣,便互定了时间请客,好像下了战书似的,都是跃跃然的。然后,王琦瑶就说要走,约好人下午来打针,还有一个须上门去的。程先生送她出门,看着她进了电梯才回去。

一九六〇年的春天是个人人谈吃的春天。夹竹桃的气味,都是绞人饥肠。地板下的鼠类,在夜间繁忙地迁徙,麻雀则像候鸟似的南北大飞行,为了找一口吃食。在这城市里,要说“饥馑”二字是谈不上的,而是食欲旺盛。许多体面人物在西餐馆排着队,一轮接一轮地等待上座。不知有多少牛菲利、洋葱猪排和匿塌鱼倒进了饕餮之口,奶油蛋糕的香味几乎能杀人,至少是叫人丧失道德。抢劫的事件接连发生,事件也不是大事件,抢的都是孩子手中的点心。糕饼店是人们垂涎的地方,一人买,众人看。偷窃的事件也常有发生。夜里,人们不是被心事闹醒,而是被辘辘饥肠闹醒。什么样的感时伤怀都退居其次,继而无影无踪。人心都是实打实的,没什么虚情假意。人心也是质朴的,洗尽了铅华。在这城市明丽的灯光之下,人们脸上的表情都是归真还原的,黄是黄了,瘦是瘦了,礼貌也不太讲了,却是赤子之心。虽然还不是“饥馑”那样见真谛的,是比“饥馑”要表一层,略有些奢侈,却也相当纯粹,相当接近水落石出了。虽然也不如“饥馑”来得严肃,终有些滑稽的色彩,可嘲讽的力量也是极大的。不是说,喜剧是将无价值的撕碎给人看吗?这城市里如今撕碎的就正是这些东西。要说价值没什么,却是有些连皮带肉的,不是大创,只是小伤。

程先生与王琦瑶的再度相遇,是以吃为主。这吃不是那吃,这吃是饱腹的,不像以往同严师母几个的下午茶和夜宵,全是消磨时光。他们很快发现,两个合起来吃比分开单个吃更有效果,还有着一股同心协力的精神作用，于是他们每天至少有一顿是在一起吃了。程先生把他工资的大半交给王琦瑶作膳食费，自己只留下理发钱和在公司吃午饭的饭菜票钱。他每天下了班就往王琦瑶这里来，两人一起动手切菜淘米烧晚饭。星期天的时候，程先生午饭前就来，拿了王琦瑶的购粮卡，到米店排队，把配给的东西买来，有时是几十斤山芋，有时是几斤米粉。他勤勤恳恳地扛回来，一路上就在想如何消受这些别致的口粮。程先生的西装旧了，里面的羽纱烊了，袖口也起了毛。他的发顶稍有些秃。眼镜还是那副金丝边的，金丝边却褪了色。虽然是旧，还有些黯淡，程先生还是修饰得很整洁，脸色也清爽，并无颓败之相，这就使他看上去更有些特别，像是从四十年代旧电影里下来的一个人物。这类人物，在一九六〇年的上海，马路上还是走着几个的。他们的身影带着些纪念的神情，最会招来孩子的目光。他不是像穿人民装的康明逊那样，旧也是旧，却是新翻旧，是变通的意思。程先生是执著的，要与旧时尚从一而终的决心。程先生拎着一铅桶山芋，走在路上。因为拎得不得法，铅桶老是碰膝盖，他不得不经常换手。换手时，便趁机喘口气，看看街景。梧桐树都长出了叶子，路上有了树荫，他心里很安宁，问自己：这一切是真的吗？

程先生出入王琦瑶处，并没给平安里增添新话题。康明逊与萨沙相继光顾她处，又相继退出；再接着，她的腹部一日一日地显山显水，都看在了平安里的眼中。平安里也是蛮开通的，而且经验丰富，它将王琦瑶归进了那类女人，好奇心便得到了解释。这类女人，大约每一条平安里平均都有一个，她们本应当集中在“爱丽丝”的公寓里，因时代变迁，才成了散兵游勇。有时，平安里的柴米夫妻为些日常小事吵起来，那女的会说：我不如去做三十九号里的王琦瑶呢！男的就嘲笑道：你去做呀，你有那本事吗？女的便哑然。

也有时是反过来,那男的先说:你看你,你再看三十九号里的王琦瑶!那女的则说:你养得起吗?你养得起我就做得起!男的也哑然。以此可见,平安里的内心其实并不轻视王琦瑶的,甚至还藏有几分艳羡。自从程先生上了门,王琦瑶的厨房里飘出的饭菜香气总是最诱人的。人们吸着鼻子说:王琦瑶家又吃肉了。

晚上,王琦瑶早早进了被窝,程先生坐在桌前,记着流水账,再商量第二天的菜肴。他们虽是吃过了晚饭,却已开始向往第二天的早餐了,说起来津津乐道的,在细节上做着反复。说着话,天就晚了。猫在后弄里叫着春,王琦瑶昏昏欲睡。程先生站起身,检查一下窗户的插销,拉好窗帘,将放乱的东西归归好,然后关上灯,走出房间,放下司伯灵锁,轻轻碰上了门。

程先生从不在王琦瑶处过夜。王琦瑶曾起过留他的念头,却没有开口,因是自己怀着人家的孩子,生怕程先生嫌弃。心里是想,只要程先生开口,自己决不会拒绝的。倒不是对程先生有什么欲望和爱,而是为了报恩。十二年前,程先生是王琦瑶的万事之底,是作退一步想的这个"想"。那时她并不知道这个"底"的宝贵和难得,是因为她尽是向前看的境遇,离向后退还早着呢!如今,她虽不是退,却也不敢说进的话了,那个"底"和自己是近了许多的。这些日子,她与程先生也算得上朝夕相处,她发现程先生没变,可她却是变了的,今天的她不再是昨天的她。倘是程先生也变了些,还好说。唯其因为程先生的不失毫厘,反使她生有愧疚的心情,觉得对不起程先生的等待。程先生守身如玉这多年,等来的是千疮百孔的一份生计,自己都为他抱屈。所以,当她接近这个"底"的时候,却又不敢认它作"底"了,自己已是失去资格,只剩有一颗知恩图报的心。但程先生就是不开口,坐得再晚也是一个回家。有几回,王琦瑶朦胧中觉着他是立在自己的床边,心里忐忑着,想他会不走,可他立了一会儿,还是走了。听见他碰上门的那“咔哒”一声,王琦瑶既是安慰又是惆怅。

他们有时候也会谈到一些故人,比如蒋丽莉。这些年里,程先生倒还有蒋丽莉一些稀疏的音信,是从那位导演朋友处得来的。提起导演,王琦瑶恍若隔世,有一些场景从混沌的往事中浮现起来,她说导演怎么会认识蒋丽莉的呢?程先生就告诉她,蒋丽莉曾为了找他,从吴佩珍那里找到导演,再从导演那里找到他的。吴佩珍是又一个故人,又有一些旧景接踵而来,浮在眼前。程先生说,导演如今是在电影部门任一个副职,当时他们都不知道,导演其实是共产党员。后来,蒋丽莉也在他的影响下参加了革命,上海解放的时候,他亲眼看见蒋丽莉挥着大镲,指挥女学生的腰鼓队游行。她还是戴眼镜,却穿一身旧军装,袖子卷在胳膊肘,腰里系一根皮带,他差点儿没认出她来。她本来还有两年就可以拿到毕业文凭,却退学去做了一名纱厂工人,因为有文化又要求进步,就提到工会做了干部。再后来,就和纱厂的军代表结婚了。军代表是山东人,随军南下到上海的。如今,已有了三个孩子,住在大杨浦的新村里。听完程先生的话,王琦瑶说:想不到蒋丽莉做干部了,真不错!程先生也说不错。但两人心里却都不相信自己的话。蒋丽莉的经历听起来像传奇,里面总有些不对头的地方。停了一会儿,王琦瑶说,原来导演是个共产党,那年竞选上海小姐,还特地请她吃饭,劝她退出,说不定是上级指派他做的呢。倘若那一回听了导演的话,就不是蒋丽莉革命,而是她王琦瑶革命了。说罢,两人都笑了。

王琦瑶和程先生商量要去看望蒋丽莉一回,却犹豫不定。他们不晓得如他们这样的身份,是否还能与蒋丽莉做朋友了。和所有的上海市民一样,共产党在他们眼中,是有着高不可攀的印象。像他们这样亲受历史转变的人,不免会有前朝遗民的心情,自认是落后时代的人。他们又都是生活在社会的芯子里的人,埋头于各自的柴米生计,对自己都谈不上什么看法,何况是对国家,对政权。也难怪他们眼界小,这城市像一架大机器,按机械的原理结构运转,只在它的细部,是有血有肉的质地,抓住它们人才有依傍,不致陷入抽象的虚空。所以,上海的市民,都是把人生往小处做的。对于政治,都是边缘人。你再对他们说,共产党是人民的政府,他们也还是敬而远之,是自卑自谦,也是有些妄自尊大,觉得他们才是城市的真正主人。王琦瑶和程先生自觉着从此与蒋丽莉不是一个阶层的人了,照说没有聚首的道理,只因为往事的纠缠,才生出这非分之想。

王琦瑶和程先生的重逢,就好像和往事重逢,她温习着旧时光,将那历经过的生平再读一遍,会有身临其境、恍若梦中的感觉。她想,谁知道哪个是过去,哪个才是现在呢?她身子越来越重,脚浮肿着,越发不想动,成天坐着,心里恍恍惚惚,手里织一件婴儿的毛衣裤。毛线是用她旧毛衣拆下的,有点断头,一边接一边织,进度很慢的。程先生忙里忙外,直到晚饭后,将近八点才算忙完坐下,王琦瑶的眼睛却已经半张半合,说话也是东半句,西半句。程先生不由也困乏起来。两人在一张沙发上,一人一头坐着,打着瞌睡,直到觉出了身上的寒。程先生打一个寒噤惊醒,王琦瑶还是不动,待程先生为她铺好床,扶她上去,才自己半脱了衣服钻进被窝。程先生照例检查一遍门窗,然后拉了灯走出去,轻轻碰上房门。

正当他们拿不定主意,要不要去看蒋丽莉的时候,万万想不到的,蒋丽莉竟然自己找上了程先生的门。这段日子,程先生除了睡觉,几乎不在自己家里待,也不知她究竟去了多少回,最后才把程先生在电梯里捉住的。她先是上楼,扑了一个空,只得下楼,等电梯上来,不想电梯里正走出了程先生。两人迎面看见,又认识又不认识,说是都变了,可又好像都没变,总是理所当然的样子。蒋丽莉穿着列宁装,一条咔叽裤,膝盖处鼓着包,裤腿又短了。脚上倒是皮鞋,却蒙了一层灰,眼镜上也蒙灰似的,好像又加深了近视,一层一层旋进去,最深处才是两只小眼,眼里的光,也是旋进深处的两小丛。程先生说:真是太巧了。蒋丽莉说:巧什么巧,你巧也不是我巧。程先生被她这么一堵,不知说什么才好。蒋丽莉又说:早来你不在,晚来你不在,中午来你也不在!程先生嘴里说对不起,心里却辩解:这不是在了吗?一边开门让她进房间。是星期日的中午,他把王琦瑶安顿睡了午觉,临时想要洗澡,就回来拿换洗衣服,不料碰上了蒋丽莉。蒋丽莉走进房间,站在翻卷着灰尘的阳光里,脸上没有一丝笑容,眼睛里那两丛光分明是怨气。程先生有些忐忑,心跳着,还有些窘,想找些闲话说,可出口的却是:你找我有事吗?蒋丽莉又火了,说:没事就不能来吗?程先生脸红了,赔着笑,说去给她泡茶,可热水瓶是空的,玻璃杯蒙了垢,茶叶听则生了锈,打不开。蒋丽莉跟他到厨房,看他忙着烧水洗杯子,说:简直像个鸡窝。转身走了回去。程先生忙完了,走出去,见她一个人站着出神。照相间的布幔都已拉起,灯推在角落,台阶什么的布景推在角落,越加显得空荡荡。程先生看着蒋丽莉的背影,不敢惊动她,又轻轻退到厨房去,守着那壶烧着的水。时间好像停住了,只有那壶水一点一点响了起来,最后顶起了壶盖。

程先生泡好茶走出去,见蒋丽莉正在房间里来回踱步,双手背在身后,步子有些像男人似的。程先生将茶放在作布景用的那张摇摇晃晃的圆桌上,两人一边坐一个。程先生说:你先生好吗?蒋丽莉皱皱眉头说:你是在说谁?是说老张吗?程先生就知道她男人是姓张,却不敢再问,转而问她的孩子。她也是皱眉,说孩子除了吵还是吵,有什么好不好?程先生要想问她的工作,又觉着那是自己不配问的,把话咽下,就再找不出什么话了。可他不说话,蒋丽莉也不愿意,说这么多年不见面,就没什么要问的吗?程先生听她这么说,知道没道理可讲,反倒豁出去了,笑着说:我看还是你问我答吧,反正我问什么都不对。蒋丽莉凶声说:谁说你不对了?脸色却和缓了一些,那凶也是有几分做作的。程先生更抱定主意不问只答,蒋丽莉也没了办法,不再逼他,低下头喝茶。窗外传来轮船的汽笛声,很是悠扬。房间里静默着,却有一股温煦滋生出来。他们都在想过去的时光,虽是不无尴尬的人与事,想起来也是温暖的。这人生说起来是向前走,却又好像是朝后退的,人越来越好商量,不计较。蒋丽莉对程先生说:你倒是一切如旧,住的都是老地方。程先生有些惭愧地低下头说:我是没什么追求的。蒋丽莉冷笑一声道:你怎么没追求?你很有追求。程先生就不敢出声。停了一会儿,蒋丽莉问道:王琦瑶住在什么地方?程先生惊异地说:你找她?蒋丽莉不耐烦地说:你知不知道?不知道就算了。程先生赶紧说知道。蒋丽莉就站起来问:在哪里?马上就要去找似的。程先生也站起来说:我正要去她那里,一起去吧,我们这几天还说到你呢!他神情跃然,也忘了回来是要拿衣服去洗澡,说着就往外走,走到门口回头一看,蒋丽莉还站在原地,看着他。即便是隔了这么一段距离,程先生还是看见了她眼睛里的幽怨。他好像觉着回到了从前,他们都还年轻的时候。两人对视了一阵,互相都明白了对方的一个矢志不忘,然后,一同走出房门。

蒋丽莉正在填写入党申请表格,个人履历里中学这一阶段,需一个证明人,她就想到了王琦瑶。王琦瑶真是久远的事情了,想起来都是怀疑,一切像是杜撰,而不是真实。这十多年来,她过的是一种截然不同的生活。她以她历来的狂热,接受这生活里不堪承受的一面。从前放纵任性的冲动,这时全用在约束检讨自己。她的积极性令她左右上下的人都感到跟不上。什么样的事情,她都要做得过头。她自知是落后反动,于是做人行事就都反着她的心愿来,越是不喜欢什么,就越是要做什么。比如和丈夫老张的婚姻,再比如杨树浦的纱厂。她变得越来越不像自己,有点像演戏,却是拿整个生活作剧情的。她的入党问题很令党的组织头疼,她固然是革命,可革命也不是这么革命法的。她几乎每半年要向组织写一份汇报,有点挖心挖肺的,用词造句也相当过火,即便是对组织,也有些肉麻了。一九六〇年,这种狂热病蔓延得很厉害,一般都有一顶小资产阶级的帽子,其实也难说是哪个阶级的,各有各的病根,是连自己都不清楚的。

从大楼里出来,蒋丽莉和程先生就去乘电车,两人一路都无话,听着电车当当地响。这好像是那千变万化中的一个不改其宗,凌驾于时空之上的声音。马路上的铁轨也是穿越时间隧道的,走过多少路了也还是不改其宗。下午三点的阳光都是似曾相识,说不出个过去、现在和将来,一万年都是如此,别说几十年的人生了。下了电车,穿过两条马路,就到了平安里。平安里的光和声是有些碎的,外面世界裁下的边角料似的,东一点西一点,合起来就有些杂乱。两人走过弄堂,也是默默无语。有一些玻璃窗在他们头顶上碰响,还有新洗的衣衫上的水珠滴在他们颈窝里。走到后门口,程先生就从口袋里摸出钥匙。蒋丽莉的眼光落在钥匙上,忽然变得锐利起来,待程先生发现,便迅速闪开。程先生稍有些窘,想开口解释什么,蒋丽莉已夺路而进,走在了前头。王琦瑶已经醒了,却还睡在被窝里养神。房间里拉着窗帘,有些暗,一时没认出蒋丽莉来,等她认出,蒋丽莉已走到她的跟前,低下头看她。两人几乎是脸对脸的,眼睛就不动了。其实只是一秒钟的时间,却有十几年的光阴从中关山飞渡，身心都是飘的，光和声则是倏忽而去。然后，王琦瑶从被窝里坐起，叫了声“蒋丽莉”。蒋丽莉的眼睛一下子落在她拱在被子下的腹部，也是锐利地一瞥。王琦瑶本能地往下缩了缩，反是画蛇添足。蒋丽莉的脸唰地红了，她退后几步，坐到沙发上，脸朝着窗外，一言不发。房间里的三个人是在尴尬中分的手，又是在尴尬中重聚，宿债未了的样子。窗帘上的光影过去了一些，窗下的嘈杂也更细碎了。蒋丽莉说要走了，那两人都不敢说留她的话，是自惭形秽，还是怕碰壁。程先生将她送到楼下，再回到房间，两人都有些回避目光，知道蒋丽莉是误会了，但这误会却有些称他们心的意思。

晚上，两人各坐方桌一边剥核桃，听隔壁无线电唱沪剧，有一句没一句的，心里很是宁静。他们其实都是已经想好的，这一生再无所求，照眼下这情景也就够了，虽不是心满意足，却是到好就收，有一点是一点。他们一个负责砸，一个负责出仁，整的留着，碎的就填进嘴了。王琦瑶破例没有早早就瞌睡，腰酸也好些了，程先生替她在椅子上垫了个枕头，问道：大约是什么时候生呢？王琦瑶掐指一算，竟就是十天之内的事了。程先生不觉有些紧张，王琦瑶倒反过来安慰他，说做什么事情都没有比生孩子自然的了，看这马路上有多少人便可明白。程先生说别的不怕，就怕要生时身边没有人，无法送去医院。王琦瑶就说，这生孩子也不是立时三刻的事情，说是要生，也须一天半天的。听她这么说，且还很沉着，程先生也定心了一些，停了停又说，不知道这孩子是男还是女。王琦瑶说，希望是个男的。程先生问为什么。王琦瑶说做女人太不由己了。两人就都沉默了。这是他们头一次提及这个未出世的孩子，这是一个禁区性质的话题，双方都小心地绕开着。如今一旦说及，就好像克服了一个障碍，有一些较深的情和义交流贯通，两人更亲近了一些。剥完核桃，已是十点，王琦瑶让程先生走，等他下了楼，听见后门响过，才检查了门窗，洗漱就寝。

第 四 章

14. 分 娩

这天,程先生下班后到王琦瑶处,见她脸色苍白,坐立不安,一会儿躺倒,一会儿站起,一个玻璃杯碰在地上,摔得粉碎,也顾不上去收拾。程先生赶紧去叫来一辆三轮车,扶她下楼,去了医院。到医院倒痛得好些了,程先生就出来买些吃的做晚饭。再回到医院,人已经进了产房,晚上八点便生下了,是个女孩,说是一出娘胎就满头黑发,手脚很长。程先生难免要想:她究竟像谁呢?三天之后,程先生接了王琦瑶母女出院,进弄堂时,自然招来许多眼光。程先生早一天就把王琦瑶的母亲接来,在沙发上安了一张铺,还很细心地准备了洗漱用具。王琦瑶母亲一路无言,看程先生忙着,忽然间说了一句:程先生要是孩子的爸爸就好了。程先生拿东西的手不禁抖了一下,他想说什么,喉头却哽着,待咽下了,又不知该说什么了,只得装没听见。王琦瑶到家后,她母亲已炖了鸡汤和红枣桂圆汤,什么话也没有地端给她喝,也不看那孩子一眼,就当没这个人似的。过一会儿,就有人上门探望,都是弄堂里的,平时仅是点头之交,并不往来,其时都是因好奇而来。看了婴儿,口口声声直说像王琦瑶,心里都在猜那另一半像谁。程先生到灶间拿热水瓶给客人添水,却见王琦瑶母亲一个人站在灰蒙蒙的窗前,静静地抹着眼泪。程先生向来觉得她母亲势利,过去并不把他放在眼里,他在楼下叫王琦瑶,她连门都不肯开,只让老妈子伸出头来回话。这时,他觉着她的心与他靠近了些,甚至是比王琦瑶更有了解和同情的。他站在她的身后,嗫嚅了一会儿,说道:伯母,请你放心,我会对她照顾的。说完这话,他觉着自己也要流泪,赶紧拎起热水瓶回房间去了。

过了一天,严师母来看王琦瑶了。她已经很久没有上门,早听娘姨张妈说,王琦瑶有喜了,挺着肚子在弄堂里进出,也不怕人笑话。其时,康明逊和萨沙都销声匿迹了似的,一个闭门不出,一个远走高飞,倒是半路里杀出个程先生,一日三回地来。严师母虽然不清楚究竟发生了怎样的事,但自视对王琦瑶一路的女人很了解,并不大惊小怪,倒是那个程先生给了她奇异的印象。她看出他的旧西装是好料子的,他的做派是旧时代的摩登。她猜想他是一个小开,舞场上的旧知那类人物,就从他身上派生出许多想象。她曾有几回在弄口看见他,手里捧着油炸臭豆腐什么的,急匆匆地走着,怕手里的东西凉了,那油浸透了纸袋,几乎要滴下来的样子。严师母不由受了感动,觉出些江湖不忘的味道,暗里甚至还对王琦瑶生出羡嫉。这时听说王琦瑶生了,也动了恻隐之心,感触到几分女人共同的苦衷,便决定上门看望。王琦瑶的母亲看出严师母身份不同,有一些安慰似的,脸色和悦了一些,泡来茶,一同坐下聊天。程先生上班去了,就只这老少三个女人,互诉着生产的苦情。比起来,王琦瑶多是听,少是说,因不是来路明正的生产,不敢居功似的。严师母和她母亲却是越说越热乎,虽然是多年前的事情,一点一滴都不忘怀的。她母亲说到生王琦瑶的艰辛,不觉触动心事,又红了眼圈,赶紧推说有事,避到灶间去了。留下这两人,竟一时无语。婴儿吃足了奶已睡着,蜷在蜡烛光里,也看不见个人形。王琦瑶低头剔着手指甲，忽然抬头一笑。这一笑是有些惨然的，严师母都不觉有一阵酸楚。王琦瑶说：严师母，谢谢你不嫌弃我，还来看我。严师母说：王琦瑶，你快不要说这样的话了，谁嫌弃你了？过几天我去叫康明逊也来看你。听到这个名字，王琦瑶把脸转到一边，背着严师母，停了一会儿才说：是呀，我也有好久没看见他了。严师母心里狐疑，嘴上却不好说，只闲扯着要重新聚一聚，可惜萨沙不在了，去西伯利亚吃苏联面包了，不过，补上那位新来的先生，也够一桌麻将了。说到这里，便问王琦瑶那位先生姓什么，贵庚多少，籍贯何处，在哪里高就。王琦瑶一一告诉她后，她便直截了当问道：看他对你这样忠心，两人又都不算年轻，为什么不结婚算了呢？王琦瑶听了这话又是一笑，仰起脸看了严师母说道：我这样的人，还谈什么结婚不结婚的话呢？

又过了一天，康明逊果然来了。王琦瑶虽是有准备，也是意外。两人一见面，都是怔怔的，说不出话来。她母亲是个明眼人，见这情形便走开去，关门时却重重地一摔，不甘心似的。这两人则是什么也听不见了。自从分手后，这是第一次见，中间相隔有十万八千年似的。彼此的梦里都做过无数回，那梦里的人都不大像了，还不如不梦见。其实都已经决定不去想了，也真不再想了，可人一到了面前，却发觉从没放下过的。两人怔了一时，康明逊就绕到床边要看孩子。王琦瑶不让看，康明逊问为什么，王琦瑶说，不让看就是不让看。康明逊还问为什么，王琦瑶就说因为不是他的孩子。两人又沉默了一会儿，康明逊问：不是我的是谁的？王琦瑶说：是萨沙的。说罢，两人都哭了。许多辛酸当时并不觉得，这时都涌上心头，心想，他们是怎样才熬过来的呀！康明逊连连说道：对不起，对不起。自己知道说上一万遍也是无从补过，可不说对不起又说什么呢？王琦瑶只是摇头，心里也知道不要这个对不起，就什么也没了。哭了一会儿,王琦瑶先止住了,擦干眼泪说道:确是萨沙的孩子。听她这一说,康明逊的眼泪也干了,在椅子上坐下,两人就此不再提孩子的话,也像没这个人似的。王琦瑶让他自己泡茶,问他这些日子做什么,打不打桥牌,有没有分配工作的消息。他说这几个月来好像只在做一件事,就是排队。上午九点半到中餐馆排队等吃饭,下午四点钟再到西餐社排队等吃饭,有时是排队喝咖啡,有时是排队吃咸肉菜饭。总是他一个人排着,然后家里老老少少的来到。说是闹饥荒,却好像从早到晚都在吃。王琦瑶看着他说:头上都吃出白头发来了。他就说:这怎么是吃出来的呢?分明是想一个人想出来的。王琦瑶白他一眼,说:谁同你唱"楼台会"!过去的时光似乎又回来了,只是多了床上那个小人。麻雀在窗台上啄着什么碎屑,有人拍打晒透的被子,啪啪地响。

程先生回来时,正好康明逊走,两人在楼梯上擦肩而过,互相看了一眼,也没留下什么印象。进房间才听王琦瑶说是弄堂底严师母的表弟,过去常在一起玩的。就说怎么临吃晚饭了还让人走。王琦瑶说没什么菜好留客的。王琦瑶的母亲并不说什么,脸色很不好看,但对程先生倒比往日更殷勤。程先生知道这不高兴不是对自己,却不知是对谁。吃过饭后,照例逗那婴儿玩一会儿,看王琦瑶给她喂了奶,她将小拳头塞进嘴巴,很满足地睡熟,便告辞出来。其时是八点钟左右,马路上人来车往,华灯照耀,有些流光溢彩。程先生也不去搭电车,臂上搭着秋大衣,信步走着。他在这夜晚里嗅到了他所熟悉的气息。灯光令他亲切,是驻进他身心里的那种。程先生现在的心情是闲适的,多日来的重负终于卸下,王琦瑶母女平安,他又不像担心的那样,对那婴儿生厌。程先生甚至有一种奇怪的兴奋心情,好像新生的不是那婴儿,而是他自己。电影院正将开映第四场电影,这给夜晚带来了活跃的空气。这城市还是睡得晚，精力不减当年。理发店门前的三色灯柱旋转着，也是夜景不熄的内心。老大昌的门里传出浓郁的巴西咖啡的香气，更是时光倒转。多么热闹的夜晚啊！四处是活跳跳的欲望和满足，虽说有些得过且过，却也是认真努力，不虚此生。程先生的眼睛几乎湿润了，心里有一种美妙的悸动，是他长久没体验过的。

康明逊再一次来的时候，王琦瑶的母亲没有避进厨房，她坐在沙发上看一本连环画的《红楼梦》。这两个人难免尴尬，说着些天气什么的闲话。孩子睡醒哭了，王琦瑶让康明逊将干净尿布递一块给她，不料她母亲站了起来，拿过康明逊手中的尿布，说：怎么好叫先生你做这样的事情呢。康明逊说不要紧，反正他也没事，王琦瑶也说让他拿好了。她母亲便将脸一沉，说：你懂不懂规矩，他是一位先生，怎么能碰这些屎尿的东西，人家是对你客气，把你当个人来看望你，你就以为是福气，要爬上脸去，这才是不识相呢！王琦瑶被她母亲劈头盖脸一顿说，话里且句句有所指，心里委屈，脸上又挂不住，就哭了起来。她这一哭，她母亲更火了，将手里的尿布往她脸上摔去，接着骂道：给你脸你不要脸，所以才说自作自践，这“践”都是自己“作”出来的。自己要往低处走，别人就怎么扶也扶不起了！说着，自己也流泪了。康明逊蒙了，不知是怎么会引起来这一个局面，又不好不说话，只得劝解道：伯母不要生气，王琦瑶是个老实人……她母亲一听这话倒笑了，转过脸对了他道：先生你算是明白人，知道王琦瑶老实，她确实是老实，她也只好老实，她倘若要不老实呢？又怎么样？康明逊这才听出这一句句原来都是冲着他来的，不由后退了几步，嘴里嗫嚅着。这时，孩子见久久没人管她，便大哭起来。房间里四个人有三个人在哭，真是乱得可以。康明逊忍不住说：王琦瑶还在月子里，不能伤心的。她母亲便连连冷笑道：王琦瑶原来是在坐月子，我倒不知道，她男人都没有，怎么就坐月子,你倒给我说说这个道理!话说到这样,王琦瑶的眼泪倒干了,她给孩子换好尿布,又喂给她奶吃,然后说:妈,你说我不懂规矩,可你自己不也是不懂规矩?你当了客人的面,说这些揭底的话,就好像与人家有什么干系似的,你这才是作践我呢!也是作践你自己,好歹我总是你的女儿。她这一席话把她母亲说怔了,待要开口,王琦瑶又说道:人家先生确是看得起我才来看我,我不会有非分之想,你也不要有非分之想,我这一辈子别的不敢说,但总是靠自己,这一次累你老人家侍候我坐月子,我会知恩图报的。她这话,既是说给母亲听,也是说给康明逊听,两人一时都沉默着。她母亲擦干眼泪,怆然一笑,说:看来我是多操了心,反正你也快出月子了,我在这里倒是多余了。说罢就去收拾东西要走,这两人都不敢劝她,怔怔地看她收拾好东西,再将一个红纸包放在婴儿胸前,出了门去,然后下楼,便听后门一声响,走了。再看那红纸包里,是装了二百块钱,还有一个金锁片。

程先生到来时,见王琦瑶已经起床,在厨房里烧晚饭。问她母亲上哪里去了,王琦瑶说是爹爹有些不舒服,她这里差几天就满月,劝母亲回去了。程先生又见她眼睛肿着,好像哭过的样子,无端的却不好问,只得作罢。这天晚上,兴许少了一个人的缘故,显出了沉闷。王琦瑶不太说话,问她什么也有些答非所问,程先生不免扫兴,一个人坐在一边看报纸。看了一会儿,听房间里没动静,以为王琦瑶睡着了,回过头去,却见她靠在枕上,两眼睁着,望了天花板,不知在想什么。他轻轻走过去,想问她什么,不料她却惊了一跳,回头反问程先生要什么。她的眼睛是漠然警觉的表情,使程先生觉着自己是个陌生人,就退回到沙发上,重新看报纸。忽听窗下弄堂里嘈杂声起,便推窗望去,原来是谁家在鸡窝里抓住一只黄鼠狼。那人倒提着黄鼠狼控诉它的罪孽,围了许多人看,然后,人们簇拥着他向弄口走去。程先生正要关窗,却在空气里嗅到一股桂花香,虽不浓烈,却沁人肺腑。他还注意到平安里上方的狭窄的天空,是十分彻底的深蓝。他心里有些跃然,回过头对王琦瑶说:等孩子满月,办一次满月酒吧!王琦瑶先不回答,然后笑了笑说:办什么满月酒!程先生更加积极地说:满月总是高兴吉利的事。王琦瑶反问:有什么高兴吉利?程先生被她问住了,虽然被泼了冷水,心里却只有对她的可怜。王琦瑶翻了个身,面向壁地躺着,停了一会儿,又说:也别提什么满不满月了,就烧几个菜,买一瓶酒,请严师母和她表弟吃顿便饭,他们都待我不错的,还来看我。程先生就又高兴起来,盘算着炒几个菜,烧什么汤,王琦瑶总是与他唱反调,把他的计划推翻再重来。两人你一句我一句地争执着,才有些热闹起来。

这天下午,程先生提前下班,买了菜到王琦瑶处,两人将孩子哄睡了,便一起忙了起来,一边忙一边说话。程先生见王琦瑶情绪好,自己的情绪也就好,将冷盆摆出各色花样,紫萝卜镶边的。王琦瑶说程先生不仅会照相,还会烹饪啊!程先生说:我最会的一样你却没有说。王琦瑶问:最会的是哪一样?程先生说:铁路工程。王琦瑶说:我倒忘了程先生的老本行了,弄了半天,原来都是在拿副业敷衍我们,真本事却藏着。程先生就笑,说不是藏着,而是没地方拿出来。两人正打趣,客人来了,严师母表姐弟俩一同进了门,都带着礼物。严师母是一磅开司米绒线,康明逊则是一对金元宝。王琦瑶想说金元宝的礼过重了,又恐严师母误以为嫌她的礼轻,便一并收下,日后再说。大家再看一遍孩子,称赞她大有人样,然后就围桌坐下,正好一人一面。程先生同这两位全是初次见面。严师母见过他,他却没见过严师母,和康明逊则是楼梯上交臂而过,谁也没看清谁。这时候,便由王琦瑶作了介绍,算是认识了。

严师母在此之前就对程先生有好印象,便分外热情,见面就熟。程先生虽是有些招架不住,可也心领她的好意,并不见怪。相比之下,康明逊倒显得拘谨和沉默,也不大吃菜,只是喝温热的黄酒,一瓶黄酒很快喝完了,又开了一瓶。程先生说要去炒菜,站起来却有些摇晃,王琦瑶就说她去炒,按他坐下。他抬起手,在王琦瑶按他的肩的手背上抚摸了一下,王琦瑶本能地一抽手。对面的康明逊不禁看他一眼,是锐利的目光。程先生心里一动,清醒了一半。

王琦瑶炒了热菜上来,重又入座。严师母也脸热心跳地有了几分醉意。她向程先生敬一杯酒,称他是世上少有的仁义之士,又说是黄金万两容易得,知心一个也难求。话都说得有些不搭调,可也是借酒吐真言,放了平时则是难出口的。严师母自己敬了酒不算,又怂恿康明逊也向程先生敬酒。康明逊只得也举酒杯,却不晓得该说什么,看大家都等着,心里着急,说出的话更不搭调,说的是:祝程先生早结良缘。程先生照单全收,都是一个"谢"字,然后问王琦瑶有什么话说。王琦瑶看程先生的眼睛很不像过去,有些无赖似的,不知是喝了酒还是有别的原因,心里不安着,脸上便带了安抚的笑容,说:我当然是第一个要敬程先生酒的,就像方才严师母说的,"黄金万两容易得,知心一个也难求",要说知心,这里人没一个比得上程先生对我的,程先生是我王琦瑶最难堪时的至交,王琦瑶就算是有一万个错处,程先生也是一个原谅,这恩和义是刻骨铭心,永世难报。程先生听她只说恩义,却不提一个"情"字,也知她是借了酒向他交心的意思,胸中有无穷的感慨,还是伤感,眼泪几乎都到了下眼睑,只是低头,停了一会儿,才勉强笑道:今天又不是我满月,怎么老向我敬酒,应当敬王琦瑶才对呢!于是又由严师母带头,向王琦瑶敬酒。可大约是方才的话都说多了,这时倒都不说话,只喝酒。喝着喝着,程先生与康明逊的目光又碰在一起,相互看了一眼,虽没看明白什么的,可心里却都种下了疑窦。这天的酒都喝过量了,程先生不记得是怎么送走的客人,也不记得洗没洗碗盏了,他一觉醒来,发现竟是睡在王琦瑶的沙发上,身上盖一床薄被,桌上还摆着碗碟剩菜,满屋都是黄酒酸甜的香。月光透过窗帘,正照在他的脸上,真是清凉如水。他心里很安宁,看着窗帘上的光影,什么都不去想的。

忽听有声音轻轻问道:要不要喝茶?他循声音望去,见是王琦瑶躺在房间那头的床上,也醒了。脸在阴影里,看不清楚,只见一个隐约的轮廓。程先生并不觉局促,反是一片静谧,他说:真是现世啊!王琦瑶不出声地笑了:趴在桌上就睡着了,三个人一起把你抬到了沙发。他说:喝过头了,也是高兴的缘故。静了一下,王琦瑶说:其实你是不高兴。程先生笑了一声:我怎么会不高兴?真的是高兴。两人都不说话,月光又移近了一些。程先生觉着自己像躺在水里似的。过了很久,程先生以为王琦瑶睡着了,不料却听她叫了声程先生。他问:什么事啊?王琦瑶停了一下,说:程先生睡不着吗?程先生说:方才那一大觉是睡足了。王琦瑶说,你没明白我的意思。程先生说:我很明白。王琦瑶就说:你还是没明白我的意思。程先生笑了:我当然明白的。王琦瑶就说:倘若明白,你说给我听听。程先生道:要我说我就说,你的意思是,如今你我只这一步之遥,只要我程先生跨过这一步,你王琦瑶是不会说一个“不”的。王琦瑶心里诧异这个呆木头似的程先生其实解人至深,面上却有些尴尬,解嘲说:我自知是不配,所以只能等程先生提出。程先生又笑了,这时他感到身心都十分轻松,几乎要飘起来似的,他听着自己的声音就好像听着别人在说话,说的都是体己的话。他说:要说这一步,我程先生几乎等了有半辈子了,可这不是说跨过就跨过的,不是还有咫尺天涯的说法吗?许多事情都是强求不得的。王琦瑶那边悄然无声，程先生不管她是否醒着，只顾自己滔滔不绝地说，像是把积攒了十余年的话全一股脑儿地倒出来。他说他其实早就明白这个道理，并且想好就做个知己知彼的朋友，也不枉为一世人生；可这人和人在一起，就有些像古话说的“逆水行舟，不进则退”的道理，要说没有进一步的愿望是不真实的，要进又进不了的时候，看来就只得退了。停了一会儿，他突然问道：康明逊是孩子的父亲吧？王琦瑶出声地笑了，说：是又如何？不是又如何？程先生倒反有些窘，说：随便问问的。两人各自翻了个身，不一会儿都睡熟了，发出了轻微的鼾声。

第二天，程先生下了班后，没有到王琦瑶处，他去找蒋丽莉了。事先他给她往班上打了电话，约好在提篮桥见面。程先生到时，蒋丽莉已在那里站着了，不停地看表。分明是她到早了，却怨程先生晚了。程先生也不与她争辩，两人在附近找了个小饭馆，坐进去，点好菜。那堂倌一转身，程先生便伏在桌上哭了，眼泪成串地落在碱水刷白的白木桌面上。蒋丽莉心里明白了大半，并不劝解，只沉默着，眼睛看着对面的墙壁，墙壁是刷了石灰水的，惨白的颜色。这时的程先生只顾着发泄自己的难过，全然不顾别人是什么心情，即便是如程先生这样的忠厚人，爱起来也极端自私的，也极其地不公平。在他所爱的人面前，兢兢业业，小心翼翼，而到了爱他的人面前，却无所顾忌，目中无人，有些像耍赖的小孩。也正是这个，促使程先生来找蒋丽莉了。

蒋丽莉沉默了一会儿，回头看他还在流泪，嘲笑道：怎么，失恋了？程先生的泪渐渐止了，坐在那里不作声。蒋丽莉还想刺他，又看他可怜，就换了口气道：世上东西，大多是越想越不得，不想倒得了。程先生轻声说：要不想也不得怎么办呢？蒋丽莉一听这话就火了，大了声说：天下女人都死光了吗？可不还有个蒋丽莉活着吗？这蒋丽莉是专供听你哭她活着的吗？程先生自知有错，低头不语，蒋丽莉也不说了。两人僵持了一会儿，程先生说：我本是有事托你，可不知道怎么就哭了起来，真是不好意思。听他这话，蒋丽莉也平和下来，说有什么事尽管说好了。程先生说：这件事我想来想去只能托你，其实也许是最不妥的，可却再无他人了。蒋丽莉说：有什么妥不妥的，有话快说。程先生就说托她今后多多照顾王琦瑶，她那地方，他从此是不会再去了。蒋丽莉听他说出的这件事情，心里不知是气还是怨，憋了半天才说出一句：天下女人原来真就死光了，连我一同都死光的。程先生忍着她奚落，可蒋丽莉就此打住，并没再往下说什么。

王琦瑶等程先生来，等了几日，却等来蒋丽莉。她是下班后从杨树浦过来，调了几部车，头发蓬乱着，鞋面上全是灰，声音嘶哑。手里提了一个网兜，装了水果、饼干、奶粉，还有一条半新的床单。进门就抖出来，王琦瑶来不及去阻止，就唰唰几下子，撕成一堆尿布。

15. “昔人已乘黄鹤去”

后来，王琦瑶也到蒋丽莉家去过。其时，她家已从新村搬出来，住在淮海坊，离王琦瑶处只两站路。这天是星期天，把孩子哄睡了午觉，王琦瑶自己出来交付水电费。看天气很好，时候也还早，就放慢脚步在马路上看橱窗。忽听有人叫她，见是蒋丽莉，手里拿着一卷藏青布料，说要去找裁缝做一条裤子。王琦瑶拿过布料一看，见是普通的人造棉，便说，这又何须找裁缝，她就能做。蒋丽莉说真的吗？那就到你家去量尺寸吧。两人掉头走了几步，蒋丽莉却停下脚步说，为什么不上她家去量呢？王琦瑶不是还从来没去过她家。于是两人就再掉头往淮海坊去。蒋丽莉家住底楼一层，朝南两大间，再带朝北一小间，前边有一个小花园，什么也没种，只是横了几根竹竿晾衣服。

墙壁是用石灰水刷的，白虽白，但深一块浅一块，好像还没干透。地板是房管处定期来打蜡的，上足的蜡上又滴上了水，东一塌西一塌，也是没干透的样子。家里的房门都是大敞着，且又房房相通，楼梯正在门口，人来人往，脚步纷沓，使她家就像一条弄堂。尽管是这么南北通风，还是有一股无法散去的葱蒜味。已是十月的天气，可几张床上都还挂着蚊帐，家具又简单，所以她家还像集体宿舍。家里用了一个奶妈一个娘姨，两人站在后门口，面和心不和的表情，见有客人来，就随后跟进房间，各站一隅，打量王琦瑶。两个大孩子七八岁的年纪，见了王琦瑶也是一副莫测的神情，交头接耳，窃笑不已，然后煞有介事地进进出出。蒋丽莉的丈夫老张不在家，墙上连张相片都没有，不知是个什么模样的人。蒋丽莉家也没根皮尺，让佣人去邻居家借，两人你推我，我推你，最后一致说邻居家也不会有这样的东西。只能找了团线，代替皮尺量了。王琦瑶心里记牢哪根线是裤长，哪根线是腰围或臀围，小心地夹进布料，就说要走。蒋丽莉送她到门口，两个佣人也跟着。王琦瑶从始至终都蒙头蒙脑的，不晓得天南地北，刚走出横弄，忽然身后冒出一声小孩子的尖叫：阿飞！她一回头，便看见蒋丽莉那两个孩子逃跑的背影，心中更是惘然。

过了两天，蒋丽莉按约好的时间来拿裤子了。王琦瑶让她穿上试试，前后左右都很合适，蒋丽莉很满意。王琦瑶却是不懂天都凉了，为什么还要做人造棉的裤子。蒋丽莉说她喜欢人造棉的裤子，即便天凉了，也可以套棉毛裤来穿的。王琦瑶就更不懂了，棉毛裤外面怎么能罩人造棉裤子。收好裤子,两人又坐着聊了会儿闲篇。是晚饭以后,孩子自己在床上玩着布娃娃。王琦瑶给蒋丽莉倒了茶,端了一碟瓜子,蒋丽莉却从口袋里掏出烟来,王琦瑶这才知道她手指上发黄的斑迹原来是香烟熏的。问她怎么学会抽烟了,蒋丽莉反问她要不要也抽一支,她说不要,蒋丽莉非让她抽,两人推来让去,笑作一团,好像又回到做女学生的时光。王琦瑶最后还是不抽,蒋丽莉只得自己点上一支。王琦瑶看她抽烟的姿势,不由想起她的母亲,便问她母亲怎么样了。蒋丽莉说老样子,死抱住旧社会的一套不丢掉,自己苦恼自己。王琦瑶又问她兄弟如何,她想起那个把自己关在房间里不出门的少年。她从来没看清过他的面目。蒋丽莉说也是老样子,不过总算自食其力,在中学教书,上班却是骑摩托车来去的,反正她是看不惯。她那个家庭呀,真是一股樟脑丸的气味,是这个时代的旧箱底。王琦瑶觉着蒋丽莉的话也是将她捎带进去的,便有些不自在,话里有话地问道,申请入党,让她王琦瑶这样的做证明人,能作数吗?蒋丽莉听了哈哈一笑,然后向她解释了一通共产党的章法。王琦瑶听起来全是云里雾里,摸不着头脑的,听她说完,便又问了一句,如今有没有批准她的申请呢?这话问出,蒋丽莉的神情便暗淡了一下。然后她宽容地笑了,是笑王琦瑶的无知,她更加耐心地解说道,这申请是在一个漫长时期内进行的,需要不懈的坚持和无条件的信任,是带有脱胎换骨重新做人的含义,这不是由谁来允诺你的,共产党不是救世主,而是靠自己救自己,凭你的忠诚和努力。听她说着这些,王琦瑶恍惚看见了那个对月吟诗的蒋丽莉,不过那时吟的是风月,如今却是铁骨热血,有点献祭的味道。两种都带有夸张的戏剧的风格,听起来总叫人不敢全信。但别人再是怀疑,蒋丽莉自己却是全心投入。听她说完,王琦瑶便再无话可说了。

如今,蒋丽莉每过十天半月就会来王琦瑶处坐一坐,她对自己说是为了受人之托,其实那只是一半。另一半是因为对旧时光的怀恋,这个怀恋甚至使她忽略了王琦瑶是她的“情敌”这一事实。但这是她不能正视的情感。她是要与旧时光一刀两断的新人。因为心中的矛盾,所以她在王琦瑶处总是带着生气的表情,好像是她不情愿来,而不得不来。有时候她一言不发,王琦瑶问她什么,回答起来也是嫌恶的样子。还有她比较和缓的时候,王琦瑶正与她闲聊,她却忽然间凛然起来,使人陷入惶惑不安。她来总是使王琦瑶紧张,满心搜索着话与她说,一边准备着受她的抢白,还要看她的冷脸。可是她内心里却并不讨厌蒋丽莉的来访,甚至还有几分欢迎。于她来说,蒋丽莉也是旧时光的标记,王琦瑶是不排斥怀恋旧时光的。最要紧的,也是最微妙的,是她在蒋丽莉面前,能持有一些胜利者的心情。她王琦瑶可说是输到底了,可比起蒋丽莉,却终有一桩不输,那就是程先生。仗着这个不输,对蒋丽莉再忍让,也是不委屈的。因此,看上去是王琦瑶曲意奉承,内里却全是蒋丽莉的退让,你说她能不气吗?论起来,王琦瑶是有些占了便宜卖乖,但也是可怜,一无所有中的那么点便宜,能不让她炫耀炫耀?再说也不全是卖乖,蒋丽莉已经认了输,让她气势上占个先,又有何妨?她们如此一进一退中,倒是有着至深的谅解,甚至体贴,均是彼此不觉察的。

蒋丽莉的冷若冰霜里,却有一点和颜悦色,那是冲着王琦瑶的孩子来的。蒋丽莉自己那三个都是男孩,就好像老张的缩版,说着半生不熟的普通话,身上永远散发出葱蒜和脚臭的气味。他们举止莽撞,言语粗鲁,肮脏邋遢,不是吵就是打。她看见他们就生厌,除了对他们叫嚷,再没什么话说。他们既不怕她也不喜欢她,只和父亲亲热。傍晚时分,三个人大牵小,小牵大,站在弄堂口,眼巴巴地看着天一点点黑下来，然后父亲的身影在暮色中出现，于是雀跃着迎上前去。最终是肩上骑一个，怀里抱一个，手上再扯一个地回家。而这时，蒋丽莉已经一个人吃完饭，躺在床上看报纸，这边闹翻天也与她无关的。老张的母亲每半年就从山东老家来住一段，帮着照看孩子，料理家务。这时候，蒋丽莉更成了局外人。老太太特别好客，家里永远坐满了生人，有的是老家的亲戚，有的是隔壁的邻居。蒋丽莉昂然从他们面前走过，彼此熟视无睹，那夹在人群里的三个男孩，更成了路人一般的。当她看见王琦瑶的女婴，穿一身鹅黄色羊毛连衣裤，帽子下露出一缕柔软的额发，心里就生出了喜欢。她伸出一根手指，抚了抚婴儿圆润的下巴，小脸上便绽开一个笑容，真是如花盛开一般。婴儿总是能唤起温柔和纯净的心情，而人世是那么纷乱，蒋丽莉又是乱麻中的一个结，多少的解不开理还乱。人其实都不是累死的，而是烦死的。婴儿的世界却是简单的世界，当他们对我们笑的时候，那世界便打开了窗口。蒋丽莉看着那婴儿时，心里确实有一刻平静。但她的烦乱心情使她脸上总带有紧张与暴怒的表情，那孩子便有些怕她，在她面前有时会哭。她去哄她，又总是越哄越哭，她简直束手无措，心里是无比的沮丧。

王琦瑶直要等她实在没办法了才去解围，孩子在她手里三下两下就弄服帖了。王琦瑶好笑地说：你这三个孩子都是白生了。蒋丽莉说：我虽然生了三个，却是头一遭抱孩子。王琦瑶便有些感动，说：送给你做女儿吧！话一出口就觉不妥，亵渎了蒋丽莉似的，赶紧添一句：就怕她没这个福气。蒋丽莉却不在意，反而说：要是照耶稣教的规矩，我就可以做她的教母。王琦瑶又脱口而出道：程先生做她的教父。蒋丽莉一下子涨红了脸。王琦瑶以为她要发怒，但是没有。红潮渐渐从她脸上褪下，她忽然一笑，有些嘲讽又有些伤感，说：程先生倒是想做她父亲的。这一回轮到王琦瑶脸红了,红过了才说:那她才真是没福气呢!两人一时都没说话,看着孩子。孩子刚吃饱奶,眼睛一闭一开,十分安宁的样子,许多尴尬事便在这安宁的眼光中变得自然和温和了。在春天的一个风和日暖的星期天里,蒋丽莉甚至硬拉来程先生给她们和孩子照相。每个人心里都有着时光倒流的感觉,只有这孩子是多出来的,打破了幻觉。他们三个大人一个孩子走在公园里,出于好心情而赞叹着花草树木。这些花草树木在灿烂的阳光的照射下,显得支撑不起似的,软弱和稀疏,虽然处处流露出精心养育的迹象,却反而透出一股无奈挣扎的表情。只有看着孩子在草地上歪歪斜斜地学步是令人振作的,那些娇嫩的小脚步,掩盖了草地的贫瘠枯萎。各色各样的玩具在草坪上滚来滚去,引那些小孩子去追逐游戏。王琦瑶把孩子也放下地来,三个大人看她跌倒爬起地折腾。

康明逊和王琦瑶还保持着稀疏却不间断的来往。似乎是孩子的问题已经解决,就没什么理由不来往了。不过,原先的爱不欲生和痛不欲生也释淡了。他们坐在一起,不再有冲动,即便是同床共枕,也有些例行公事,也是习惯使然。总之,他们成了一对真正的老熟人,你知我,我知你,却是桥归桥,路归路。所以,当王琦瑶听说康明逊在与人约会的时候,她心里也没有太大的难过,至多调侃他几句,康明逊也看出她的不认真和不在意。因为来去自由,他便也不急于找机会离开,而是从容行事,相当地挑剔。因此,虽然一直在进行着各种约会,却始终没有一个是明确了关系的,到了后来,连约会也疏落了下来。如今,他们两人之间不再是如火如荼的热烈,但却是很稳定,甚至称得上牢固的一对。倘若不是有个孩子在中间梗着,康明逊还会来得更勤一些。这孩子是使他不自在的,许多回忆都因她而起,打搅了他的平静。当孩子会说话的时候,喊他的是“毛毛娘舅”,这称呼会吓他一跳。他看着她的眼光,就好像她随时会追着他讨债,又惶恐又有点厌恶。王琦瑶看出这些,于是当他上门时,她总是把孩子打发到邻人家或者弄堂里去玩,避免这种尴尬的局面。蒋丽莉也使康明逊不安。他初次看见她,还以为是派出所的户籍警,穿一身蓝咔叽制服,晃晃荡荡的裤腿底下,是一双乱糟糟的中学生样式的丁字猪皮鞋。她说出话来也叫他吃一惊,有一半是报纸上的话。他其实早从王琦瑶处听过蒋丽莉这个名字,也知其出身和家庭,却和眼前情景对不上号,不知哪是虚哪是实。她看他的目光叫他不自在,也是有追逼的意思。知道她多是晚上和星期天来,便绕开这两种时间,来王琦瑶处的机会就又少了些。不过,无论是多是少,却也影响不了他们什么,无论是他们各人,还是之间的关系,都已成定局了。

时间就这样过去。如果不是孩子在一天天长大,就几乎不会觉出斗转星移。王琦瑶在打针的同时,还从里弄办的羊毛衫加工厂里接一点活。五斗橱抽屉里,那盒金条,她只动过一次,是孩子出麻疹时,托了康明逊去兑换的,等兑来了钱,她却一分没用,因为意外接到一批毛线活。她几个晚上没睡觉,赚来了孩子的医药费和营养费。虽然差点儿累倒,可是想到那笔财产完好无缺,却是备感安慰。当王琦瑶明白嫁人的希望不会再有的时候,这盒金条便成了她的后盾和靠山。夜深人静时,她会想念李主任,可她怎么想李主任却也想不起来,李主任的面目都是零碎着的,眼睛鼻子很清楚,拼在一起便拼不拢了,好像当年他和失事的飞机一起粉身碎骨的同时,也把王琦瑶记忆中的印象打散了。和李主任共眠的那些夜晚也是印象含糊的,就算是第一次的钻心疼痛,却早被以后多次的重复淹没了。与李主任的生离死别,回想起来,如噩梦一般,是被现实淹没的。别后的经历,一层层地砌起来,砌墙似的。同李主任的聚散是在那最底的一层,知道是有,却觉不出来。如今,唯一的看得见,摸得着,便是这个西班牙风雕花的木盒了。而就这一点,却是王琦瑶的定心丸。王琦瑶禁不住伤感地想:她这一辈子,要说做夫妻,就是和李主任了,不是明媒正娶,也不是天长地久,但到底是有恩又有义的。

日子很仔细地过着。上海屋檐下的日子,都有着仔细和用心的面目。倘若不是这样专心致志,将注意力集中在这些最具体最琐碎的细节上,也许就很难将日子过到底。这些日子其实都是不能从全局推敲的。所以,在这仔细的表面之下,是有着一股坚忍。这坚忍不是穿越疾风骤雨的那一种,而是用来对付江南独有的梅雨季节。外面下着连绵的细雨,房间的地板和墙壁起着潮,霉菌悄无声息地生长。那一点煨汤或是煎药的小火,散发出的干燥与热气,就是这坚忍。所以,这坚忍还是节省的原则,光和热都是有限,只可细水长流。它是供那些小人物的切碎了平均分配的小日子和小目标。

那些深长里巷里的夜声,细细碎碎的,就是这小日子的动静,它们走着比秒还小的毫秒的步子,难免是叽叽喳喳,鸡毛蒜皮的,却也是一步一个脚印,很扎实地往前去。歌和哭都是听不大出来,闷在肚子里的。只有当你看见迷雾笼罩弄堂的上空,才会发现它的忧愁和甜蜜。

一九六五年是这城市的好日子,它的安定和富裕为这些殷实的日子提供了好资源,为小康的人生理想提供了好舞台。一九六五年的城市上空,充斥着温饱的和暖气流,它绝非奢华,而是一股朴素敦厚的享乐之风。春天的街景,又恢复了鲜艳的色彩,滋养着不失常理的虚荣心。街道上有了一股隐隐的却勃勃的生气,静中有动。夜晚的灯光,虽称不上是灿烂辉煌,却一个萝卜一个坑的,每一点光都有用处,有情有景,有物有人,没一盏是虚设。这城市就像受过洗礼似的,有了平常心。这就是一九六五年这城市的内心,尘埃落定。程先生恢复了他的摄影间,在那里度过他的节假日。当灯光亮起的时候,他有着平静的心境,就好像一个游子终于回了家。他的兴趣也回到了最起初,也是最擅长,就是拍摄肖像。开始是附近理发店请他帮忙拍发型模特儿的照片,后来一传十,十传百地传开,逐渐就有一些年轻貌美的女性来造访他的摄影间。此时程先生已经四十三岁,在年轻人眼里可算得上老头。本来就是拘谨严肃的性情,不轻易动心,大半生全叫一个王琦瑶占了去,耗尽了情感和兴趣,如今就再无半点儿女情长的心了。在他眼里,那一个个美人都是木胎泥塑,只有观赏的价值。只是不知是因年纪增长,还是因王琦瑶的磨折所致,他倒是比过去更抓得住女性的美妙所在,常常有出奇制胜的表现,于寻常处见魅力。程先生不轻易接受请求给人照相,一旦接受便是精益求精。他宁少毋滥,凡拿出手的,全都是精品。晚上,他一个人坐在暗房,只一盏红灯照耀,万物万事全退于黑暗之中,连自己都一并退去了。药水中浮现起的花容月貌,是唯一的存在,也是蝉蜕一般的,内里是一团虚空。他全心都在这些姣好面容的明暗深浅的对比之中,寻找着最协调的关系。当一切完毕,他轻轻嘘一口气,边上一杯咖啡早已凉了。他任那咖啡搁着,关上红灯,在黑暗中摸出房间,走进卧室,上了床。上床后他还要吸一支雪茄,这是他新近培养的爱好,也是丰衣足食的一九六五年的赠赐。雪茄的烟雾好像安魂香,之后,程先生就睡了。

这一年,事情似乎回到了原先的轨道。中间的上下周折,由于无结无果,便都烟消雾散,如同做了一场梦。上海的天空终是这样,被楼房挤成一线天,光和雨都是漏进来的。上海马路上的喧声也是老调子。倘若不是住在这里,或许还能看出这城市的旧来,山墙上的爬墙虎一层覆一层,是葱茏的光阴植物;苏州河的水是一泓稠过一泓,积淀着时间的秽物;连那城市上方的一线天,其实也是加深颜色的,日夜吞吐的二氧化碳,使它变污浊了;悬铃木的叶子,都是这一批不如上一批新鲜润泽的。可是每天在这里起居的人们却无从发现这些,因为他们也是跟着一起长年纪的。他们睁开眼就是它,闭起眼也是它。有那么不多的几次,程先生在暗房里忘记了时间,万籁俱寂中,时间似乎藏匿了起来。岂不知那是时间分外活跃的时刻,越是无声越是活跃。后来是后街上牛奶车的声音提醒了程先生,他才知道已经到了早晨。他竟一点不觉得困倦。他放完最后一张照片,拉开暗房窗户上厚重的布幔,看见了晨曦中的黄浦江,这是久违了的情景,却是熟入心底的情景,程先生想他已有多少日子没有对它垂目,可它却一直驻守着,等待他回心转意。程先生的喉头都有些哽住。这时,一群鸽子从楼的缝隙中涌出,飞上天空。程先生想:这也是多年前的鸽群吗?也是在等待他吗?

程先生渐渐和朋友们断绝了来往,同王琦瑶、蒋丽莉也不通信息。在上海的顶楼上,居住着许多这样与世隔绝的人。他们的生活起居是一个谜,他们的生平遭际更是一个谜。他们独往独来。他们的居处就像是一个大蚌壳,不知道里面养育着什么样的软体生物。一九六五年也为这些蜗居样的生活提供了好空气。这是几乎称得上自由的年头,许多神秘的事物在这年头悄悄地生存和发展。唯有屋顶上的鸽群是知情者。

这一天晚上,响起门铃声的时候,程先生不由有些恼怒,他想今天并没有约人来拍照,谁能够不请自来呢?他走去开门的路上,心里斟酌着如何谢客。他虽然有些怪癖,却依然保持着平和文雅的天性。但他打开门,想好的谢客辞却一个字也用不上了,门口站的是王琦瑶。他没想到王琦瑶会上门来,他已经很久没想到过王琦瑶了。他有些意外,也有些高兴,却很平静,多年来激荡他的情感,全归于温存的往事。他请王琦瑶进房间,为她泡了茶来,这时他发现王琦瑶处在激动之中,她紧紧握住那杯茶,也不觉着烫手。她张口便道:蒋丽莉要死了!程先生惊了一跳,紧接着她又说了一句:蒋丽莉生了恶瘤。

这时候,“癌”这样东西还不那么普遍,人们对它的了解很少,甚至还不会叫它“癌”,而用“恶瘤”这两个字代替它。它是一个恐怖的传说,虽然听得不少,可从来不会想象它在自己身上甚至自己近处的人身上发生。它一旦来临,便要叫人吓破胆的。其实长久以来,蒋丽莉一直患有肝病,可是谁也不知道。她向来就是灰暗的肤色,挑肥拣瘦的口味,还有坏脾气。这使周围人忽略了她健康状况的退步,甚至也使她自己忽略。由于从小优裕的饮食生活,使她有一副好底子,抵抗力很强,于是减弱了对病痛的反应。她也觉得食欲不好,觉得疲劳,肝区不适,可这些全没超出她的承受能力,使她以为小事一桩。可是有一天,她突然起不来床,无力到连张纸也拿不了。是丈夫老张背了她去的医院,没有费什么周折,诊断便下来了。在观察室里挂了三天葡萄糖,老张又将她背了回来。蒋丽莉伏在老张的背上,嗅到他很浓烈的脑油的气味,心里涌起一股软弱的温情。她将脸埋在老张的后颈窝里,想说什么又说不动。这股温情是那么反常,叫她生出了不祥的预感。老张能为她做的,就是将他山东老家的亲人全都叫来。那都是些天底下最淳厚的人和最淳厚的情感,却与蒋丽莉有着最深的隔阂。他们怀着最沉痛的怜悯之情,围坐在蒋丽莉卧房的外间,偶尔低语交谈几句。他们看上去就像是一些守灵的人,使这房间里预先就有了凭吊的气氛。蒋丽莉突然生发的那一点温情在这令人窒息的空气中倏忽而去,荡然无存。抵抗病痛的耐心也荡然无存。她每天躺在房间里,一开门便是陌生人的身影和陌生的乡音。有几次,她竟破口大骂,骂这些亲人是催死的人。这些谩骂全被他们当作病人的痛苦而心甘情愿地承受了。

王琦瑶并不知道蒋丽莉生病。这些日子,蒋丽莉在川沙搞社会主义教育运动,一个月回来四天,所以她们也就不常见面。这天她走过蒋丽莉家弄堂,看见老张的母亲出来买切面,便上前招呼了一声。他母亲其实记不起王琦瑶是谁,但她是个热心肠的老太太,特别喜欢与人亲近,又加上这些日子憋得难过,站下来一说就没个完。王琦瑶听了不禁大惊失色,她顾不上安慰淌着眼泪的老太太,返身就向弄堂里走。她径直走进房间,穿过静坐无语的人们,推开蒋丽莉的房门。房间里拉着窗帘,开一盏床头灯,蒋丽莉靠在枕上,读一本《支部生活》,看见她来,露出了笑容。王琦瑶很少看见蒋丽莉的笑容,她总是蹙着眉,怨气冲天的样子。如今这笑容看上去可怜巴巴的,像是讨饶的样子,不由一阵鼻酸。她在床边坐下,心里打着战,想才几天不见,竟就憔悴成这个样。蒋丽莉不知道真正的病情,只以为是得了肝炎,因怕王琦瑶有顾虑,解释说是慢性的,所以不传染,也就不住隔离病房了。又问王琦瑶她孩子怎么样了,什么时候带她来玩。说到此,再解释了一遍慢性肝炎的不传染。王琦瑶心酸得说不出话,见蒋丽莉却是想说说不动,便不敢多留,告辞了出来。一个人在太阳很好的马路上乱转了一气,买了些并不需要的东西,再回到家里,已是午饭时间,肚子却饱饱的。炒了点剩饭给孩子吃,自己坐着钩羊毛风雪帽。钩着钩着,心里慢慢平静下来,第一个念头,便是去找程先生。

这天晚上,程先生一直将她送下楼,两人在外滩走了一会儿,都是心乱如麻,只得放下另说。江面上有一些水鸟在低低地飞行,开往浦东的轮渡在江心鸣着汽笛,隐隐约约地传来。背着江堤望去，不由就要仰起头来，殖民时期英国人的建筑高大森严。这些建筑的风格，倘要追根溯源，可追至欧洲的罗马时代，是帝国的风范，不可一世。它凌驾于一切，有专制的气息。幸好大楼背后的狭窄街道，引向成片的弄堂房屋，是民主的空气，黄浦江也象征着自由。海风通过吴淞口，从江上卷来，本是要一往无前而去，不料被高楼大厦挡住，只得回头，却加了外力，更加汹涌澎湃。幸而有开阔的江面供它铺陈，不至于左冲右突，变得狂暴，但就此外滩却总有着风在鼓荡，昼夜不息。走在江边，程先生问王琦瑶孩子怎么样，王琦瑶说很好，又说倘若她要有个三长两短，请他照顾这个孩子。程先生不由笑道：蒋丽莉生了绝症，你来托孤。两人想起了蒋丽莉，一颗心又沉重起来。停了一会儿，王琦瑶说，晚托不如早托呢！程先生说：我要是不接受呢？王琦瑶就说：那可不由你，我反正是赖上你了。话里有着一股认真的悲怆，使它听起来也不显得轻佻了。程先生扭过头去，看那黑暗里的江水，闪着一些微光，眼前却浮起当年他们一男二女三个，一同去国泰影院看电影的情景，心想究竟有多少岁月过去了呢？怎么连结局都看得到了。这结局又不是那结局，什么都没个了断，又什么都了断了。

这天，王琦瑶还与程先生商量，是不是劝说蒋丽莉搬回娘家去住，清静一些，饮食也好些，岂不料，在他们约好去看蒋丽莉的前一天，她母亲已经去看过她，几乎是被蒋丽莉赶了出来。其时，蒋丽莉的父亲早已回到上海，与她母亲正式离婚，将房子和一部分股息分给她母亲，自己和那个重庆女人在愚园路租了房子住。蒋丽莉的弟弟一直没有结婚，与人也无来往，每天下班回到家里，便把自己反锁在房间听唱片。他们母子生活在一个屋顶下，却形同路人，有时一连几天不打个照面的。平日里，她母亲只有一个保姆可以作陪，那保姆见她软弱可欺，并不将她放在眼里，一天倒有半天在外交游,于是,连保姆都不常照面了。这幢小楼因为人少显得格外空廓寂寥,院子里的花草早已凋谢,剩下残枝败叶,后来连残枝败叶都没了,只有垃圾灰土,更增添了荒凉。幸好她母亲生性愚钝,不是那种感时伤怀的人,因此身心不致受到太大伤害。只觉得时间过得慢,不知如何打发。知道蒋丽莉生病,她先是在家哭了一场。像她这样头脑简单且不求甚解的女人,总是靠眼泪来缓解困境,安抚心灵,并且总能收到好效果。哭过一场后,果然生出些希望,豁然开朗似的。她洗了脸,换上出门的衣裳,已经走到门口,又觉不妥,生怕惹那信仰共产党的女儿女婿讨厌。便回到房间,重又换一套朴素些的,再走出门去。走在去女儿家的途中,她怀着郑重的心情。她本来是怕去蒋丽莉家的,总共只去了两三回。那三个外孙看她的眼光就像在看怪物,女儿也不给她面子,来不迎,去不送,说话也很刻薄。女婿倒是忠厚人,是唯一待她礼貌的人,却又轮到她看不上他了,嫌他的山东话听不懂,又嫌他嘴里有葱蒜气,就爱理不理的。女婿也不会奉承,只能由着她受冷落去。如今,蒋丽莉的病就好像替她撑了腰似的,她理直气壮地走进蒋丽莉的家,对屋里那群外乡人视而不见,一径推开蒋丽莉的房间。她坐下不到五分钟,就提出了十几条批评和建议,那批评是否定一切,建议则明知做不到也要提的。蒋丽莉先是忍受着,可她母亲却得寸进尺,越发乘兴,竟动起手来,当场就嚷着要与蒋丽莉换床单被褥,洗澡洗头,一切重新来起的架势。蒋丽莉连反驳的耐心都没了,一下子将床头灯摔了出去。外屋的山东婆婆听见动静斗了胆闯进门,屋里已经一团糟。水瓶碎了,药也洒了,那蒋丽莉的母亲煞白了脸,还当她是个好人似的与她论理。蒋丽莉只是摔东西,手边的东西摔完了,就摔枕头被子。她婆婆拾起被子一把将她裹住,只觉得她在怀里筛糠似的抖,只得劝亲家母先回家转,过些时再来。蒋丽莉看着母亲退出房间，一下子就瘫软下来。从此，她婆婆便不敢随便放人进房间，事先都要通报一声，蒋丽莉让进才放行。

程先生同王琦瑶去看蒋丽莉时，遭到了拒绝。那山东老太出来告诉他们，蒋丽莉身上乏，要睡觉，不想见人。老太太的表情就好像自己有错似的，眼睛都不敢看他们，千般万般地对不住。两人都有些明白蒋丽莉不见他们的原因，又不敢承认，心里一阵恓惶。蒋丽莉的不见就好像是一种谴责，此情此景，这谴责是叫他们永世不得翻身的。两人更是不敢看老太太的眼睛，互相也躲避着目光，赶紧地分了手，各自回家。事后，又分别去探望蒋丽莉。程先生还是吃了辞客令，灰溜溜地出来，沿了淮海路朝东走。走过一家酒馆，里面吵吵嚷嚷的，白木方桌边坐的尽是做工模样的人，门口架一口大油锅，煎着臭豆腐，油香和着酒香，扑面而来。他走进去，也在桌边坐了一个位子，要了二两黄酒，一碟百叶丝。同桌的人互相都不认识，各自对了一两碟小菜喝酒。邻桌也有是熟人相聚，声浪一阵高过一阵。程先生半两酒下肚，心里热了，眼里也热了，不觉掉下成串的泪珠。没有人注意他。油锅的热气蒸腾弥漫，人都是掩在烟雾中的，模模糊糊，程先生可以尽情地伤心。就在这时候，王琦瑶已经坐在了蒋丽莉的床边。她是和程先生前后脚到的蒋丽莉家，程先生刚出弄口，她就来了。蒋丽莉让她进了房间。

王琦瑶走进房间，第一眼是觉着蒋丽莉要比前一回好些了。她头发梳得又齐又平，顺在耳后，新换一件白衬衣，脸颊上有一些红晕，靠在摞起来的枕头上。看见王琦瑶，没有招呼，反把头扭向一边，背着她。王琦瑶在床边坐下，一时也不知说什么好。蒋丽莉背着脸的侧影，好像在饮泣。窗帘拉开了半幅，有将近黄昏的阳光流泻进来，镀在她的头发和衣被上，看上去有一股难言的忧伤。停了一会儿，蒋丽莉却笑了一声，说：你看我们三个人滑稽不滑稽？

王琦瑶不知该怎么回答,只得赔笑一声。听见她笑,蒋丽莉便转过脸来,望了她说:他刚才又来,我就不让他进来。王琦瑶说:他心里很难过。蒋丽莉绷紧脸,怒声说:他难过关我屁事!王琦瑶不敢说话了,她发现蒋丽莉其实是在发烧,脸越涨越红,倒是少见的鲜艳。她伸手去摸蒋丽莉的额头,被她猛地推开了,手心却是滚烫的。蒋丽莉坐起来,欠着身子拉开床边写字台的抽屉,拿出一本活页夹,扔给王琦瑶。王琦瑶打开一看,见是手写的诗行。她立刻认出是蒋丽莉的作品,就好像回到了十多年前的女学生时代。那些矫情的文字是烧成灰也写着蒋丽莉的名字的。它们再是矫情,也因着天真而流露出几分诚心。这些风月派的诗句总是有一种令人难过的肉麻,真实和夸张交织在一起,叫人哭不是,笑不是。王琦瑶本是最不能读这些的,也是因为这她反不敢与蒋丽莉亲近。可这时候,王琦瑶读着这些,却觉着眼泪都冒上来了。她想,就算是演戏,把性命都赔了进去,这戏也成真了。她看出那诗句底下,行行都写着一个名字,就是程先生的名字,不论是好句子,还是坏句子。蒋丽莉从王琦瑶手中夺过活页簿,哗哗地翻着,挑选那些最可笑的念着,没念完自己就笑开了。她的笑声是那么响,惹得老太太将门推开一条缝,朝里望了望。蒋丽莉伏在被子上,笑得直不起腰,说:王琦瑶,你说,这算什么?她的眼睛闪烁着锐利的光芒,声音变了腔调,也是尖锐的。王琦瑶不禁有些害怕,去夺她手里的本子,不让她再念。她不松手,两人争夺着,她竟在王琦瑶的手背上抓出一道血痕。王琦瑶还是不松手,坚决地把本子抢了过来,并且按她躺下。蒋丽莉挣扎着,笑声渐渐变成了哭声,眼泪从她镜片后面滚滚而下,她说:你们穿一条裤子,你们合起来害我,说是来看我,其实是来气我!王琦瑶急了,忘了她是个病人,大声说:你放心,我不会和他结婚的!蒋丽莉也急了,大声说:你和他结婚好了,我怕你们结婚吗？你把我当什么人了！王琦瑶流着泪说：蒋丽莉，你多么不值得，为了一个男人，就不好好做人了，你简直太傻了！蒋丽莉泪如泉涌地说道：王琦瑶，我告诉你，我这一辈子都是你们害的，你们害死我了！王琦瑶忍不住抱住她，说：蒋丽莉，你以为我不知道？你以为他不知道？蒋丽莉先是将她推开，后又一把拉进怀里，两人紧紧抱住，哭得喘不过气来。蒋丽莉说：王琦瑶，我真是太倒霉太倒霉了！王琦瑶说：蒋丽莉，说你倒霉，我就更倒霉了。多少不如意都是压抑着，此时翻肠倒肚地涌上来，涌上来也是白搭，任凭怎么都挽回不了的。

她们不知抱着哭了多久，肠子都揉断了似的。后来是蒋丽莉口腔里的味道提醒了王琦瑶，那味道夹着甜和腥，缓缓地散发着腐烂的气息。王琦瑶想起她是一个病人，强忍着伤心，把眼泪咽了下去。她松开蒋丽莉，将她按在枕上，又去绞来热毛巾给她擦脸。蒋丽莉的眼泪就像是长流水，流也流不断。这时候，天也暗了下来。那边酒馆里的程先生，喝酒喝到一个段落，已伏在桌上起不来了。他耳畔有汽笛的声音，恍惚间自己也登上了轮船，慢慢地离了岸。四周是浩渺的大水，不见边际的。一九六五年的歌哭就是这样渺小的伟大，带着些杯水风波的味道，却也是有头有尾的，终其人的一生。这些歌哭是从些小肚鸡肠里发出，鼓足劲也鸣不高亢的声音，怎么听来都有些嗡嗡嘤嘤，是敛住声气才可听见的，可是每一点嗡嘤里都是终其一生。这些歌哭是以其数量而铸成体积，它们聚集在这城市的上空，形成一种称之为“静声”的声音，是在喧嚣的市声之上。所以称为“静声”，是因为它们密度极大，体积也极大。它们的大和密，几乎是要超过“静”的，至少也是并列。它们也是国画中叫作“皴”的手法。所以，“静声”其实是最大的声音，它是万声之首。

仅仅一周之后，蒋丽莉脾脏破裂，大出血而死。身边是老张，三个孩子，还有来自山东的亲属，团团地围着她。可她一直处在昏迷之中，并没有留下什么话。她所在的工厂为她举行了追悼会，悼词中说她与剥削阶级家庭划清界限，一生都没有停止对加入共产党的追求。她的父亲、母亲和弟弟都没来参加。他们似乎觉得，他们的到场会亵渎蒋丽莉的人生理想。但他们在家里为蒋丽莉做了从头七到七七完整的一套送殓仪式。在这七七四十九天里，她的家人坐在一处，有时静默，不时低声地交谈，流露出宽谅和理解的气氛。可蒋丽莉却永远地缺席，再不会回来，与这静谧的聚合无缘。程先生和王琦瑶也没参加追悼会，事实上，他们是在追悼会之后才知道蒋丽莉的死讯。大悲之痛似乎已经过去，这消息甚至还使他们产生轻松之感，是为蒋丽莉的终于解脱。尽管他们自己也没什么值得庆幸的事情，可他们都是妥协的人，懂得随遇而安，而不像蒋丽莉一生都在挣扎，与什么都不肯调和，一意孤行，直到终极。他们对蒋丽莉的祭祀是分开进行，互相都瞒着，却不约而同是在第二年的清明。程先生独自去龙华骨灰存放堂洒扫一回，王琦瑶则是在夜深人静时替她烧了一刀纸。虽然是她不信，蒋丽莉也不信，可总是万般无奈中的一点安慰，否则又能如何？追悼会上，蒋丽莉的山东婆婆哭声不断，几乎将厂领导的悼词遮盖。她的啼哭引起一片应和之声，这乡下人的哭丧调，使整个追悼会从头至尾充满了真实的哀恸。

16. “此地空余黄鹤楼”

程先生是一九六六年夏天最早一批自杀者中的一人。身在这个夏天，回想一九六五年的日日夜夜，就像是不祥的狂欢，是乐极生悲的前兆。不过，这是不明就里的小市民的心情。稍大些的人物，都早已看出端倪，在心理上多少做了些准备。因此，一九六五年的歌舞其实只是小市民的歌舞，一点没有察觉危险的气息。对他们来说，这个夏天的打击是从天而降的。奇怪的是，弄堂里的夹竹桃依然艳若云霓。栀子花，玉兰花，晚饭花，凤仙花，月季花，也在各自的角角落落里盛开着，香气四散。只有鸽群，不时从屋顶惊起，陡地飞上天空，不停地盘旋，终于回到屋顶歇歇脚，却又是一阵惊飞。它们的翅膀都快飞断了，它们的眼睛要流出血来，它们看到的最多，每一件悲惨的事情，以及前因后果都逃不过它们的眼睛。

一九六六年的夏天里，这城市大大小小、长长短短的弄堂，那些红瓦或者黑瓦、立有老虎天窗或者水泥晒台的屋顶，被揭开了。多少不为人知的秘密暴露在光天化日之下。这些弄堂里的苟苟且且的秘密，带着阴潮的霉气，还有鼠溺的气味，它们本来是要腐烂下去，化作肥料，培育新的人生。这些渺小的人生，也是需要付出牺牲作代价的。这些人生秘密，由于多而且轻，会有一些透出墙缝瓦缝，弥漫在城市的空气里，我们从来没嗅出里面的腐味，因它们早已衍变生化出新的生命。如今，屋顶被揭开了，那景象是触目惊心，隐晦的故事污染了城市的空气。这故事中有一个是说，一个不守家规的女儿，被私下囚禁了整整二十年，当她被释放出来的时候，双脚已不会走路，头发全白，眼睛也见不得阳光。在这些屋顶底下，原来还藏有着囚室，都是像鼠穴一样，幽闭着窸窸窣窣的动静。一九六六年这场大革命在上海弄堂里的景象，就是这样。它确是有扫荡一切的气势，还有触及灵魂的特征。它穿透了这城市最隐秘的内心，从此再也无藏无躲，无遮无蔽。这些隐秘的内心，有一些就是靠了黑暗的掩护而存活着。它们虽然无人知无人晓，其实却是这城市生命的一半，甚至更多。就像海里的冰山，潜在水底的那一半。这城市流光溢彩的夜晚与活泼泼的白昼，都是以它们的隐秘作底的，是那声声色色的釜底之薪，却是看不见的。好了，现在全撕开了帷幕，这心便死了一半。别看这心是晦涩，阴霉，却也有羞怯知廉耻的一面，经得起折磨，却经不起揭底的。这也是称得上尊严的那一点东西。

这个夏天里，这城市的隐私袒露在大街上。由于人口繁多，变化也繁多，这城市一百年里积累的隐私比其他地方一千年的还多。这些隐私说一件没什么，放在一起可就不得了。是一个大隐私。这是这城市不得哭不得语的私房话，许多歌哭都源于此，又终于此。你看见那砸得稀巴烂的玻璃器皿、明清瓷器，火里焚烧的书籍、唱片、高跟鞋，从门楣上卸下的店号招牌，旧货店里一夜之间堆积如山的红木家具、男女服装、钢琴提琴，这都是隐私的残骸，化石一样的东西。你还看见，撕破的照片散布在垃圾箱四周，照片上这一半那一半的面孔，就像一群屈死的鬼魂。最后，连真的尸体也出现在人头济济的马路上了。

当隐私被揭露，沉渣泛起地在空中飞扬，也是谣言蜂起的时刻，我们所听见的那些私情，一半是真，一半是假。我们虽是信疑参半，可也并不停止继续传播。乌烟瘴气笼罩了城市的街道里巷。这是由最碎的舌头嚼出来的传言，它们使隐私被揭露的同时失去了真面目，变了颜色，自己都认不出自己。所以你千万不要全信，可也不要不信，在那耸人听闻的危言之下，只有着那么一点实情。那一点实情其实很简单，也是人之常情的一种，就看你怎么去听。千奇百怪的人和事，一夜之间诞生于世，昨天还是平淡如水，今天则骇世惊俗。你只要去看路边的大字报，白纸黑字写的都是；还有高楼顶上撒下的传单，五色纸黑油墨写的也是。你看这些，能把你看糊涂。这城市的心啊,已经歪曲得不成样了,眉眼也斜了,看什么,不像什么。

程先生的顶楼也被揭开了,他成了一个身怀绝技的情报特务,照相机是他的武器,那些登门求照的女人,则是他一手培养的色情间谍。这夏天,什么样的情节,都有人相信。他家的地板撬开,墙打穿了,环绕程先生的神秘气息有增无减。他被逼供了几天几夜,还是没有结果,只能将他关起来,锁在机关的一间厕所里,一关就是一个月。这一个月里,程先生过着行尸走肉的生活,他吃,他睡,他写,他说,都听凭着别人的意志。他的脑子成了一个空洞。夜深人静,有彻夜不断的水滴的声音,那是抽水马桶的漏水声,就好像时间的更漏。一个月过去,程先生被释放回家,已是深夜两点,没有公交车,他是步行回家。马路上没有人,外滩的江边也没有人,走进他住的大楼,大楼里静悄悄。电梯停在底层,锁着门,穹顶上开一盏电灯,将惨白的光洒下楼底。他一层层走在围绕电梯铁索盘旋而上的楼梯,脚步激起回声,在穹顶下左冲右突。窗户外传来江水拍岸的声响,可看见漆黑江水里的航标灯亮。他走到顶楼,推门进去,房间里意外地亮着,月光照在地上,原来所有的窗幔都已扯下。于是,他就想不起开灯,走过去,在月光里站了一时,然后在地上坐了下来。

这一晚的月光照进许多没有窗幔遮挡的房间,在房间的地板上移动它的光影。这些房间无论有人无人,都是一个空房间。角落里堆着旧物,都是陈年八辈子,自己都忘了的,这使它看上去像废墟。房间是空房间,人是空皮囊,东西都被掏尽。其实几十年的磨砺本已磨得差不多,还在乎这一掏吗?今天的月亮,是可在许多空房子和空皮囊里穿行,地板缝里都是它的亮。然后,风也进来了,先是贴着墙根溜着,接着便鼓荡起来,还发出嗖嗖的声响。偶尔地,有一扇没关严的门窗噼啪地击打一声,就好像在为风鼓掌。房间里的一些碎纸碎布被风吹动了,在地板上滑来滑去。这些旧物的碎屑,眼见得就要扫进垃圾箱,在做着最后的舞蹈。

这样的夜晚真是很凄凉,无思无想,也没有梦,就像死了一样。等天亮了,倒还好些,可以去看,去听。可现在,看也没什么看,听也没什么听。街上多出许多野猫,成群结队地游荡。它们的眼睛就像人眼,似乎是被放逐的灵魂在做梦游。它们躲在暗处,望着那些空房间,呜呜地哀叫。它们无论从多么高的地方跳下,都是落地无声。它们一旦潜入黑暗,便无影无踪,它们实实在在就是那些不幸的灵魂从躯壳中被赶出。还有一样东西也可能是被驱出皮囊的灵魂,那就是下水道里的水老鼠。它们日游夜游,在这城市地下的街巷里穿行,奔赴黄浦江的水道。它们往往到不了目的地便死了,可终有一天,它们的尸体也会被冲进江水。它们是一种少有人看见的生物,偶尔地,千年难得见上一面,便会惊奇得了不得。在今天这个月夜里,下水道里几乎是熙熙攘攘,正举行着水老鼠的大游行。这个夜晚啊,唯独我们是最可怜的,行动最不自由,本是最自由的那颗心,却被放逐,离我们而去。幸亏我们都睡着,陷于无知无觉的境地,等到醒来,又是一个闹哄哄的白天,有看有听又有做。

程先生是睁着眼睛睡的,月光和风从他眼睑里过去,他以为是过往的梦境。他甚至没有注意到他的周围,他的家已经变成这副样子。可是江边传来的第一声汽笛唤醒了他,月光逝去又唤醒了他,最初的晨曦再唤醒了他。他抬头看看,一个声音对他说:要走快走,已经够晚了。他没有推敲这句话的意思,就站起身跨出了窗台。窗户本来就开着,好像在等候程先生。有风声从他耳边急促地掠过,他身轻如一片树叶,似乎还在空中回旋了一周。这时候,连鸽子都没有醒,第一部牛奶车也未起程,轮船倒是有一艘离岸,向着吴淞口的方向。没有一个人看见程先生在空中飞行的情景,他这一具空皮囊也是落地无声。他在空中度过的时间很长,足够他思考一些重要的事情。他一离开窗台,思绪便又回到他的身上。他想,其实,一切早已经结束,走的是最后的尾声,可这个尾拖得实在太长了。身体触地的一刹那,他终于听见了落幕的声音。

你有没有看见过卸去一面墙的房屋,所有的房间都裸着,人都走了,那房间成了一行行的空格子。你真难以想象那格子里曾经有过怎样沸腾的情景,有着生与死那样的大事情发生。这些空格子看上去是那么小,那么简陋,几乎不相信能容纳一个昼夜的起居。它们看上去还是那么单薄,一弯楼梯就像洋老鼠房子的楼梯,就好像经不起一脚踩的样子。看那一面面的后窗,窗外边是蓝天,有窗没窗都一个样。门也是可有可无,显得都有些无聊。可就是这些木头和砖垒起的小方格里,有着我们的好日子和坏日子。让我们把墙再竖起来吧,否则你差不多就能听见哭泣的声音,哭泣这些日子的逝去。让这些格子恢复原样,成为一座大房子,再连成一条弄堂,前面是大马路,后面是小马路,车流和人流从那里经过。无论这城市有多少空房子,总有着足够的人再将它们填满。这城市的人就像水一样,见空就钻。在这里你永远不会有足够的空闲去哀悼逝去的东西,挤都来不及呢。不过那是将一百年作一年,一年作一天那么去看事物的,倘若只是将人的一生填进去,却是不够塞历史的牙缝。倘若要哀悼,则可哀悼一生。但那哀悼纵然有一百年,第一百零一个年头,也就烟消云散。在这城市里生活,眼光不需太远,却也不需太近,够看个一百零一年的就足矣。然后就在那砖木的格子里过自己的日子,好一点坏一点都无妨。虽说有些苟且,却也是无奈中的有奈,要不,这一生怎么去过?怎么攫取快乐?你知道,在那密密匝匝的格子里,藏着的都是最达观的信念。即使那格子空了,信念还留着。窗台上,地板上,墙上,壁上,那楼梯转弯处用滑粉写着的孩子的手笔:“打倒王小狗”,就是这信念。

第三部

第一章

1. 薇薇

薇薇出生于一九六一年,到了一九七六年,正是十五岁的豆蔻年华。倘要以为她母亲王琦瑶漂亮,她就也漂亮,那就大错特错了。薇薇称不上是好看,虽然继承了王琦瑶的眉眼,可那类眉眼是要有风韵和情味作底的,否则便是平淡无趣了。而薇薇生长的那个年头,是最无法为人提供这两项的学习和培养。她难免也是干巴巴的,甚至在神情方面还有些粗陋。那些年头里,女孩子要称上好看,倒全是凭实力的,一点也掺不得水。薇薇显然不具备这样的好看的条件。她时常听见人们议论,说女儿不如母亲漂亮,这使她对母亲心生妒忌,尤其当她长成一个少女的时候。她看见母亲依然显得年轻清秀的样子,便觉着自己的好看是母亲剥夺掉的。这类议论对母亲也是有影响的,那就是使王琦瑶保持了心理上的优势,能以沉着自若的态度面对日益长成的女儿,而不致感到年岁逼人。薇薇刚长到能穿王琦瑶的衣服的时候,就开始和母亲争衣服穿了。有时候,王琦瑶分明出于好心,说这衣服对她太老成,她反而更要穿那衣服,似乎母亲是心怀叵测。家里有两个女人,再没个男人来解围,事情是真难办。倘要以为这个没有父亲的家庭会受到种种压力,那也大错特错了。人们虽然会对她们嚼些舌头,可却从来没有麻烦过她们什么,甚至还有些怜惜和照顾。她们的麻烦尽是自己找的。如同所有结成对头的女人那样,她们也是勾心斗角的一对。一九七六年,王琦瑶是四十七岁,看上去至少减去十岁,和女儿走在一起,更像是一对姐妹,也是姐姐比妹妹好看。但好看归好看,青春却是另一回事,怎么补也补不过来,到底是年轻占些便宜,有着许多留待享用的权利,不争取也是归她。所以,王琦瑶对女儿也是有妒意的,薇薇呢,便也有了她的优势。总之,这母女俩的优劣位置是可转换的,决定于从哪个角度看问题。

每年的大伏天,王琦瑶晒霉的时候,打开樟木箱,衣服搭满了几竹竿,窗台上则是各色皮鞋。满屋子都飞扬着细小的灰尘,在阳光里上下沉浮。薇薇就像踩高跷似的,将每一双皮鞋都套在脚上拖一圈。开始的时候,她的脚只能占个鞋尖,走两步就要摔倒。后来,她的脚长起来了,一年比一年地穿满了这些高跟鞋。箱子底的抽了丝的玻璃丝袜也叫她惊奇,把手伸进去,再张开,对着太阳,看那蝉翼似的玻璃丝。她的手也一年一年长大,最终将那丝袜彻底撑破。还有那些缀了珠子的手提包,散了串的珍珠项链,掉了水钻的胸针,蛀了洞的法兰绒贝雷帽。都是箱角里的物件,虽是七零八落,却也凑合成了一幅奇光异色的图画。这幅图画在这大太阳天里,是有些暗淡,还有些灰心丧气的,就像那种剥落了油彩的旧油画,然而却流露出华丽的表情。薇薇将这些东西全披挂起来,然后去照镜子,镜子里的人不是人,是妖精。她一边做着许多她以为是坏女人的姿态,一边笑弯了腰。她想象不出母亲当年的样子,也想象不出母亲当年的那个时代。今天的景象再是索然无味,因为是她的时代,所以还是今天好。薇薇有时候故意将母亲的这些箱底弄坏一点两点,从皮领上扯下几撮毛,缎旗袍上勾出几根丝,等着母亲来骂她,好和王琦瑶顶嘴。可是,日落时分,母亲收东西时,却不是每次都发现,即使发现,反应也很淡漠。她将那破绽处迎着光线仔细看着,然后便叠好收起了,说:谁晓得还穿着穿不着。薇薇不觉也感到了黯然,甚至还有些可怜母亲,起了自责的心情。这心情不是出于同情和善解,倒是来自青春的狂妄,觉着世界都是自己的,何苦去欺那些走在末途的老年人。在他们眼中,只要年长十岁,便可称得上老人了。有时你听他们在说"老头子""老太婆"的,其实那不过是三十多岁的人,四十多岁的人就更别提了。

但薇薇时常会忘记自己的优势,内心是有些自卑的。年轻总是这样,因为缺乏经验,便不会利用自己的好条件,而且特别容易受影响,不相信自己。所以,薇薇就变得不愿意和母亲一起出门。母亲在场,她止不住就流露出丧气的表情,使她平淡的面目更打了折扣。小些的时候,对母亲的倚赖还压制着挫败感,渐渐大了,所谓翅膀硬了,倚赖逐步消退,挫败感便日益上升,变得尖锐起来。一九七六年时,薇薇是高中一年级学生。她照例是不会对学习有什么兴趣的,政治上自然也没什么要求。她是那种典型的淮海路上的女孩,商店橱窗是她们的日常景观,睁眼就看见的。这些橱窗里是有着切肤可感的人生,倒不是"假大空"的。它是比柴米油盐再进一步的生活图画,在物质需求上添一点精神需求,可说是生活的美学。薇薇这些女孩子,都是受到生活美学陶冶的女孩子。上海这城市,你不会找到比淮海路的女孩更会打扮的人了。穿衣戴帽,其实就是生活美学的实践。倘若你看见过她们将一件朴素的蓝布罩衫穿出那样别致的情调,你真是要惊得说不出话来。

在那个严重匮乏生活情趣的年头里,她们只需小小一点材料,便可使之焕发出光彩。她们一点不比那些反潮流的英雄们差劲,并且她们还是说得少,做得多,身体力行,传播着实事求是的人生意义和热情。在六十年代末到七十年代上半叶,你到淮海路来走一遭,便能感受到在那虚伪空洞的政治生活底下的一颗活泼跳跃的心。当然,你要细心地看,看那平直头发的一点弯曲的发梢,那蓝布衫里的一角衬衣领子,还有围巾的系法,鞋带上的小花头,那真是妙不可言,用心之苦令人大受感动。薇薇的理想,是高中毕业后到羊毛衫柜台去做一名营业员。说实在的,那阵子的选择很有限,薇薇也不是个好高骛远的人,她甚至都不是个肯动脑筋的人,对自己前途的设想,带着点依葫芦画瓢的意思。这点上,她也不如王琦瑶,当然这也是时代的局限性。总之,薇薇是淮海路上的女孩中最平常的一个,不是精英,也不是落伍者,属于群众的队伍,最多数人。

一九七六年的历史转变,带给薇薇她们的消息,也是生活美学范畴的。播映老电影是一桩,高跟鞋是一桩,电烫头发是又一桩。王琦瑶自然是要去烫头发的。不知是理发师的电烫手艺生疏了,还是看惯了直发反而看不惯鬈发了,王琦瑶从理发店回来时是非常懊恼的。新烫的头发就像鸡窝,显得邋遢,而且看出了年纪。她再怎么梳理都弄不好,心里直骂自己没事找事,还骂理发店没有金刚钻,却偏要揽瓷器活。其时,薇薇也和她的同学一起去烫了辫梢和刘海,倒是干净利索,也增添了一点妩媚。薇薇心情很好地回到家,却不料母亲说她像个从前的苏州小大姐。薇薇被泼了冷水,倒不气馁,晓得母亲这几日因为头发烫坏了气不顺,由着她说,并不回嘴,还帮着王琦瑶卷头发做头发,镜子里看出了自己的优势。王琦瑶一边想起佛家把头发叫作烦恼丝,是实在有道理。这千丝万缕的,真是烦恼死人了。过了几天,王琦瑶又去理发店,干脆剪了,极短的,倒新造出一个发式,非常别致。走出理发店时,这才觉出蓝天红日,微风拂面。薇薇一看母亲,再看自己,果然是一个苏州小大姐,不由一阵沮丧。这回就轮到王琦瑶替她弄头发了。可她心里有成见,总觉着母亲给她的建议不对头,故意要她难看似的。王琦瑶说什么,她反对什么。最后,王琦瑶生气了,撇下她走开去,薇薇一个人对着镜子,不由就哭了起来。这么闹一场,她们母女至少有三天不说话,进来出去都像没看见。

到了第二年,服装的世界开始繁荣,许多新款式出现在街头。据老派人看,这些新款式都可以在旧款式里找到源头的。于是,王琦瑶便哀悼起她的衣箱,有多少她以为穿不着的衣服,如今到了出头之日,却已经卖的卖,破的破。她唠叨着这些,薇薇倒不觉着啰唆,还很耐心地听。听母亲细致地描绘每一件衣服的质地款式,以及出席的场合,晒霉的日子又到了眼前。她看见母亲的好日子已经失了光彩,而她的好日子正在向她招手。她奋起直追地,要去响应新世界的召唤。她和她那些同学们,将这城市服装店的门槛都快踏破了,成衣店的门槛也踏破了。她们读书的时间没有谈衣服的时间多。她们还把外国电影当作服装的摹本反复去看。然而当她们初走出原先那个简单的无从选择的衣着世界,面对这一个丰富多彩、纷繁杂沓的服装形势,便会感到无所适从。天赋好一些的人,尚能够迅速找到方向,走到时尚的前列,起个领路人的作用。像薇薇这样天赋一般的人,难免就要走一些弯路,付些学费。其实薇薇要是肯多听母亲几句,也许还可以及时走上正轨,合上时尚的脚步,可她偏是要同母亲唱对台戏的。母亲说东,她偏西。要说起来,在服饰的进步方面,薇薇是花大力气了,但失败还是不可避免。她每过一段日子,就为了要钱做衣服和王琦瑶怄气;做好的衣服效果适得其反,又要和王琦瑶怄气;再看母亲不费一点难地,将箱底的旧衣服稍作整理便一领潮流,还得怄一次气。在追求时髦的过程中,薇薇就是这样将钱和心情作代价,举步维艰地前进。

不过,凡事都怕用心二字,再过了一年,薇薇的装束便得了要领。看见她,就知道街上在流行什么。而她一旦纳入时尚的潮流,心情便从容了许多。她有了一些识别力,晓得哪些只是时尚的假象,哪些才是真谛,需要跟上,不跟就要落伍。身在这一年,回顾前一年,难免百感交集,那真是叫人乱了手脚的。不要小看这些从俗入流的心,这心才是平常心,日日夜夜其实是由它们撑持着,这城市的繁华景色也是由它们撑持着。这些平常心是最审时度势,心明眼亮,所以也是永远不灭,常青树一样。薇薇高中毕业了,没有去卖羊毛衫,而是进入一所卫生学校。学校在郊区县,一星期回来一次。这个学校是女生多男生少,女孩子在一起,难免也是争奇斗艳,互相攀比着买衣买鞋。每到星期六回到市区,便如同补课一样,大逛马路。其时,王琦瑶早已经卸下打针的牌子,只在工场间里钩毛线活。本是活多人少,可是插队落户大回城,进了一批知青,就变成人多活少,收入自然减低了。为了应付薇薇服装上的开支,也为自己偶尔添一点行头,她不得已动用了那笔李主任留给她的财产。她等薇薇不在的时候,开箱取出金条,拿到外滩中国银行兑了现钱。她感慨地想:没饭吃的时候都没动这钱,如今有吃有穿的,却要动了。她觉得动了一回就难保没有下一回,就好像满口牙齿掉了一颗,就会掉第二颗,心里不觉有些发空。可是一街的商店都在伸手向她要钱,她挨得过今天挨得过明天吗?王琦瑶眼里的今日世界,不像薇薇眼里的是个新世界,而是个旧世界,是旧梦重温。有多少逝去的快乐,这时又回来了啊!她心里的欢喜其实是要胜过薇薇的,因为她比薇薇晓得这一些的价值和含义。

金条的事情,王琦瑶瞒着薇薇,想若是被她晓得,还不知怎么样地买衣服呢!所以,薇薇向她要钱时,她手是一点不松的。这时候,薇薇才会想起父亲这一桩事来。她想,倘若再有一个父亲挣钱,便可多买多少衣服啊!除此,她也并不觉得需要有个父亲。王琦瑶从小就对她说,父亲死了。她也是这样对别人说的。当薇薇稍稍懂事以后,她们这个家基本上就没有男客上门,女客也很少,除了弄底七十四号里的严家师母。虽然有外婆家,却也少走动,一年至多一回。所以,薇薇的生活其实很简单。她在外形上比她的实际年龄显得成熟,内心却还是个孩子,除了时尚,什么人情世故都不懂。这不能怪她,全因为没有人教她。这倒是淮海路女孩的一个例外。淮海路的女孩还是有些野心的,她们目睹这城市的最豪华,却身居中流人家,自然是有些不服,无疑要做争取的。住在淮海路繁华的中段的人家,大凡都是小康。倘若再往西去,商店稀疏,街面冷清,嚣声偃止,便会有高级公寓和花园洋房出现,是另一个世界。这其实才是淮海路的主人,它是淮海路中段的女孩的梦想。薇薇却没有这种追根溯源的思路,她是一根筋的,唯一的争取,便是回家向王琦瑶要钱。她甚至从来都没想一想,她向母亲要钱,母亲却向谁要钱。有时王琦瑶向她叹苦经,她便流着眼泪,为自己的家境悲叹。但过后就忘了,再接着向王琦瑶要钱。一旦要到钱,她欢喜都来不及,哪里还顾得想钱的来路。所以只要王琦瑶自己不说,薇薇是不会知道金条那回事的。

现在,到了晒霉的日子,薇薇的衣服也有一大堆了。从吃奶时候的羊毛斗篷,一直到前一年流行的喇叭裤,真是像蝉蜕一样的。这城市里的女人,衣服就是她们的蝉蜕。她们的年纪是从衣服上体现的,衣服里边的心,有时倒是长不大的。王琦瑶细心地翻检着这些衣服,看有没有生霉斑。大部分衣服是六成新的,只因为式样过时,便被抛置一边。王琦瑶却替薇薇收着,她知道,这些过时的样式,再过些时又会变成新样式。这就是时尚的规律,是根据循环论的法则。对于时尚,王琦瑶已有多年的经验,她知道再怎么千变万化,穿衣总是一个领两个袖,你能变出两个领三个袖吗?总之,样式就是那么几种，依次担纲时尚而已。她只是觉着有时循环的周期过长了，纵然有心等，年纪却不能等了。她想起那件粉红色的缎旗袍，当年是如何千颗心万颗心地用上去，穿在身上，又是如何的千娇百媚。这多年来压在箱底，她等着穿它的日子到来，如今这日子眼看着就近了，可她怎么再能穿呢？这些事情简直不能多想，多想就要流泪的。这女人的日子，其实是最不经熬的。过的时候不觉得，过去了再回头，怎么就已经十年二十年的？晒霉常常叫人惆怅心起，那一件件的旧衣服，都是旧光阴，衣服蛀了，烊了，生霉了，光阴也越推越远了。

曾有一次，王琦瑶让薇薇试穿这件旗袍，还帮她将头发拢起来，像是要再现当年的自己。当薇薇一切收拾停当，站在面前时，王琦瑶却惘然若失。她看见的并非是当年的自己，而是长大的薇薇。薇薇要比她高大，因此这件旗袍在她身上，紧绷绷的，也略短了。到底年代久了，缎面有些发黄变色，一看便是件旧物。薇薇穿了它，怎么看都不大像的。她在镜子前左顾右盼，格格地笑弯了腰。这件旧旗袍，并没有将她装束成一个淑女，而是衬出她无拘无束的年轻鲜艳，是从那衣褶里迸出来的。薇薇做出许多怪样子，自得其乐。等她乐够了，脱下旗袍，王琦瑶再没将它收进箱底，只是随手一塞。有几次理东西看见它，也做不看见地推在一边，渐渐地就把它忘了。

2. 薇薇的时代

薇薇眼睛里的上海，在王琦瑶看来，已经是走了样的。那有轨电车其实最是这城市的心声，如今却没了。今天，在一片嗡然市声之中，再听不见那个领首的当当声。马路上的铁轨拆除了，南京路上的楠木地砖早二十年就撬起，换上了水泥。沿黄浦江的乔治式建筑，石砌的墙壁发了黑，窗户上蒙着灰垢。江水一年比一年混浊稠厚，拍打防波堤的声音不觉降了好几个调。苏州河就别提了，隔有一站路就嗅得见那气味，可直接做肥料的。上海的弄堂变得更阴沉了，地上裂，墙上也裂了，弄内的电灯，叫调皮孩子砸碎了，阴沟堵了，污水漫流。夹竹桃的叶子也是蒙垢的。院墙上长了狗尾巴草，地砖缝里，隔年的西瓜子发了芽。这还都是次要，重要的变化在于房子的内心。先说那公寓大楼，就像有千军万马在楼梯上奔跑过，大理石的梯级都踩塌了边沿，也不怪它踩塌，几十年的脚步，是滴水穿岩的功夫。大理石的楼梯尚且如此，弄堂房子里的木楼梯就不用说了。大楼穹顶上的灯至少是碎了灯罩的；罗马式的雕花有还不如没有，专供积灰尘和结蛛网的；电梯的吊索自然是长了锈，机械部分也不灵了，一升降便隆隆响；楼梯扶手可千万别碰，几十年的灰尘在上面。倘若爬上顶楼，便可看见水箱的铁皮板也生了锈，顶上盖一片牛毛毡，是叫雨打得千疮百孔的。顶楼平台上是风声浩荡，扫起了地上的土，飞沙走石的势态。这里有一些莫名其妙的不知从哪里来的破东西，叫人百思不得其解。走过这些破东西，扶着砖砌的围栏，往下看去，便可看见这城市所有的晒台和屋顶都是烂了砖瓦的。从人家的老虎天窗看进去，那板壁墙早已叫白蚂蚁蛀空了。最妙的是花园洋房，不要进门，只看院子，便可知道那里的变化。院子里搭了多少晾衣架呀，一个洗衣工场也不过如此。花坛处搭起了灶间，好端端的半圆形大阳台，一分为二，是两个灶间。要是再走进去，活脱就是进了一座迷宫。尤其是在夜晚，你两眼一抹黑，耳边的声音却很丰富，油锅爆响，开水沸腾，小孩啼哭，收音机播音乐，那是从四面八方上下左右围拢来。你一动就会碰壁，一转弯也会碰壁，壁缝里传出的尽是油烟味。你也不能摸，一摸一手油。这里全都改了样子，昔日的最豪华，今天的最局促。当年精心设计的建筑式样，装饰风格，如今统统谈不上。

弄堂房子的内心还算是沉得住气，基本是原来的样子，但是一推敲，却也不同了。每一座房子的过道，楼梯拐角，都堆着旧东西。那是一年到头也想不起要用的东西，要扔却像是割他的肉，死活不肯的。这些旧东西就像有生命，会漫生漫长，它们先是在平地上扩展，渐渐就上了天花板，有时是贴着，有时则悬着，岌岌可危，弄不好就撞你的头。只要看它们，就可知道这里面积攒了多少岁月。这里的地板也是踩塌过的；地板是松动的；抽水马桶大半是漏水的，或者堵塞的；电线从墙壁里暴露出来，千股万股的样子；门球也是不灵的，里头滑了丝，旋了几圈也旋不开；倘若是木窗，难免就是歪斜的，关不严，或者关严就开不开。都是叫岁月侵蚀的。弄堂房子的内心，其实是憔悴许多的，因为耐心好，才克制着，不叫爆发出来。再说，又能往哪里去爆发？

薇薇她们的时代，照王琦瑶看来，旧和乱还在其次，重要的是变粗鲁了。马路上一下子涌现出来那么多说脏话的人，还有随地吐痰的人。星期天的闹市街道，形势竟是有些可怕的，人群如潮如涌，噪声喧天，一不小心就会葬身海底似的。穿马路也叫人害怕，自行车如穿梭一般，汽车也如穿梭一般，真是举步维艰。这城市变得有些暴风急雨似的，原先的优雅一扫而空。乘车，买东西，洗澡，理发，都是人挤成一堆，争先恐后的。谩骂和斗殴时有发生，这情景简直惊心动魄。仅有的几条清静街道，走在林阴之下，也是心揣不安，这安宁是朝不保夕，过一天少一天。西餐馆里西餐也走样走得厉害，杯盘碗碟都缺了口，那焗面的器具二十年都没洗似的，结了老厚的锅巴。大师傅的白衣衫也至少二十年没洗，油腻染了颜色。奶油是隔夜的,土豆色拉有了馊气。火车座的皮面换了人造革,瓶里的鲜花换了塑料花。西式糕点是泄了秘诀,一下子到处都是,全都是串了种的。中餐馆是靠猪油和味精当家,鲜得你掉眉毛。热手巾是要打在菜价里的,女招待脸上的笑也是打进菜价的。荣华楼的猪油菜饭不是烧烂就是炒焦,乔家栅的汤团不是馅少就是漏馅。中秋月饼花色品种多出多少倍,最基本的一个豆沙月饼里,豆沙是不去壳的。西装的跨肩和后背怎么都做不服帖了,领带的衬料是将就的,也是满街地穿开,却是三合一作面料的。淑女们的长发,因不是经常做和焗,于是显得乱纷纷。皮鞋的后跟,只顾高了,却不顾力学的原则,所以十有九又是歪的,踩高跷似的,颤颤巍巍。什么好东西都经不得这么滥的,不粗也要粗了。王琦瑶甚至觉得,如今满街的想穿好又没穿好的奇装异服,还不如"文化革命"中清一色的蓝布衫,单调是单调,至少还有点朴素的文雅。

上海的街景简直不忍卒读。前几年是压抑着的心,如今释放出来,却是这样,大鼓大噪的,都窝着一团火似的。说是什么都在恢复,什么都在回来,回来的却不是原先的那个,而是另一个,只可辨个依稀大概的。霓虹灯又闪起来了,可这夜晚却不是那夜晚;老字号,名字号也挂起来了,这店也不是那店了;路名是改过来了,路上走着的就更这人不是那人了。可再怎么着,薇薇也是喜欢这时代。有谁能不喜欢自己的时代?这本不是有选择的事情,不喜欢也要喜欢,一旦错过就再没了。薇薇又没接受过什么异端思想,她一招一式都是跟着这时代走的。这城市的人几乎全是跟着时代走的,甚至还有点跟着起哄。所以,那一股时代潮流就显得格外强劲,声势浩大。薇薇倘不是有王琦瑶时不时地敲打,不知要疯成什么样子了。她走到马路上济济的人群中,心里就洋溢着很幸运的喜悦,觉着自己生逢其时。她从橱窗玻璃里照见自己模模糊糊的身影，那也是摩登的身影。她心绪很好，所有的不高兴都是冲着母亲来的。在家生气，出了门又兴致勃勃。她就像是这城市马路的主人一样，最有发言权。她在马路上最看不得的是外地人，总是以白眼对待。在她看来，做外地人是最最不幸的命运。所以，除了对她的时代满意，薇薇还为她的城市很骄傲。她满嘴都是马路上的流行语，说回家王琦瑶一句不懂，但其中那一股粗俗气，是令她掩耳的。薇薇在马路上也是不吃亏的，谁要是踩了她的脚，可就了不得。踩她脚的要是外地人，就更了不得。像她这样年纪的女孩，人们一般是不敢惹的。她们目中无人，不可一世，言语尖刻。但要是遇上一两个存心惹事的无赖之徒，那可就吃不了兜着走了。所以，她们往往是三个五个成行。要是有了男朋友，她们的神气就更逼人了，那才叫天不怕地不怕呢。

薇薇这一代傲行马路的摩登女性比前边历代的都多了一个秉性，那就是馋。你细细看去，她们几乎一无二致的，嘴里全在咀嚼，脸上有享受的表情。她们的唇齿都异常灵巧，可将易碎的瓜子皮肉两分。她们的舌头也很灵光，能品出万种滋味。她们的脾胃非常康健，一日三餐之外，还有着许多零碎负担，并且千奇百怪，回回给它出难题。其实，以前的小姐也馋，只是不好意思罢了，如今倒是实在多了。所以，这馋倒是给她们增添可爱的。电影院里，那哔哔剥剥老鼠吃夜食的声响，就是今天小姐们摩登的声音。今天的小姐倒都是不讲虚礼的，也不会作假，有一点豪爽的脾气。你要能放下架子，忍着她们的冷脸，无须长久，只一会儿便能与她们做朋友，然后一起交流摩登的心得。这一代的摩登女性还有一个特征是闹。她们到哪里都有满腹的知心话似的，叽叽喳喳说个没完，好像喜鹊闹窝。她们大凡都有清脆的声音，又特别喜爱笑。她们知心话不爱在家里说，喜欢在户外说，有一半是叫人给听去的。她们的唇舌除了吃灵巧,说也很灵巧。昔日的娘姨也没她们嘴碎,拉得来家常。她们一边吃一边说的,倒亏得舌头忙得过来。不过她们说的大都不是要紧话,说过等于白说,没一句留得住的。今天的摩登小姐其实是有着一颗朴实的心,是乡下人的耿脾气,认准一条摩登的道路,不到黄河心不死。

现在,交谊舞也时兴起来了,谁要是见过初兴舞会的那情景,一定会受感动。参加舞会的人们是那么害羞却执着,坚决同怕出洋相的心情做斗争。有时候,好几支舞曲都结束了,却没有一个跳舞的人。人们围着墙根坐了一圈,严肃而兴奋地凝视着空场子。一旦有人下去跳了,周围便爆发出笑声,笑声掩盖了羡慕的心情。这时候的舞会,一般都是单位里举办,要是想经常地参加舞会,必须在社会上有着较广泛的关系,渐渐地再联络起一些志同道合者。他们提着一只也是新兴的卡式录音机,找一间空房子,就可举行一场舞会。这种舞会是真正奔着跳舞而来的,不存在任何私心杂念,你只要看那踩着舞步的认真劲便可明白。七十年代末和八十年代初的时尚,全都是实心眼的。

3. 薇薇的女朋友

和薇薇要好的女朋友有好几个,她们是同班同学,还是逛马路的好伙伴。淮海路上有一个新迹象,她们便通风报信。她们互相鼓励和帮助,在每一代潮流中,不让任何一个人落伍。她们之间自然是要比的,妒忌心也是难免,不过,这并不妨碍她们的友谊,反而能督促她们的进取心。切不要认为她们是没什么见解,只知跟随时尚走的女孩,她们在长期的身体力行之后,逐渐积累起一些真正属于自己的时尚观念。她们在一起时常讨论着，否则你怎么解释她们在一起的话多？其实，要是将她们在一起闲聊的记录整理出来，就是一本预测时尚的工具书，反映出朴素的辩证思想。她们一般是利用反其道而行之的原理，推算时尚的进程。比如现在流行黑，接着就要流行白；现在流行长，紧跟着就是短。也就是从一个极端走向另一个极端。“极端”也是她们总结出的一个时尚精神。时尚为引起群众注意，总是旗帜鲜明，所以，它又带有独特的精神。然后，矛盾就来了，她们如何能在潮流中保持独特性呢？她们的讨论其实已经很深入，如果锲而不舍，便能成为哲学家了。

在薇薇的女朋友里边，最使薇薇崇拜的，是中学同学张永红。张永红可说是已经达到时尚中的独特境界，是女朋友中间的佼佼者。她对时尚超凡脱俗的领悟能力，使你不能不相信这个女孩是有着极好的审美的天性。张永红能使时尚在她身上达到最别致，纵然一百一千个时髦女孩在一起，她也是个最时髦。而她绝不是以背叛的姿势，也不是独树一帜。她是顺应的态度，是将这时尚推至最精华。这城市马路上的时尚多亏有了张永红这样的女孩，才可保持最好的面目。因为大多数人是在起破坏作用，把时尚歪曲得不成样子才罢休的。张永红难免会引起女友们的妒意，觉得被她抢了风头，但内心又不能不服，因为确实从她那里学来许多东西，所以在面上还维持着友好的关系。张永红自知这一切，便格外骄傲，把别人都不放在眼里，却唯独对薇薇迁就，甚至还反过来有些巴结她的。当然，这巴结也是带有恩赐的意思。其实这也很简单，再得意的人也一样怕孤独，总是要找一个伴的。张永红选择薇薇，虽不是经过明确的权衡，但本能的驱使自有它的道理。薇薇的心地单纯和她的不具备威胁性，使张永红一眼就认定这是她最好的伙伴。薇薇见张永红对她好，几乎是受宠若惊，高兴都来不及呢！她是那种内心挺软弱的女孩，天下的仇敌只她母亲一人，出了门外，就都是她的朋友，个个曲意奉承，何况出类拔萃的张永红呢。和张永红走在一起，她禁不住有着点狐假虎威的心情，张永红出众，她也跟着出众了。

而你决计想不到如张永红这样的风流人物，她所生活的家是什么样的，这其实是淮海路中段的最惊人的奇迹。这条繁华的马路的两边，是有着许多条窄而小的横马路。这些横马路中，有一些是好的，比如思南路，它通向幽静的林阴遮道的地方。那是闹中取静的地方，有着一些终日关着门的小楼。切莫以为那里不住人，是个摆设，那里的人生是凡夫俗子无法设想的，是前边大马路的喧哗与繁荣不可比拟的。相形之下，这种繁荣便不由不叫人感到虚张声势，还是徒有其表。有了它在，这淮海中路的华丽怎么看都是大众情调，走的群众路线。倘若认识到这一点，再去看那些旁枝错节般的横马路，你就能有些心理准备。这些横马路中最典型的一条是叫作成都路，它是一条南北向的长马路，要知道，这城市的大马路几乎都是东西向的，所以，它是从多少著名的马路穿越而过啊！尽管如此，它依然没有沾染那些豪华大道的虚荣气息，因它是有些铜墙铁壁的意思。这是坚如磐石的人生。你只要嗅嗅那里的气味便可了然。那气味是小菜场的气味，有鱼腥气，肉腥气，菜叶的腐烂气，豆制品在木格架子上的酸酵气，竹扫帚扫过留下的竹腥气。你再抬头看看那里的沿街房屋，大都是板壁的，伸手可够到二楼的窗户。那些雨檐都已叫雨水蚀烂了，黑乌乌的。楼下有一些小店，俗话叫烟纸店的，卖些针头线脑。弄堂就更别提了，几乎一律是弯弯曲曲，有的还是石子路面，自家搭的棚屋。你根本想不到，这样的农舍般的房屋，可跻身在城市的中心地带。这些农舍般的房屋到了薇薇这个年代，大都已经翻建成水泥的，这使得局面更加杂乱,弄堂也更狭窄,连供人转身都勉强了。想不到吧,淮海路的浮华竟是立足于这样一些脚踏实地的生存之计。

在那条崎岖漫长的成都路上,淮海路与长乐路之间的一段,沿街有一扇小门,虽是常开着,却无人会注意。一是因它小,再是因那里头的暗。假如无意地在门口滞留一时,便可嗅见一股呛鼻的异味。这异味中说得出名堂的是一股皮硝的气息,而那说不出所以然的,其实就是结核病菌的气息。这门里黑洞洞的,没有后窗,前窗也叫一块早已变色的花布挡着,透进朦胧的光线。倘若开了灯,便可看见那房间小得不能再小,堆着旧皮鞋或者皮鞋的部件。中间坐着的修鞋匠,就是张永红的父亲。迎着门,是一道窄而陡的楼梯,没有扶手的,直上二楼。说是二楼,实在只是个阁楼,只那最中间的屋脊下方,才可直起身子。这一个阁楼上躺着两个病人,一是张永红的母亲,二是张永红的大姐。她们患的均是肺结核。倘若张永红也去医院检查,或就又是一个结核病患者。她的肤色白得出奇,几乎透明了,到了午后两三点,且浮出红晕,真是艳若桃花。因从小就没什么吃的,将胃口压抑住了,所以她厌食得厉害,每顿只吃猫食样的一口,还特别对鱼肉反胃。她身上的新衣服都是靠自己挣来的:她替人家拆纱头,还接送几个小学生上下学,然后看管他们做作业,直到孩子的大人回家。她倒也不缺钱,但她也决计不会给自己买点吃的。当薇薇第一次把张永红带到家里,王琦瑶仅一眼便看出这女孩的病态。她先是不许薇薇与她做伴,以免染病。可薇薇哪里听她的,说了也是白说。再则,张永红看上去是那么美,结核病菌倒替她平添一股高贵气质,掩饰了困窘生活留下的粗鲁烙印。她也触动了王琦瑶的恻隐之心,让她想起红颜薄命的老话。张永红衣着的得体更是赢得王琦瑶的好感,同样的时尚,在薇薇身上是人云亦云的味道,在张永红身上却有了见解。于是，她也就不再干涉她们的交往，但她绝不留她吃饭，当然也绝不担心张永红会留薇薇吃饭。

张永红对王琦瑶印象深刻。她问薇薇她母亲是做什么的，这倒叫薇薇答不上来了。继而她又问她母亲有多大年纪，薇薇以为她也会像所有人那样感叹母亲显得年轻，看上去像她的姐姐。不料张永红只是说：你看你母亲身上的棉袄罩衫是照男式罩衫做的，开衩、反门襟，多么时髦啊！薇薇听了此话并没像以往那样生忌，反而有些高兴，因她实在太感激张永红的厚爱，心怀惭愧，不知该回赠什么。现在，看见张永红对她母亲有敬佩和学习之心，便觉得对得起她了些。虽因母亲反对她们往来，有些为难再带张永红上门，可实在报恩心重，也顾不得太多，于是三天两头邀张永红来玩。张永红则有请必应，一趟不落。久而久之，就和王琦瑶熟了起来。张永红和王琦瑶不熟不要紧，一熟竟是相见恨晚，有许多不谋而合的观点。而且，就像有什么默契，什么话都不用多说，一点就通。薇薇在一边听着简直傻了眼。比如有一回张永红对王琦瑶说：薇薇姆妈，其实你是真时髦，我们是假时髦。王琦瑶笑道：我算什么时髦，我都是旧翻新。张永红就说：对，你就是旧翻新的时髦。王琦瑶不禁点头道：要说起来，所有的时髦都是旧翻新的。薇薇就笑了，说你们就好像绕口令。可毕竟是因为崇拜张永红，所以便也对母亲有了些尊重，不再那么事事作对了。

张永红的审美能力从没有受到过培养教育，马路上的时尚是她唯一的教科书，能够在潮流中独占鳌头已是可能得到的最好成绩。她毕竟又还年轻，没经历过几朝时尚的，虽然才能过人，却终是受局限。不致掉在时尚的尾上，至多也不过是在时尚的首上，还是大多数人的队伍。如今的情形却起变化了。王琦瑶给她打开一个新世界。张永红再没想到，在她们之前，时尚已有过花团锦簇的辉煌场面。她们如同每一代的年轻人一样，以为历史是从她们这里开始的。但张永红不像薇薇那么冥顽不化，而王琦瑶又特别叫她信服，因她是真的懂什么是好，什么是不好的。那羽衣霓裳的图画呀！张永红真是庆幸自己遇到王琦瑶，这是她人生的良师。王琦瑶也很高兴遇到张永红，她有多少日子没有打开话匣子？真是数也数不清了。又不是说别的，说的是时装。几十年的时装，王琦瑶全部历历在目，那才是不思量，自难忘。时装这东西，你要说它是虚荣也罢，可你千万不可小视它，它也是时代精神。它只是不会说话而已，要是会说话，也可说出几番大道理。王琦瑶向张永红仔细地描绘历年历代的衣装鞋帽，眼前是一幅幅的美人图。张永红禁不住惭愧地想：她们这时代的时尚，只不过是前朝几代的零头，她们要补的课实在太多了。薇薇也跟着一起听，却不像张永红那么有感触，她还是觉着自己的时代好，母亲描绘的时装，在她脑子里，就好像老戏里的戏装，总显得滑稽可笑。只有等到这些时尚又一个轮回过来，走到她面前，她才会服气。这孩子是有些不见棺材不掉泪的。她完全不动脑筋，只看眼前，过去和将来对她都没意义。

八十年代初期，这城市的时尚，是带些埋头苦干的意思。它集回顾和瞻望于一身，是两条腿走路的。它也经历了被扭曲和压抑的时代，这时同样面临了思想解放。说实在的，这初解放时，它还真不知向哪里走呢！因此，也带着摸索前进的意思。街上的情景总有些奇特，有一点力不从心，又有一点言过其实。但那努力和用心，都是显而易见，看懂了的话，便会受感动。自从受到王琦瑶的影响，张永红表现出脱离潮流的趋势。乍一看，她竟是有些落伍，待细看，才发现她其实已经超出很远，将时尚抛在了身后。但毕竟如张永红这样的有识见者是在少数，连好朋友薇薇都难以理解，所以她便把自己孤立了。这时,有许多女孩额手称庆,以为她们的竞争对手退场了,留下的全是她们的舞台。其实她们是该感到悲哀才对,因为失去了领头人,每一轮时尚都难免平庸的下场了。说真的,本来时尚确是个好东西,可是精英们不断弃它而走,流失了人才,渐渐地就沦为俗套。现在,张永红显得形单影只的,只有王琦瑶是她的知音。有时候,薇薇不在家,她也会来和王琦瑶聊天。正说着,薇薇走了进来,她们俩看薇薇的眼光,就好像薇薇是外人,她们倒是一对亲人了。后来,中学毕业,薇薇去护校读书,张永红因是家庭特困,照顾分配到煤气公司,做抄表员的工作,三天两头就跑来看王琦瑶,就更是这两个人近,薇薇远了。薇薇有时对王琦瑶说:把张永红换给你算了!但其实,王琦瑶和张永红之间,倒并不是类似母女的感情,而是一个女人和另一个女人间的,跨过年纪和经历的隔阂而携起手来。

这两个女人的心,一颗是不会老的,另一颗是生来就有知的,总之,都是那种没有年纪的心,是真正的女人的心。无论她们的躯壳怎么样变化和不同,心却永远一样。这心有着深切的自知,又有着向往。别看那心只是用在几件衣服上,可那衣服你知道是什么吗?是她们的人生。都说那心是虚荣心,你倒虚荣虚荣看,倘不是底下有着坚强的支撑,那富丽堂皇的表面,又何以依存?她们都是最知命的人,知道这世界的大荣耀没她们的份,只是挣一些小风头,其实也是为那大荣耀做点缀的。她们倒是不奢望,但不等于说她们没要求,你少见她们这样一丝不苟的人。她们对一件衣裙的剪裁缝制,细致入微到一个裥,一个针脚。她们对色泽的要求,也是严到千分之一毫的。在她们看起来随便的表面之下,其实是十万分的刻意,这就叫作天衣无缝。当她们开始构思一个新款式的时候,心里欢喜,行动积极。她们到绸布店买料子,配衬里,连扣子的品种都是统筹考虑的。然后,样子打出来了,试样的时刻是最精益求精的时刻,针尖大的误差也逃不过她们的眼睛。等到大功告成,望着镜子里的自己,身穿新装,针针线线都是心意,她们不禁会有一阵惆怅,镜子里的图景是为谁而设的?这样虚空的时候,她们更是你需要我,我需要你。她们俩穿着不入俗流的衣装,张永红挽着王琦瑶的胳膊,走在热闹非凡的淮海路上,那身姿是有着无法掸去的落寞。这是迟暮时分的落寞和早晨时节的落寞,都只有着一线微弱的光,世界笼罩在昏昧之中。一个是收尾的,没有前景可言,另一个虽有前景,可也未必比得过那个已结束的景致,全是茫茫然。要不从年纪论,她们就真正是一对姐妹。

不过,她们倒不说体己话的,论衣谈帽就是她们的体己话。只是当一件事情发生之后,情形才有所改变。这天,张永红从王琦瑶家出来,已经走到弄堂口,想起前日借王琦瑶的两块钱没还,就又反身回去。进去时看见方才自己喝过水的茶杯已收到一边,杯里放了一个纸条。这显然是模仿一般饮食店的做法,桌上放一碟红纸条,凡患有传染病的客人吃过之后,取一张纸条放在碗盘里,以便特别消毒。张永红当时没说什么,将两块钱还给王琦瑶就走了,可过后有一个星期没有上门。星期六薇薇从学校回来,问张永红怎么没来,王琦瑶嘴里说不知道,心里却有几分数的。薇薇去找张永红,是她姐姐从阁楼窗口伸出头来,说张永红不在家,单位里加班。薇薇只得去找别的女朋友,打发过了一个假日。过了两日,张永红却忽然来了,进门一句话不说,将一份病历卡放在王琦瑶面前,上面有医师潦草的字迹,写着诊断结果,说明没有在肺部发现病灶及结核菌。王琦瑶窘得红了脸,一时竟有些嗫嚅,但她很快镇定下来,说:张永红,你做到我前边去了。我早就想带你去检查呢!这样,我也可以放心了。不过,虽然你没有肺病,但我还是觉得你有肺火，肺虚。过几日，我陪你去看看中医，你说好不好？张永红先是一怔，然后扭过头哭了。

在张永红这样的年纪，最体己的话，自然是关于男朋友的了。张永红没有男朋友，当她谈起那些对她表露心意的男孩子，总是怀着嘲笑的口吻。王琦瑶知道，像张永红一类的女孩子，总是要犯高不成低不就的错误。她们仗着长得好，衣着时髦，又因为同时有几个男孩追逐，就以为这男朋友是由她们挑由她们拣的。她们摆足了架子，却不知男孩子大都不很有耐心，并且知难而退。虽有个把死心塌地等着的，又往往是她们最瞧不上眼的那个。所以倒不如那些自知不如人的女孩，能够认清形势，及时抓住机会。王琦瑶觉着有责任将这番道理讲给张永红听，心底里也是想杀杀她的傲气。王琦瑶想：谁的时间是过不完的呢？张永红却不以为意，甚至还有几分不服，觉着王琦瑶把她看低了。于是，她再向王琦瑶展示那些男孩时，自然就夸张一些，将有些其实并不属于追求者的人也拉了进来，充人头数似的。这些谎言竟将她自己也骗过了，说起来像真的一样。王琦瑶当然能辨出虚实，想这张永红是在做梦，会有什么样的结果呢？因她不听自己的规劝，有时便也不掩饰怀疑的态度。张永红就恼了，越发要说得她信，却越说越有疑。说来也有意思，不说体己话的时候，句句是真，正经说起了体己话，倒要掺些假话了。不说体己话时还很和气，说开了体己话，就难免要生隙了。这阵子，王琦瑶和张永红之间，气氛是有些紧张了，比较起来，王琦瑶毕竟有涵养，从容不迫一些，张永红可就剑拔弩张的。也是她年轻，看不出王琦瑶的虚处，才这般地不肯让步。为了向王琦瑶做证明，这天，她带来了一个男朋友。

那男朋友来的时候，薇薇也在家，见张永红带个男孩子来，话就多了些，行动也琐碎了些。王琦瑶不觉咬牙，心里骂薇薇不庄重,暗中给了她几个白眼。薇薇却全无察觉,叽叽喳喳说个不停。张永红静坐一边,脸上的表情是带几分慷慨的。又见那男孩子确实不错,脸庞白净,举止斯文,难免更添气恼。可由不得男孩子会讨人喜欢,说话也有趣,尤其和薇薇一句来一句去的,好像说相声,有几回,王琦瑶忍不住也笑了。她起身走到厨房,为这几个孩子烧点心,耳边是那不解忧愁的笑声,心底反渐渐明朗了。想到底是些年轻人,在一起不分你我,只顾着高兴,也是福分,大人不该去扫他们的兴。她替他们做了几样点心,吃过后又打发他们去看电影。等他们走了,一个人坐在陡地安静下来的房间,看着春天午后的阳光在西墙上移动脚步,觉着这时辰似曾相识,又是此一时彼一时的。那面墙上的光影,她简直熟进骨头里去的,流连了一百年一千年的样子,总也不到头的,人到底是熬不过光阴。她的眼睛逐着那光影,眼看它陡地消失,屋里渐渐暗了。薇薇还不回来,不知去哪里疯了。星期天的黄昏总是打破规矩,所有动静都不按时了。明明是烧晚饭的时间,却分外安静,再过一会儿,灯光就要一盏一盏亮了。然后,夜晚来临,出去玩耍的人们更不急着回家了。

王琦瑶没等到薇薇回来就自己上床睡了。夜里醒来,见灯亮着,薇薇自己在收拾明天回学校的东西,想她还没忘记上学,又合上了眼睛,半睡半醒的,听得见邻家晒台上的鸽子,咕咕地做着梦呓。又过了一会儿,灯灭了,薇薇也睡了。

下一回,张永红再来时,王琦瑶夸奖她的男朋友很不错,不料张永红却说那算不上是男朋友,不过在一起玩玩罢了。王琦瑶碰了个钉子,要说的话又咽回肚子。停了一会儿,笑着说:可别把光阴都玩过去了,后悔就来不及。张永红说:不怕的,有光阴就是要玩。王琦瑶就说:你认为有多少光阴供你用的,其实都只一眨眼的工夫,玩得再热闹也有蓦然回首的一天。张永红说:蓦回首就蓦回首。两人就有些不欢而散。再到下一回，张永红又带个男朋友来，不是上回的那个，是黑一些，高一些，不太爱说笑的一个，铁塔似的坐在旁边，听张永红叽叽嘎嘎地笑，同上一个形成对比。王琦瑶晓得她是“玩玩的”，就不当真了，也没烧点心，两人坐到晚饭前走了。第二天，张永红来说，这倒是个正经的男朋友，不过是在试验阶段。王琦瑶还是没当她真。可再下回，张永红真的又带他来玩，以后就经常地来。这男孩虽不如前一个那么讨喜，可是却能干，自来水龙头，抽水马桶，电灯开关，缝纫机皮带盘，都会修，而且手到病除，对张永红也是忠心耿耿的样子。薇薇在家的时候，三个人就一同去吃西餐，都是他会钞。可是忽然有一天，张永红却宣布同他断了，理由很奇怪，说他有脚癣，而且是生在手上。那男孩子来找过王琦瑶一回，羞愤交集，竟流下了眼泪。不仅是他，连王琦瑶都觉得受了耍弄。她对张永红说，以后不要把她的玩伴带来，她没时间奉陪。张永红果然不再带来。可有时候，话正说到一半，站起来就要走，说有人等她。话没落音，后窗下就有自行车铃声。等她下了楼，王琦瑶耐不住好奇，跑到楼梯拐角的窗口，往下看。就看见张永红坐在一架自行车的后架上，慢慢出了弄堂。那骑车人虽只看见一个背影，却也认得出是个新人。并且，从薇薇口中，她也听出来，张永红又替换过几轮新朋友了。

张永红走马灯似的交着男朋友。她的男朋友来源不一，有单位的同事，有中学的同学，有住一条马路的邻居，甚至有一个是她负责抄煤气表的地段里一个用户。她很难说有多少喜欢他们，她选择他们做朋友的原因其实只有一个，那就是他们喜欢她。他们的喜欢是能为她撑腰的，喜欢她的人越多，她的腰杆就越硬。她的那个家呀！除了替她挣羞辱，还能挣什么，还不都靠她自己了。她装束摩登，形貌出众，身后簇拥着男孩子，个个都像仆人一样，言听计从，招来妒忌的目光。这是她亲手为自己绘制的图画，哪怕有一笔画歪了，也是她画上去的。她特别善于捕捉那些欣赏她的目光，再使些小手腕，将欣赏发展成喜欢，就到此为止，又去注意下一个了。这样大的吞吐量，而后来者从不会断档，就好像是一支义勇军的队伍。他们从她那有始无终的圈套里经过，留下昙花一现却难以磨灭的记忆。因为那大多是在他们人生的初期，最容易汲取印象，这使他们一生都以为女人是扑朔迷离的。张永红自己呢？男朋友拉洋片似的从眼前过去，都是浅尝辄止，并没有太深的苦乐经验，心倒麻木了，觉不出什么刺激，像起了一层壳似的。所以，面上看起来很活跃，底下其实是静如止水。

现在，张永红和男朋友约会，几乎都要拉薇薇到场，薇薇是个俗话里的“电灯泡”。这“电灯泡”也是做观众的意思，约会就变成展览，最合张永红心意了。要换个女朋友，是断断不肯做“电灯泡”的，可薇薇不是有心眼的，又天生喜欢快活，还很感激张永红总是叫上她。她也处在对男孩留意的年纪，学校里男女生间都不说话，抱着不无做作的矜持态度，内心却一无二致地渴望交往。张永红带着她去约会，她掩饰不住兴奋的心情，有点不识趣地话多，没有守“电灯泡”的本分。张永红却并不见怪，相反还有一种满足的心情。那男朋友起先觉着薇薇聒噪，喧宾夺主，并且经常被张永红推出做替身，错承了他的殷勤，叫他有苦说不出，但渐渐地，因追求张永红太紧，怀了受挫败的伤痛，面对薇薇的如火热情，不觉把目光移到了薇薇身上。虽说不觉有些退而求其次的味道，可年轻人总是善于发掘优点的。于是，主次便发生了微妙的变化。这些哪里瞒得过张永红呢？她稍一看出端倪，便立即将男朋友打发了，是先下手为强。想到薇薇的男朋友是她不要的，失落中又有了一丝安慰。

当男朋友单独来与薇薇约会的时候，她自然是又惊又喜，却做出勉强的表情。这倒不是因为那是被张永红不要的，怕贬了身价，只是她以为男孩提出邀请，女孩就该这样。这都是从张永红那里学来的。她学来的还有频繁地更换男朋友，当然，这些男朋友一律是从张永红那里败下阵来的。薇薇内心里一直是羡慕张永红的，一招一式都跟着她走，耳闻目睹她交男朋友，早盼着有朝一日练练身手。不过，她再跟张永红学，也只是学的皮毛，走走形式而已，内心还是她自己的。她首先是抗不住别人的对她好，再就是天生有热情要善待别人，所以是不忍那么拾一个扔一个的，架子也摆不足。又因为总是处在旁观的位置，得以冷静看人，所以，还是有自己喜欢与不喜欢的原则。于是，三五轮下来，她就有了一个比较固定的男朋友，虽不是如火如荼的，却呈现稳步发展的趋势。每个星期见一两回面，看一场电影，逛一回马路。分手也不是十八相送式的，却说好下回再见，从不爽约。是那种可以将纯洁关系一直保持到婚礼举行的恋爱。你说平淡是平淡了些，可许多幸福和谐的婚姻生活，都是从这里起步的。这时候，薇薇已经在市区一家区级医院实习，做一名开刀间的护士。

4. 薇薇的男朋友

薇薇的男朋友姓林，比薇薇大三岁。父亲是煤气公司一名工程师，年纪虽不大，但因“文化革命”中吃了苦，身体垮了，便提前退休让儿子顶替，在下面基层单位做修理工。小林白天工作，晚上自修。他曾经考过一次大学，可惜落第了，现正在准备下一年再考。由于考试落第，又由于和张永红也是落第的初恋，他脸上带着忧郁的神情,言语又不多,正好和薇薇形成互补。薇薇的简单的活泼,无疑是对他起好作用的。他的沉默寡言,也可抑止薇薇的浮躁,使她变得稳重一些。总之,他们是天生的一对,真是没比的和谐。像薇薇这样没心没肺,不用脑子的女孩,倒能忠实地听凭她的本能行事。这本能一般都骗不了她,不会给她亏吃的,到头来,总会有意想不到的好结果。而聪敏如张永红,本能就不起作用了,那点聪敏又还不够用,难免会犯错误。倘要是大智大慧,则是将本能化为理性,还是跟着本能走,就像是两次否定一样。所以,还是薇薇这样的好,省得绕圈子。王琦瑶看见小林第一面的时候,就禁不住地想:这才叫糊涂人有糊涂福呢!

薇薇不说,王琦瑶也猜得到,小林先是张永红的男朋友,但她并没觉得有什么委屈,她倒还替张永红有些遗憾,觉得她没有眼光。小林家住新乐路上的公寓房子。那是一条安静的马路,林荫遮地,有这城市难得的鸟叫,来自附近的花园,那是昔日上海大亨的一所偏宅。因此,小林的脸色看上去就清洁一些,也安静一些,没有闹市喧嚣所烙上的骚动与浮躁,是好人家孩子的面相。他家的公寓,王琦瑶不用进也知道,只凭那门上的铜字码便估得出里面生活的分量,那是有些固若金汤的意思。然而也挡不住时间淘洗,世事变迁,那门内的房间已经有些分崩离析了。有的来自外力,"文化革命"中的抢占房屋;还有的源于内部,比如兄弟生隙,分门立户。倘能避免这两劫,那就至少还可再保持一代人的好日子。那是安定,康乐,殷实,不受侵扰的日子,是许多人争取一生都不得的。

这一日,王琦瑶很郑重地请张永红来,向她打听小林的情况。这并不是王琦瑶的本意,小林的情况又不经薇薇这张快嘴说的,三言两语便一清二楚。王琦瑶其实是向张永红照会,明确薇薇和小林的关系。她对张永红存着戒心，怕她会后悔当初再来插足。王琦瑶晓得，薇薇远不是她的对手，况且年轻人的情感本就容易死灰复燃。因此，叫张永红来也含有安抚的意思。张永红没来之前就猜出王琦瑶几分意思，一经她提起话头，便大表撮合之意，完全是介绍人的姿态。王琦瑶不禁暗叹这女孩子的聪敏和骄傲。但她毕竟是个孩子，比不上大人的圆滑，表演得过火了些，还是露出不自然的马脚。王琦瑶看出她的失落，又想到没有大人为她做主不说，倒有大人同她斗法，不觉惭愧和内疚，便放下了那话题，问她究竟有没有谈妥一个男朋友。张永红先是一怔，接着便沉默下来。王琦瑶说：那么多男朋友，难道就没一个中意的？张永红还是不说话，眼圈却红红的，有点触动心事的样子。王琦瑶叹了口气，又说：我还是那句老话，别看这一时争先恐后，一眨眼便作鸟兽散了，女人呀，就那么一会儿的工夫，到最后被耽搁的，其实都是你这样漂亮聪明的女孩。张永红低着头，半天才说：你看哪个好呢？王琦瑶被她的孩子气逗笑了，说：怎么要我看，你看才作数的。张永红也笑了，带几分撒娇地说：就要让你看。王琦瑶说：我不看，我看不来。张永红便说：你替薇薇看得来，替我就看不来？这话虽是无心，也叫王琦瑶尴尬了一下。她停了一会儿说：其实我对你说的这些话，对薇薇倒是从没有说过，你比她聪敏，我怕的是聪敏反被聪敏误。张永红不作声了，两人相对无言地又坐了一会儿，张永红就告辞了。

其时，薇薇的男朋友小林已进入复习临考的关键时刻，与薇薇的见面自然减少了。每天晚上，王琦瑶看见薇薇百无聊赖的样子，心里不免有些担心，想那“复习临考”会不会是个托词。再一想，自己女儿又不是个老姑娘，还怕嫁不出去？可一颗心终是有些放不下。这一天晚上，已经十点钟了，薇薇已经洗过澡上床，不料那小林却在前弄堂窗下一声迭一声地叫。薇薇穿着睡裙跑下去,去了就不回来了。王琦瑶想她穿了睡裙也不会跑远,就借买蚊香作由头,锁了门到弄堂口去找。刚出小弄堂,便看见前边横弄口一盏电灯下,站着那两个孩子,隔了一架自行车在说话。薇薇总是疯疯傻傻,张牙舞爪的样子,老远能听见她的笑声。王琦瑶又悄悄退了回去,再推开那房间门,心是放下了,却觉着发空。也是那空房间衬托的,形影相吊的情景。那面梳妆镜更是不堪,里面外面都是一个人,照了不如不照。正站着,楼梯上一阵噼里啪啦声,是薇薇穿了拖鞋的脚步。问她小林这么晚来做什么?回答说是看书看累了,来找她说几句闲话,放松放松。王琦瑶就说,以后让他上楼来坐,吃点西瓜什么的。薇薇说:谁家没有西瓜?

下一次小林再来,把薇薇叫出去,站在路灯下说话,王琦瑶就借故走过去,对薇薇说,她出去买东西,房门也没锁,到家里坐坐,替她看一会儿门吧!薇薇只得带了小林回家,嘴里嘀咕着说她怎么出去不锁门。两个孩子上了楼,东说西说的,王琦瑶也不回来,渐渐倒把她忘了,很是自由。小林在她家房间里走来走去,指着那核桃心木的五斗橱说:这是一件老货。又对了梳妆桌上的镜子说:这也是老货,一点不走样的。薇薇就说:有什么镜子会走样?小林笑笑,不与她分辩,又去看那珠罗纱的帐子,结论是又是一样老货。薇薇对他质问道:照你这样说,我们家成了旧货店了?小林知她理解错了,却并不解释。这时,王琦瑶从楼梯口上来了,手里拿几块冰砖,又进厨房取了盘子勺子,分给他们。两人都有些拘谨,不再说话。王琦瑶就问小林书温得怎么样了,考场设在哪里,十之八九是由薇薇抢着回答了。小林来不及说一两句的,只得低头看那碟子上的花纹和金边,想这样的细瓷如今是再难见了。这小林虽然年轻,却是有一股怀古的心情,看什么都是老的好。倒不是说他享用过它们的好处,而是相反,正因为他没有机会享用它们。那些老日子他都是听父母们说的,他那样的公寓,谁没有一点好回忆?小林在薇薇家看到了些老日子,虽是零星半点,却货真价实。王琦瑶又对他说,以后来找薇薇说话,就上楼来,不必客气,站在路灯底下,难道是喂蚊子?小林就笑了,薇薇却说:人家又不是客气,人家是不认识你。王琦瑶听她这话说得失分寸,便不搭理她,收拾起碟子进了厨房,小林也起身告辞了。

往后,小林来了,便不在窗下一声高一声低地喊,而是径直上楼来,在楼梯口喊一声。王琦瑶总是找个借口让出去,给他们自由。过上一段时间回来,也是为了替他们做点心。做完吃完,小林也到了回家的时候。这是能叫人安心的夜晚,尤其是在决定命运的考试来临之前,可使人分出心去,注意一些细枝末节的东西。这是些和命运无关,或者说给命运打底的东西,平时谁也不会注意,那就是日常生活。王琦瑶有一种本领,她能够将日常生活变成一份礼物,使你一下子看见了它。这时你会觉着,哪怕是退一万步,也还有它呢!这礼物对一般人,比如像薇薇,还显不出好处,因他们本也无所谓进退的。可对于小林这样求胜心切的,却无疑是一帖良药。

到了临考前的几天,小林几乎天天都来了。由于紧张,也由于要克服紧张,小林变得话多起来。因薇薇多半是有些胡搅蛮缠,或是不懂装懂,所以,小林的说话大半是对了王琦瑶的。他告诉王琦瑶,他父亲原是一个孤儿,在徐光启创立的天主教学校里,有一日学校来了一个老人,要听孩子背《圣经》,将背得最快最好的一个领为养子,这孩子便是他的父亲。他的父亲受到了很好的教育,曾在美国留学。如今,他一心希望他的孩子能上大学,事业成功,可上面两个大的,一个下乡,一个进厂,都与读书无缘,希望就寄托在他身上了。王琦瑶听后便笑道:凡天下父母的希望都是有些言过其实,说到底就是要儿女好,因此你也不必顾虑他们太多,只想着自己尽力就行,再说他们要小林你考大学也是因你实在是读书的料,还是为了你自己的希望,你要光想着他们,倒把自己给忽略了。她这一番话不是替他开释责任,而是让他放下包袱,轻装上阵。小林听了心里真的豁朗了一些,情绪也安定了。这话匣子一旦打开,就关不上,他继而向王琦瑶介绍他的母亲,一户中等人家的女儿,缩衣节食地供她读完中西女中。薇薇在一旁早已不耐烦了,嚷着要出去逛马路,小林只得截住了话头,却是恋恋不舍的样子。薇薇噔噔地下了楼梯,小林跟在后面。一走到弄堂里,薇薇就说:你和我妈倒有话说。小林说:这有什么不好吗?薇薇说:不好!就不好!小林见和她无理可讲,一扭头推上自行车走了。两人不欢而散。

就这样,考试的日子到了。考完后的下午,小林不回自己家,倒从考场直接去了薇薇家。王琦瑶见他来,一边端出绿豆百合汤给他消暑,一边就到公用电话打电话给薇薇,让她提早下班回来。经历一轮考试,小林竟瘦了一圈,精神却不错。问他考得如何,只说还可以,见他按捺着的样子,知他是有话要等薇薇来说的,便也不多问,给他找了几张报纸看着。不一会儿,薇薇进门了,高跟鞋一踢,抱怨着渴和热,竟像是她考试回来。小林等她问些考试的事情,她也不问,却问晚上有什么电影看,说已经有很长时间没看电影,又说如今已流行一种什么款式,再不赶上就要过时了。王琦瑶有些看不下去,只得代薇薇向小林提些问题,有哪些题目,回答得如何,等等。小林这才得以报告考试的情形,虽是以平淡的口气,却依然流露出兴奋和激动,尤其是外语这一门,几乎连他预习的三分之一都没有考到,自然得心应手。薇薇听了也很高兴,闹着要小林请她吃红房子,王琦瑶便阻止说:小林还没回过家,大人都在等他，再说又不是接到录取通知了，分明是敲竹杠嘛！小林却说无妨，家里可打个电话回去，至于录取不录取，那也由不得他，总是谋事在人，成事在天，他总归问心无愧了！虽是豁达的话，也是要有十二分把握撑腰的。王琦瑶便由他们去，两人走到门口，小林又回过身说：薇薇妈妈也一起去吧！王琦瑶自然是推辞，实在推辞不掉，薇薇又说些不耐烦的话，使局面有些尴尬起来，王琦瑶就说，也好，不过由她请客，算作犒劳小林吧！然后她让他们先走，她随后就到。等她换了衣服，拿了些钱，来到红房子西餐馆的时候，已是七点钟光景。夏天的黄昏总是漫长，太阳已经下去了，光还在街道上流淌。这种黄昏，即便一千年过去，也是不变，叫人忘记时光流转。这一条茂名路也是铁打的岁月，那两侧的悬铃木，几乎可以携手，法国式的建筑，虽有些沧桑，基本却本意未改。沿着它走进去，当看见那拐角上的剧院，是会有些曲终人散的伤感。但也是花团锦簇的热闹之后，有些梦影花魂的。这一路可真是永远的上海心，那天光也是上海心。她看见了绿树后面的红房子，想这名字也起得好，专叫人不老的。这时，路灯亮了，黄黄的，反倒将天映出了夜色，蒙着层薄雾。

王琦瑶隔着餐馆的玻璃门就看见了薇薇和小林的身影，两人头对头地在看菜单，有一些灯光罩着他们。王琦瑶不觉停了一下，心想：几十年的岁月怎么就像在一转眼间呢？她推门进去，走到他们面前，薇薇见她的第一句话便是：还当你不来了呢！口气里是有些嫌她来的意思。王琦瑶却作不知，反是说：说好请你们，怎么能不来。接着就是薇薇点菜，大包大揽的，专挑贵重的点，是向小林摆阔，也是敲母亲竹杠。王琦瑶本想随她，但见她太不顾自己面子，有意要给点颜色，便将薇薇点的菜作了番删减，又换了几味价廉物美的。薇薇难免争辩，王琦瑶就说：你不要以为贵就是好，其实不是，说起来自然是牛尾汤名贵，可那是在法国，专门饲养出来的牛；这里哪有，不如洋葱汤，是力所能及，倒比较正宗。这一番话把薇薇说得哑口无言，从此就不开口，沉着脸。小林却听出这话里的见识，也是和老日子有关的，便引发出一连串的问题，王琦瑶则有问必答，百问不厌。

转眼间，面前摆满了大盘小碟，白瓷在灯光下闪着柔和的光泽，有一些稀薄的热气弥漫着，哈着人的眼睛，眼里就有些湿润。窗外的天全黑了，路灯像星星一样亮起来，有车和人无声地过去。树在晚风中摆着，把一些影一阵阵地投来，梦牵魂萦的样子。这街角可说是这城市的罗曼蒂克之最，把那罗曼蒂克打碎了，残片也积在这里。王琦瑶有一时不说话，看着窗外，像要去找一些熟识的人和事，却在窗玻璃上看见他们三人的映像，默片电影似的在活动。等她回过脸来，一切就都有了声色。眼前这两人真可说得天生地配，却是浑然不觉。王琦瑶静静地坐着，几乎没动刀叉，她禁不住有些纳闷：她的世界似乎回来了，可她却成了个旁观者。

第二章

5. 舞会

舞会上,那安静地坐在一隅,很甘于寂寞的女人,就是王琦瑶。她守着一堆衣服和包,脸上带着些宽容的微笑,看着舞场中的人群,似乎是在说:你们都跳错了,但也无妨。一个晚上,她也会有几次出场,和她作舞伴的是几个年轻的男女。当你靠近他们,便可听见她轻声的指点,才晓得她是教他们来的。你还没有足够的经验为她的舞步作评价,只觉得她的从容和镇静。在这种年轻人成堆的地方,能保持这风度着实不容易。像她这样年纪的人,无论男女,在每个舞场,平均都有一个或几个,专为舞会倒溯历史的。他们为舞场带来了绅士和淑女的气息,是三四十年前的,虽然不起眼,却是舞场的正传。他们上场时,一律表情严肃,动作一丝不苟。初看上去,你会以为他们是把跳舞当工作,本着负责的精神。可再往下看,你就在他们的举手投足间看出了心底的快乐。这快乐不是像年轻人那样如水漫流,而是在渠道里流淌,不事张扬却后劲很足的样子。相形之下,年轻人那快乐就只能叫作疯狂。这时你会明白拉丁舞的妙处,它将人的好情绪,严格规范在有序的动作中,使其得到理性的表达,它几乎是含有哲学的,要看懂它不容易。因此,这些人物在今天的舞场里,无一不显得落落寡合。这时节,迪斯科还没流传来,可年轻人已经没了耐心,他们跳起舞来,大多动作草率而冲动,他们喜欢快速的舞曲,因为那能蒙人,也能蒙自己。他们太急于攫取跳舞的快感,不管会不会的,跳起来再说。他们不晓得约束的道理,那是可使快乐细水长流,并且滋生繁衍。他们太挥霍了,往往收支不能相抵,一夜歌舞不够一夜用的。于是他们便一夜连一夜,是预支快乐和激情。但那疯狂劲真是能感染人,在旁边想坐也坐不住,心怦怦跳着,血涌上了头。

有一次,是区政协举办的舞会,小林搞来入场券,几个人又去了。在这里,王琦瑶看见了真正的拉丁舞。和以前去的舞会不同,这一次来的有一半是年过半百的老人,他们穿着灰或者蓝的家常衣服,熟人和熟人围坐一桌。舞场设在饭厅,空气中有着油烟的味道。地也脏了,重新拖过,又洒上一些滑粉,显得邋遢。天花板熏黄了,可是那一周边沿却是文艺复兴风的花样,廊柱也是罗马式的,还有迎向花园的拱形落地窗。灯光大亮着,倒不如暗些好遮一遮那个旧。这一亮,便什么也逃不过眼睛了,连那脸上手上的老年斑,都历历可数地清楚。后来,音乐响了,从一个四喇叭的录音机里放出,沙沙哑哑的,在空廓的大厅里,显得有些软弱。二三小节过去,便有几对上了场,缓缓地滑行着。在那高大的穹顶之下,人变虚变小了,就像个小人国似的。可这些小人儿全是舞蹈家,有过几十年舞蹈的经验,那舞姿全是炉火纯青。别看他们不动声色,内里可是胸有成竹,路数全在心中。这是三十年不跳也不会忘的,因为学的时候下功夫,练的时候也下功夫。虽是小人国,可那脸上的表情却跃然入目,几乎称得上是肃穆。你晓得他们心里在想什么吗?你晓得他们眼睛里看见了什么吗?这真是猜不透。他们看上去都有些悲喜交集似的,悲的什么又喜的什么呢?年轻人都有些瑟缩,不肯下去跳,在跳的也放不开手脚。今晚的舞场被凝重的气氛笼罩。这些头发花白的舞者,都是没有年纪的人,无古无今的,这大厅也是无古无今。拉丁舞真是了不起,它有穿越时间隧道的能力,无论是旧,是老,是落拓,是沧桑,有了它垫底,就都化腐朽为神奇,变成了高尚。

王琦瑶怂恿薇薇他们去跳,自己坐在边上。有风从落地窗里吹进来。她看着眼前的场面,觉得就像是从三十年前照搬过来的,只是蒙了三十年的灰垢,有些暗淡了。她甚至看得见旧窗幔上,有成缕的灰尘缓缓地飘落下来,坠入画面,消失了踪迹。等年轻人渐渐加入进去,那画面的颜色才鲜明起来。有几个是身着盛装的,虽和现境不相配,跳得也不怎么样,可那衣袖裙裾,却不由分说地夺人眼睛。青春也是夺目的,只那么几点,便将气氛活跃起来。有些乱,分明是错了节拍,却也顽强地向下走,直到曲终。还有误以为舞步就是走步,于是纵横交错,满场地梭行。正跳着,忽然来了两个抬汽水箱的人,号召人们凭入场券去领汽水,于是就有等不及的,从舞蹈的人丛中穿越,去领汽水。拔瓶盖的声音连成一片。还有人自作主张跑到录音机处,将奏到中间的舞曲按停,换上自己带来的磁带,叫人停不了又接不上。好了,这下全来了,连那民间的山歌都作了快四步跳,方才那古典派的一幕则作了鸟兽散,七零八落的。王琦瑶正坐着,忽有人来请她跳舞,倒是一位老先生。这时,舞会已到了将近尾声的时分,有些如火如荼,渐渐不分你我,天下与共的气氛。王琦瑶缓缓被带入舞池,前后左右都是人,却谁也不看谁,沉浸在各自的舞步中。虽是同一支舞曲,但每个人都觉着是自己的,各有各的跳法。这老先生的舞步就像是踯躅,长了便觉出那步子里的节律。在一片活跃之中,这样的舞步就像是海里不动的礁石。王琦瑶从这老人的舞步里就已经辨别出他是哪一类人,是那种规规矩矩,兢兢业业,持一份殷实家业,娶一位贤良太太,为了应酬才涉足舞场的好好先生,当年那些未嫁女儿的操心的父母们,眼睛都是盯着这类先生的。如今,他已满头白发,衣服也改了样子。舞曲终了,正好将王琦瑶送回原位,老先生轻轻一握她的手,然后松开,微微一颔首,转身走了。随后,最后一支舞曲响了,是《魂断蓝桥》的插曲《一路平安》。

除了单位举行的舞会,还有一类家庭舞会。房间稍大一些,再有个录音机,便成了。张永红新结识的男朋友小沈,就常组织这样的舞会,也不是在他家,而是在他的朋友家。有一回,也邀请王琦瑶去,说是请她教大家跳舞。王琦瑶说了声,她能教什么呢,就跟着去了。小沈这朋友,竟是住在爱丽丝公寓,也是底层,不过是隔了两个门牌。虽然是晚上,周围又变得厉害,可王琦瑶一进那个院落,便认了出来。她奇怪自己这么多年里却从来没再来过一回,倘若不是今晚来跳舞,大约一辈子也走不到这里。说起来,才是三四站公共汽车的距离,倒像是隔山阻水似的。有时候想起爱丽丝公寓,就好比上一世的事情。小沈这朋友的一套公寓,虽也是底层,隔间却有些区别,有两个卧室,客厅也多了个手枪柄似的一角。这朋友的父母姐妹都陆续去了香港,上海只他自己一人,住这么一套房子,虽是卫生煤气一应俱全,却没什么烟火气。来了这些人,也不烧开水,放了一桌啤酒和汽水。王琦瑶他们到时,已经有几对人来了,在音乐声中缓缓起舞。也不知谁是主,谁是客,人们都很熟悉的样子,自己到冰箱里拿冰块,听见门铃响,谁都去开门,进来的人也像到了自己的家。甚至有一人,对跳舞没兴趣,自己跑进卧室睡觉去了。说是请王琦瑶教跳舞的,其实没有一个人来向她学习,都是自己管自己跳。王琦瑶先有些不知所措,后来看大家都是自己照顾自己,也就放松下来,干脆拿出主人翁的姿态,跑到厨房烧了壶水,冲在热水瓶里,又找到茶叶盒,泡了一杯茶,然后找个角落坐下。接着又有几个跟着泡了茶，也不问问是谁烧的水，天生该有似的。这时候，房间里大约聚了有二十来个人，有人将灯关了几盏，只留下一盏台灯，昏昏黄黄地照着，将些人影投在墙上，黑森林一般。王琦瑶坐在暗处，因没人注意，感到很自在。她想她竟回到了爱丽丝，但爱丽丝却是另一个爱丽丝，她王琦瑶也是另一个王琦瑶了。

王琦瑶坐在沙发里，手里的茶杯已经凉了。她的影子在密密匝匝的影子里，被吞掉了，她自己都要将自己忘了。要说她才是舞会的心呢！别看她是今晚上唯一的不跳，却是舞会的真谛，这真谛就是缅怀。别看那些人举手投足，舞步踩得地板噔噔响，岂不知他们连舞曲的尾巴都踩不着，音乐只是音乐的壳，约翰·施特劳斯蜕了一百年的蝉蜕，扫扫有一大堆的。那把裙裾展成莲花似的旋转，一百转也是空转，里面裹的都是风，没有一点罗曼蒂克。那罗曼蒂克早已无影无踪，只留有一些记忆，在很少几个人的心里，王琦瑶就是其中一个。那是一点想念罢了，哪经得住这么大肆张扬的折腾，一折腾就折腾散了。这舞会啊，开了不如不开，怎么着都是走样。就好像一个古墓，不出土还好，一出土，见风就化。在舞曲间歇时分，王琦瑶听见窗外有无轨电车驶过的声音，从百乐门那边传来，她想：这就是爱丽丝的夜晚吗？

6. 旅　游

小林收到大学录取通知之后，为表示庆贺，王琦瑶拿出钱让小林带薇薇去杭州玩几日。小林却说：伯母为什么不去呢？王琦瑶一想，那杭州虽然离上海近，却从没去过，便准备一起出行。临走前，趁薇薇去上班，把小林叫到家里，交给他一块金条，让他到外滩中国银行去兑钱，并嘱他不要告诉薇薇。如今，王琦瑶对小林比对薇薇更信得过，有事多是和他商量，也向他拿主意。而小林呢，凡事也是多和王琦瑶商量。和薇薇是玩耍快活，要遇上心情不好，倒更愿意同王琦瑶倾说，可以得些安慰。在内心里，小林要说是将王琦瑶当未来的岳母，还不如说是当朋友。王琦瑶也至少是将他当半个朋友看的，她有时甚至会忽略他的年轻，同他说一些自己的心情。当她将金条交给小林的时候，她犹豫了一下：要不要告诉他这笔财产的来历，这可是个大秘密。王琦瑶这几十年里，积攒了多少秘密啊！她听着小林下楼出门，近中午时便回来了，送还给她一沓钞票，于是，那隐秘往事也像兑了现似的，不提也罢，小林也并不多问，这城市里的财富也像秘闻一样，名不见经传。像小林这样的上海老户人家，自然是明白这些的。王琦瑶留他吃过午饭，便回家了。

在杭州玩的三天里，王琦瑶尽力做到"识相"两个字。每天清早，她先起来，走出宾馆转一圈。他们住的宾馆是在里西湖，她就沿着湖走，一直走到白堤。太阳把湖水照得灼亮，身上也出了一层薄汗，然后回来。路上，正和薇薇小林相遇，他们也是散步去的。她对他们说一声：等你们吃早饭啊，便走了过去，进到宾馆。这时，浴室里还有热水供应，洗一个澡，换身衣服，下去到餐厅，坐一刻，他们便来了。白天的活动，三次里有一次她缺席，晚上的时间统统给他们俩自由。薇薇直要到十二点才回房间，王琦瑶听见门响便闭上眼睛装睡。听着薇薇碰碰撞撞地洗澡，刷牙，开灯，关灯，最后上床，转眼间睡熟，响起轻轻的鼾声，她这才敢翻身，睁开眼睛，那眼睛闭得都有些累了。房间里其实很亮，什么都看得清楚，那光有一些极轻微的波动，想来是从湖面上折来的光。王琦瑶想着白天去过的九溪十八涧，一派空山鸟语的意境，心想去那里做个女隐士怎么样？样样事情眼不见心不烦，多好！那样的少人迹的地方，一百年都和一天一样，没什么过去和将来，也很好。但又觉着现在再去做隐士，有些晚了，已经付出的那半生的代价，难道都算作徒劳？都不计结果了？岂不是吃了大亏，又岂不是半途而废。再要去想那结果当是什么，思想却散漫开来，抓又抓不住，出现了些旁枝错节，渐渐就睡着了。第二天早上，她一睁开眼便见屋内大亮，薇薇已不见了踪影，才知自己睡过时间了。但也不着急，干脆慢下来，闭会儿眼睛再起床梳洗，到餐厅等那两位吃早餐。左等不来，右等不来，眼看人家要收摊，只得匆匆吃了几口。走到大厅里等，还是不来。又到门外去等。湖水已有些蒸人，远望过去，苏堤白堤上已有了游人的身影，慢慢地晃动。天上有几丝浮云，一会儿就不见了。蝉鸣起来，依然没有他俩的身影。

薇薇和小林这天早上是到六公园喝茶去了，然后直接乘船游了趟湖，中午十二点才回到宾馆。以为会在餐厅里碰见王琦瑶，却没有，便自己吃了饭再去房间拿些东西。因小林是与别人合房间的，所以东西都放在王琦瑶母女的房内。一开房门，却见王琦瑶靠在床上，看连环画，身边还放了有一沓连环画。因没想到屋里有人，先是惊了一跳，然后小林便问，伯母有没有吃饭。王琦瑶却像没听见似的不回答，眼睛看着连环画，手慢慢地翻着，脸上倒带着微笑。薇薇兀自拿了衣服进浴室去换装，小林又问，下午一同去黄龙洞看方竹吧！王琦瑶说：不去！脸上的微笑陡地没了。小林停了一下，就解释说：早上，我和薇薇沿着苏堤散步，走远了，就没回来吃早饭。王琦瑶听了这话，不由一阵委屈涌上心头，眼圈也红了，挣了一下才说出一句：我也散步去了。说罢又恼怒，恨自己显出可怜相，便再加了一句：你不用来向我汇报的。这时，薇薇从浴室里出来,冲着小林说:走不走?也不看王琦瑶一眼,就好像没这个人似的。王琦瑶从连环画上转过脸,看了她说:你是对谁说话?薇薇被她问得一怔,朝她翻翻眼:不是对你说话。王琦瑶便冷笑了:你不对我说话,又是对谁说话?你不要以为你有男人了,就可以不把别人放在眼睛里,你以为男人就靠得住?将来你在男人那里吃了亏,还是要跑回娘家来,你可以不相信我这句话,可是你要记住。她这漫不着边的一席话,把薇薇说急了,她说:谁有男人了?谁不把别人放在眼里了?今天我倒要你把话说说明白,黄龙洞我也不去了!说罢就在对面床上坐下,搁起腿来望着王琦瑶,正式谈判的样子。这母女俩向来不分尊卑上下,别人说她们像姐妹俩,还不仅因为王琦瑶长得年轻。平时的口角就不少,就连小林这个外人都亲眼目睹过几回。但今天的形势却有些不同寻常,似是无来无由,吵不下去却要硬吵,其实是有着原委,一旦触动可是个大难堪。小林看出这场口角的危险,便过去拉薇薇走,薇薇打开小林的手:你总是帮她,她是你什么人!话没落音,脸上就挨了王琦瑶一个嘴巴。薇薇到底是只敢还口不敢还手,气急之下,也只有哭这一条路了。小林则往外拉她,她一边哭一边还说:你们联合起来对付我!这一个下午,谁也没出去玩。大好的阳光,大好的湖光山色,便在怨怒和抽泣中过去了。

小林将薇薇拉到他的房间,同屋的人正好不在,于是便百般抚慰与劝说。薇薇闹了一会儿,渐渐平静下来,抬起泪汪汪的眼睛,说:小林,你评评这个理,今天是我不对还是她不对。小林替她擦着泪说:自己妈妈有什么对不对的?再不对也是你妈妈。薇薇又气了:照你这么说,世界上就没有什么对和错了?小林笑道:我又没说"世界上"。然后他沉默一下,又说:你妈妈其实很可怜。薇薇便说:可怜什么可怜!小林也不与她争,只是望着窗外出神。停了一会儿,薇薇将他的脸扳过来,问道:你和她好还是和我好?薇薇郑重的神情,使这荒唐无聊的问题变得严肃起来。小林亲了薇薇一下,反问说:我有必要回答你吗?薇薇也笑了,笑着笑着害羞起来,将脸埋在枕头里,不让小林看。两人这么说着话,时间就过得很快,到晚饭时间,小林对薇薇说:咱们去叫她吃饭,你要有点笑容。薇薇偏就拉下了脸,说:我不会笑。正要出门,却听有人敲门,开门一看,是王琦瑶。她换了一身衣服,拿着手提包,脸色平静,说带他们去楼外楼吃饭。等他们各自拿了随身的东西,三个人便下楼出去。

太阳正垂到街的上空,将个杭州城照得金光灿灿。自行车就像金水里的鱼似的,穿行而过。西湖上倒冷清下来,游客大都上了岸,只有很少几艘船在水上漂着。有漂到湖边的,与岸上的行人对望的眼神,似都带了些诧异。这时,天空变得绚丽,云彩被夕照染成七八种颜色,铺展到天边。小林说要拍照,于是单人照双人照地拍了一气,天色也纯净下来。到楼外楼,三人坐定,王琦瑶让他们两人点菜,自己并不发表意见。薇薇渐渐缓了过来,开始活跃,说这说那的,王琦瑶有时也应和两句,都将下午的事忘记了。小林这才将吊了半日的心放下来,松了口气。他一边替母女俩倒啤酒,一边很由衷地说:薇薇,你应当敬你妈妈一杯酒,她把你养这么大,吃了多少辛苦!薇薇耍赖道:是她情愿,又不是我逼她生下来的。王琦瑶笑着说:我是逼你的,好不好?小林就说:我敬伯母一杯酒,花这么多钱让我们来旅游。不料,王琦瑶听了这话竟有些变脸,虽然还笑着,却是冷了下来。她喝了一口酒,并没说什么,就吃菜。薇薇自然不会察觉什么,小林却感不安了,隐约觉着自己说错了话,又不知错在哪里。这半日来,为了调解母女俩,已有些筋疲力尽,如今见这情形,竟是徒劳一场。不免心灰意懒,便也闷闷地喝酒吃菜。一时上,只有薇薇在聒噪,兴致很高,且不察言观色。一顿饭就她吃得高兴。

晚上,王琦瑶一人回到房间,也无事可干,便慢慢地收拾明天回去的东西。收到一半,突然一笑,心里说,原来是当她银行用啊!停了一会儿,又问自己,她当她是什么呢?她丢下手里的东西,决定去洗澡。热水还没来,水龙头空空地吐气。她就让它开着,又回房间躺在床上,不想却打了个瞌睡。醒来时只听见哗哗的水声,从浴室门里涌出一团团的蒸气,弥漫在房内。

第二天,他们是乘下午车回上海,车到北站已是晚上十点,广场上人声鼎沸,路灯纵横排着,散布着昏黄的光,混沌沌地浮在攒动的人头之上。薇薇和小林走在前边,王琦瑶落后半步,小林不时回头照应,问她东西好不好拿,路好不好走。王琦瑶就说很好,心想自己还没老到这程度。他们横穿广场,终于走到马路上,也是无头无尾的人流。最后,终于回到家中。才走三四天,房间已积起一层灰来,几只米虫化成的蛾子在左冲右突地飞翔。

7. 圣 诞 节

这一年,上海的某些客厅里,兴起了圣诞节。到了圣诞夜,这些人家的灯是亮过十二点的。还有钢琴上的圣诞歌,也是通宵达旦。这种夜晚虽也免不了吃喝,却因有圣诞蜡烛和圣诞歌作背景,吃喝也俗不到哪里去。圣诞树一般是没有的,没地方去买。午夜的钟声是听无线电里“嘟嘟”的报时声,在静夜里有些寂寥,却使这圣诞节更显得独树一帜。其实,这些过圣诞的人家倒并不见得是上帝的信徒,你问他们耶稣的事情,也只答得出一二。他们大都是从外国寄来的圣诞卡上了解这一节日。那些早年真正受过布道的教友们，恐怕都已想不起圣诞节这回事了。他们往往年老力衰，也有些落伍，不免随流入俗了。过圣诞的事，是由这城市里最摩登的人物担任。这些摩登人物的锐利目光，扫过这城市的每一个角落，这城市缺什么都躲不过他们的眼睛。他们积极地要将这城市推进潮流，结束它离群索居的历史。在今年的日子，圣诞夜难免有些冷清，可你可以想见它的竭诚竭力。最好的碗碟拿出来了，新桌布铺起来了，玫瑰花插在瓶子里了，客人也来了，一律是最新潮，一看便是这城市的主人。他们进门就说"圣诞快乐"，也是圣诞的主人。天有些冷，又没有暖气，可因为兴致高，便也不在乎，穿的都是春装。吃一点东西，再跳一会儿舞，就觉身上发热，挥洒自如了。圣诞夜是在九点钟开始的。这时候，人们大都准备就寝，外出的人也在往家赶，连舞会都到下半段了，可是这里才在迎客。等邻居家窗口一个一个暗了，这里的璀璨就好像是一座航标，这城市再不会迷失方向了。

这年头，这城市就像一个干涸已久的大海绵，张开了藻孔，有多少快乐便吸吮多少快乐，如今它还远没有吸饱呢！你看，那楼房上方的夜空，还是黑多亮少，那掩紧的门窗后头，大多是睡眠，这么点快乐不够人们用的。那点快乐，从街上流过，只能湿一湿地皮。你不知道，这城市对快乐的需求量有多大啊！这些客厅啊，旧是旧了，不过还管用，还盛得下一个圣诞夜，让我们就在这里歌舞好了。钢琴的音不准了，不过都是老牌的"斯特劳思"。那些老校音师呢？还须耐心地将他们一个个寻访出来，使其重操旧业，这城市的旧钢琴全指望他们了。否则，圣诞歌怎么办？还有很多朔拿大，小夜曲怎么办？

薇薇跟着小林到他同学家过圣诞的时候，王琦瑶一人在家。

她想:这墨样黑的晚上,过什么圣诞呢?她坐在灯下编织羊毛的婴儿连衣裤,忽觉四下里十分的静,平日里的人声此时都偃止了,难道都去过圣诞了?这时,她听见有自鸣钟的声音响起,数了数,竟敲了十下,才知夜已深了。她想圣诞这日子真没意思,聚在一起听钟打十二下,哪一天不打十二下呢?王琦瑶自己上床睡了,夜里并不知道薇薇回来。早上起来买菜,见她睡着,床前扔着新买的长筒靴,衣服也是乱扔着,真有些一夜狂欢的意思。她轻轻下楼出门,路灯刚灭,天色有些阴,是在作雪,看起来却像通宵未眠的疲惫。路上走着匆匆的行人,有迎面过来的,王琦瑶便在他们脸上看见过圣诞的痕迹。她觉着,人人都过了圣诞,只有她除外,可她无所谓。她买了菜,拿了牛奶,还买了豆浆、油条,就往回走。一路上就有许多上学的孩子,脸冻得通红,啃着冰冷的早点。想来他们的父母也是刚从圣诞舞会上回家,来不及为他们烧早饭的。太阳在阴霾后面,透出滞重的光。王琦瑶回到家,房间里还是走时的情景,薇薇蒙头睡着。一股又酸又甜的隔宿气弥漫在屋内,叫人心头烦乱。王琦瑶想起今天是薇薇休息,不知她要睡到几点,便退到厨房,自己烧早饭吃。从窗里看见对面人家在收拾房间,进进出出的。还有一扇窗户里,伸出一竿洗净的衣服,又关上了窗户。那衣服在阴冷的空气中,永远不会干的样子。然后,送早报的来了,自行车铃响着。弄堂里嘈杂起来,一天开始了。

这天,薇薇睡到中午还不起来,两顿饭都没吃。王琦瑶不想与她费口舌,就随她去。一点来钟时,张永红却来了。薇薇翻个身睁开眼睛,人躺在被窝里,听她们说话,并不插嘴。王琦瑶少见她这么安静的,问她要不要吃饭,她说不要。因睡足了觉,脸色很红润,披散了头发,懒得像一只猫。王琦瑶问张永红,昨晚有没有去过圣诞夜。张永红不解地说:什么圣诞夜,听也没听说过。王琦瑶便慢慢告诉她圣诞节的来历。张永红认真听着,提了些无知的问题,让王琦瑶解释。薇薇也听着,一声不出。天阴着,屋里有些暗,不是夜色的那种暗,而是遮蔽得挺严实,于是便觉着温暖的暗。张永红听了半天说:咱们这些人有多少热闹没赶上啊!王琦瑶就说:你们还有时间呢,像我,连时间也没了。张永红不同意道:你已经赶过了,怎么好和我们比。王琦瑶安慰她:这就好比看戏,上场演过了,要停一会儿,下一场就开幕了。张永红说:可别停得太久了呀!王琦瑶说:怎么会太久,锣鼓家什都敲起来了,你看这人,昨晚不就疯了一夜?她指了指薇薇,薇薇往被窝里一缩,露出双眼睛,还是不说话。王琦瑶就告诉张永红,薇薇昨天跟小林去过圣诞,不知什么时候才回来的。张永红朝薇薇看了一眼,没有说话。房间里又暗了一些,也暖了一些。王琦瑶起身到厨房去烧水,这边两个人却是无话,默默的,一个躺,一个坐。薇薇闭着眼睛,睡着的样子。张永红低着头,不知在想什么。等王琦瑶回来,屋里似乎又暗了一成,连人都看不清了。有那么一阵子,三个人一点声音都没有,都像在酝酿什么心事似的。忽然,被窝里发出一声笑,极短促的。王琦瑶和张永红朝那边看去,却见薇薇整个头都埋进被窝了。王琦瑶问:笑什么?先是没回答,过了一会儿才有声音,也是忍着笑的:不可以笑吗?

王琦瑶不再理薇薇,转过头来问张永红,同她那男朋友关系如何了?张永红很不愿提的表情,说已经断了。王琦瑶晓得是这结果,还是怔了怔,想说什么,又想什么都说过了。张永红却又开口,数出那男朋友的一堆坏处,都是要不得的。王琦瑶听罢后不觉笑道:张永红你的眼睛真是锻炼出来了,看人入木三分。张永红没听出她话里的刺,有些忧郁地说:是呀,我大约是有毛病了,十分钟的热情一过去,样样都看不入眼了。王琦瑶说:你是经得太多,就像吃药,吃多了就会有抗药性,不起作用;交人交多了,反交不到底了。张永红说:我反正是弄僵掉了!话是这么说,骨子里还是透着得意,毕竟是她挑人家,不是人家挑她,僵也是人家僵,她是有余地的。王琦瑶看出她的心思,在心里说:会有掉过头来的一日。她看张永红缺乏血色几近透明的脸上,已有了憔悴的阴影,那都是经历的烙印。一次次恋爱说是过去,其实都留在了脸上。人是怎么老的?就是这么老的!胭脂粉都是白搭,描画的恰是沧桑,是风尘中的美,每一笔都是欲盖弥彰。王琦瑶看着张永红替她整理毛线的纤纤十指,指甲油发出贝类的润泽的光,皮肤下映出来浅蓝色的脉络,有一股撑足劲的表情,王琦瑶有些为她难过。张永红开始说一些马路传闻,无非是偷情和杀人两个题目。薇薇从被窝里又伸出头来,眼睛睁得溜圆地听,王琦瑶就斥责道:你过了一个圣诞夜,倒像是值了个夜班,还要我们来服侍你吗?薇薇听了并不回嘴,王琦瑶不觉有些诧异,就看她一眼。她懒洋洋的,一动也不动。

这会儿,天是真的黑了,一开灯,有些满屋生辉的。张永红就说要走,薇薇也不起来,王琦瑶送她到楼梯口,反身进厨房烧饭。见那北窗外雾蒙蒙的,还有盈耳的沙沙声,仔细看,才知是下雪珠了。王琦瑶对着窗外看了一会儿,心想这倒是像圣诞节了。忽听薇薇在房间里叫她,先是不理她,而后还是走了出去,问她有什么事,难道还要把饭送到她床上?薇薇不答她的话,把被子拉到下巴上,说,小林向她提出要结婚。王琦瑶慢慢地坐到椅子上,然后问:什么时候?薇薇脸背着她说:春节。虽然薇薇和小林的关系已是定局,可却从未正式论过婚嫁之事,知道这一日迟早会到,真到了眼前,也还是意外似的。王琦瑶想:薇薇都要出嫁了,真是光阴如梭啊!她心里不知是喜是悲,一时竟无语以对。不知停了有多少时间,耳边响起薇薇急躁的声音:他爸爸妈妈下星期就要请我们吃饭,你到底同意不同意啊！王琦瑶猛醒过来,说:我有什么不同意的？是你们自己好的,什么时候问过我。薇薇却还是逼着问同意不同意,王琦瑶这才轻叹一口气道:我怎么会不同意呢？这是好事情。薇薇说:这算什么好事情！王琦瑶不说话,站起身,走到屋角,搬开樟木箱上的杂物,打开箱盖,将里面的羊毛毯,羽绒被,鸭绒枕,一床一床搬出来,摆了一大片,然后说:我多少年前就为你准备的。说罢眼泪流了出来。薇薇也哭了,却是嘴硬,不说一句软话的。

8. 婚 礼

王琦瑶给薇薇准备嫁妆,就好像给自己准备嫁妆。这一样样,一件件,是用来搭一个锦绣前程。这前程可遇不可求,照理说每人都有一份,因此也是可望的。那缎面上同色丝线的龙凤牡丹,宽褶复裥的荷叶边,镂空的蔓萝花枝,就是为那前程描绘的蓝图。你看那百货公司床上用品柜台前挤来挤去的女人们,有一大半是来买嫁妆的,不是为自己也是为女儿。她们看上十家也买不下一样,她们买下一样可就是做成了一件大事,谁能知道这里的心意啊！王琦瑶从没给自己买过嫁妆,这前程是被她绕着走过的。她走出老远四下一看,却已走到不相干的地方。不过,她可以替薇薇买嫁妆,可是有时候也会想:薇薇的嫁妆与她有何相干呢？于是,她热一阵,冷一阵的。这么断断续续买下的东西,却已存够有两三个箱子。晒霉的日子,一打开来,全是新东西,在伏天的大太阳下闪着耀眼的光彩。没什么来历,也没什么根基,却有的是前程。王琦瑶也是不忍细看,因知道都是没她份的。她把窗户都打开,太阳和风进来,房间里充满了一股新东西才有的气味,没沾过人气的气味。王琦瑶也会有一刹那间的喜悦,那多半是忘记谁是谁的时候。新东西总是叫人高兴,什么都没开始的样子。

现在,薇薇将嫁妆从王琦瑶手里接过来了。一下子拥有一大笔财产,心里便觉着十分富足。她每日都要翻一翻,看一看,再和王琦瑶讨论讨论。遇到对东西的质地有怀疑,又相持不下的时候,她们便一起做一个小试验。拔一丛绒毛,点上火,看它燃烧的状态和速度,以此辨别是否纯羊毛。当她们并拢了头专注地看,两人都有些像孩子。张永红也来参观薇薇的嫁妆,一边看一边暗暗与自己的比较。张永红不知从何时起,就将买衣服的钱省下一半,用来买嫁妆。虽然是走马灯一样地交着男朋友,一个个都是过眼烟云,这一份嫁妆却月月年年地积累起来,天长日久的样子。张永红唯有积攒着嫁妆的时候,才觉得自己的未来依稀可见。其余则是一片茫然。薇薇的嫁妆中有一顶珠罗纱蚊帐,王琦瑶将它抖开,与张永红各拽一头地张开。薇薇一头钻进来,隔着纱帐,真的成了一个新娘。王琦瑶与张永红对视一眼,有一种同情在两人之间升起,很快地闪开了眼睛。

再接着,薇薇要做衣服了。王琦瑶为她选的是一块西洋红的女衣呢,托严师母找一个做西装的裁缝。这天,裁缝来了,给薇薇量尺寸,边上站着王琦瑶、张永红,还有带他来的严师母,七嘴八舌地出主意。那裁缝便说:究竟你们是裁缝,还是我是裁缝?于是她们都笑,说:好,好,不说了。可只过一会儿,就又忍不住了。只有薇薇不声不响,很矜持地站着,由他们摆布,是今天的主角。这主角似乎是不期而至,稀里糊涂就当上的。要说她是对结婚最木知木觉,而金玉良缘就是专派给这种木知木觉的人的。越是刻意追求,苦心经营,越是不达。这就叫作有意栽花花不发,无心插柳柳成荫。为给西洋红西装配皮鞋也花了大力气。先是想当然地买了双白的,穿上却觉得头重脚轻,还有些乡气。再配黑的,压是压住了,却压得过头,一身艳丽到此为止,画了个句号,弥漫不开了。于是再动脑筋,还是练脚劲。几乎跑遍全上海,终于觅到一双同是西洋红的皮鞋,略深那么一点,却是朝着一个方向深去,这才画龙点睛,且又天衣无缝。然后是发式的问题,这是王琦瑶说了算的。她提前一个月叫薇薇去烫了长波浪,然后,每隔一周修剪一回。临到喜期,头发便似烫非烫,翻卷自然,梳起披下总相宜。

此时此刻,薇薇已不知多少次地在镜子前装扮成新娘。每逢这时,王琦瑶便暗暗惊叹,想一个相貌平平的女人,一旦做起新娘,竟会焕发出这样的光彩。这真是花朵绽开的那美妙的一瞬,所有的美丽都偃旗息鼓,为它让道的。这是将女人做足了的一刻,以前的日子是酝酿,然后就要结果。这一个交界点可是集精华于一身的。

现在,要缝被子了。王琦瑶来到严师母家,对她说:你知道,我这样的女人是不能缝这鸳鸯被的,严师母你儿女双全,大富大贵,薇薇要有你百分之一的福分也好了。严师母二话不说,叫上她家的保姆便来到王琦瑶家。让那保姆帮她铺展被子,随后就一针一线缝了起来。王琦瑶远远坐着看,不动一点手。严师母让她帮扯一根线,她也不扯,说:严师母,你知道我是不能碰的。严师母说:你倒找到偷懒的道理了。心里却有些凄然,因有那绍兴女人在场,也不好多说什么,又埋头缝着。中午,那保姆回去,自己则留下吃饭。闻到厨房里传出的菜香,恍然觉着时间倒流回去,又是多年前的情景,许多谜语涌上心头,都是搁下不提的。等饭菜上桌,两人面对面坐下,严师母开门见山就问:薇薇结婚,要不要叫她爸爸知道?这句话因是有二十多年时间作缓冲,所以并不显得突兀。王琦瑶笑笑说:她爸爸死了。然后又加一句:死在西伯利亚了。两人都笑起来,几乎喷饭。严师母说:你也要做件新衣服,薇薇结婚那日好穿。王琦瑶就说:人是个旧人,穿什么新衣服也没用。严师母说:那你也去当新人好了。说罢,两人又笑。笑过了,严师母正色道:其实,我也不全是说笑话,薇薇走了,你一个人就要冷清,不如找个伴呢!王琦瑶便问:你说找谁?

被子缝好,一天也过去了,薇薇的婚期又近了一日。由于临近春节,人们都在置办年货,送旧迎新,更为这婚礼增添了气氛。小林放了寒假,却又参加了一个英语班学习。他父亲在美国的旧同学,已为他作保,他准备读完这个学年,拿到大学二年级的学分,便去美国读书。结婚也是去美国的步骤之一,有配偶更容易得到入境签证。想到这,王琦瑶不觉感到忧虑。可薇薇自己却正相反,小林去美国,是比结婚更叫她兴奋。结婚是每个人都要结,去美国可不是每个人都能去的。甚至不需要想到将来小林会把她也办到美国去,仅仅是小林一个人去,已足够她激动了。因是要走,所以就有些临时观点。新房是做在朝西的小间,家具也是用旧的。可是,结婚毕竟是叫人欢喜,这欢喜重复多少遍也不会褪色的。小林学习英语空下来的时候,便和薇薇出去,逛马路,吃西餐,看电影。知道结婚就在眼前,难免会有一点小越轨,可也不要紧。在那人家的门洞里和公园的犄角里,能干得出什么大事?也有一些时间是在王琦瑶家度过的。他们说着美国,人没去心已经飞去了。王琦瑶也是喜欢美国的,她喜欢的美国是好莱坞电影里的。喜欢是喜欢,却知道是个故事,可望而不可即的。那两个却是当现实来喜欢的,有许多计划要在那里实施。王琦瑶插不进嘴去,只觉得他们的美国很乏味,比不上好莱坞的一半。

这一天,小林来的时候,薇薇不在家。王琦瑶说:小林你坐坐,吃过午饭薇薇会回来的。于是小林坐下了，拿一张隔日的晚报翻看。王琦瑶钩着羊毛衫，问他酒席订了没有，在什么地方。小林说他母亲正要问王琦瑶，她们家要几桌。王琦瑶想她的娘家人请也未必到，其他的关系，就只有一个严师母了，虽不是十分投契，却是几年来一直没断过来往，也算得上半个长相随了。就说，要不了一桌，只她一个再加严师母一个。小林说：严师母是要请，但她是朋友，难道就没有亲戚了吗？王琦瑶沉默了一会儿说：我只有薇薇一个亲戚，现在也交给你了。这话出口，彼此都有些感动。小林说：将来，你和我们一起生活。王琦瑶站起身，将手里的开司米一搁，说：那怎么行，还有你父母呢！然后就走进厨房。小林忽有些难过起来，即将到来的喜期似也罩上一层伤感的影子。这时候，他发现，这房间里的五斗橱，梳妆镜，他小林所赞叹的"老货"，其实都蒙着这样的影子，说它"老"，其实不是，而是"伤怀"。有薇薇在，他还不觉得，薇薇是将生活大把大把挥霍的，而这"伤怀"却恨不能伸出手去，抓住流逝不返的时光。这也是她们母女的不同了，薇薇是用完算数；王琦瑶用的时候悉心悉意，用完了却不能算数。其实不算数又如何？分明是不由己的事情，到头还是苦自己。

结婚那一日终于到了。早上，两个新人就去天开照相馆拍结婚照，王琦瑶陪着去的。婚服是照相馆出租，不知上过多少人身了，是照那最大的尺码缝制，兜头套上，再用大头针沿着身子一路别下来，从头做一件也不过这样的工程。但那白纱裙终是处子的表情，无论多么不合身，也是合乎情理的。薇薇变得十分安静，由着王琦瑶整理修改。那裙裾堆在脚下，一堆雪似的。王琦瑶的手在其间出入，感觉到那纱绉的潮湿，大头针的针头又有些秃，很难刺进去。不一会儿，她手心里出了汗，额上也出了汗，眼前有些恍惚，不知白纱裙里的人是谁。她抬起头，看看前面的镜子，镜子里有一个公主,美丽而高傲。镜子上方有一盏电灯照亮着,窗户叫布幔遮住了,镜台上放了一把缠着头发的发刷。照相馆的化妆间里有着一股幽秘的气息,包藏着许多不为人知的小手腕,比如,婚服的腋下那两排密密麻麻的大头针,还有裙裥里的大头针。头发也是做过手脚的,地上散落的发夹就是证明。现在,这一袭婚服可说是天衣无缝了,再披上婚纱,瀑布般直泻而下,几乎成了天人。

灯光大明的时刻,王琦瑶是坐在暗处,几乎成了个隐身人,没人看见她。灯光聚集处,是另一个世界,咫尺天涯的。王琦瑶忽然想:今天她真不该跟着来的,来也是做看客,看的又是不想看的。她明知道照相馆这地方是骗人,却还是要上这骗局的当,几十年也不觉悟。那灯光骤地冥灭与骤地照耀,使她的心也是一明一暗。这灯光其实是她最熟悉的,此时却离她远去。她分明看见摄影师的嘴动着,却听不见一点声音,新人们的声音也听不见。后来,他们终于走下场来,换了另一对上场。她替薇薇解下婚纱,大头针撒落一地,发出幽秘的嚓唧唧的声音。脱裙子的时候,薇薇的口红抹上了白纱绉,给这婚服又添一笔历史。裙子堆在地板上,是一个巨大的蝉蜕。走出照相馆,已是中午,就到国际饭店十一楼吃饭。三个人都有些疲惫,不怎么说话。望着窗外的天空,无风无云,无边无沿。然而,只要将目光向下移一寸,那连绵起伏的屋顶便涌入眼睑,嚣声也涌入耳内。这天空和这城市似乎两不相干,自行其是,黄浦江也是自行其是,总是流淌,却流淌不尽。不晓得谁是真理。

下午是在王琦瑶家度过的,小林也跟了来坐着。因是大年初二,弄堂里不时有鞭炮爆响。大年初二还是访亲问友的一天,平安里的动静都是迎客和送客的动静。停下来的时候,便有一些冷清。两个年轻人都沉默着,连日的兴奋和辛苦消耗了精力和心情,临到正式开幕,不由有些退缩起来。两人坐在桌边嗑瓜子,转眼间嗑出一堆瓜子壳,嘴唇也黑了。太阳在地板上画着方格子,新人的脸色都有些苍白,吃瓜子是打发时间的好办法。王琦瑶试图挑起一些话题,也无人响应。她走到厨房烧水,看见阳光已越到北窗,这是多少日复一日的。北窗上的阳光到底是走过一天的路程,积攒了阅历,流露出善解和同情。窗台上停了一只觅食的麻雀,啄了几下飞走了。王琦瑶推开窗,在窗台上放了几粒剩饭,等它明天再来吃。她回到房间去时,竟见那两个一人占一张床,昏昏地睡着了。她一看时间不早,赶紧叫醒他们,催促他们整装。不一会儿,日前定好的出租车就在后弄里揿喇叭了。

他们直到坐进汽车,脸上还木木地带着困意。这一天显得无比漫长,几乎没有信心坚持到底。想到即将来到的盛大场面,三个人竟都有些胆寒。新人是怯场,一生只一场的戏剧就要开幕,他们却发现还没准备充分,手足无措,台词都忘得差不多了。王琦瑶也是怯场,是做看客的准备没做好。这一幕幕的,尽是新花头,还有这最后最辉煌的一幕,要在她眼前演过去。现在,已经能看见酒家门前的灯光了,铺了一地,光里头空着,等着人去填充。汽车靠了边,有一些闲人站住了脚,等着看新人新事开场。王琦瑶先下车,再等那两人下来。她拉住小林的手臂,让薇薇挽住,然后在身后暗暗一推。他们并肩走了过去,看那背影,可真是一对啊!

9. 去美国

薇薇结婚,将她的衣服都带走了,衣橱陡地空了一半,五斗橱也空了一半。王琦瑶觉得,抚育薇薇的二十三年倏忽而去,而自己,竟然有了白发。她开始使用染发水,但她的皮肤和身腰还是显得年轻,如果不是有这样成年的女儿,人们绝不会想到她的年纪。她也是用女儿来提醒自己的,否则连自己都不相信似的。染过的头发比原先更黑亮,又增添几分年轻。王琦瑶看着镜子里的自己,思绪便有些散漫,想这是什么时候,何年何月?薇薇不在家,有时王琦瑶一天只吃一顿饭,从这天下午睡到那天下午,睡和醒都在午后一二点,太阳定在一个地方,没移动过一样。星期天是知道的,这一天,薇薇会和小林回家。他们早上来,晚饭后才走,生活恢复了常规。一天过去,一切重又散漫下来,显得常规的力量很不够。但毕竟是给散漫打了一个节拍,不至于陷入混沌。

婚后的薇薇和小林,变成了客人。她买菜买酒,煮汤烧饭,最后,人走了,留给她的是一堆吃剩的碗碟。王琦瑶在水斗洗涮着,心想这一日终于应付过去。她收拾完了,打开电视,从抽屉里拿出一包烟,点上一支。她坐下来,肘撑在桌面,徐徐地吐出烟。眼前有些云遮雾罩的,心里也是云遮雾罩。只一支烟就足够了,她收起烟还得再坐一时,听那窗外有许多季节交替的声音。都是从水泥墙缝里钻出来的,要十分静才听得见。是些声音的皮屑,蒙着点烟雾。有谁比王琦瑶更晓得时间呢?别看她日子过得昏天黑地,懵里懵懂,那都是让搅的。窗帘起伏波动,你看见的是风,王琦瑶看见的是时间。地板和楼梯脚上的蛀洞,你看见的是白蚂蚁,王琦瑶看见的也是时间。星期天的晚上,王琦瑶不急着上床睡觉,谁说是独守孤夜,她是载着时间漂呢!

这日子是无须数的,冬装脱下了,换上春装,接着春装也嫌厚了。小林的签证下来了,八月就要到美国,去赶秋季的开学。这些日子就有些乱,有一阵,星期天也不来,又有一阵,却是天天来。天天来是为了向王琦瑶请教置装的事情。人在中国,想着美国,就好像那里是一个大派推，非有几套行头不行。王琦瑶带小林去培罗蒙做西装，一路上教给些穿西装的道理。说到衣服，王琦瑶就有些活跃。她说衣服是什么？衣服也是一张文凭，都是把内部的东西给个结论和证明，不致被埋没。小林听了这说法，觉着新鲜又好笑。王琦瑶就说你不要笑，我说的一点不过分，衣服至少是女人的文凭，并且这文凭比那文凭更重要。小林更笑了，转脸问薇薇：你有文凭吗？王琦瑶冷笑一声道：那文凭读几年书就能读来，这文凭可是从生下地就开始苦心经营的，也不要问薇薇，她是身在福中不知福的，只问问张永红就可知道。薇薇就说：张永红有"文凭"，可到现在也找不到"工作"呢！这话说得很刻薄，是那种被幸福冲昏头脑的人才说的，连王琦瑶听了都有些刺痛，说：你不用替她发愁，她比你强！说着话，就到了地方。先看料子，再选式样，不免又发生了冲突。薇薇倾向新近流行的大驳壳领、双排扣的款式。王琦瑶则坚持最规矩的西装，说这才是本分，任何时候都有一分天下，而那些流行的式样，必得当时当令，只需差上一点点，便落到过时的下场；何况上海的流行，未必能与美国流行合拍。薇薇虽没有充分的道理，态度却很强硬。她天然地排斥老派的东西，喜新厌旧，目光又短浅，看不清未来，于是一味地追赶时髦，还是脱离背景地看问题。她像吵架般地，还有些蛮不讲理。王琦瑶只得说：让小林决定吧！小林却采纳了王琦瑶的意见，薇薇气得一扭身走了，小林便去追她，剩下王琦瑶一个人在店里，走不好不走也不好，站了一会儿，干脆也走了。去乘公共汽车的路上，想想三个人出来，却一个人回家，真是无趣得很。南京路上的熙攘和喧闹，都是在嘲笑她的。回到家里，已近中午。那两人是下午才进门，嘻嘻哈哈的，手里提着大包小包，上午的不快早已忘得一干二净。王琦瑶也不问那西装的事，全当不关心，却见小林背着薇薇向她眏了眏眼睛，是默契与讨好的意思。王琦瑶便生出一股委屈,想:你们做什么样的西装与我何干呢?

为小林置办行装,买的都是最好的东西,差一点就会愧对美国似的。以前的旧衣服,一件也用不上,里外全换新的。不仅求质,而且求量,每一种东西,都以打为计,十二件十二件地买。从这点看,又不像去美国,倒像是去偏远地区插队落户。美国那地方,到底是去的人少。光知道是好,却不知道是怎么个好。总之,能做到的尽量都做到。这也有些像置办嫁妆,是茫然的前途中的一个握在手,派上派不上用场且是另一回事了。那两个特大号箱子,一点一点塞满,心里便踏实起来似的。这一日,薇薇一个人回家,手脚很勤快地帮着做事情,将王琦瑶泡在盆里的两件衣服也洗了。王琦瑶知道薇薇是有事求她,并且大体可断定是钱的事情。以前,她求王琦瑶买衣服,就是这样表现的。不过,此时比那时更殷勤,出口也多了些犹豫,毕竟是已出阁的人了,再向母亲伸手总是理亏。王琦瑶不免也生出些感叹,再想小林这一走,也不知什么时候才可夫妻聚首,薇薇一个人住在婆家,虽说也是家,到底两下里都是不相干,前景也不可多想。等薇薇晾好衣服进来,见桌上已放了一些钱,王琦瑶说:拿去给小林买双鞋,算我送的。薇薇没有拿钱,说春夏秋冬的鞋都买了,不需再买鞋。王琦瑶看出她是嫌少了,就说,不买鞋就买别的,多的她也拿不出,这算是她的一点心意。薇薇还是不拿钱,低着头。王琦瑶就有些心凉,不再说什么,起身走开。不料薇薇却说话了,说的是某人某年也是去美国,什么都没带,就带了他外婆给的一个金锁片,到了美国后,就凭这金锁片度过了最初的时期,站稳了脚跟。王琦瑶听了这故事,心里便一动,她想:这是什么意思?接着便想起有一日让小林替她去兑金条的事情,她一阵心跳,脸都涨红了。她抖着声音说:我可从来没亏待过你们。

薇薇惊异地扬起眉毛:谁说你亏待我们了?我们是向你借,以后一定还的。王琦瑶几乎要落下泪来:薇薇你真是瞎了眼,嫁给这种男人!薇薇不高兴了,说:是我自己来同你商量的,小林他都不知道,其实我也有几个戒指,但都是十四开,贵在工艺上,卖不出钱,外面的人是看成色的,要不,我这几个押在你这里,还顶不了你一个吗?王琦瑶这才明白薇薇看中的是她那一个老式嵌宝戒。这是初识李主任的时候,李主任带她到老凤祥银楼买的,也可算得上是一只婚戒。倘若说王琦瑶也有过婚姻的话。是一个纪念,可再是纪念也抵不过那人事皆非,沧海桑田的,给就给了吧!王琦瑶停了停,开开抽屉锁,将那戒指取出交给了薇薇,只说了一句:待男人太好,不会有好结果。薇薇没理会她,拿了戒指就走了。

走之前,小林家在锦江饭店办了一次宴请,亲朋好友一共坐了四桌,竟比结婚的场面还盛大。王琦瑶看着满面春风的薇薇,想她分明给人做了个出国的筹码,还高兴!她一个人坐在满目陌生的林家亲友中,虽是无人搭理,脸上却还须保持着微笑。待小林和薇薇敬酒敬到这一桌时,她倒真是想笑的,不料眼泪却掉了下来,倒弄得场面有些尴尬。后来,眼泪收住了,心里却抑郁得要命,也说不出个来由,就是觉得没意思。看出去的灯影酒光都是蒙泪的,都是在哀悼什么,人脸上的笑也是哭变的。那边年轻人的一桌上,乐得不行,吵得人耳聋,王琦瑶却觉得是悲极生乐,全是哀的面孔。邻座一个孩子打翻了大人的葡萄酒,桌布上一片殷红,王琦瑶看见的是血色。她几乎支持不到底了,心里痛得很,又不知症结在哪里,便无从解开。这一场盛宴似乎是最后的晚餐,一切都到了头的样子。这种绝望是突如其来,且来势汹涌,专找这样的大场面作舞台似的。场面越辉煌,哀绝的心情越强烈。隔着一张桌子,她听见小林和薇薇在唱歌,这歌声眼看将她最后的防线冲垮,又被一阵起哄压住了。等到大家起身互相告别的时候,王琦瑶已经哽塞得说不出话来,只能点头示意。好在,人们也不认识她,将她撇在一边。她从三三两两握手告辞的人群中走过,自己回了家。

在这一场不合时宜的大恸之后,又是长久的平静的日子。小林走了,薇薇回家就很经常,有时遇到张永红也在,就好像回到了以前的时光。将一块面料铺在桌上,左比画右比画,就是不下剪子。这时候,淮海路上又起来一批更年轻更大胆的时髦人物,张永红这一代已转向保守。但这保守不是那保守,这是以守为攻,以退为进。经过一系列的潮流,她们逐渐形成自己的观念,她们已过了那种摇摆不定人云亦云的阶段,就将时尚的风口浪尖的位置让了出来。总之是,她们已经在追波逐浪的潮流中站稳了脚跟,有点中流砥柱的意思。别看她们不趋潮流,却正是潮流中人,潮涨潮落都是经她们而去。马路上的时尚看起来如火如荼,却没什么根基,转瞬即逝的。薇薇总是要比张永红慢一步,她是天生需要领袖的人,倘若没有张永红和王琦瑶为她掌舵,保不住终身要做时尚的奴隶。现在,她们三人又一度在一起热切地商量剪布裁衣的事情。她们都添置了衣服,每一件都是集思广益,反复研究而成。试样的时候,一个站在镜前,那两个便身前身后地仔细察看。偶尔一转身,看见镜子里的那张脸,陡地发现那脸上的寂寞,赶紧地说出些话来,便遮掩了过去。

这一年的圣诞节,是她们三人一起过的。她们穿上新做的大衣,化了些妆。日前已定好三个圣诞大餐的座位,是在虹桥新开发区的大酒店。她们叫了部出租车,车还没走到酒店,已是满目的绚烂。她们走下汽车,有些茫然地站着,枝形的灯光在头顶结成了网,火树银花的。她们移动脚步,走进酒店,有穿扮成圣诞老人的侍者走来走去,宾客如云的气氛。她们上到餐厅,找到自己的座位,在足有二十人的长桌旁边。前后左右大多是情侣,也有年轻的父母,带着孩子,都是旁若无人的嘁嘁喳喳。她们三人,平时也是有话的,逢到这样的场合却不知说什么才好,正襟危坐着。那大餐也没什么了不起的,由于人多,倒像是吃客饭。圣诞歌却是一直在唱,同时不断预告十二点的钟声,届时会有圣诞老人来送礼物,礼物是凭餐券摸彩的。这三人都意识到来错了地方,这样的场合完全不适合她们;情侣们在亲热着,她们只能视若无睹。还是小孩子好些,都不大认生的,会和她们搭讪几句,增添了几分热闹。但父母们则都严肃着,目不斜视,她们就不好太过热络。总之她们在这里,是处处受钳制,浑身不自在。等不到十二点,便商量着要走。三人起身离开座位时,谁也没有注意她们。走到门口,却见一大群小姐端着托盘涌进,才知还需上一道冰淇淋,但也没有兴致再回头了。走廊里静静的,一按电钮,电梯无声地迅速上来,走进去,门便合上。三面都是镜子,镜子里的脸是不忍看的,一句话皆无,只看那指示灯,一一亮下去,终于到了底。她们走出大堂,也忘了要车,走上了马路。新区的马路又宽又直,很少有人,有从机场方向过来的静静的车流。她们走了几步,才想起搭车。这时,王琦瑶就说,到她那里去吧,哪里不能过圣诞呢?那两人也说好,便又走回酒店门口叫了辆车。十一点的城市,外面是静了,可那有一些门里和窗里,却藏着大热闹。不是从里面出来不会知道,从里面出来,便携了些声色,播种似的播了一路。

圣诞夜是在王琦瑶家结束的,从那热闹场出来,到平安里,就觉静得不能再静,敛声屏息似的。恰是在这静中显出了她们心的活跃。这活跃方才是被压着盖着,发不出声来,现在,就都是她们的世界了。她们吃着零食,说些闲话,有些平时不说的这会儿也情致所至地说了出来。张永红告诉说她与最近一位男朋友的龃龉,只为很小的一点事情,却根本改变了婚姻的前途。王琦瑶听她这么说,知她是在考虑婚嫁大事,不免劝说她放宽些标准。虽还是那些老话,可因这晚的气氛,是有些推心置腹的。张永红非但没有排斥,还说了些苦衷。她说,其实她并不是高估了自己,不过是将婚嫁当作人生的第二次投胎。她说你们都晓得我那个家的,因此,结婚也是重新书写历史。薇薇就说,也不能完全吃现成,要改写历史就两个人一起改写好了。张永红说:倒不是要吃现成,而是要吃些老本,两手空空从头来起,到老也看不见曙光;要说薇薇你才是吃现成,有公寓房子住,老公又去了美国。薇薇说:我倒情愿他不去美国,这种日子除非自己过,别人是想也想不到的。王琦瑶倒是第一次听薇薇诉苦,有些意外,再一想,也是情理之中。张永红说眼下自然有些苦,熬过去就好了。薇薇说:这一天天地熬,别人又不能代我,知道我为什么老往娘家跑吗?因为我不要看他们那种知识分子的脸。张永红笑道:知识分子的脸有什么?我想看还看不到呢!三人都笑了。这一晚,张永红也没回去,睡在沙发上。她们都忘了时间,等窗帘上有些发亮,才睡着。

这一夜里积攒起的同情,还够她们享用一阵的。她们一周要见几次面,薇薇几乎是一半搬回了娘家。只要有张永红在场,她们母女就能保持着谅解与宽待的空气。张永红是她们关系的润滑剂。可是不久,张永红又交了新的男朋友,来得就稀疏了。又过了半年,小林为薇薇办了陪读手续,薇薇也要走了。虽然只等了一年多的时间,可也耗尽了薇薇的耐心。她甚至没有心情为自己置装,只将平日穿的一些衣服装了一箱,另一箱装的大多是生活用品,包括一些炊具,还有一大盒华亭路上买来的两角钱一个的十字架项链。小林来信说,这项链在美国至少可卖两美元一个。王琦瑶心里犹豫要不要给她一块金条，但最终想到薇薇靠的是小林，她靠的是谁呢？于是打消了念头。薇薇穿了一身家常的布衣和一双旧鞋，登上了飞往旧金山的飞机。

第三章

10. 老克腊

所谓“老克腊”指的是某一类风流人物，尤于五六十年代盛行。在那全新的社会风貌中，他们保持着上海的旧时尚，以固守为激进。“克腊”这词其实来自英语“colour”，表示着那个殖民地文化的时代特征。英语这种外来语后来打散在这城市的民间口语中，内中的含义也是打散了重来，随着时间的演进，意思也越来越远。像“老克腊”这种人，到八十年代，几乎绝迹，有那么三个五个的，也都上了年纪，面目有些蜕变，人们也渐渐把这个名字给忘了似的。但很奇怪的，到了八十年代中叶，于无声处地，又悄悄地生长起一代年轻的老克腊，他们要比旧时代的老克腊更甘于寂寞，面目上也比较随和，不作哗众取宠之势。在熙来攘往的人群中，人们甚至难以辨别他们的身影，到哪里才能找到他们呢？

人们都在忙着置办音响的时候，那个在听老唱片的；人们时兴“尼康”“美能达”电脑调焦照相机的时候，那个在摆弄“罗莱克斯”一二〇的；手上戴机械表，喝小壶煮咖啡，用剃须膏刮脸，玩老式幻灯机，穿船形牛皮鞋的，千真万确，就是他。找到他，再将眼光从他身上移开，去看目下的时尚，不由看出这时尚的粗陋鄙俗。一窝蜂上的，都来不及精雕细刻。又像有人在背后追赶，一浪一浪接替不暇。一个多和一个快，于是不得不偷工减料，粗制滥造，然后破罐破摔。只要看那服装店就知道了，墙上，货架上，柜台里，还有门口摊子上挂着大甩卖牌子的，一代流行来不及卖完，后一代后两代已经来了，不甩卖又怎么办？“老克腊”是这粗糙时尚中的一点精细所在。他们是真讲究，虽不作什么宣言，也不论什么理，却是脚踏实地，一步一个脚印，自己做，让别人说。他们甚至也没有名字，叫他们“老克腊”只是一两个过来人的发明，也流传不开。另有少数人，将他们归到西方的“雅皮士”里，也是难以传播。因此，他们无名无姓的，默默耕耘着自己的一方田地。其实，我们是可以把他们叫作“怀旧”这两个字的，虽然他们都是新人，无旧可念，可他们去过外滩呀，摆渡到江心再蓦然回首，便看见那屏障般的乔治式建筑，还有哥特式的尖顶钟塔，窗洞里全是森严的注视，全是穿越时间隧道的。他们还爬上过楼顶平台，在那里放鸽子或者放风筝，展目便是屋顶的海洋，有几幢耸起的，是像帆一样，也是越过时间的激流。再有那山墙上的爬墙虎，隔壁洋房里的钢琴声，都是怀旧的养料。

王琦瑶认识的便是其中一个，今年二十六岁。人们叫他“老克腊”，是带点反讽的意思，指的是他的小。他在一所中学做体育教师，平时总穿一身运动衣裤，头发是板刷式的那种。由于室外作业，长年都是黝黑的皮肤。在学校里少言寡语，与同事没有私交，谁也不会想到他其实弹了一手好吉他，西班牙式的，家里存有上百张爵士乐的唱片。他家住虹口一条老式弄堂房子，父母都是勤俭老实的职员，姐姐已经出嫁。他自己住一个三层阁，将棕绷放在地上，唱机也放在地上，进去就脱了鞋，席地而坐，自成一统的天下。他的老虎天窗开出去就是一片下斜的屋瓦，夏天有时候他在屋瓦上铺一张席子，再用根背包带系了腰，拴在窗台上，爬出去躺着。

眼前便是一片深蓝的天空,悬挂着一些星星。远处有一家工厂,有隐约的轰鸣声传来,那烟囱里的一柱烟,在夜空里是白色的。一些琐细的夜声沉淀下去,他就像被空气溶解了似的,思无所思,想无所想。他还没有女朋友。在一起玩的男女中,虽也不乏相互有好感的,但只到好朋友这一层上,便停止了发展,因为没有进一步的需要。他对生活也没什么理想,只要有事干就行,也晓得事情是要自己去找,因此还是抱积极的态度。没有远的目标,近的目标是有的。所以,他便也没有大的烦恼,只不过有时会有一些无名的忧郁。这点忧郁,也是有安慰的,就是那些二十年代的爵士乐。萨克斯管里夹带着唱片的走针声,嘶嘶的,就有了些贴肤可感的意思。他是有些老调子的,新东西讨不得他欢心,觉着是暴发户的味道,没底气的。但老也不要老得太过,老得太过便是老八股,亦太荒凉,只需有百十年的时间尽够了。要的是那刚开始的少数人的繁华,黑漆漆的夜空里,那一小丛灿烂,平整的蛋硌路上,一座欧式洋房,还有那万籁俱寂中的一点蜿蜒曲折的音响。说起来,其实就是那老爵士乐可以代表和概括的。

老克腊的那些男女青年朋友,都是摩登的人物,他们与老克腊处在事物的两极,他们是走在潮流的最前列。这城市有网球场了,他们是第一批顾客;某宾馆进得保龄球了,他们也是第一批顾客。他们是老克腊读体育系时的同学,以体育的精神独领风骚,也体现了当今世界的潮流特征。只看那些名牌:耐克,彪马,几乎都来自于运动服装,而西装的老牌子"皮尔·卡丹",却是在衰落下去。他们这一列人出现在马路上的形象,多是骑着摩托车,后座上有个姑娘,长发从头盔下飘起来,一阵风地过去。迪斯科舞厅中最疯狂的一伙也是他们。他们以各种方式,总能结识一个或两个外国人,参加在其中,使他们这一群人有了国际的面目,并可自由出入一些国际场所。老克腊在其中是默默无闻的一个,没有建树的一个。别人热闹的时候,他大多是靠边站,有他没他都行的。他看上去是有些寂寞的,但正是这寂寞,为这个快乐新潮的群体增添了底蕴。所以,有他和没他还是不一样的。对他来说呢,也是需要有一个摩登背景衬底,真将他抛入茫茫人海,无依无托的,他的那个老调子,难免会被淹没。因那老调子是有着过时的表象,为世人所难以识辨,它只有在一个崭崭新的座子上,才可显出价值。就好像一件古董是要放在天鹅绒华丽的底子上,倘若没这底子,就会被人扔进垃圾箱了。所以,他也离不开这个群体,虽然是寂寞的,但要是离开了,就连寂寞也没有,有的只是同流合俗。

老克腊的父母,将他看作一个老实的孩子:不抽烟,不喝酒,有正经的工作,也有正经的业余生活,亦不乱交女朋友。他们年轻的时候,也都不是贪玩的人,每周看一回电影,便是他们所有的娱乐。他母亲曾有一度,热衷于收集电影说明书,“文化革命”时自觉烧掉了她的收藏,后来的电影院也再不出售说明书了。再往后,他们因有了电视机,就不去电影院了。每天晚饭吃过,打开电视机,一直看到十一点。有了电视机,他们的晚年便很完美了。儿子在阁楼上放的老音乐,在他们听来是有些耳熟,更使他们认定儿子是个老实的孩子。他的少言寡语,也叫他们放心。他们即便在一张桌上吃饭,从头到尾都说不上几个字。其实彼此是陌生的,但因为朝夕相处,也不把这陌生当回事,本该如此似的。说到底,这都是些真正的老实人,收着手脚,也收着心,无论物质还是精神,都只顾一小点空间就够用了。在上海弄堂的屋顶下,密密匝匝地存着许多这样的节约的生涯。有时你会觉着那里比较嘈杂,推开窗便噪声盈耳,你不要怪它,这就是简约人生聚沙成塔的动静。他们毕竟是活泼泼的,也是要有些声响的。在夏夜的屋顶上,躺着看星空的其实不止一个孩子,他们心里都是有些鼓荡,不知要往哪里去,就来到屋顶。那里就开阔多了,也自由多了,连鸽子也栖了,让出了它们的领空。那嘈杂都在底下了,而他们浮了上来,漂流一会儿就会好的。像这样有老虎天窗的弄堂,也是有些不同凡响的心曲,那硬是被挤压出来的,老虎天窗就是它的歌喉。

真了解老克腊的是上海西区的马路。他在那儿常来常往,有树阴罩着他。这树阴也是有历史的,遮了一百年的阳光,茂名路是由闹至静,闹和静都是有年头的。他就爱在那里走动,时光倒流的感觉。他想,路面上有着电车轨道,将是什么样的情形,那电车里面对面的木条长椅间,演的都是黑白的默片,那老饭店的建筑,砖缝和石棱里都是有字的,耐心去读,可读出一番旧风雨。上海东区的马路也了解老克腊,条条马路通江岸,那风景比西区粗犷,也爽利,演的黑白默片是史诗题材,旧风雨也是狂飙式的。江鸥飞翔,是没有岁月的,和鸽子一样,他要的就是这没有岁月。要的也不过分,不是地老天荒的一种,只是五十年的流萤。就像这城市的日出,不是从海平线和地平线上起来的,而是从屋脊上起来的,总归是掐头去尾,有节制的。论起来,这城市还是个孩子,真没多少回头望的日子,但像老克腊这样的孩子,却又成了个老人,一下地就在叙旧似的,心里话都是与旧情景说的。总算那海关大钟还在敲,是烟消云灭中的一个不灭,他听到的又是昔日的那一响。老克腊走在马路上,有风迎面吹来。是从楼缝中挤过来的变了形的风,他看上去没什么声色,心却是活跃的,甚至有些歌舞的感觉。他就喜欢这城市的落日,落日里的街景像一幅褪了色的油画,最合乎这城市的心境。

这一天,朋友说谁家举行一个派推,来人有谁谁谁,据说还有一个当年的上海小姐。他坐在朋友的摩托车后座,一路西去,来到靠近机场的一片新型住宅区。那朋友住一幢侨汇房的十三楼，是他国外亲戚买下后托他照管的。平时他并不来住，只是三天两头地开派推，将各种的朋友汇集起来，过一个快乐的夜晚，或者快乐的白天。他的派推渐渐地有了名声，一传十，十传百的，来的人呢，也是一带十，十带百，他全是欢迎。人多了，难免鱼目混珠，掺和进来一些不正经的人，就会有不愉快的事情发生，比如撬窃的案子。但按照概率来说，人多了也会沙里淘金地出现精英。因此，有时他的派推上会有特别的人物出场，比如电影明星，乐团的首席提琴手，记者，某共产党或国民党将领的子孙。他的派推就像一个小政协似的，许多旧闻和新闻在客厅上空交相流传，可真是热闹。

在这新区，推开窗户，便可看见如林的高楼，窗户有亮有暗，天空显得很辽阔，星月反而远了。低头看去，宽阔笔直的马路上跑着如豆的汽车，成串的亮珠子。不远处永远有一个工地，彻夜的灯光，电力打夯机的声音充满在夜空底下，有节律地涌动着。空气里有一些水泥的粉末，风又很浩荡，在楼之间行军。那宾馆区的灯光却因为天地楼群的大和高，显得有些寂寥，却是璀璨的寂寥，有一些透心的快乐似的。这真是新区，是坦荡荡的胸襟，不像市区，怀着曲折衷肠，叫人猜不透。到新区来，总有点出城的感觉，那种马路和楼房的格式全是另一路的，横平竖直是讲道理讲出来的，不像市区，全是掏心窝掏出来的。

在新区的夜空底下，这幢侨汇房十三楼里的欢声笑语，一下子就消散了，音乐声也消散了。这点快乐在新区算得上什么？在那高楼的蜂窝般的窗洞里，全是新鲜的快乐。还没加上四星或五星级的酒店里的，那里每晚都举行着冷餐会，舞会，招待会。还储留着一些艳情，那也是响当当的，名正言顺，门口挂着“请勿打扰”的牌子。那里的快乐因有着各色人种的参加，带着普天同庆的意思。

尤其到了圣诞节,圣诞歌一唱,你真分不清是中国还是外国。这地方一上来就显得有些没心肺,无忧虑,是因为它没来得及积蓄起什么回忆,它的头脑里还是空白一片,还用不着使用记忆力。这就是一整个新区的精神状态。十三楼里那点笑闹,只是沧海一粟罢了。只有开电梯的那女人有些不耐烦,这一群群,一伙伙,手里拿着酒或捧着花,涌进和涌出电梯,又大多是生人,形形色色的。

老克腊来到时,已不知是第十几批了。门半开着,里面满是人影晃动。他们走进去,谁也不注意他们,音响开着,有很暴烈的乐声放出。通往阳台的一间屋里,掩着门坐了一些人在看电视里的连续剧。阳台门开着,风把窗幔卷进卷出,很鼓荡的样子。屋角里坐着一个女人,白皙的皮肤,略施淡妆,穿一件丝麻的藕荷色套裙。她抱着胳膊,身体略向前倾,看着电视屏幕。窗幔有时从她裙边扫过去,也没叫她分心。当屏幕上的光陡地亮起来,便可看见她下眼睑略微下坠,这才显出了年纪。但这年纪也瞬息即过,是被悉心包藏起来,收在骨子里。是蹑着手脚走过来的岁月,唯恐留下痕迹,却还是不得已留下了。这就是一九八五年的王琦瑶。

其时,在一些回忆旧上海的文章中,再现了一九四六年的繁盛场景,于是,王琦瑶的名字便跃然而出。也有那么一两个好事者,追根溯源来找王琦瑶,写一些报屁股文章,却并没有引起反响,于是便销声匿迹了。到底是年经月久,再大的辉煌,一旦坠入时间的黑洞,能有些个光的渣就算不错了。四十年前的这道光环,也像王琦瑶的人一样,不尽人意地衰老了。这道光环,甚至还给王琦瑶添了年纪,给她标上了纪年。它就像箱底的旧衣服一样,好是好,可是错过了年头,披挂上身,一看就是个陈年累月的人,所以它还是给王琦瑶添旧的。惟有张永红受了感动,她起先不相信,后来相信了,便涌出无数个问题。王琦瑶开始矜持着,渐渐就打开了话匣子,更是有无数个回答等着她来问的。许多事情她本以为忘了,不料竟是一提就起,连同那些琐琐碎碎的细节,点点滴滴的,全都汇流成河。这是一个女人的风头,淮海路上的争奇斗艳的女孩,要的不就是它?那一代接一代的新潮流,推波助澜的,不就是抢一个上风头?张永红掂得出那光荣的分量,她说:你真是叫人羡慕啊!她向她每一任男友介绍王琦瑶,将王琦瑶邀请到各类聚会上。这些大都是年轻人的聚会上,王琦瑶总是很识时务地坐在一边,却让她的光辉为聚会添一笔奇色异彩。人们常常是看不见她,也无余暇看她,但都知道,今夜有一位"上海小姐"到场。有时候,人们会从始至终地等她莅临,岂不知她就坐在墙角,直到曲终人散。她穿着那么得体,态度且优雅,一点不扫人兴的,一点不碍人事情的。她就像一个摆设,一幅壁上的画,装点了客厅。这摆设和画,是沉稳的色调,酱黄底的,是真正的华丽,褪色不褪本。其余一切,均是浮光掠影。

老克腊就是在此情此景下见到王琦瑶的,他想:这就是人们说的"上海小姐"吗?他要走开时,见王琦瑶抬起了眼睛,扫了一下又低下了。这一眼带了些惊恐失措,并没有对谁的一种茫茫然的哀恳,要求原谅的表情。老克腊这才意识到他的不公平,他想,"上海小姐"已是近四十年的事情了。再看王琦瑶,眼前便有些发虚,焦点没对准似的,恍惚间,他看见了三十多年前的那个影。然后,那影又一点一点清晰,凸现,有了些细节。但这些细节终不那么真实,浮在面上的,它们刺痛了老克腊的心。他觉出了一个残酷的事实,那就是时间的腐蚀力。在他二十六岁的年纪里,本是不该知道时间的深浅,时间还没把道理教给他,所以他才敢怀旧呢,他才敢说时间好呢!老爵士乐里头的时间,确是个好东西,它将东西打磨得又结实又细腻,把东西浮浅的表面光泽磨去,呈现出细密的纹路，烈火见真金的意思。可他今天看见的，不是老爵士乐那样的旧物，而是个人，他真不知说什么好了。事情竟是有些惨烈，他这才真触及到旧时光的核了，以前他都是在旧时光的皮肉里穿行。老克腊没走开，有什么拖住了他的脚步，他就端着一杯酒，倚在门框上，眼睛看着电视。后来，王琦瑶从屋角走出来想是要去洗手间。走过他身边时，他微笑了一下。她立即将这微笑接了过去，流露出感激的神情，回了一笑。等她回来，他便对她说，要不要替她去倒杯饮料？她指了屋角，说那里有她的一杯茶，不必了。他又请她跳舞，她略迟疑一下，接受了。

客厅里在放着迪斯科的音乐，他们跳的却是四步，把节奏放慢一倍的。在一片激烈摇动之中，唯有他们不动，狂潮中的孤岛似的。她抱歉地让他还是跳迪斯科去吧，别陪她磨洋工了。他则说他就喜欢这个。他扶在她腰上的手，觉出她身体微妙的律动，以不变应万变，什么样的节奏里都能找到自己的那一种律动，穿越了时光。他有些感动，沉默着，忽听她在说话，夸他跳得好，是老派的拉丁风。接下来的舞曲，也有别人来邀请王琦瑶了。他们各自和舞伴悠然走步，有时目光相遇，便会心地一笑，带着些邂逅的喜悦。这一晚是国庆夜，有哪幢楼的平台上，放起礼花，孤零零的一朵，在湛黑的天空上缓缓地舒开叶瓣，又缓缓凋零成细细的流星，渐渐消失，空中还留有一团浅白的影。许久，才融入黑夜。

自这次派推以后，王琦瑶还在几次派推上见过老克腊，他们渐渐相熟起来。有一次，老克腊对王琦瑶说，他怀疑自己其实是四十年前的人，大约是死于非命，再转世投胎，前缘未尽，便旧景难忘。王琦瑶问他有什么根据。他说根据是他总是无端地怀想四十年前的上海，要说那和他有什么关系？有时他走在马路上，恍惚间就好像回到了过去，女人都穿洋装旗袍，男人则西装礼帽，电车当当当地响,“白兰花买哦”的叫声莺啼燕啭,还有沿街绸布行里有伙计剪布料的嚓嚓声,又清脆又凛冽的,他自己也成了个旧人,那种梳分头、夹公文皮包、到洋行去供职的家有贤妻的规矩男人。王琦瑶听到这里便笑了,说家有贤妻是怎样的贤妻?他不理王琦瑶,兀自说下去。说有一日自己照常乘电车去上班,不料电车上发生一场枪战,汪伪特务追杀重庆分子,在车厢里打开了,从这头追到那头,不幸叫他吃了记冷枪,饮弹身亡。王琦瑶就说:你这是从电视剧里看来的。他还是不理她,说,他实是一个冤魂,心有不甘,因此,到了如今,人是今人,心却是那时的心。他说:你看,我就是喜欢与比自己年长的人在一起,似曾相识的感觉。这时候,舞曲响了起来,两人便去跳舞。跳到中途,王琦瑶忽然笑了一下:要说我才是四十年前的人,却想回去也回去不得,你倒说去就去了。听了这话,他倒有些触动,不知回答什么。王琦瑶又接着说:就算那是一场梦,也是我的梦,轮不到你来做,倒像是真的一样!说罢,两人都笑了。散之前,老克腊说下一日请王琦瑶吃饭。王琦瑶见他是在扮演绅士的角色,心中好笑,也有些感动,说:还是我请你吧!我也不在外面请,自己家的便饭,愿来就来,不来拉倒。

到这天,老克腊早早地来了,坐在沙发上,看王琦瑶择豆苗。王琦瑶还请了张永红和她的新男朋友,都叫他长脚,他们是临吃饭才到的。这时,饭菜已上了桌,老克腊已像半个主人一样,摆碗布筷的。因是请这样的晚辈,王琦瑶便不甚讲究,冷菜热菜一起上来,只让个汤在煤气灶上炖着。张永红他们倒和老克腊不熟,见是见过,名字和人却对不上号。彼此难免有些生疏,话也说不太起来,全凭王琦瑶从中周旋。因是吃饭所以谈的无非是菜肴,王琦瑶说了几种如今看不到的菜,比如印尼的椰汁鸡,就因如今买不到椰酱,就不能做这样的鸡。还有广东叉烧,如今也没得叉烧粉卖,就又做不了。再就是法式鹅肝肠,越南的鱼露……她对他们说,这就是四十年前的餐桌,联合国开会似的,点哪一国的菜都有,那时候的上海,可是个小世界,东西南北中的风景都可看到,不过,话说回来,风景总归是风景,是窗户外面的东西,要紧的是窗户里头的,这才是过日子的根本;四十年前的这根本其实是不张扬的,不张贴也不做广告,一粒米一棵菜都是清清爽爽,如今的日子不知怎么的变成大把大把的,而且糊里糊涂的,有些像食堂里的大锅菜,要知道,四十年前的面,都是一碗一碗下出来的。老克腊听出王琦瑶这话是说给他听的,意思是告诉他四十年前的内心,而他所以为的只不过是些皮毛。他晓得王琦瑶是在嘲笑他,但也不觉得难堪,相反,内心还很欢迎这样的批评,这是带领他入门的。他还体会到她的聪颖,那也是四十年前的聪颖,没争得什么地位,像委屈似的隐忍着,没有张牙舞爪,声嘶力竭,并且多是为别人着想,少是为自己打算,其中怀着一股体贴,是四十年后的聪颖所没有的。

过后,他就经常来了。有一回来,是见张永红在请教王琦瑶做大衣,就在边上听着。虽是不太懂裁剪上的细节,但其中却是含有一些抽象的道理,可用于许多事物的。想他原来是什么也不懂的,那唱片里的老爵士乐其实只是伴奏曲,或者画外音,主旋律和内容情节却是在这里。别看那萨克斯管的装饰音千变万化,花哨得可以,到底只是为引人注意,抢镜头的,而那真正为主的却不动声色,也很简单,甚至相当朴素,是一颗平常心。他的眼睛从窗户望出去,是对面人家的窗口,关着窗,不知藏着些什么,他想,那大约是罗曼蒂克的底蕴一般的东西。他在房间里慢慢地走动,听见脚下地板松动的嘎嘎声,也是底蕴。他真是不知道,真是不懂得。其实四十年前的罗曼蒂克都是近在眼前,星散在各个角落。老克腊实在是个极有悟性的青年,对那年头的风情世故,一点就通。是真的就逃不过他眼睛,是假的也骗不了他。他几乎能嗅得到那样的空气,掺着梦巴黎的香水味和白兰花的气息。前者是高贵,后者是小户人家的平实,带点俗气,也是罗曼蒂克之一种,都是精心种植再收获的。前者虽是有着些超凡脱俗的想头,行起来还是脚踏实地。这是人间烟火的罗曼蒂克,所以挺经久耐磨,壳剥落了,还剩个芯子。

他和王琦瑶说:到你这里,真有时光倒流的感觉。王琦瑶就嘲笑:你又有多少时间可供得起倒流的?难道倒回娘肚子里不成?他说:不,倒回上一世。王琦瑶听他的转世轮回说又来了,赶紧摇手笑道:知道你的上一世好,是个家有贤妻洋行供职的绅士。他也笑,笑过了则说:我在上一世怕是见过你的,女中的学生,穿旗袍,拎一个荷叶边的花书包。她接过去说:于是你就跟在后头,说一声:小姐,看不看电影,费雯丽主演的。两人笑弯了腰。这样就开了个头。以后的话题往往从此开始,大体按着好莱坞的模式,一路演绎下去,难免是与爱情有关的,因是虚拟的前提,彼此也无顾忌。一个是回忆,一个是憧憬,都有身临其境之感。有时会忘了现实,还以为梦想是真,所编织的情节也注入了些真感情,说着说着竟伤感起来。王琦瑶便说:行了行了,别当是真的了。他则说:我倒情愿是真。这一句话说出后,有一刻静默无声。两人都有些尴尬,这才发现扯得远了。他到底年轻,不很善辞令,解释了一句:我很爱那时节的气氛。王琦瑶先没说话,停了停才说:是啊,气氛是好的,人却已经老掉牙了。他这便发现方才的话有了漏洞,再要解释也找不到词,不由涨红了脸。王琦瑶伸手抚了下他的头发,说:你真是个孩子!他的喉头有点哽,不敢抬头,总觉着有什么事情是被误解了,又说不清,还有什么事情确实是他错了,也是说不清。当王琦瑶的手抚上他头发时,他感觉到这女人的委屈和体谅,于是,就有一股同情从心里滋长出来,使得他与王琦瑶亲近了。

这样,他们再坐在一起时,便不提这个话题,拣些闲事说说,也不错。话虽少了些,但也不觉冷场,静着的时间,总有些什么垫底的。是那些新编的旧故事的细节,不思量自难忘的。这一日,老克腊又要请王琦瑶吃饭,王琦瑶却是想答应也没法答应,她心里说:这算什么呢?要是早四十年!她笑着说:这又何必,在外面未必有家里吃得好。将意思转移了个方向,他就也不坚持。自此,每过三天就要来一回,每来就要吃一顿饭的,像是半个家一般。间隔着,张永红也会来,就多一个人吃饭。再有时,张永红会带长脚来,却不定吃饭,两个坐一会儿就走了,剩下他们两个,气氛是要静一静,有点意味似的。这段日子,他们却不约而同地回避派推,那些派推使他们觉着大而无当,有话没处说的感觉。因此宁愿在家里,虽有些寂寥,但这寂寥倒是实事求是,有话则长,无话则短,是对相熟的人合适。而派推是为陌路人着想的。每当王琦瑶做一个新菜就会问他一句:比你妈妈如何?最近一次,王琦瑶又这么问的时候,他说:我从来不拿你和我妈妈比。王琦瑶问为什么,他就说:因为你是没有年纪的。王琦瑶倒说不出话来,停了停才说:人怎么会没有年纪?老克腊坚持道:你其实是懂我意思的。王琦瑶就说:意思是懂,却不同意。老克腊则说:我又不要你同意。说完就有点闷闷的,垂着头不说话。王琦瑶也不理他,只是心里苦笑,想这人真是走火入魔了,却说不出是悲是喜。她站在灶间窗前,守着一壶将开未开的水,眼睛望着窗外的景色。也是暮色将临,有最后的几线阳光,依依难舍的表情。这已是看了多少年头的光景了,丝丝缕缕都在心头,这一分钟就知道下一分钟。

王琦瑶走回房间,将泡好的茶往桌上一放,见他还沉着脸,就说:不要无事生非,好好的事情倒弄得不好了。他赌气地将脸扭到一边。王琦瑶又说:我是喜欢你这样懂事有礼的孩子,可我不喜欢胡思乱想的孩子。他突然地仰起脸,爆发道:什么孩子、孩子的,不要这么叫我!王琦瑶说了声:毛病!起身又要走,他就说:你走什么?你回避什么?有道理就讲嘛!王琦瑶站住了说:叫我和你讲什么道理?有什么道理可讲的?他更加发作道:反正你没道理,总想一走了之!王琦瑶笑了,反身又坐下了说:那我倒要听听你的道理,你说吧!他继续着对王琦瑶的批判:你不敢正视现实。王琦瑶点点头同意,再要听下去,他却无话了。王琦瑶就冷笑一声:我还当你有多少大道理呢!他一听这话,几乎要炸,张开嘴又不知要说什么,却一头扎进王琦瑶的怀里,要赖地抱住她的腰。王琦瑶大大地吃了一惊,却不敢动声色。她并不推开他,也不发怒,而是抬手抚着他的头发,轻声说一些安慰的话。他却再不肯起来,有一阵子,王琦瑶的安慰话也说完了,只得停下来,两人都静默着。

暮色一点点进来,将什么都蒙了一层暗,却仔细地勾着轮廓,成了一幅图画,一动不动的。他们也是动不了,没有一点前途供他们走的,他们只能停,停,停在这一刻中,将时间拉长些而已。他们也只能静默,说又说什么?像方才那样地吵?其实都是瞎吵一气,牛头不对马嘴的,越吵越糊涂。等静默下来,事情才刚刚有些对头。可时间在一点一滴过去,他们总不能这么到老吧!等天黑下来,彼此都有些面目难辨的时候,只见这两个人影悄悄起来,分开,然后,灯亮了。是平安里最后亮的一扇窗。

这一日就这么过去了,两人都忘了一般,搁下不提。不过,王琦瑶不再拿那样的问题问他,就是"我和你妈妈比怎么",这话在如今的情形下已变得有挑逗性。年纪不年纪的事也不提了,成了一个禁区。这一天的结果,看起来是减法,删去一些话题,但其实这减法是去芜存精的,减去的都是些枝节。他们如今的相处是更为简洁,有时竟是无言,却是无声胜有声的。也有说个不停的时候,那可都是在说一些要紧的话,比如王琦瑶回忆当年。这样的题目真是繁荣似锦,将眼前一切都映暗了。还有与那繁荣联着的哀伤,也是披着霓虹灯的霞帔。王琦瑶给他看那四十年前的西班牙木雕的盒子,没打开只让他看面上的花纹,里头的东西不适合他似的。盒子上的图案,还有锁的样式,都是有年头的,是一个好道具,帮助他进入四十年前的戏剧中去。他其实是有些把王琦瑶当好莱坞电影的女主角了,他倒并不充当男主角,当的是忠诚的观众,将戏剧当人生的那类观众。他真是爱那年头的戏剧,看个没够的,虽只是个看,却也常常忘了自己身处何地。

从王琦瑶的往事中抬起头,面对眼前的现实,他是电影散场时的阑珊的心情。那一幕虽不是他经历的,可因是这样全神贯注地观看,他甚至比当事人更触动。当事人是要分出心来应付变故,撑持精神。他再躺到老虎天窗外的屋顶上,看那天空,就有画面呈现。一幅幅地,在暗沉沉、鳞次栉比的屋顶上拉过。哦,这城市,简直像艘沉船,电线杆子是那沉船的桅,看那桅的上面还挂着一片帆的碎片,原来是孩子放飞的风筝。他几乎难过得要流出眼泪。沉船上方的浮云是托住幻觉的海市蜃楼。耳边是一声一声传来的打桩声,在天宇下激起回声,那打桩声好像也是要将这城市砸到地底下去的。他感觉到屋顶的颤动,瓦在身下咯吱咯吱地叫。现在,连老爵士乐都安慰不了他了,唱片上蒙起了灰尘,唱针也钝了,声音都是沙哑的,只能增添伤感。他不知什么时候睡着的。天上有了星辰,驱散了幻觉,打桩声却更欢快激越,并且此起彼伏,像一支大合唱。这合唱是这城市夜晚的新起的大节目,通宵达旦的。天亮时,它们才渐渐收了尾音,露水下来了。他不由一哆嗦,睁开眼睛,有一群鸽子从他眼前掠过,扑啦啦的一阵。他想:这是什么时候了？他迷蒙地望着鸽子在天空中变成斑点，自己也成了其中的一个。太阳也出来了，照在瓦棱上，一层一层地闪过去，他要起来了。

他问王琦瑶说，有没有觉着这城市变旧了？王琦瑶笑了，说：什么东西能长新不旧？停了一下，又说：像我，自己就是个旧人，又有什么资格去挑剔别的？他有些辛酸，看那王琦瑶，再是显年轻也遮不住浮肿的眼睑，细密的皱纹。他想：时间怎么这般无情？怜惜之情油然生起。他抬起手摸摸王琦瑶的头发，像个年长的朋友似的。王琦瑶又笑了，轻轻掸开他的手，他却不依了，反握住她的手，说：你总是看不起我。她用另一只手理理他的头发，说：我没有看不起你。他坚持说：你就看不起我。王琦瑶也坚持：我就没有看不起你。他又说：其实，年龄是无所谓的。王琦瑶想了想说：那要看什么样的事情。他就问：什么样的事情？王琦瑶不回答，他便追问，问紧了，王琦瑶才说：和时间有关系的事情。这一句话说得很滑头，两人都笑了，手还握在他手里。这情形有些滑稽，还有些无聊，可在这滑稽与无聊下面，还是有一点严肃的东西。这点东西是不堪推敲的，推敲起来会是惨痛的。有谁见过这样的调情？相距有四分之一个世纪的，完全错了时辰，错了节拍。倘若不是那背后的一点东西，便有些肉麻了。他们手拉着手，又是停着了。好在两人都是有耐心，再说又是个没目的，急又能急什么？因此，便渐渐地松了手，一切还按老样子进行。就算有时会插进几句唐突的话，应付过去，还是老样子。

有一回，他说：你不能怪我！王琦瑶回答：我又没有怪你！他说：你心里怪我，怪我来迟了。王琦瑶笑笑，停了一下说：我们还是修修来世吧！他问：修来世做什么？王琦瑶反问：难道没听说这一句话？修百年才能同舟，修千年方可共枕。说到“共枕”两个字，双方的心都一动，静了下来。王琦瑶渐渐红了脸，觉着说话不妥，有想入非非之嫌,又看他是低头沉默着,就以为是不悦之色,不禁难堪得落下泪来。怕他看见,赶紧转身去到灶间,站了一会儿,收拾了一些不知什么东西,再回来,却见人已经不在了。桌上留了个条,上面写着:既有今生,何必来世。看了这字,心里反倒平静下来,还有些好笑,想这是在干什么?难道还当真吗?伸手将那字条团了。这一回就这样过去了,以后,许多这样的箭在弦上的日子都安然过去。不过,想想却有些后怕的,眼看着就走到薄刃上,一个闪失便可掉下去的,却又不知怎么地收住了脚。走钢丝般的游戏,是有些刺激的,可也不能多,多了就要失足了。因此,当他们单独相处时,会有一股紧张的空气,剑拔弩张的。这样的时候,张永红的到来,便会受到他们真心的欢迎。有第三者在,他们便可暂时避免去走钢丝。他们三个人说着些海阔天空的话题,无论说到多远,于这两个人其实都是一个意思。有了张永红这个外人,这两个便成了自己人,她的不相干反证了他们的互相干连。于是,默契便产生了。张永红的加入,真是解决了他们进也不是,退也不是的大苦恼,延缓了停滞的时间。渐渐地,张永红变成了他们不可缺少的人。

这一日,他再一次提出请客吃饭,因是包括张永红在内的,王琦瑶便无法推辞了。下一日,张永红却带了长脚一起来,四个人来到锦江饭店底层的西餐厅吃牛排。长脚虽是临时加盟的,倒唱了主角,数他的话多,说着时下的流行语和街头传闻,天外奇谈一般,叫人目瞪口呆的。这些事情,老克腊和张永红还不觉新鲜,王琦瑶却大开了眼界,真不知道在这城市夜也平常昼也平常的生计里,会有着烧杀掠抢,刀光血影的。心中半信半疑,就当故事来听。一顿饭有声有色地结束,长脚又要付钱,并且力不可挡。老克腊争夺了几番,也没成功,只得由他做了东。张永红无所谓谁付钱,这两人则觉得吃错了饭似的,很不称心。原先是借了张永红的幌子想做成一件私事,不料竟落了空,一些酝酿许久的心情也落了空。那一对出了门去便挥手上了一辆出租车,干别的去了。剩下他们站在马路沿,一时茫然不知接下去该去哪里。两人沿了长廊走了一段,那尴尬才好些。老克腊说:真心请你吃一顿饭的,到底也没请成。王琦瑶就笑:还是诚意不够啊!他也说:再加油吧!说罢,将双手插在裤兜里的臂弯朝王琦瑶张了张,王琦瑶伸手挽住了。茂名路这条林荫道,有着用不尽的罗曼蒂克。你以为那树阴是遮凉的?不对,那是制造梦境的,将人罩在影里,蒙上一层世外的光芒。

11. 长　脚

张永红和长脚维持了较长时间的朋友关系,一是因为长脚舍得在她身上花钱,二是因为还没有出现替代长脚的人。长脚对张永红说,他的祖父是沪上著名的酱油大王,他且是唯一的孙子,是法定的继承人。他说他祖父的酱油厂遍布东南亚地区,欧洲美国也有一部分。他老人家的产业除去酱油工业,还有橡胶园,垦殖地,甚至原始森林,湄公河边有一个专用码头,纽约华尔街在发行他的股票。听起来,就像是天方夜谭。张永红并不当真,但有一桩事情,却是假不了的,那就是他的钱。长脚花起钱来确实有些骇世惊俗,他使张永红对钱的观念,前进了好几位数。有时候,她克制不住激动的心情,来向王琦瑶描述他们一掷千金的情形。王琦瑶问他从哪里来的钱,张永红就也把那一套天方夜谭从头说一遍。说的时候,自己心里便也信服了。王琦瑶可不敢信,心里存疑,又不好说破,有机会冷眼观察长脚,却看出几分端倪。

这其实是一类混社会的人,上海这地场从来就有这样的人,他们大都没有正式职业,但吃喝穿戴却一律是上乘。白天在酒店的大堂酒吧里,喝酒谈笑的,就是他们。晚上,更不必说了,没有他们,这城市的夜生活便开不了场。但你别以为他们光是在玩,他们也是在工作挣钱。比如,陪外国人打网球,教授摩托车。再比如替一些服务单位接洽旅行团,顺带做一点兑换外币的买卖。这些国内国外的关系,他们是在马路上和酒店里打通的。他们一般都会几句英语,够他们打招呼,套近乎,换外币,做临时导游。由于他们从事的工作带有国际化的性质,使他们开阔了眼界,服饰和风度渐趋世界潮流。他们是思想开放的一群,不拘一格的作风。这个社会有许多兼顾不到的小环节,都是由他们承担义务,填补了漏洞。他们可是比谁都忙碌,街上出租车的生意,主要是靠他们做的,餐馆的买卖,也是靠他们做的。这城市显得多繁荣啊!

长脚身高一米九〇,脸是那类瘦长脸型,中间稍有些凹,牙齿则有些地包天,戴一副眼镜。身体看上去几乎是干瘦,实际上却很结实,肌肉称得上是发达。由于地包天的关系,他说起话来稍稍有些大舌头,但并不碍事,听起来还有几分斯文。他很喜欢说话,不管生人熟人,见面就滔滔不绝,这给人热情洋溢的印象。他还喜欢替人付账,有时在餐馆吃饭,遇到有熟人在另一桌吃,结束时,他便把熟人那一桌一起付了账。陪张永红买东西,都是挑最好的买。每次去王琦瑶家,从不空手的,要带礼物。礼物带得很雅致,一束玫瑰花。并且是在大冷的冬天,这玫瑰是从南方空运过来,十元钱一朵,来到没有暖气的王琦瑶家中,转眼间便枯萎了。他成天跑东跑西,来不及地花钱,钱都是花在别人身上,自己身上一年到头是一条牛仔裤,又脏又破。旅游鞋也是又脏又破。是顾不上自己,也是风格。尤其是冬天,他从不穿羽绒衣,只一件单衣,冻得鼻青脸肿,人也蜷起来了。但情绪依旧很昂扬,总是乐呵呵的,不笑不说话。他是一个天性快乐的人,喜欢人多和热闹,看到大家高兴,他便高兴。为了创造欢快的气氛,他甚至愿意扮演一个受嘲弄的角色。他真是能委屈自己,像他这样无私的人,天下难找。渐渐地,他确实也赢得了人们的心。人们要去哪里,都要叫上他一起,看不见他,也会找他,说:长脚呢?上哪儿去了?他就是这样,慢慢地耐心地经营起他的人际关系。像他们这样混社会的人,表面上流动无常,实质里还是有着相对的稳定,有一些约定俗成的规则,所以也是像上班和下班一样,聚和散是有一定路数可循的。他们上的是接近工厂里中班这一档班次,大约中午十一点碰头,深夜十二点以后才分手的。他们分手后,就各人走各人的路,渐渐消失在路灯下的树影里面。

长脚骑着一辆破旧的自行车,向着上海的西南角骑去。他慢慢地踏着车,路面上的人影显得很冷清。开始他嘴里还哼着一支歌,渐渐地也没声了,只听见自行车的铰链吱啦啦响。马路偏僻起来,灯也稀疏了,长脚那一颗欢快的心沉寂下来。假如有人在这时看见他的脸色,便会发现他换了一个人。他郁郁寡欢,眉宇间还有一股因烦躁而起的凶蛮之气。他的脸色暗淡了,失去了光彩。这时候,他已经骑到了一个住宅区,两边的房屋是七十年代造的工房,由于施工粗糙,用料简陋,看上去已旧得可以,在陡然明亮的月光下,像一排排的水泥盒子,一盏灯都不亮了。那里面藏着黑压压的梦魇,只有一个灵魂是清醒的,那就是长脚。他穿行在水泥盒子间,要是能够俯视的话,就好像一个虫子在墓穴间穿行。他停在其中一座楼前,将自行车靠在墙上,然后走进门洞,便被那里的黑暗吃掉了。难为长脚是怎么走上楼梯的,楼梯放满了杂物,供人走的只有一尺半宽的地方。这时,长脚就变成了一只灵巧的猫,他悄无声息,三步两步就上了楼。你可以想象他在这里已经生活得多么久了。他打开一扇门,这里有一些光,是从通道的窗里透进来。并且有一些动静,马桶的漏水声。通道里也是东西。这里两家共一套的单元,住了很多年,屋角里的蛛网就是证明。长脚先到厨房里,拉开碗橱的纱门,朝里看看,并不为想吃什么,只是习惯成自然。碗橱里有一些碗脚,上面积了一层薄膜。他关上橱门,从煤气灶下提了一瓶水,就去了厕所。过一会儿,就响起了脚在水盆里搅动的轻轻的泼剌声,长脚在洗脚。这一切他都是趁着窗外那点模糊的月光做的,完全不必开灯,闭着眼都行。他坐在马桶上,脚浸在水盆里,手里抓一块干脚布,搁在膝盖上,眼睛看着前方。潮湿的水泥地上,有一些小虫在活动,长脚在想什么呢?

假如不是亲眼看见,你说什么也不会相信,长脚睡在这样一张床上。这床是安在一个直套间的外间,床前是吃饭的方桌,桌上总难免有一些油腻的气息。床的上方是一长条搁板,夏天放棉花胎,冬天放席子,还放一些终年不用却不知为什么不丢的杂物,所以长脚看上去就好像钻进一个洞里去睡觉的。他一旦钻进去,便将被子蒙了头,转眼间也让梦魇攫了进去,沉没在黑暗中了。于是,最后的一点活动也没有了,真是说不出的寂静和沉闷。这里的黑夜倒是货真价实的黑夜,不掺一点假的,盛在这些水泥格子里,又压实了一些。从光明里走来的长脚怎么忍受得了啊!所以,他蒙着头大睡的样子,就好像是在哭泣,是一头哭泣的鸵鸟。你看他弓着腰,蜷着长腿,要藏身又藏不住的伤心样,你的眼泪也会流了下来。可到了白天,这情形就会变得有些滑稽。因像长脚这样晚睡的人,通常都是要晚起的。再说,他就是早起了又能上哪儿去?所有过夜生活的人这时候都在睡觉呢!于是他也只得睡觉。要去上班或者上学的人们就在他床前走来走去,高声说话,或是坐床沿吃早饭,筷子碰在碗边,叮当作响。门窗大开着,早晨的日光直晒到长脚身上,这是白昼的梦魇。谁说梦魇都是黑夜里的?有一些就不是。好像是有意同昨晚的寂静作比,这时候是要多吵有多吵,各种各样的声音都有,那个闹呀!可长脚就是睡得着,是这万物齐鸣中的一个独眠不醒。这样的闹至少有一个小时,只听那些门一扇扇碰响,楼梯上脚步杂沓,窗外自行车铃声一片,慢慢远去,趋于无声。就在将静未静的一刻,却从远而来一阵音乐,是小学校的早操乐曲,一拍一拍地极有节律,传进长脚的耳朵,这时,长脚就好像回到了小的时候。

长脚小时候还有一种常听的音乐,就是下午四点钟左右,铁路岔口放路障的当当钟声。钟声一响,他的两个姐姐就一人牵着他的一只手,跑到路口去等。他还隐约记得那时住的房子,是一片平房中的一间。他们姐弟三人在这些自家搭建的房屋的阡陌里穿行着,急匆匆像是去赶赴什么约会。当他们来到路口,已可看见那灯一亮一亮,警示行人车辆停止,钟声依然当当个不停。然后,汽笛响了,火车咔嚓嚓地过来了,开始还是轻快的脚步,到了近处,却陡然间风驰电掣起来,一节节车厢从眼前过去,那车窗里都是人,却来不及看清面目。长脚就想:他们是去哪里呢?车厢过尽,稍停一会儿,路障慢慢举起,人和车潮水般漫上铁轨,长脚便看见了一张熟悉的脸,他们的母亲。他是这家里唯一的男孩,两个姐姐一个比他大七岁,一个比他大六岁,是他的两个小保姆。她们在门口一棵树上吊一根绳子,绳子上拴一个小板凳,这样就做成一个秋千,是他的儿童乐园。还有砖地上爬行的蚂蚁,泥里的蚯蚓,都是他的伙伴,他还隐约记着那时的快乐。后来他们就搬到了现在的工房。这水泥匣子样的工房,给长脚的只有烦闷,虽然他是有好天性的,可也止不住烦闷的生长,屋角和床肚里的灰尘,墙上的水迹,天花板上的裂纹,还有越来越多的杂物,其实都是他日积月累的烦闷。他又说不出来,就觉着没意思,很没意思。中学毕业,他分在一家染料化工厂做操作工,进厂第二年就得了肝炎,回家休养,再没去上班。长病假里,他每天早晨骑着自行车出去漫游,不知不觉地,烦闷消散了。

他骑车走在马路上,看着街景,快乐的好天性又回来了。街上的阳光很明媚,景物也明媚。长脚弓着背,慢慢地蹬着车,就像阳光河里的一条鱼。长脚来到市中心的时候,总是在十一点半的光景。他停在马路边,脸上浮起些茫然的表情,但只一小会儿就过去,紧接着又坚定起来。他选择了一个方向骑去。太阳在建筑的顶上反射出锐利的光芒,是叫人兴奋的。这是在武康路淮海路的那一带,是闹中取静的地方,也是闹中取静的时间,有着些偃息着的快乐和骄傲。长脚心里明朗起来,梦魇的影子消散殆尽,有一些轻松,也有一些空旷。所有看见长脚的人都断定他是一个成功的人,有着重要的事情在身上,长脚是去做什么呢?他是去请他的朋友们吃饭。

长脚要对人好的心是那么迫切,无论是近是远,只要是个外人,都是他爱的人。是这些人,组成了他爱的这一个上海。上海的美丽的街道上,就是他们在当家做主,他和他的家人,却都是难以企及的外乡人。现在,他终于凭了自己的努力,跻身进去了。他走在这马路上,真是有家的感觉,街上的行人,都是他的家人,心里想的都是他的所想。那马路两边的橱窗,虽不是他所有,可在那里和不在那里就是不一样。一万个从街上走过的人中间,只可能有一个怀有这样至亲至近的心情,这万分之一的人是上海马路的脊梁,是马路的精神。这些轻佻佻的,不须多深的理由便可律动起来的生命力,倒是别无代替的,你说它盲动也可以,可它是那样的天真,天真到回归真理的境界。

在有些日子里，长脚从事的工作是炒汇。可别小看炒汇这一行当，这也是正经的行当，他们还印有名片呢！他们都是有正义感的人，你可去调查一下，骗人的把戏从来不是出自他们的手，那全是些客串的小角色搅的浑水。哪个行当里都有鱼目混珠的现象。他们一般都有一些老主顾，这些老主顾就可证明他们的品行。这种生意是有风险的生意，好时坏时都有。坏的时候，他们蛰伏着，等待好时候一跃而起。长脚做起生意来也是友谊为上的，只要人家找上门，赔本他也抛，倒是给人实力雄厚的印象。他的名片满天飞，谁手里都有一张的。有人说，长脚，你应当去做大买卖。长脚便不置可否地笑笑，也给人实力雄厚的印象。张永红认识他的时候，正是炒汇这一买卖比较顺手的当口，长脚挥金如土，叫人看了发呆。花钱本就有成就感，何况为女人花钱。长脚天性友善，又难得经验女性的温存，花钱花到后来，竟花出了真情。这一段日子里，他把对人对事的一腔热诚全放在张永红身上，把朋友淡了，把生意也淡了。他看上去是那么和蔼，忠实，眼睛里全是温柔，谁见都要感动。他实在是一个忘我的人，一心全在别人的身上。他给张永红买了一堆时装，自己别提有多邋遢了。他眼里都是张永红的好，自己则一无是处。他恨不能把一整个自己兜底献给张永红，又打心底自以为浑身上下没一点儿值钱的。他有上千句上万句的真心话要对张永红说，说出的却是实打实的假话。

长脚到王琦瑶家来，开始是为了张永红，后来就不全是了。他觉得这地方挺不错，王琦瑶这个人也挺不错。虽然是长了一辈的人，可是和他们在一起，并没什么隔阂的。虽然是旧时代的人，可是对这新时代的精神也是没有隔阂的。长脚和老克腊不同，他对旧人旧事没什么认识，也没什么感情，他是朝前看的，越前面的事情越好。因他不是像老克腊那么有思想,做什么都不是有选择,而是被推着走,是随波逐流,那浪头既是朝前赶,便也朝前看了。就是这样的不由自主,他也还是有着一些直觉的,这些直觉有时甚至能比思想更为敏捷地长驱直入事物的本质。他在王琦瑶这里也能获得心灵的某种平静,这平静是要他不必忙着朝前赶,有点定心丸的意思,好像冥冥之中发现了循环往复的真理,还有万变不离其宗的真理。上海马路上的虚荣和浮华,在这里都像找着了自己的家。王琦瑶饭桌上的荤素菜是饭店酒楼里盛宴的心;王琦瑶身上的衣服,是橱窗里的时装的心;王琦瑶的简朴是阔绰的心。总之,是一个踏实。在这里,长脚是能见着一些类似这城市真谛一样的东西。在爱这城市这一点上,他和老克腊是共同的。一个是爱它的旧,一个是爱它的新,其实,这只是名称不同,爱的都是它的光华和锦绣。一个是清醒的爱,一个是懵懵懂懂的爱,爱的程度却是同等,都是全身相许,全心相许。王琦瑶是他们的先导和老师,有了她的引领,那一切虚幻如梦的情境,都会变得切肤可感。这就是王琦瑶的魅力。

长脚也会有问题对王琦瑶提出,却是比老克腊幼稚一百倍的,有的实在令人发笑。但王琦瑶也还是一一向他解释,心里感叹着他的憨傻可爱,心想:他到了张永红的手里,还不是要圆就圆,要扁就扁?也算是张永红有福,但接着又冷笑了一下:只是不知道长脚的钱究竟能维持多久。她想:世上凡是自己的钱,都不会这样花法,有名堂地来,就必要有名堂地去,如长脚这样漫天挥洒,天晓得是谁的钱!她这么想其实还是不了解长脚,长脚是会将自己的钱花在别人身上的。甚至,为别人花钱正是他挣钱的动力,否则,当他手头拮据的时候,他用得着那样的苦恼和不安?他自己又没什么需要花费的。前边说过,穿得是那么简单,吃是更不必说了,一碗泡饭一包榨菜便可打发。即便是对了一席盛宴,也尽是在为别人张罗,少见他动筷子的。他个人的需求实只在温饱线上。他的快乐是在供别人吃喝玩耍的时候,有好几回,因别人抢着与他会钞,他动气翻了脸,那可是动真格的,他觉着别人是在剥夺他的享受。可他确实苦于没有足够的钱,套汇是一门起落很大的买卖,收入极不稳定。有时家人会给他一些钱,但也是杯水车薪。曾经有朋友介绍他陪几个海外华人游玩,采购,做些跑腿的事,到头来,他争付的饭钱和茶钱要比佣金多。朋友劝他不必如此,说好是包他茶水饭费的,他却回答,交个朋友嘛!他就是这么看重友情。谁都不知道,在他豪爽的背后,是夜以继日地为钱发愁。说真的,他向他两个姐姐借的钱已是个大数目,平时想都不敢去想。他还挪用过套汇的钱,和主顾打个招呼,拖几日兑现,打个时间差。好在他的信用向来不错,对朋友的情谊则有目共睹,所以拖几日也还成。而他也深知此事不可多,多了就收不住闸,非到万不得已不为之,实在万般无奈,他就对外声称,去外地几日,见他的从海外来的亲戚,借此躲几日。这几日里,热闹的饭桌上再见不着他的身影,听不见他争抢买单的声音。谁能知道其实他就在这城市的东北角的一个冷僻的小公园里,坐在一条长凳上,看着面前的滑梯,孩子们在爬上滑下,那尖叫声在城市边缘很显辽阔的天空下,传得很远。有麻雀在他脚边不远的地方啄着沙土,和他做伴。他一坐就是一天,直到傍晚公园关门才慢慢地回家,去吃家人留在饭桌上用纱罩盖着的饭菜。这时候,他口袋里连在外面吃一碗小馄饨的钱也没有了。

上海的繁华不折不扣是个势利场,没钱没势的人别进来。要说长脚是为朋友花钱,其实是在向这势利场纳税。那闪烁不定的霓虹灯,日长夜消的新浪潮,现在还多出了流行曲和迪斯科,把个城市的天空,闹得沸沸扬扬,你能甘心做个局外人吗?像长脚这样混社会的人,他们日里夜里在这繁华地里游荡穿行,天天都在过圣诞节,怎么忍受得了平常的非年非节的岁月。他们闭上眼睛就可辨别出哪里明,哪里暗。同是一条暗街,他们用鼻子嗅也能嗅出哪面墙里有通宵达旦的歌舞,哪面墙后只是一觉到天明。他们都是人里的尖子,这样的人怎么能甘于平凡?明白了这些,才能明白长脚一个人坐在小公园里的凄楚,不用问就知道他心里在想什么。

其实只有几十分钟的车路,可却是两重天地,风是寂寥,空气也是寂寥,人更是寂寥。他想,那些朋友在做什么?张永红又在做什么?和张永红在一起的时候,他一心只想着怎么叫张永红高兴,现在一个人了,他的思绪便走远了一些,开始考虑他和张永红的将来,这是一个陌生的思想。他们这些混社会的人,是很少想将来的,将来本是不想自来,没什么可想的,一旦去想,则又发现是想不出来的。因为是一个不知道,还因为是一个不打算。长脚的思绪在这里被弹了回来,他发现他和张永红是没有将来可言的,只有眼下这一天天的日子。这一天天的日子是浓缩成一餐餐的饭,一堂堂的舞会,一趟趟的逛马路买东西,这可都是人生的精华,是挑最要紧的来的,这最要紧的则是用钱来打底。因此,思绪兜了一圈又回来了,还是个钱的问题。

长脚再次出场,是以更为抖擞的面貌,他神清气朗,满面笑容,新理了发,换了干净衣衫,腰包鼓鼓的,连长年弓着的腰也直起来了。他说要请大家吃烧烤,在锦江饭店新开张的啤酒园。初秋的夜晚,风吹着桌上的蜡烛光,还有烧烤架的火光,玻璃盏里的酒是晶莹的色泽,有一些淡淡的烟随风而逝。长脚的眼睛几乎是噙泪的,心想:这可不是做梦吧?头顶上的布篷就像一面帆,时时鼓起着,不知要带他们去哪个温柔乡。这才是上海的夜晚呢,其他的,都是这夜晚的沉渣。长脚这么一走一来,难免要为他的家族传说增添新的篇章。在这水晶宫般的夜晚里,说什么都是叫人信的,人也是有想象力的。草坪里有一些小虫,轻轻地啄着人的脚,四周是欧式建筑环绕,悬铃木的树叶遮着挡着,有音乐盈耳。这些还都在其次,重要的,重要的是在心里,心里是什么样的感觉啊!好像人不是人,而是仙。长脚心里的话都是语不成句,歌不成调的,他的膝盖微微打着颤,手指在上面敲着鼓点,也是没拍眼的。什么叫陶醉,这就是陶醉。前后不过几天,长脚却好像做了两世人。

长脚时隔几日不出现,王琦瑶几乎断定他是一个骗子了,他这么一再来,王琦瑶又糊涂了。长脚并不解释什么,将一纸袋的礼品随意一放,纸袋上有免税商店的中英文字样。王琦瑶心里猜想他到底从什么地方来,嘴上却不问,只说张永红怎么不来?话没落音,张永红已从楼梯口上来了,原来是在弄堂口打电话。正好老克腊也在,四个人就坐下来闲话。长脚环顾着小别重逢的王琦瑶的家,感动地想:一切都没有改变。他觉得自己已离开了很久的时间,而这里的人和事竟然依旧,似乎是在等着他归队,真叫人备感温馨。为了回到这好日子里来,长脚终于做了一回诈骗犯。大前天的晚上,他在浦东陆家嘴路一条弄堂里,成交了一笔买卖,交货时,他使用了调包计,用十张一元钱的美钞,代替了二十元的美钞。这样的调包计,虽然不稀奇,可在长脚却是头一遭,这在他套汇的历史,刻下了一个耻辱的记录。在从浦东回浦西的轮渡上,长脚望着月亮被云遮住,心里一阵暗淡。如不是走投无路,他是决不会走这条黑暗的道路。长脚的好天性里还有一条是纯洁,现在,这纯洁被玷污了,他心里隐隐作痛着。这时,他望见了岸上的灯光,那巍峨的建筑群,像山峦似的,陡立眼前,镀着一道城市的光芒。那里的夜晚在向他招手,是如何的摄人魂魄!

第四章

12. 祸起萧墙

在这城市的喧嚣之中,有谁能听见平安里的祈祷?谁能注意到这里不求有功但求无过的生计?那晒台上又搭出半间披屋,天井也封了顶,做了灶间。如今要俯瞰这城市,屋顶是要错乱并且残破许多的,层上加层,见缝插针。尤其是诸如平安里这样的老弄堂,你惊异它怎么不倒?瓦碎了有三分之一,有些地方加铺了牛毛毡,木头门窗发黑朽烂,满目灰拓拓的颜色。可它却是形散神不散,有一股压抑着的心声。这心声在这城市的喧腾里,算得上什么呢?这城市又没个静的时候,昼有昼的声,夜有夜的声,便将它埋没掉了。但其实它是在的,不可抹杀,它是那喧腾的底蕴,没了它,这喧腾便是一声空响。这心声是什么?就是两个字:活着。那喧腾再是大声,再是热闹,再是没日没夜,也找不出这两个字的。这两个字是千斤重,只能向下沉,沉,沉到底,飘起来的都是一些烟和雾般的东西。所以,那心声是不能听的,听了你会哭。平安里的祈祷,也是没日没夜,长明灯一般,熬的不是油,是心思,一寸一寸的。那大把大把挥洒在空中的喧腾,说到底只是些活着的皮毛,所以才敢这么不节省,这么夸口。在这上海的几十万几百万弄堂里,藏着的祈祷汇集起来,是要比欧洲城市教堂里的钟声齐鸣还要响亮和振聋发聩,那是像地声一样的轰鸣,带来的是山崩地裂。可惜我们无法试一试,但只要看一看它们形成的沟壑,就足以心惊,它们把这块地弄成了什么呀!你说不上它们是建设,还是破坏,但这手笔却是大手笔。

平安里祈求的就是平安,从那每晚的“火烛小心”的铃声便可听出。要说平安还不是平常,平安里本就是平常心,也就这么点平常的祈求,就这一点,还难说是求得。多少年来,大事故没有,小事情却不断。收衣服翻身摔下楼,湿手摸开关触了电,高压锅爆炸,错吃了老鼠药,屈死鬼也不算少了,要喊冤也能喊得个耳朵聋,能不求平安吗?到了开灯的时分,你看那密密匝匝的窗户里的亮,是受惊的警觉的眼睛,寻找着危险的苗头。可是当危险真的来临,却谁也听不见它的脚步。这就是平安里麻木的地方,也是它经验主义的地方,它们对近的危险没有准备。火啊电的,它们早已经晓得了,其余的,它们却没有想象力了。所以,要是能听见平安里的祈祷,那就是像阿宝背书似的,只动嘴不动脑,行行复行行。那窗台外的花盆,差一步就要掉下去了,却没人伸手拉一把的;那白蚂蚁已经把楼板蛀得不成样子了,也没人当回事的;加层再加层,屋基快要下陷,新的一层眼看又起来了。在夏日的台风季节,平安里其实摇摇欲坠,可人们蜷缩在自己的房间里,感受着忽然凉爽的风,心里很安恬。因此,平安里求的,其实是苟且偷安,睁眼闭眼,是个不追究。早晨的鸽哨,奏的是平安令,却报喜不报忧,可报了又怎样?躲得了初一,躲得了十五吗?这样说来,那祈祷还透着知天命,是个大道行。再没什么说的了,就只愿它夜夜平安,也是句大白话。

风穿街过巷,窸窸窣窣地响,将落叶扫成一小撮一小撮,光也是一小撮一小撮,在这些曲长弄堂里流连。夏天过完了,秋天也过到头。后弄里的那些门扇关严了,窗也关严了。夹竹桃谢了,一些将说未说的故事都收回肚里去了。这是上海弄堂表情比较肃穆的时刻,这肃穆是有些分量了,从中可以感受到时间的压力。这弄堂也已经积累起历史了,历史总是有严正的面目,不由使它的轻佻有所收敛。原先它是多么不规矩呀,角角落落都是风情的媚眼,你一进去就要上它的圈套。如今,又好像是故事到了收尾部分,再嬉皮笑脸的都须正色以待,再含糊不过去,终要水落石出了。扳着指头算算,上海弄堂的年头可真不短了,再耐久的日子也是在往梢上走了。再登上高处看那城市的风貌,纵横交错的弄堂已透出些苍凉了。倘若它是高大宏伟的,这苍凉还说得过去,称得起是壮观,而它却是些低墙窄院,凡人小事,能配得起这苍凉吗?难免是滑稽的表情,就更加叫人黯然神伤。说得不好听,它真有些近似瓦砾堆了,又是在绿叶凋谢的初冬,我们只看见一些碎砖烂瓦的。那个窈窕的轮廓还在,却是美人迟暮,不堪细想了。风里还有些往昔的余韵吗?总不该会是一无所存?那曲里拐弯就是。它左绕右绕的,就像是左顾右盼,它顾盼的目光也有岁数了,散了神的,什么也抓不住。再接着,雨夹雪来了,是比较寒冽的往事,也已积起三五代的,落到地就化成了水。

现在,让我们透过窗口,看一看平安里的内景。先是弄口过街楼上,住的是扫弄堂老人的一家,籍贯山东,老人已在年前去世,墙上挂着他炭笔画的遗像,遗像下的方桌上有孙儿在写作业,要将一个字写上二十遍,早已瞌睡得睁不开眼。楼下披屋的一家,晚宴还未结束,酒喝得并不多,总共那么一斤竹叶青,却喝得很缠绵,点点滴滴全入心的。再往里去,灶间的后窗里,两个女人窃窃私语,眼睛瞟起一下,又瞟起一下,是母女俩在说媳妇和嫂嫂的坏话。沿着门牌号码过去,那下一户的前房间里正在打麻将,听得见哗哗的洗牌声，还有“一筒”“二索”的叫牌声，看得出是一家人，却也是亲兄弟明算账的架势。隔壁的夫妇正反目，一句去一句来，都是伤筋动骨的诅咒，今宵今夜都过不去了，又像是拉锯战，没个了断。再隔壁的窗是黑着，不知是睡下了，还是没回来。十八号里退休自己干的裁缝，正忙着裁剪，老婆埋着头锁洞眼，面前开着电视机，谁也没工夫看。对了，虽然各家各事，可有一点却是一条心，那就是电视。无论打牌、喝酒、吵架、读书，看或是不看，听或是不听，那电视总开着，连开的频道都差不离，多是些有头没尾的连续剧，是夜晚的统领。我们终于看到了王琦瑶的窗口，原以为那里是寂寞的，不料全是人，沙发上，椅子上，甚至地板上，有坐着，有靠着，也有站着，还飘出小壶咖啡的香味。这里正开派推，你看有多热闹！

王琦瑶家，如今又聚集起人了，并且，大都是年轻的朋友，漂亮，潇洒，聪敏，时髦，看起来就叫人高兴。他们走进平安里，就好像草窝里飞来了金凤凰。人们目送他们的背影，消失在王琦瑶家的后门里，想着王琦瑶是多么了不起，竟召集起上海滩上的精英。人们已经忘记了王琦瑶的年纪，就像他们忘记了平安里的年纪。人们还忘记了她的女儿，以为她是一个没生过孩子的女人。要说常青树，她才是常青树，无日无月，岁岁年年。现在，又有那么些年轻洒脱的朋友，进出她家就好像进出自己家，真成了个青春乐园。有时，连王琦瑶自己也会怀疑，时间停止了脚步，依稀还是四十年前。这样的时候，确实有些叫人昏了头，只顾着高兴，就不去追究事实。其实，王琦瑶家的这些客人，就在我们身边，朝夕相遇的，我们却没有联系起来。比如，你要是到十六铺去，就能从进螃蟹的朋友中，认出其中一个两个。你要是再到某个小市场去，也会发现那卖蟋蟀的看上去很面熟。电影院前卖高价票，证券交易所里抢购股票认购证……那可真是三百六十行，行行有他们的人，到处能看见他们活跃的身影。他们在王琦瑶家度过他们闲暇的时间,喝着小壶咖啡,吃着王琦瑶给做的精致点心,觉得这真是个好地方。他们一带十,十带百地来到王琦瑶家,有一些王琦瑶完全说不上名字,还有一些王琦瑶只叫得上绰号,甚至有一些王琦瑶都来不及看清面目。人是太多了,就有些杂,但也顾不上了。王琦瑶的沙龙,在上海这地方也可算得上一个著名了,人们慕名而来,再将名声传播出去。

不过,常客还是那几个,一个老克腊,再加张永红和长脚一对。如今,他们更加稔熟,经常约好了一起行动,到哪里吃饭饮茶,又到哪里看电影跳舞。冬天来到的时候,王琦瑶便在自己家烧一个火锅,一个坐一边,边吃边说话,时间不知不觉地溜走,天色渐暗,那火锅却越烧越暖。王琦瑶忽觉得这情景似曾相识,哪一年哪一日有过,只是换了人的,不觉有些感伤。锅下的炭火一爆,发出红光,从下向上照耀了王琦瑶的脸,这张脸陡然间现出皱褶,一道道的,虽只一霎间,坐在对面的老克腊却全看见,心里先是一惊,后又是一痛,想:她是一个老妇人了。火锅吃到这个火候上,便是默然了。张永红和长脚也安静下来,各想各的心思,心情一下子旷远了。良久,王琦瑶轻声笑了一下,不由把那几个一惊,发现天已黑了。王琦瑶起身开了灯,又给火锅添上水,说道:怎么都不说话?谁就说,你也不说话。王琦瑶又笑了一声,问她笑什么,她不回答,再问,她就说,看着他们三个人,想起一些事情。问是些什么事情,却又说与他们无关。存心要弄他们似的,那三个人就不满了,定要她说个究竟。逼了半天,王琦瑶才说:你们将来不知是个什么命运呢!这三人倒一愣,停了一时,张永红说:你不也是不知道吗?王琦瑶说:我有什么将来?现在就是将来!大家都说她太谦虚,王琦瑶笑笑,再接着说,他们三个人今天的形势是这样,明天的结局却不定是怎样。他们三个面面相觑，忽然都有些尴尬，尤其是老克腊，硬被她扯进那一对的关系里，成了个第三者，不明白王琦瑶把水搅浑，是要摸条什么鱼。而他隐隐觉着王琦瑶的话其实是专讲给他听的，带有些窥探和试验的意思，心里感到不自在，就有意要把话扯开，说些别的。王琦瑶却不让，继续说着命运的无常，此一时彼一时，山不转水转，水不转人转。那两个听得发蒙，心里茫茫然一片，老克腊则听不下去了，他不无刻薄地笑道：听你的意思，就是说他们两人终于是要拆档，而我却会同张永红好。经他这么挑明，大家都笑了。王琦瑶先还辩解，说不是这个意思，老克腊说，照你的话，就这三个人，还能有什么组合法？王琦瑶说不出话来，也笑了。长脚脸上笑，心里却有些愠怒，他不怒王琦瑶，怒的是老克腊，觉着被他占了便宜。张永红嘴里骂老克腊神经病，心里则很微妙地一动。王琦瑶一边笑一边朝老克腊点头，说：算你嘴巴凶，算我输给你！

火锅之夜过去了几天，老克腊再去王琦瑶家，径直上楼，见房门开着，王琦瑶一人坐在沙发上，膝上盖条羊毛毯，手里钩着羊毛衫。他用手指弹一下门，走了进去。王琦瑶眼睛都没向他抬一下，就好像没他这个人。老克腊晓得她是在生气，却并不理会，自己在房间里慢慢地踱步。这天他穿一件中山装，一条白绸巾，随便搭在颈上，双手插在裤袋里，就像一名五四青年。他踱了一会儿，眼睛看着脚，在地板上阳光的方格里跨进跨出，想着又一个冬天来临了。忽听王琦瑶在身后冷冷地说话了，是嫌他走来走去妨碍了她的安静。老克腊便拉出一把椅子坐下，看窗台上的麻雀啄食，因被窗框挡着，只露出半个脑袋。停了一会儿，王琦瑶又说，今天她不舒服，不打算烧饭，所以没有饭给他吃。老克腊笑着说：难道我是来吃饭的吗？王琦瑶这才抬起眼睛，说：那你是来做什么的？老克腊反问：你说我来做什么？王琦瑶低下眼睛再去钩羊毛衫，不搭理他了。老克腊也有些气了,闷闷地坐着,手依然插在裤袋里。那姿态是含着委屈的,无缘无故地受了冤枉,又说不出来,讨回不了公道。坐了一时,那王琦瑶倒从沙发上起身了,泡了一杯茶,送到他跟前,说了一声:生什么气?说罢转身进了厨房,去烧午饭。这回轮到老克腊不理她了,继续坐在椅上生闷气。不知怎么的,又让王琦瑶占了道理,掌握了主动。这种时候,就体现出人生经验的高低之分了。这经验是靠时间积累的,天大的聪敏也超越不了时间,一天两天好说,一年两年也好说,可十年二十年就不好说了。

这天的午饭却比以往更丰富和精致,王琦瑶将方才的脾气全收起了,对他无微不至,说了许多有趣的事情,都是以前没说过的。老克腊渐渐缓了过来,几乎要把那些不痛快忘记,王琦瑶却又提起了。她说:你以为吃火锅时,我说那些话是无来由的?我有这么无聊吗?老克腊不知她要说什么,只停着筷子。她又说:我想起很多年前,也是这样的阴冷天,也有四个男女坐一处吃火锅,其中一个女的是无关的,另两男一女之间,后来发生的事情却是做梦也未想到的。停了一会儿,她说:那个女的就是我。老克腊放下筷子,抬眼看着王琦瑶。王琦瑶脸上是无所谓的神情,就像在说人家的事情。二十多年前,她和毛毛娘舅、萨沙的那段纠葛,如今说来,已隔膜得很,痛痒无关的心情。有些细节,不知是真模糊,还是假模糊,前后不太对得上号。就因这般的平淡和随意,这悲剧更是触目惊心。他是头一次听王琦瑶说自己的经历,以前的谈话多是关于情景的描述,情景中人则是虚的,一个忽隐忽现的影。如今,这人凸现起来,成了个真人,他倒有了玄虚的心情,如坠五里云雾之中。王琦瑶的脸就像水中的倒影,摇摇曳曳。他明白,自己是在落泪。他这眼泪,一半是同情,一半是感动。王琦瑶说:我都没哭,你哭什么?他将头伏到桌上,说:不知道。

就此,王琦瑶向他敞开了几十年的秘史。一连几天,他们一个听一个讲地度过。听的和讲的吸着烟,房间里烟雾缭绕,彼此的脸看起来都变得恍惚,声音也恍惚。那是四十年前起始的故事,一身的锦绣烟尘,如今,哪里去找这旧故事的头啊!那故事的头,虽然种的是悲剧,也是个锦绣繁华的悲剧,这故事的尾将收在哪里呢?王琦瑶的声音静下了,一时上没有声音,只有烟雾在自由无拘地聚散。然后屋里响起轻轻的三击掌,是王琦瑶自己。他不由一惊,抬头朝她望去,见她在烟雾中笑着,说:这场戏差不多也演到头了。他微微一战,觉着一些阴森可怖。她又说:做人就像在做戏,对不对?他不置可否,见她站起来,披了一身烟雾地向他走来,手摸着他的头,心凉了一下。那手梳理了几下他的头发,只听她说了声:你这个小弟弟。他伸出手要去挽留那手,却没有捉到,在空气中徒然地挥动了一下。王琦瑶已经离开了房间,他望着她消失了身影的房门,身上开始发热。王琦瑶再回到房间时,见他坐在椅上打寒噤,牙齿碰得格格响。王琦瑶将手上的饭菜一放就去摸他的额头,却被他像藤缠树样地抱住了。问他怎么了,他一个字也不说,闭着眼睛贴在她身上。她感觉到他浑身发烫,用力扶起他,让他在床上躺下。他的两条胳膊箍紧了王琦瑶的腰,将她也带倒了,压在他的身上。王琦瑶叫着松手松手,他反越加抱得紧。她急了,用手掴他的脸,他不睁眼也不松手,由她掴去,她把手都掴痛了。看着他脸上被掴起红杠的地方,便软了下来,将手轻抚上去,又被他的脸贴住了。就这样,有一些时间过去了。她叹息了一声,伏在了他的胸前,而他趁势一翻身,将王琦瑶压住了。

他身上的热退了,泻下一头冷汗,还是打战,嘴里说着梦呓般的话,听不出是在说什么。王琦瑶百般抚慰他,把他当个孩子般地哄他。他要什么都依着他,曲意奉承。他有几次发急,想做什么,又不知道该做什么，闹着性子，都是王琦瑶把着手帮他。他还哭了几声，哀哀的，为着什么万念俱灰。王琦瑶便安慰他，鼓励他。这一夜真是又长又不安稳，不知有多少多出来的事情。那灯是一会儿开一会儿关，人是一会儿起一会儿睡。这一夜，平安里也不知怎么了，那样的静，什么夜声都没了，满世界是他们的声音。这声音也是要被吞噬掉的，越是闹就越显得孤寂。他们两人都做了许多噩梦，发出压抑着的惊叫，呼吸粗重，眼睛酸涩。这一夜过得真是累，千斤重担压在身似的。他们心里都在祷告着白天快点来临，但当窗帘映上一丝光线时，两人又都惧从中来，这个白天将怎么过啊！他已经筋疲力尽，手脚都不会动弹。她则强挣着，在天大亮之前起床。当她梳头洗脸的时候，她不敢看镜子里的自己，匆匆完毕，提起菜篮子贼样地溜出家门。外面其实还一片漆黑，路灯都亮着，没几个行人。她向菜场走去，那里已有些人声，天色又白了些，她这才觉得活过来了一点。后来，路灯一盏盏地灭了，天上却还滞留着几颗星星，极淡的。王琦瑶想：这是什么时候了？等她回到家，床上已没了人，老克腊走了。

他这一走就没有再来，王琦瑶觉着这样也好。那天早晨，王琦瑶见他走了，第一个动作就是拉开窗帘，阳光照进来，就好像将昨日的夜晚化解掉了。她的思绪从这个夜晚上跳跃过去，她想：什么也没有发生。以后的日子，很平静，夜晚也很平静。人来人往似也稀疏了一些，各人都在忙各人的。王琦瑶新起头一件开司米毛线衫，很繁琐的针法。她从早织到晚，中间除了烧饭吃饭，电视机一早就开着，直到最后两个字跳出："再见"，然后收针睡觉。她连他的名字都不去想，就像没有过这个人一样。有时，她会很诧异地想：日子不是照样地过？有一天长脚来，随口问了声：老克腊几时回来？王琦瑶一怔，想他何时走的却也不知道。长脚又说：他不是去了无锡？王琦瑶没说什么，心里却无故地冷笑了一声。这天，她烧了很多菜招待长脚，为他烫了些花雕，听他吹牛。近来一段，长脚混得还不错，有几件买卖都得心应手，所以也多了一些话题，一样样说给王琦瑶听。王琦瑶听得很仔细，不时提些问题。长脚受到这般重视，很是感动，加上喝了酒，眼睛都湿润了，他说：王阿姨，你或者你的朋友要换外汇的话，交给我好了，一定比中国银行的牌价合算得多。他举出比价给她听，还算账给她听。王琦瑶说：我并没有外汇。停了一下，又说：黄货你换不换？长脚说：换呀！又报出黄金的黑市价和银行价，迅速算出差价，又给她讲了一些兑换的实例。王琦瑶却说：我也没有黄金。长脚最后说了一句：其实是很合算的，便按下不提，说别的去了。吃完饭，长脚走出王琦瑶的家，已是下午三点钟的光景，阳光很好，灿灿地照着却是走下坡路的样子，做不了大打算了。长脚略有些走路不稳，而且睁不开眼，他站在人车如流的马路上，想：现在去什么地方呢？

晚上，王琦瑶坐在沙发上织毛线，听着电视机里闹哄哄的声音，觉着有些乏，就闭了闭眼睛，不料却睡着了。醒来时，只见电视屏幕上白花花的一片，满屋都是嚓嚓的空频的噪音。她睁着眼睛，觉得这房间格外地空和大，灯也比平时亮，将房间照得惨白。她勉力起身关了电视，然后关灯上床，灯一灭，月光就跳到了床前。她忽然变得很清醒，睡意全无，看看月光里的窗帘的花影，思忖是什么日子，有这样好的月亮。她又想方才一觉是不该睡的，弄得现在睡不着了，这一夜可怎么过？一个人在静夜里醒着，自然会想起许多事情。奇怪的是许多重要的事情她都没去想，却想起一个无关紧要的夜晚。就是许多年前，两个乡下人抬着病人找医生，错敲了她的门的那一晚。那万籁俱寂中的敲门声，就好像响在耳畔，是多么清脆，不知是报喜讯，还是报凶信。这时候，王琦瑶的耳朵变得很灵，能将这一条长弄的动静尽收耳底，没有敲门声，弄里静得很，连野猫从墙头跳下那轻轻的一蹾都能听见。王琦瑶将这些琐细的夜声都搜索进来，细细辨别。这是一个静夜的游戏，可打发时间。这一夜，王琦瑶几乎是睁着眼到天亮的，有几次瞌睡，也很浅，似睡非睡，一惊即醒。下一日的晚上，因怕再度失眠，便有意熬到很晚，实在不能支持，才上了床，自然一沾枕头就入睡了。

不知什么时候，梦里忽然一惊，听玻璃窗响。醒过来，玻璃窗又是一响，似乎有人在扔石子。她起身走到窗前，撩开窗帘，楼下弄里一地月光，并没有一个人。她停了一会儿，刚要放下窗帘，那院墙的影地里却退出一个人，仰头站在月光里。两人一上一下地看了一会儿，王琦瑶转身回到床前，拿件衣服披上，然后下了楼去。后门一开，便趸进一个人来，两人默不作声，一前一后上了楼梯。

房间里没开灯，但有月光，两人却都对月光背着脸，不愿让对方看清似的。一个坐在床沿，另一个却站着，抱着胳膊。又有一些时间过去，站着的说：你回来了？坐着的垂下了头。站着的又说：你跑什么？难道我会去追你？随即冷笑一声，退到沙发上，点起了一支烟。这时，月光照在她脸上了，是惨白的，头发蓬乱着，一团烟雾腾起，又遮住了她。他不说话，兀自脱了衣裤，蜷进被窝，蒙上了头。她吸着烟，脸转向窗户，月光勾出她的侧影，烟雾缭绕，像是另一世界的人形。不知夜里几点，总之，连猫儿都睡着了。她终于吸完一支烟，将烟头揿灭在烟缸里，然后起身走到床边，上了床。这一夜是静默的，一切是在沉默中进行，没有啜泣，没有呓语，甚至连呼吸都偃息着。后来，月亮西移了，房间里暗了下来，这一张床上的两个人，就像沉到地底下去了，声息动静全无。在这黑和静里，发生的都是无可推测的事情，所谓隐秘就指这，听不得，看不得，甚至想不得，无以为计，无能为力。这个夜晚，只有一样东西是不安静的，那就是楼顶晒台上的鸽子，它们一夜闹腾，咕咕地叫个不停，好像有谁在摸它们的窝。

早上九点钟的时候，在冬日少有的明媚阳光下，老克腊骑车走在马路上。他问自己：这难道不是做梦吗？周围的景物都是鲜明和活跃的，使夜里的梦魇显得虚无渺茫，并且令他恐惧。他记不起是何以始，又何以终。他现在爱往人多的地方去，壮胆似的。他还喜欢白天，太阳升起心里就一阵轻松。他最怕的是天色将黑未黑时分，一股惶惑从心底升起，使他坐立不安。他常常事先就定下一些活动和约会，可等到晚饭后七八点钟，夜间的节目即将拉开帷幕，他却不由自主地车头一转，驶上去王琦瑶家的路上，就好像那些梦魇在向他招手。他已经有多长时间没有去唱片行？也没有听唱片，家里的唱片已蒙上灰尘。在那些他坚持回到自己的三层阁上的夜晚，他多半是通宵不眠，睁着眼睛。老虎天窗外是空寂的天幕，看久了，一颗心都要坠下去似的。那些梦魇此时在清晰的意识里都复活了，而且分外鲜明生动，靠他一个人承受着，无依无傍，真的不行。他只有去王琦瑶家，却又制造了新的梦魇。他横竖是不得安宁，因此他就有些豁出去了。有一日的早晨，他没有早早地从王琦瑶的床上溜走，而是看着晨曦一点点照亮房间，他看见了枕畔的王琦瑶，王琦瑶也看见了他。两人互相微笑了一下。

早上吃什么呢？停了一会儿，王琦瑶问，好像他们做了几十年的夫妻了。他没说话，手越过王琦瑶的身体去床头柜上摸香烟。王琦瑶递给他，自己也拿了一支，他们接火的样子，也像是一对夫妻。这时，第一线阳光射进来了，停在窗框的一边，清晨阳光里的烟雾透露出些倦怠和怅惘，这一日没开张就已到头了似的。几点钟上班？王琦瑶又问。他回答说不上班，放寒假了。王琦瑶一想，是啊，眼看春节就到眼前了，可是什么都没准备呢，便说：这年怎么过呢?他说:和往年一样过。王琦瑶就说:往年怎么过我还真不知道呢。他听出这话里使性子的意思,并不搭腔,王琦瑶也就把那点意思收了回去,笑了笑,说:年初二请张永红一对来吃饭,如何?他说很好。两人不再说话,一支烟接一支烟地吸。太阳已经把窗帘照得通红,满屋都是光,光里是氤氲流动。直到中午,他们才起床,简单下点面条,王琦瑶便要他帮忙大扫除。将被褥晒出去,床单泡在肥皂水里,拉开橱柜扫尘掸灰,两人倒也干得意气风发。一宿和一晨的晦涩气,都一扫而空,心情也清明起来。掸扫完毕,王琦瑶洗床单时,便打发他去浴室洗澡,再买些熏腊干货,好存着过年。等他一身清爽地带了东西再进王琦瑶家,已是点灯时分。虽是天晚,却也看得出房间里窗明几净,空气都是新鲜的,桌上放着饭菜,王琦瑶一边看电视一边织毛衣,见他进来,就说:吃饭吧!

这一晚上是少有的安宁,他甚至想:人生求的不就是这个?他和王琦瑶说着小时候的故事,爬墙磕破头,偷鸡蚀把米的鸡毛蒜皮。王琦瑶静静地听着,脸上带着微笑。他的话就变得越加琐碎啰唆,电视机里的声音是画外音。弄堂里不晓得哪个性急鬼点燃今冬明春第一个炮仗,"嗵"一声,把人惊了一跳,也是画外音。这一晚上几乎可算得上是甜蜜,梦魇退去了,也不再失眠。他们沉入睡乡,没有呓语。屋里很宁静,只有轻微的鼻息声。他们经历了搏斗与挣扎的夜晚,终于汇入了平安里的平安夜。

春节就是在这样的平安气氛中到来了,这是一九八六年的春节,是一个祥和的春节,到处透露着变化的希望,只要听听除夕的鞭炮声便可明白,此起彼伏,声声不绝。尤其当十二点钟声敲响,满城都是鞭炮声,天都炸红了。炸碎的火药纸如落英缤纷,铺了个满地红,说来也是好兆头。有哪一年的除夕是这般火爆?就像是爆出一个新世界,除旧的爆竹刚刚消停,迎新的又来了。晨曦薄雾中的头一个爆竹，爆响在天空中，就像雄鸡司晨，揭开了新纪元。你听那远远近近的一片应和声，虽不如前晚那样轰轰烈烈，却是绵绵不尽，声声复声声。它渐渐也稠密起来，并不是搅成一锅粥的，而是类似大珠小珠落玉盘，带了些歌唱的性质。唱的是复调，赋格，不变中进行，不知不觉就走远了。唱的是对位，众口一曲中你应我合。唱的还是卡侬，一浪追过一浪的。这就是这城市的大合唱，每个狭缝和犄角，都有声部参加。你唱累了我接上，从不中止。要听这合唱，便发现这城市是众志成城。

如王琦瑶所建议，初二那天，请张永红和长脚来做客了。一反常规，这一日全是老克腊的杰作。他围着王琦瑶的围裙和套袖，从前一天起就在准备。王琦瑶却为他打下手，玩笑说：看是什么人替你做小工啊！他便说：唯有这样的人才考得及给我做小工。王琦瑶点头笑道：很好，就是怕把牛皮吹破！他说：吹破了自有人补。王琦瑶问：谁补？你补！他说。忙过一晚，又忙过一早，到下午两点，各道菜便初见雏形，倒相当令王琦瑶意外。问他从哪里学的，他笑而不答，再问，就说自己跟自己学的。正说话，那一对到了，长脚手里自然提着大包小包，还有一束玫瑰。王琦瑶嘴里怪他买这么贵重的花，心里却很高兴，想这是很好的兆头。张永红对着桌上的大盘小碟，一眼看出风格的异常，便问是新请了厨师吗？王琦瑶向着老克腊努努嘴，老克腊且是笑而不答，张永红便说：这可是千金难请啊！老克腊这才说：不敢当！又忙了一阵，虽然时间还早，但看也没别的事，四人便围桌坐下，准备吃饭，反正，新年里都是乱了钟点的，无所谓早晚。

坐下之后，那后来的一对便向主人和做菜的道辛苦敬酒，互祝新年欢喜。然后由老克腊指点着，开始品菜。每一道菜都是有名目的，他都要说个开篇，就要引来张永红的冷嘲热讽。他也不争辩,只让事实说话。事实果然是过得硬的,张永红心里服,嘴上却不服,还硬顶着。老克腊见她吃了嘴还不软,便也要用语言来做较量。于是你一句,我一句,打开了嘴仗。这两人都是聪敏绝顶,又都受过王琦瑶的调教,很有说话道白的技巧,出语惊人,使那两个听众不时地叫好。一见有人喝彩,自然更上了情绪,头脑和口舌都加倍机敏活跃,不晓得多少个回合下去,还没有罢休的意思。渐渐地,那两位喝彩的就有些不是滋味了,虽还鼓噪着,声音和笑容则冷淡下来,两个抬杠的便也余兴未休地告一段落。

这一斗嘴可说是接上了头,彼此都有些领略对方的厉害,自然生出了好斗心,有些按捺不住的兴奋。这时候,是想不斗嘴也要斗嘴了。一开口便是挑衅,一回答则是应战。一餐饭,至少也有两三个段落下来,两人间的对答,竟是有些珠联璧合,严丝密缝的意思。双方都很恋战,不急于决出胜负,只顾领略乐趣,就像一场表演赛。正当他们沉浸在这场赛事之中,却听王琦瑶说道:好了,暂停一会儿,吃些水果再继续。这两个才像醒过来似的,注意到那两个被他们冷落的人。长脚显出无聊的样子,还有些怅然若失,在房间里踱来踱去。王琦瑶则面带微笑地给大家分水果,当她将果盘送给老克腊时,眼睛并不看他。过后,无论他和她说什么,她嘴里回答,眼睛却看着别处,像是那里有着她更关心的事情。他知道他使她不悦了,可非但没有扫兴,相反,兴致更加高涨起来。他甚至有些得意地再接着找张永红的茬,开始了又一轮的舌战。他显得很欢悦,很活泼,机智得要命,真叫人看傻了眼。而王琦瑶就是不看他,只看着手里的毛线活,脸上的微笑始终不退。长脚却没那么好耐心,吵着要走。一看,也已经十一点钟,张永红便起了身。老克腊说:我和你们一起走吧!也一同出了门。三个人的脚步在楼梯上杂沓了一阵子,又静了下来。王琦瑶走到灶间,准备洗碗,听见他们在窗下后门口推自行车的动静。是谁找不到自行车钥匙了，找了一时又找到了，就听自行车啪啪地开了锁，然后一个个驶出了后弄。王琦瑶望着水斗里满满的碗碟，一时竟不知从何下手。她看着那脏碗碟站了一会儿，拉灭灯回到了房间。

其实老克腊同他们俩分手后，兀自在街上兜了个圈子，就又慢慢地向王琦瑶家骑去。马路上几乎没有人，难得有一辆空旷的公共汽车亮堂堂地开过去。他听着自己的自行车车条的嗞嗞声，心里的兴奋已经平息下来。这是一个淘气够了的孩子，要回他的家去了，由于心满意足而变得分外安静。他看着楼房在街道上的暗影，还有梧桐枝的暗影，心里想着些无谓的事，渐渐接近了那条熟悉的弄堂，看见弄堂深处的一盏电灯。野猫在他车轮下跳蹿过去，有着柔软的足音。他的自行车无声地停在王琦瑶的后门口，然后摸出钥匙开了后门。上了楼，再摸出一把钥匙开房门，却没开动。他将耳朵伏在门上，里面是用力屏住的寂静，王琦瑶将门销上了。他停了停，再又蹑足下了楼，踅出后门。虽然吃了闭门羹，可他的心情一点没坏，他对自己说：这可不怪我！就骑出了弄堂。他从弄口过街楼下骑过，身影陡然出现在脚下，竟生起一股快乐。他放开一只车把，直起身子望望天空，这才是静夜呢！他风一般地驶回自己的家，老远就认出自己那一扇老虎天窗，伏在屋顶上，耳边似乎响起了一支老爵士乐的旋律，萨克斯吹奏的。

初三和初四，他没出门。坐在他的三层阁上听了两天的唱片，好像又回到了几个月前的时光。唱针走在唱纹里的沙沙声，是在欢迎他回来，还有点惊宠的意思。他很有耐心地用细刷子刷着唱片上的灰尘，将这些收藏又检阅了一番。一天三顿饭他都是在家吃的，家里的饭菜呈现出久别重逢的味道，父母因他的在家流露出孩子般的羞怯的欢喜，父子俩在饭桌上对酌时互相都有些躲着眼睛。没有朋友来找他,说明他已有多么久不回家了。他仰天躺在床垫上,望着梁上方三角形的屋顶,心里依然平静。不是那种万事俱结的平静,而是含着些期待,却又不知期待什么。小孩子在窗下零零落落地放着炮仗,还有邻人们送客迎客的寒暄声声。这才是过年呢!亲是亲,客是客的。初五初六他也是在家过的,父母都上班了,鞭炮声也稀疏了,弄堂里安静下来,又是平常的日子。因这平常的日子是经年节理顺了的,所以显得更能沉得住气些,有些既往不咎,从头来起的决心。初七是个星期天,春节的余波便又回荡了一下,激起些小小的涟漪。他决定出门了。他骑着自行车,慢慢地在马路上行驶。有一些商店开着,有一些商店关着,是因为补休年假。地砖缝里残留着一些未扫尽的炮仗的碎纸,树枝上挂着一只飞上天又炸破了的气球。他看见了前边的平安里的过街楼,有阳光照在上面,记录落成年代的水泥字样已经脱落,看上去无精打采。楼下的弄口灰拓拓的,也是打不起精神。他的自行车从平安里前面滑了过去,是有意要试试自己的不讲道理。他加快了骑速,还微微地摇摆身子,看上去不大像老克腊,倒像是现代青年,一往无前的姿态。

再过几日,学校假期就结束了,他上了班,早出晚归,时间是排满的。他天天睡得早,心里很安宁。这时候,即便是老虎天窗外的黑瓦屋顶,也可看出一些春意了。那瓦缝里的杂草,虽然是无名无姓,却也茂盛起来。阳光是暖调子的,潮润了一些。还有就是鸟的啁啾,调门丰富了许多,有说不完的话似的。早晨起来,会想一想:今天会有什么好事情发生?连涉世顶深,顶老练的人,也难免这样的无名希望。这就是春天的好处了,每个人都无端地向往尽善尽美,心情也变得轻松。这一个星期天,他终于去了王琦瑶家。走进后弄,他忽有些茫然,甚至想:这是个什么地方?他曾经来过吗?

可他轻车熟路地就停在了王琦瑶的后门口，径直上了楼梯。房门关着，他先敲门，没人应，就摸出钥匙去开门，没对上锁孔，门却开了。房间里拉着窗帘，近中午的阳光还是透了进来，是模模糊糊的光，掺着香烟的氤氲。床上还铺着被子，王琦瑶穿了睡衣，起来开门又坐回到床上。他说：生病了吗？没有回答。他走近去，想安慰她，却看见她枕头上染发水的污迹，情绪更低落了。房间里有一股隔宿的腐气，也是叫人意气消沉。他说了声“空气不好”，就走开去开窗，撩起窗帘时，有阳光刺了他的眼睛。他打起精神又说：该烧午饭了。不料这句话有了回音，王琦瑶幽然答道：你一直要请我吃饭，今天请好不好？这话就好像将他的军，其实彼此都明白这请吃饭的含义，却总是一个要一个不要。时过境迁，换了位置，还是一个要一个不要。他将脸对着窗帘站了一会儿，转身出了房间。

13. 碧落黄泉

前边说过长脚是个夜神仙，不过子夜不回巢的。曾经有一晚，他结束了一段夜生活，看看时间还早，又余兴未休，骑车走过平安里，不知不觉就弯了进去。见王琦瑶那扇窗亮着，以为那里一定聚着人，度着快乐的时光，心里便激动起来，赶紧朝后弄骑去。这时，他看见后门口正停下一辆自行车，原来是老克腊，他正要叫，却见老克腊径直开了后门进去，门轻轻地关上了。长脚想：他怎么会有这后门的钥匙？虽然生性单纯，但还是多了一个心眼，他没有叫门，而是退出了后弄。走过前弄时，再往上看一眼，见那窗户上的灯光已暗了。长脚低头看看表，是十二点整。平安里已没有一点灯光，房屋在夜幕上剪出崎岖的影的边缘。这夜晚有一点怪异，连深谙这城市夜生活的长脚,也感到了神秘叵测,心里受到压力,还有一些骚乱。楼房上空狭窄的夜幕,散布着一些鬼魅似的,还有着一些谶语似的夜声。长脚感到了这城市的陌生和恍惚。红绿灯在没有车辆行人的十字街头明暗交替,也是暗中受操纵的。难得有个赶路人,更是人怕人,赶紧走开算数。长脚觉得这夜晚就像一张网,而他就是网里的鱼,怎么游也游不出去的。这是有点类似于梦魇的印象,不过长脚是个没记性,早晨醒来便烟消云散,下一个夜晚还是一如既往地可亲可爱,朋友们在一起多么好,霓虹灯都是会歌舞的。

说起来,那也是春节前的事了。大年初二这一天,他们聚在王琦瑶家,光顾着观赏老克腊和张永红打嘴仗,长脚甚至都没想起来那一回事。这一个春节,长脚过得也不容易,年初二在一起吃的饭,年初三他就不见了。人们都知道长脚是去香港同他的表兄弟见面,张永红还等待他给自己买香港最流行的时装,实际上呢?长脚正冒着寒风,坐在人家的三轮卡车斗里,去洪泽湖贩水产。身上裹一件工厂发的棉大衣,手插在袖筒里。公路上的车都是抢道的,只见碗口粗的灯光扫来扫去,粗暴地打着蜷在车斗里的夜行人。满耳是卡车的发动机声,夹杂着尖厉的喇叭,路边不时出现翻倒的车辆,边上站着面无表情的人。这真是另一个世界,天是偌大一个天,地是偌大一个地,人是天地间的小爬虫,一脚就可踩死的。人在此种境遇里,是很容易产生亡命的思想,一下子就失去了做人的目标似的。贩水产的生意是有大风险的,前途未卜,长脚把他最后一笔钱押在这上面了。这几乎是破釜沉舟的,倘若失了手,他再怎么回上海去见他的朋友们,还有张永红呢?

这时候,上海正盛传着他的香港之行。你知道,事情就怕传,一传十,十传百,不走样也走样。人们说长脚这一去不会回来了,他的表兄弟为他办了移民手续。也有说他是去正式接受遗产,就算回来,也今人非昔人了。张永红便有些不安,心里暗暗算着他离开的日子。她不由想到自己的年纪,早该是婚嫁之龄。近一年来,自己也渐渐地专注于这个人,这也是惟一的人选了。她想着自己的归宿,就越发惦念长脚。他一去数日也没个消息,谣言则满天飞,她真有点坐不住了。这一日,她想去王琦瑶家散散心,刚到王琦瑶后门,却见老克腊从里面出来,就问:王琦瑶不在家吗?老克腊不置可否,反问她有没有事情,要不要一起去吃饭。张永红想:到哪里散心不是散心?便掉头跟他去了。两人也没走远,就进了隔壁弄堂里的"夜上海",找了个角落里的桌子,很僻静的。张永红原想着老克腊会问起长脚,自己该如何回答,不料他并不提起。心里就有些感激,又有些不服,好像被他让了一步棋的感觉,就有意地说起长脚。说他到了香港忙昏了头,只来了一张明信片什么的。老克腊听了说:长脚去了香港吗?张永红这才发现他其实不知道这事,心里便怪自己多事,有些尴尬。老克腊却不察觉,与她商量着点什么菜。正谈着,有一个人绕过一张张的桌子朝他们走来,停在面前,一抬头,见是王琦瑶。她梳洗一新,化了淡妆,头发在脑后盘紧,穿一件豆绿色的高弹棉薄棉袄,显得格外年轻。她笑盈盈地说:真巧啊!怎么在这里遇上你们俩。张永红虽是不明白什么,可也觉得了不对劲,心里打着鼓。老克腊却几乎支持不住,脸变了色,停了一下说:坐吧!王琦瑶说:我不打扰你们。说罢便坐到对面角落,靠窗的单人小桌前坐下,又转过脸向他俩微笑一下。这样,他们这三人就坐了两张桌子,渐渐地来了客人,将他们之间的几张空桌坐满了,挡住了他们的视线。可这有什么用?彼此的眼睛里其实谁都没有,只有对面的那桌子上的人,一举一动都逃不过去的。

这顿饭不知怎么过去的,吃的不知是什么,说的不知是什么,店堂里的那些人,也不知是在做什么。终于走出“夜上海”,到了马路上,车辆如梭,行人也如梭,更是茫茫然。他也不知怎么和张永红分了手,她走她的路,他走他的路。他决定去找他的朋友们,他已经离开他们很久了。他知道这样的星期天下午,他们通常是在做什么,就往那地方骑去。果然就找到了他们,正准备去哪个大酒店去游温水泳,于是便参加进去。青年男女五六人,一径去了。

游泳池上方,弥散着一层雾气,看出去的人和物,虚无缥缈。声音也虚无缥缈,在穹顶下懵里懵懂地撞击着。他在池子里来回游着,透过防水镜,看见蓝色的水流一股股地穿行回流。水从身体上滑过的感觉也很好,告诉你身体的力量和弹性。他离开他的朋友,一个人在深水区游,有一些嬉闹声传来,隔世的远。身体内有一些混浊的东西渐渐在运动中澄清了,思想也澄清了。从游泳池出来,乘观光电梯下楼,已有几盏灯初亮,在暮色中闪烁。俯视之下的城市,此时此刻有一股温和的表情,对一切都很包容的样子。天空中还有霞光,渐渐暗下去,却散播着暖意。他有些激动,涌起一些欢悦的情绪。老克腊再是崇尚四十年前,心还是一颗现在的心。电梯降落,他的激动也平息下来,余下的是一点亲情般的感动。这时候,他想起了王琦瑶,她一个人坐在角落里的样子浮现在眼前。他的心很温柔地抽搐了一下,他想:是了结的时候了。

再到王琦瑶家的时候,已是晚饭过后,王琦瑶见他来,就站起替他泡茶。将茶杯放在他面前时,他看见她平静的脸色,不像发生过什么的样子,有些放心,又有些不相信。正想着话应该从何说起,却见王琦瑶走到五斗橱前,开了抽屉的锁,从中取出一个雕花木盒,转身放在了他的面前。他见过这盒子,记得上面的花样,也知道它的来历,只是不明白此时此地的意思。停了一会儿,王琦瑶说话了。她说这么多年来,她明白什么都靠不住,唯独这才靠得住,她向这盒子示意了一下;万般无奈的日子里,想到它,心里才有个底,现在,她说,现在她想把这个底交给他了,她已经没多长的岁月,要说底的话,眼睛也看得到了,他不必担心,她不会叫他拖几年的,她只是想叫他陪陪她,陪也不会陪多久的;倘若一直没有他倒没什么,可有了他,再一下子抽身退步,便觉得脱了底,什么也没了。她渐渐语无伦次,越说越快,脸上带着笑,眼泪却缓缓地流下来。流也流不多,只左眼里的一滴,像是干涸的样子。她一边说一边将那雕花木盒往他眼前推,他则用手挡着,感觉到她的力气,不得不也用了力气。她说:你不要吗?你大概是不知道这里头是什么,我来打开给你看。于是就要打开,他用手按住盖子,触到了她的手,手是冰凉的。他不由握住这手,眼泪也下来了,心里觉着凄惨得很,不晓得怎么会有这样的局面。王琦瑶挣着手,非要开那盒子不可,说他看见了就会喜欢,就会明白她的提议有道理,她是一片诚心,她把什么都给他,他怎么就不能给她几年的时间?王琦瑶的话像刀子一样割他的心,他一句话也说不出来,只是流泪。他想他今天实在不该再来,他真是不知道王琦瑶的可怜,这四十年的罗曼蒂克竟是这么一个可怜的结局。他没赶上那如锦如绣的高潮,却赶上了一个结局,这算是个什么命啊?最后,他是用力挣脱了走出来的。短短一天里,他已经是两次从这里逃跑出去,一次比一次不得已。他手上还留有王琦瑶手的冰凉,有一种死到临头的感觉,他想,这地方他再不能来了!

春天不留情地到了,春雨蒙蒙,暖湿的阴霾笼罩着城市,街道上盛开的雨伞是雨季里的花朵,伞下的行人步履匆匆。长脚终于回来了。这一走可是不短的时间,关于他的流言早已经平息,张永红等他等得绝望,倘若不是有老克腊与她消磨时间,她真不知该如何度过这些日子。她甚至萌发过向老克腊移情的念头,只是凭她的聪敏,足够了解老克腊的真实心情。她窥出他找她不过是为排遣某一桩难办的心事。他从不说,她也从不问,这种识相的态度自然使他产生好感,但这好感不是那好感。因此,她便也极早遏止了那个念头。这一日,老克腊说有一件事情托她,她问什么事,他就交给她两把系在一起的钥匙,说等她哪一日去王琦瑶家时,交给她便可。张永红想说:为什么不自己交给她?话到嘴边又咽了回去,心里暗忖老克腊与王琦瑶会有什么瓜葛。却不敢乱想,往哪想都是个想不通,再加上自己也是一肚子心情,也容不下别人的了。她接过钥匙往包里一搁,与老克腊一起吃了顿饭然后分手。回家时路过平安里,想弯进去交一下钥匙,可进弄堂却见王琦瑶的窗户黑着,便想改日再来,就退了出来。过后的几日里都有些想不起来,有一回想起来又有事情没时间,于是就决定下一日去。就在下一日,长脚悄然而至。

长脚给张永红带来一套法国化妆品,还有一顶窄檐女呢帽。两人来到“梦咖啡”里坐下,就着桌上一盏蜡烛灯。张永红絮叨着别后的一些事情,长脚却变得话少,而且有些走神。他眼睛里的张永红,是隔了几重山几重水的,人回来,魂还在飘荡。这烛光摇曳,轻声慢语,又喝了一点酒,看出去的人和物全是虚的,洇开去又融在一起,光色交映,是朦胧的辉煌。他长脚却是在这辉煌的边边上,最沉暗的一点上,因此他怎么看也看不见自己,自己已经消失了。这地方不愧为“梦咖啡”,是忘我的境界。长脚渐渐兴奋起来,开始说起香港。灵感来临了,香港呈现在了眼前,他看得多么清楚啊!他告诉张永红这,又告诉那,这些日子的经历真是丰富得了不得。他的美妙前程也呈现在眼前,他甚至提到了结婚这一桩喜事。他说他们的婚礼应当到泰国的曼谷去举行,或者到美国的旧金山举行。在这些地方，全有着他父亲的豪华宅邸，都是婚礼的好地方。张永红也激动起来，眼睛闪着泪光。虽然是讲究实际的头脑，可也挡不住这里的梦幻气氛。那蜡烛是漂在水上的一截，永远沉不下去，也燃烧不尽。熔化的蜡永远聚在一起，凝固不散，喂着那一丛梦幻之火。

这晚上，这小别重逢的两个人，不知喝了多少杯酒，最后，买单结账，起身要走时，张永红忽又想起一件事，她从皮包里掏出两把钥匙，笑着说：你看怪不怪，老克腊要我把这钥匙交给王琦瑶，就像他自己不能去交似的。长脚接过钥匙看了看，心里忽然一亮，酒醒了不少。张永红说：我也不想再去她家，谁知她是高兴是不高兴。于是就告诉长脚在“夜上海”的一幕。长脚其实并不在听，只顾端详这钥匙，又听张永红说：干脆你去交吧！他说好，就把钥匙揣进了口袋，然后两人走出了“梦咖啡”。将张永红送回家，他一个人骑车走在马路上，不知不觉地向王琦瑶家骑去。骑进弄堂时，黑暗里好像又有老克腊的身影在前边，径直走进那一扇后门里。他骑到门前，没有下车，用脚支着地，然后掏出钥匙，选择其中一把插入锁孔，钥匙在锁孔里灵活地转动了半周。他又回复到原位，拔了出来。这时他发现这无星无月的午夜，其实是有光的，他甚至能看清门扇上陈旧的纹理和裂缝。这城市是黑不到底的，你只要细想想，有多少彻夜不息的灯啊，还有多少彻夜不眠的人啊！你就能找到这光的源头。他把钥匙捏在手心里，出了弄堂，王琦瑶的窗黑着。

第二天下午，三点钟时分，长脚带了一盒化妆品，去了王琦瑶家。一上楼梯，他便嗅到一股苦涩的中药气味，然后就看见灶间的煤气上，小火炖着一个药罐。王琦瑶在睡午觉，见他来才起身。长脚看她脸色枯黄，问她是哪里不舒服。王琦瑶说是胃寒且有肝火，说着就去替他倒茶，被他拦住了，要自己去倒，并且问要不要帮她把药端来。王琦瑶说还须十分钟方可煎毕,长脚这才坐定。谈了一会儿保养身体,又谈了一会儿香港,十分钟已经过去,立即起身去厨房关火倒药。忙了一阵,还差点烫了手脚,才将一碗黑糊糊的苦水端进去,放在王琦瑶的床前。等她吃下药去,又含了一块糖去苦味,就将那两把钥匙放到桌上,说是老克腊让他顺便捎来的。一看见这两把钥匙,王琦瑶"哇"一声竟把喝下去的药连同嘴里的糖一并吐回到碗里。长脚慌忙站起,走过去帮她捶了一阵背,又扶她躺下。王琦瑶笑说:真是现世,对不起长脚,今天没办法招待你,改日吧。长脚说,他是老朋友了,不用招待,只是她病得这样,身边怎能没人。于是就陪在她身边,说些闲话给她听。到了傍晚时,又要去灶间烧饭,在煤气灶前站了一会儿,却无从下手。这时王琦瑶撑着走进来,说还是她来吧。长脚实在爱莫能助,只得在一旁打下手。不一会儿,两碗面条下出来了,还单独为长脚蒸了一碗响鱼肉饼,王琦瑶自己只吃面条。半碗面条吃下,王琦瑶的脸色才见好些,人也有了些精神,环顾房间,苦笑道:长脚你看,我这一病,房间里的灰都积了起来,好像要来埋我的样子!长脚说:灰有什么,一掸就没。说罢就真的拿了块抹布去擦灰。擦了一遍,房间真显得亮堂了,又打开电视,音乐声响起,房间里就有了些生气。

往下的两天,长脚一早就来,服侍王琦瑶,用尽了小心。看着他受累的样子,王琦瑶难免也会想:他这是为了什么?再一想:他能为什么呢?便自嘲地笑道:他为什么她也无所谓了。无论如何,在这难挨的时候,有长脚来与她消磨,心里还是感激的,就也找些话来应酬他,说些闲人闲事给他听,好叫他不致觉得无聊。长脚听得也很入迷,手脚更加殷勤,做这做那,就想多听点。她要说累了,就由长脚说些新鲜事给她听。长脚说来说去就说到黑市的黄金价,说如今黄金值钱到什么程度,是要比国家牌价翻几个跟头的。

王琦瑶说:那可不是犯法?五十年代的时候,私套黄金是要吃枪毙的。长脚笑道:这才叫只许州官放火,不许百姓点灯,要说做黄牛,国家是大头,个人是小头。王琦瑶也笑了:听你说的也是道理。长脚说:但是凡事也都是此一时彼一时,现在形势很自由,谁知道哪一天国家的脑子又搭牢?王琦瑶问:那你说怎么办?长脚说:我的意思是,要是有黄货,现在拿出去兑换是最合算了。王琦瑶说:话是对的,可你说现在谁能拿得出黄货?长脚道:要我说,一百个人里至少有一个有黄货,"文化大革命"抄家时,有拉黄包车的都藏着几两黄金呢!王琦瑶笑着说:我倒愿意我是那拉黄包车的。长脚也笑了。这个话题就此打住,再去说别的。几天下来,王琦瑶的身体渐渐恢复,精神也振作了,她和长脚说:已经有很久没有聚一聚,星期六晚上,开个派推怎么样?长脚说好呀!自打香港回来,他还没和朋友们打过招呼呢,正好趁这个机会见面。王琦瑶说:我来准备吃的,你负责通知人。长脚答应了就走,走到楼梯口又转回头问:要不要叫老克腊?王琦瑶说:为什么不叫,第一个就要叫他。

然后,他们就分头去做准备。王琦瑶因为身体虚弱,便偷了懒,并不亲手做菜,只到弄口新开的个体户餐馆里订了些菜,让他们到时候送来,自己就只需买些酒水果饼之类。到了那一日,把家具稍稍挪动了位置,换了桌布,又插一束鲜花,房间就显得不一样。王琦瑶忽然想到:这屋里已经好久没开过派推了,只是那一个人来一个人往的,今天又要热闹了。什么都安排停当,还只下午三点,人没来,菜也没来,收拾过的房间显得有些空。她一个人坐着,心里也有些空。太阳照在玻璃上,明晃晃的。星期六下午,小孩子都不上学,在弄堂里玩耍,唱着歌谣,有一些新的,还有一些唱了几十年的,起心地熟悉。对面晒台上,盆里的夹竹桃长叶了,绿油油的。

到底是春天了,天长了那么多,太阳老是不下去。楼梯上静悄悄的,没有人来。弄堂里却是有着清脆的足音,一会儿近来,一会儿远去。不过,别着急,热闹的夜晚在等着呢,很快就要来临。

老克腊没有来。他内心晓得,王琦瑶的这个派推,是专为他一个人举行的,会有些难堪等着他,还会有些伤感等着他,这就是王琦瑶为他准备的好菜肴。但他还是骑着车在平安里附近兜了一圈,晚上十点钟的光景,他知道,这往往是晚会正酣的时节,他骑进弄堂,看着王琦瑶的那一扇窗,光有些摇曳,他晓得那不是灯光,而是烛光。他望着那窗口,有几分钟的走神,心想:这是哪一年的景色?他甚至还能听见一些乐声,辨不出年头的。他回转身子出了弄堂,想他不管怎么也算到过了,也是对她请求的一个回答吧!这是一个正式的告别,有些歌舞在做着伴奏,他心里无喜也无悲,木木然地背着那歌乐离去,那歌乐中人实是镜中月水中花,伸手便是一个空。那似水的年月,他过桥,他渡舟,都也是个追不上。

王琦瑶其实也知道他不会来,这邀请只是个传话,告诉他,她放不了他,没有他在场,再是聚也是散。她忙里忙外,招呼这招呼那,全为了抵触心里的空虚。她把电灯关上,点上蜡烛,有些好时光就好像冉冉地回来。屋里都是年轻的朋友,又歌又舞的,她也忘记时光流逝。人们都在说:今天玩得实在好。不知不觉过去了一夜,十二点的钟声在一记一记地敲。酒水喝光了,大蛋糕也切得个七零八落。朋友们在告再见了,说着情意绵绵的话,终于鱼贯下了楼梯。屋里静了,长脚最后一个走,帮助收拾杯盘碗盏。王琦瑶说:明天再说吧,今天我也没精力了。长脚一出门,王琦瑶就吹熄了蜡烛,屋里鸦雀无声,楼梯上也一片黑。长脚说了声“再见”,轻轻下了楼梯,走到后弄,关上了后门。长脚身上忽然哆嗦了一下,他抬头看天,天上有几颗星,发出疏淡的光,风里有一丝寒气。他轻轻地打着战,开了自行车的锁,颤颤巍巍地出了弄堂。

这一夜的热闹是给平安里留下印象的,习惯早睡的人们都以为是彻夜的灯火,这在平安里可算是个不平凡的事情,为它的睡梦增添了光色。人们睡醒一觉睁眼看见王琦瑶的窗口,还有中班下班,夜班上班的人们也看见王琦瑶的窗口,心想:还在闹呢!然后,睡觉的睡觉,上班的上班。其实这才十二点呢,下一点的事情人们就都不知道了,更别说是下半夜两三点钟。两三点是最平安无事的钟点,连虫子都在做梦。这时的睡梦特别严实,密不透风,一天的辛劳就指望这时候恢复了。淮海路的路灯静静地亮着,照着一条空寂的马路。平安里深处只有一盏铁罩灯,有年头了,锈迹斑斑,混混沌沌的光。就是在这敛声屏息的时刻,有一条长长的人影闪进了平安里,是长脚的身影。长脚悄无声息地在王琦瑶的后门停了车,口袋里摸出一把钥匙,开锁的那一霎,有"咔"一声轻响,却也无碍,根本打不破这大世界的沉静。他踮起脚尖,学着猫步,一级一级上了楼梯,拐弯处的窗户,有天光进来照着他,就好像照着另一个他。他令自己都吃惊地灵巧,在堆满杂物的角落里毫不碰撞地转了出来,上了又一层楼梯。现在,他站在了王琦瑶的房门前。灶间的门开了半扇,透进一道天光,将他的身影投在房门上,也像是别人的影子。他停了停,然后摸出了第二把钥匙。

房门推开了,原来是一地月光,将窗帘上的大花朵投在光里。长脚心里很豁朗,也很平静。他还是第一次在夜色里看这房间,完全是另外的一间,而他居然一步不差地走到了这里。他看见了靠墙放的那具核桃木五斗橱,月光婆娑,看上去它就像一个待嫁的新娘。长脚欢悦地想:正是它,它显出高贵和神秘的气质,等待着长脚。这简直像一个约会,激动人心,又折磨人心。长脚心跳着向它走拢去,一边在裤兜里摸索着一把螺丝刀,跃跃欲试的。当螺丝刀插进抽屉锁的一刹那,忽然灯亮了。长脚诧异地看见自己的人影一下子跳到了墙上,随即周围一切都跃入眼睑,是熟悉的景象。他还是没明白发生了什么,只起心地奇怪,他甚至还顺着动作的惯性,将螺丝刀有力地一撬,拉开了抽屉。那一声响动在灯光下就显得非同小可,他这才惊了一下,转过头去看个究竟。他看见了和衣靠在枕上的王琦瑶。原来她一直是醒着的,这一个夜晚在她是多么难熬啊!她一分一秒地等着天亮,看天亮之后能否有什么转机。方才看见长脚进来,她竟不觉着有一点惊吓。夜晚将什么怪诞的事情都抹平了棱角,什么鬼事情都很平常。看见他去撬那抽屉,她就觉得更自然了。下半夜是个奇异的时刻,人都变得多见不怪,沉着镇静。

王琦瑶望着他说:和你说过,我没有黄货。长脚有些羞涩地笑了笑,躲着她的眼睛:可是人家都这么说。王琦瑶就问:人家说什么?长脚说:人家说你是当年的上海小姐,上海滩上顶出风头的,后来和一个有钱人好,他把所有的财产给了你,自己去了台湾,直到现在,他还每年给你寄美金。王琦瑶很好奇地听着自己的故事,问道:还有呢?长脚接着说:你有一箱子的黄货,几十年用下来都只用了一只角,你定期就要去中国银行兑钞票,如果没有的话,你靠什么生活呢?长脚反问道。王琦瑶给他问得说不出话了,停了一会儿,才说:简直是海外奇谈。长脚向她走近一步,扑通跪在了她的床前,颤声说:你帮帮忙,先借我一点,等我掉过头来一定加倍还你。王琦瑶笑了:长脚你还会有掉不过头来的时候?长脚的声音不由透露出一丝凄惨:你看我都这样了,还会骗你吗?阿姨,帮帮忙,我们都晓得你阿姨心肠好,对人慷慨。王琦瑶本来还有兴趣与他周旋,可听他口口声声地叫着"阿姨",不觉怒从中来。她沉下脸,呵斥了一句:谁是你的阿姨?长脚将身子伏在床沿,扶住王琦瑶的腿,又一次请求道:帮帮忙,我给你写借条。王琦瑶推开他的手,说:你这么求我,何不去求你的爸爸,人们不都说你爸爸是个亿万富翁吗?你不是刚从香港回来吗?这话刺痛了长脚的心,他脸色也变了,收回了手,从地上爬起来,拍了拍膝盖上的灰,说:这和我爸爸有什么关系?不借就不借。说罢,便向门口走去,却被王琦瑶叫住了:你想走,没这么容易,有这样借钱的吗?半夜三更摸进房间。于是他只得站住了。

在这睡思昏昏的深夜,人的思路都有些反常,所说的话也句句对不上茬似的,有一些像闹剧。本来一场事故眼看化险为夷,将临结束,却又被王琦瑶一声喝令叫住,再要继续下去。长脚说:你要我怎么样?王琦瑶说:去派出所自首。长脚就有些被逼急,说:要是不去呢?王琦瑶说:你不去,我去。长脚说:你没有证据。王琦瑶得意地笑了:怎么没有证据?你撬开了抽屉,到处都是你的指纹。长脚一听这话,脑子里轰然一声,有些蒙了,有冷汗从他头上沁出。他站了一会儿,脸上露出狰狞的笑容:看来,我做和不做结果都是一样,那还不如做了呢!说着,他就走回到五斗橱前,从抽屉里端出那个木盒。王琦瑶躺不住了,从床上起来,就去夺那木盒。长脚一闪身,将木盒藏在身后,说:阿姨你急什么?不是说什么都没有吗?这回轮到王琦瑶急了,她流着汗叫道:放下来,强盗!长脚说:你叫我强盗,我就是强盗。他脸上的表情变得很无耻,还很残忍。王琦瑶扭住他的手,他由她扭着,就是不给她盒子。这时,他已经掂出了这盒子的重量,心里喜滋滋的,想这一趟真没有白来。王琦瑶恼怒地扭歪了脸,也变了样子。她咬着牙骂道:瘪三,你这个瘪三!你以为我看不出你的底细?不过是不拆穿你罢了!长脚这才收敛起心头的得意,那只手将盒子放了下来,却按住了王琦瑶的颈项。他说:你再骂一声!瘪三!王琦瑶骂道。

长脚的两只大手围拢了王琦瑶的颈脖，他想这颈脖是何等的细，只包着一层枯皮，真是令人作呕得很！王琦瑶又挣扎着骂了声瘪三，他的手便又紧了一点。这时他看见了王琦瑶的脸，多么丑陋和干枯啊！头发也是干的，发根是灰白的，发梢却油黑油黑，看上去真滑稽。王琦瑶的嘴动着，却听不见声音了。长脚只觉得不过瘾，手上的力气只使出了三分，那颈脖还不够他一握的。心里的欢悦又涌了上来，他将那双手紧了又紧，那颈脖绵软得没有弹性。他有些遗憾地叹了口气，将她轻轻地放下，松开了手。他连看她一眼的兴趣都没有，就转身去研究那盒子，盒子上的雕花木纹看上去富有而且昂贵，是个好东西。他用螺丝刀不费力就拔掉了上面的挂锁，打了开来。心里不免有些失望，却还不致一无所获。他将东西取出，放进裤兜，裤兜就有些发沉。他想起方才王琦瑶关于指纹的话，就找一块抹布将所有的家什抹了一遍。然后拉灭了电灯，轻轻地出了门。就这样闹了一大场，月亮仅不过移了一小点，两三点还是两三点。这真是人不知鬼不觉，谁知道这里发生了什么呢？

只有鸽子看见了。这里四十年前的鸽群的子息，它们一代一代地永不中断，繁衍至今，什么都尽收眼底。你听它们咕咕哝哝叫着，人类的夜晚是它们的梦魇。这城市有多少无头案啊，嵌在两点钟和三点钟之间，嵌在这些裂缝般的深长里弄之间，永无出头之日。等到天亮，鸽群高飞，你看那腾起的一刹那，其实是含有惊乍的表情。这些哑证人都血红了双眼，多少沉底的冤情包含在它们心中。那鸽哨分明是哀号，只是因为天宇辽阔，听起来才不那么刺耳，还有一些悠扬。它们盘旋空中，从不远去，是在向这老城市志哀。在新楼林立之间，这些老弄堂真好像一艘沉船，海水退去，露出残骸。

王琦瑶眼睑里最后的景象,是那盏摇曳不止的电灯,长脚的长胳膊挥动了它,它就摇曳起来。这情景好像很熟悉,她极力想着。在那最后的一秒钟里,思绪迅速穿越时间隧道,眼前出现了四十年前的片厂。对了,就是片厂,一间三面墙的房间里,有一张大床,一个女人横陈床上,头顶上也是一盏电灯,摇曳不停,在三面墙壁上投下水波般的光影。她这才明白,这床上的女人就是她自己,死于他杀。然后灭了,堕入黑暗。再有两三个钟点,鸽群就要起飞了。鸽子从它们的巢里弹射上天空时,在她的窗帘上掠过矫健的身影。对面盆里的夹竹桃开花了,花草的又一季枯荣拉开了帷幕。

1994 年 9 月 23 日

1995 年 3 月 16 日